비극문학

서양문학에 나타난 비극적 비전

채 수 환

채수환(蔡洙桓)

1954년생
고려대학교 경영대학 졸업
뉴욕주립대(스토니브룩) 영문학 석사
서강대학교 문학박사
현재 홍익대학교 영문과 교수
한국근대영미소설학회 회장 역임(2004-6)
《19세기 영국 소설 강의》(민음사, 1998) 공저
〈하디의 《테스》에 나타나는 자유의지 및 결정론〉, 〈근대비극의 이론과 헨리 제임스의 《워싱턴 스퀘어》〉, 〈고전비극의 이론과 조지프 콘래드의 《로드 짐》〉, 〈오이디푸스와 헨처드: 서양비극문학 전통과 하디의 《카스터브리지의 시장》〉 등 다수의 논문 발표.

비극문학 서양문학에 나타난 비극적 비전

초판 1쇄 인쇄 2018. 11. 30.
초판 1쇄 발행 2018. 12. 10.

지은이   채 수 환
펴낸이   김 경 희
펴낸곳   (주)지식산업사
         본사 • 10881, 경기도 파주시 광인사길 53(문발동)
         전화 (031) 955 – 4226~7 팩스 (031) 955 – 4228
         서울사무소 • 03044, 서울시 종로구 자하문로6길 18 – 7
         전화 (02) 734 – 1978, 1958 팩스 (02) 720 – 7900
         영문문패 www.jisik.co.kr
         전자우편 jsp@jisik.co.kr
         등록번호 1 – 363
         등록날짜 1969. 5. 8.

책값은 뒤표지에 있습니다.

ⓒ 채수환, 2018
    ISBN 978 – 89 – 423 – 9058 – 8(94840)
세트 ISBN 978 – 89 – 423 – 9057 – 1(94840)

이 책에 대한 문의는
지식산업사로 연락 바랍니다.

estern
ragic
iterature

비극
문학

서 양 문 학 에   나 타 난   비 극 의   비 전

채수환 지음

지식산업사

〈자료 1〉아킬레우스의 분노를 제지하는 아테나 여신(《일리아스》의 한 장면)

〈자료 2〉호메로스Homeros의 상상적 초상

〈자료 3〉사이렌들의 유혹을 받는 오뒷세우스

〈자료 4〉희랍비극 3대 작가. 왼쪽부터 아이스클로스, 소포클레스, 에우리피데스

4

〈자료 5〉 희랍비극이 상연되었던 에피다우로스Epidauros 극장

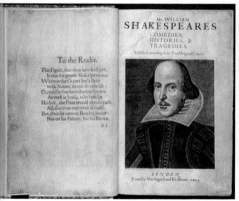

〈자료 6〉 셰익스피어 및 작품 초판본

〈자료 7〉 르네상스 시대 공연장인 런던 글로브 극장

〈자료 8〉 르네상스 비극의 대표적 작가들. 셰익스피어(위), 왼쪽부터 크리스토퍼 말로우, 존 웹스터, 라신느 초상

근대 비극적 소설을 쓴 대표적 작가들

⟨자료 9⟩ 발자크와 함께 19세기 프랑스 소설 2대 거장인 스탕달

⟨자료 10⟩ 허먼 멜빌. 선원으로 활동한 경험을 《백경》으로 형상화함

⟨자료 11⟩ 토마스 하디. 자신의 고향 영국 남부를 작품 속의 배경으로 삼았다.

⟨자료 12⟩ 의식의 흐름 기법의 선구자 헨리 제임스. 소설 비평에도 뛰어났다.

⟨자료 13⟩ 조지프 콘래드. 폴란드 태생으로 선원 생활 이후 영어로 작품을 썼다.

⟨자료 14⟩ 앙드레 말로. 지드와 함께 반파시즘 운동에 참가하기도 했다. 《인간의 조건》이 대표작.

⟨자료 15⟩ Lost Generation의 대표 작가 어네스트 헤밍웨이. 전쟁문학의 걸작인 장편들과 아울러 빼어난 단편들도 선보였다.

머리말

이 책은 서양문학의 핵심적 전통인 비극문학 전통에 대한 오랜 탐구와 사색의 결과이다. 비극문학은 인간 고통에 대한 서구인 특유의 시각과 관점을 보여주는 것으로서, 서양문학은 그것의 시작인 고전기 희랍문학부터 인간 고통의 문제를 성찰과 사유의 중심 대상으로 삼았다. 이 고통의 문제에 대한 집중과 몰입이야말로 서구정신의 특징인 인본주의적 신념의 바탕과 뼈대를 형성했던 것이다.

돌이켜 보면 고대 희랍에서 비극예술은 인간과 인간의 삶에 대한 체계적 사유와 성찰을 시도하는 철학과 신학이 등장하기 훨씬 전에 출현하였다. 따라서 그것은 후대의 철학과 신학의 역할과 기능을 겸한 예술이었으며, 인간과 인간의 삶에 대한 총체적인 해석과 성찰을 수행하는 것이었다. 즉 비극문학은 인간 고통의 뿌리와 원인에 대한 규명, 나아가서 그것의 의미에 대한 사유와 통찰을 통해 단지 하나의 예술작품에 그치는 것이 아니라 인간과 인간의 삶에 대한 어떤 특수한 존재론적이고 형이상학적인 이념 체계를 구성하고 수립하는 데로 나아갔던 것이다. 그리고 이런 인간 고통에 대한 통찰은 고전기 희랍 비극으로 하여금 객관적 탁월성 즉 어떤 보편성을 획득하게 만들었다.

이 이념 체계를 간단히 요약하면 첫째, 이 세상에는 과학적이고 물리적인 자연법칙(가령 중력의 법칙)이 작용하고 있는 것과 마찬가지로 인간의 삶에도 엄격하고 혹독한 도덕적 또는 심리적 법칙과 이 치가 작동하고 있다는 것이다. 둘째, 이런 법칙과 이치 가운데 가장 중요한 것은 사랑, 신의, 정의, 진실과 같은 가치들에 관련된 것으로, 이 세상에서 이런 핵심적이고 근본적인 인본주의적 가치들이 사라지 거나 파괴되면 인간 및 인간사회 또한 존재할 수 없다는 것이다. 세 번째, 인간은 자신이 지닌 숱한 본유적 결함과 한계로 말미암아 걸핏 하면 고통과 불행의 나락으로 떨어질 수 있으나 역시 내재적인 정신 의 힘 즉 용기와 인내를 발휘함으로써 이 고통 및 불행과 맞붙잡고 싸울 수 있고, 비록 현실적으로는 패배할지라도 정신적으로는 승리하 는 '역설적' 최후를 보여줄 수 있다는 것이다. 이런 점에서 '비극문학' 은 문학작품인 동시에 하나의 심오한 인생론이고 삶의 확고한 지침 서 역할을 해줄 수 있다는 것이 필자가 이 책에서 궁극적으로 보여 주고자 하는 것이다.

필자는 이 책을 쓰기 위해 '서양비극문학'과 거기에 나타난 '비극 적 비전'이라는 화두를 붙잡고 어림잡아 지난 이십 년 가까이 싸웠 다. 비극적 비전에 대한 이론, 즉 '비극론'을 쓴다는 것 자체가 비극 적 투쟁이었다. 그것은 마치 망망대해에서 일엽편주를 타고 파도를 헤쳐 나가는 것처럼 막막하기 짝이 없고 도무지 갈피를 잡을 수 없 는 일이었다. 그러나 그것이 힘들다고 포기하거나 단념할 수도 없었 다. 왜냐하면 한편 돌이켜 볼 때 우리나라가 서양문학을 만난 지 한 세기가 지났지만 아직 '서양비극문학'을 전반적이고 총체적으로 조감 하여 정리해 놓은 책을 도서관에서 한 권도 찾을 수 없다는 사실은 이해할 수 없는 것이고, 누가 쓰든 벌써 나와 있어야 될 일이었기 때 문이다.

더구나 근래에 들어서 필자의 뇌리를 떠나지 않는 생각의 하나는 오늘날만큼 '비극론'의 필요성이 절실하게 느껴지고, '비극적 사유방식'이 시의적절하게 요청되는 때도 없다는 것이다. 오늘 한국 사회는 정치적 민주화, 제도와 사고의 합리화, 생활세계의 자동화와 편리화 등 급격하게 진행된 '근대화'의 결과 현실적 삶 면에서 이전 세대에 견주어 놀라운 발전과 변화를 경험하게 되었다. 특히 이른바 디지털 시대를 살아가기에 N(인터넷 혹은 넷트) 세대로 불리는 젊은이들은 가치관의 급속한 세속화, 생활수준의 일반적 향상, 정보와 지식 보급의 신속함과 용이함 등으로 말미암아 물질적 삶이 전반적으로 개선되고 편리해짐에 따라 삶이 가져다주는 일체의 힘들고 고된 것들은 거부하고 기피하려는 듯하다.

　그러나 인간의 삶은 사실 그 바탕과 본질에서는 예나 지금이나 바뀐 게 별로 없다. 아무리 물질적 삶의 기본적 욕구가 충족되고 생활방식이 합리화되었다고 해도 위에서 말한 '인간적인 삶'을 위한 근본적 가치인 사랑과 신의, 정의와 진실은 오늘날에도 여전히 소중할뿐더러 실현하기 어려운 가치들로 남아 있다. 또한 그런 가치들을 실현하기 위한 인간적 덕목인 용기와 인내의 필요성은 어느 때보다 더 절실해졌다. 왜냐하면 근대적 합리주의와 개인주의가 팽배하고 사람들이 전반적으로 더욱 개별적 이익과 편안함만을 추구할수록 진정한 행복을 얻기 위해 불가결한 '인간적 가치'들은 더욱 희소해지기 마련이기 때문이다. 더구나 사람들은 물질적 생활의 풍요와 편리함 때문에 정신적, 심리적으로 더욱 왜소해지고 무력해지며, 삶의 위기와 공포 앞에서 더욱 속절없이 나약해지기 때문이다. 그러므로 오늘날만큼 근본적인 인간적 가치들을 실현하고 누리기 위해서 인간의 본유적(本

有的) 가능성과 잠재력에 대한 확신을 일깨우고, 인간성의 존엄과 숭고에 대한 인식을 불러일으키며 상기시키는 일이 절실하게 요청되는 때도 없다는 생각이 필자만의 것은 아닐 것이다.

그러나 이런 일종의 사명감이 아니었더라도 고백하거니와 필자에게 '비극론'은 오랫동안 한 인간의 삶을 지탱하는 열정과 집념을 불어넣어 줄 만큼 흥미롭고 강렬한 주제이기도 하였다. 비극론은 곧 문학의 고전을 통해 삶의 의미를 확인하고 그것의 가치를 규명하는 것을 목적으로 하는 것이기에 비극론을 공부한다는 것 자체가 다함없는 매력과 흡인력을 갖는 것이다. 그래서 비극문학 자체의 속성이 그렇듯 '비극론'을 쓰는 것은 힘들고 고통스런 일인 동시에 강렬함 쾌감을 가져다주는 일이었다. 매혹과 고통은 하나의 감정의 앞뒤이며 결국 같은 것이다.

필자는 비극론을 쓰면서 무수히 많은 서양학자들이 앞서서 축적해놓은 업적을 섭렵해야 했고 이 책은 그들이 쌓아놓은 학문적 성취의 발췌와 요약이라고 해도 지나친 말이 아닐 것이다. 그러나 동시에 필자는 이 책에서 서구학자들이 이룩한 기존의 이론들로부터 한 발자국이라도 더 나아가고, 더욱이 동양인의 시각에서 본 이론을 구축하고 덧붙여 보려는 시도를 해보았다. 우선, 비극문학 전체를 관통하고 그것의 저류를 흐르는 '비극적 진실'이란 것이 있다면 그것이 무엇인지 밝혀보려 하였다. 이는 희랍비극부터 근대의 비극적 소설에 이르기까지 비극문학이 기본적으로 공유하고 있는 '인간과 세계의 관계'에 대한 본질적이고 항구적인 진실, 즉 '우주 가운데서 인간의 몫과 위상'에 대한 통찰을 가리키는 것이다. 다음으로, 서구 서사문학을 '비극'과 '승리의 멜로드라마' 및 '패배의 멜로드라마'의 세 갈래로 구분하여, 이 가운데 비극이 삶과 세계를 보는 균형 잡힌 시각을 제공해 준다는 가설을 수립해 보았다. 한편, 비극의 주인공이 마지막에 도달하는 어떤 깨달음이나 인식이 있다면 그것은 일종의 '준비된 마음'이라 할 수 있는 것이며, 이는 동북아적 관점에서 불교의 '평상심'과도 통하는 것이 아닌가 하는 제안을 해보았다. 마지막으로 비극이 가져다주는 정서적 효과로서 아리스토텔레스가 《시학》에서 언급한 '연민과 공포'는 마치 난공불락의 명제인 양 그 절대성이 도전받지 않았으나, 그 감정들이 과연 오늘날의 독자와 관객에게도 여전히 타당한지는 한 번 검토할 만한 가치가 있을 것 같았다. 왜냐하면 일찍이 르네상스시대부터 여기에 대한 의문의 제기는 여러 번 있었던 것이 사실이기 때문이다. 저자는 오늘의 관점에서 볼 때 비극의 감정은 연민과 공포라기보다는 차라리 '찬탄(감탄)과 외포(외경)'가 더 적절하지 않은가 하는 제안을 해보았다. 이런 제안과 가설들에 대해서는 차후에 비극문학과 '비극적 비전'에 관심이 있는 독자 제현의 활발한 반응과 반박을 기대하며, 저자로서는 이로써 '비극론'에 대한 풍부한 논의가 일어나기를 바라 마지않는다.

그러나 이 모든 필자 나름의 독법과 첨가에도 불구하고 이 책은 서양 비극문학에 대한 원론적이며 정통적인 학설들을 종합하여 소개하고 논의하는 것을 기본적인 목적으로 하였다. 다시 말해 필자는 어느 한 쪽의 이론이나 해석으로 치우침 없는 충실한 교과서적인 비극론을 쓰고자 했고, 저간의 유행인 새롭게 '거꾸로 읽기'식의 비극론 같은 것은 의도하지 않았다. 또한 비극문학에 대한 정치적, 사회적 해석은 이 책에서 크게 유념하거나 시도하지 않았으며, 인본주의적 관점에서 순수한 인문학적 논의에 초점을 맞췄다. 이른바 '인접학문적' 접근은 비극론의 '총론' 격인 이 책의 후속작으로서 필자가 준비 중인 작품론, 즉 '각론'에서 – 그것이 필요하고 해당되는 작품의 경우 – 다룰 예정이다. 결과적으로, 이 책은 비극론이 다루어야 할 논의 전반을 남김없이 포괄하려는 포부에서 시작했다 하더라도 결과는 그것에 미치지 못하였고, 어디까지나 하나의 '시론'으로 남는다. 이 책이 지향했던 '완결된 비극론'이란 목적을 달성하고 완성하는 것은 후학들의 몫이다.

이 책을 쓰면서 심정적으로나 학문적으로 도움받은 분들이 주변에 많이 있지만, 특히 같은 대학에서 30여 년 전부터의 입사동기이며 게으르고 둔한 저자에게 비극론 쓰기를 거듭 권면하고 또 고대해 주었던 전인수 교수님, 원고를 모두 읽고 소중하고 절실한 논평을 해주시고 우리말 표현을 가다듬어 주신 같은 대학 불문과의 진형준 교수님, 국문과의 정호웅 교수님, 고전학자 강대진 교수님, 그리고 충남대 영문과의 박종성 교수님에게 마음속에서 우러나오는 고마움을 전한다. 또 저자의 정신적 반려로서 한결같은 믿음과 애정으로 글쓰기의 고통과 고뇌를 함께해 준 내자 박미정이 없었다 해도 이 책은 완성되지 못했을 것이다. 끝으로 어려운 출판 현실에도 불구하고 한국사회의 인문정신의 진작(振作)과 발전에 대한 신념을 지니고 이 책을 흔쾌히 출판해 주신 지식산업사의 김경희 사장님에게도 심심한 감사의 말씀을 드린다.

2018년 8월
인천 계양구 박촌동 우거에서
채수환

차 례

프롤로그

"비극은 인간의 운명에 대한 가장 심오한 물음이며, 자신의 운명에 대한 인간의 **자세**에 관한 물음이다."

로버트 펜 워렌, 《내전의 유산》

"이 문제가 조금도 사소하지 않은 까닭은 그것이 삶을 어떻게 **영위**해야 하는가의 문제와 관련되기 때문이다."

플라톤, 《국가》I. 352-d.

인간이 이야기를 짓고 즐기는 것이 인류 문명의 태동과 더불어 시작되었다는 것은 가장 오래된 문명인 수메르문명이 전하는 《길가메쉬》 서사시가 말해 주고 있다. 지금으로부터 약 오천 년 전의 기록인 이 이야기는 이 세상에서 인간의 몫과 운명에 대한 최초의 이야기로 알려져 있다. 서양에서 그 다음에 만들어진 이야기는 약 사천 년 전 미케네문명 시기에 시작한 희랍신화에 등장하는 수많은 이야기들이다. 인간이 도대체 이런 이야기를 짓고 즐기는 이유는 무엇인가? 즉 이야기는 무엇 때문에 존재하는가? 그것은 인간이 단지 삶의 권태를 잊어버리고 오락을 즐기며 여가를 누리기 위해 만든 것만은 아닐 것이다. 좀 거창하게 말하면 적어도 역사 시대 이래 이야기는 인간의 생존 나아가 인류의 존속에 뭔가 도움이 되기 때문에 만들어진 것은 아닐까? 다시 말해, 이야기는 인간이 살아가면서 겪는 위기와 실패를 감당하고 나아가 극복할 수 있는 지혜와 희망을 담아낼 수 있는 그릇이나 매체가 되고, 그럼으로써 우리에게 삶의 비결을 전해 주고 궁극적으로는 삶의 의미를 확인해 주기 때문이 아닐까? 이렇게 인간이 살아가고 인류가 존속하며 번성하기 위한 지혜와 비결이 이야기 속에 담겨서 전수되기 때문이 아니라면, 우리는 인간의 역사를 통해 이야기가 그토록 광범하게 보급되고 그토록 끈질지게 지속되는 까닭을 달리 설명할 길이 없다.

그러면 이야기들 가운데 특히 재미있고 감동적이라고 여겨지는 것들은 어떤 이야기인가? 어떤 이야기가 특히 재미있고 감동적이라는 것은 인간에게 커다란 도움을 줄 수 있는 이야기, 곧 인간의 생존에 가장 필요한 사유방식을 일깨워 주고 유익한 가치들을 고취해 주는 이야기라는 것이 아니겠는가? 그런 이야기들은 필경 가장 강인한 생명력을 가질 것이고 따라서 가장 오랜 계보와 전통을 이어 가는 이야기들이 될 것이 분명하다. 우리는 이야기 가운데 대표요 으뜸이라 할 수 있는 이런 이야기들의 효시를 서양의 경우 지금부터 약 2800년 전에 씌어진 호메로스의 《일리아스》에서 찾아볼 수 있다.[1] 이 작품에서부터 비롯하는 이야기 전통을 우리는 **서양 비극 문학**의 전통이라고 부르며, 이는 서양에서 가장 존숭되는 중심적 이

---

[1] 희랍어와 라틴어의 표기는 영어식 표기를 따르지 않고 원어의 발음을 따를 것이며(예로 '호머'가 아니라 '호메로스,' 《일리아드》가 아니라 《일리아스》, '오비드'가 아니라 '오비디우스') 또한 라틴어 '그라키아'에서 온 '그리스'란 말 대신에 원어 '헬라'에 가까운 음역인 '희랍'이란 한자어 표기음을 채택한다. 작품명도 기왕의 번역에 문제가 있다고 생각될 경우 필자의 번역으로 대신한다(가령 《오이디푸스 왕》이 아니라 《참주僭主 오이디푸스》, 《위대한 유산》이 아니라 《막대한 유산》, 《테스》가 아니라 《더버빌 가의 테스》). 연도 표기도 '기원전 후'가 아니라 '공동연대 이전 이후'로 한다.

야기 전통을 형성하게 된다. 즉 **비극적 이야기** 전통은 서양 문화사에서 가장 중요한 세 시기 – 희랍고전기, 르네상스기 그리고 19세기 – 에 대표적인 서사 양식이 됨으로써 서양인들이 가장 소중히 여기는 가치관을 형성하고 삶의 의미와 지혜를 전수해 주는 문학 전통임이 드러난다.

호메로스의 서사시는 희랍의 고전기(공동연대 이전 5세기)에 삼대 비극작가 아이스퀼로스, 소포클레스, 에우리피데스의 비극들로 이어졌고, 후에 로마문학에서는 세네카의 비극들로 계승되었다. 기독교가 들어오고 난 뒤 오랜 세월 동안 사라졌던 비극문학은 16세기 르네상스 이후 영국의 셰익스피어, 크리스토퍼 말로우, 존 웹스터 그리고 프랑스의 라신느, 코르네이유 등의 비극으로 재탄생하였다. 그 후 두 세기 동안 다시 사라졌던 비극문학은 19세기 들어와 당대 가장 번성한 장르인 소설문학을 통해 부활하였다. 19세기 스탕달, 허먼 멜빌, 토머스 하디로부터 20세기의 조지프 콘래드, 앙드레 말로, 헤밍웨이로 이어지는 비극적 소설들은 근대 문학이 이룩한 가장 드높은 성취로 여겨진다.

이렇게 비극적 이야기는 서양문학사를 통해서 거듭 재탄생함으로써 가장 강인한 생명력을 입증했고 서양 서사문학의 중심에 들어앉아 있는 전통임을 증명하였다. 비극적 이야기가 서양인들이 만든 가장 재미있고 감동적인 이야기라는 것은, 바로 이 이야기가 서양인들이 인간의 삶에서 가장 소중히 여기는 가치와 정신을 담고 있다는 것을 말해준다. 사정은 20세기 이후 영상예술이 등장한 뒤에도 마찬가지이다. 20세기 초에 태어난 영상예술은 중엽 이후 이윽고 문자예술을 누르고 이야기 전통의 주도권을 장악했다. 그러나 역시 가장 많은 관객을 모은 흥행작은 '비극적 영화' 즉 비극적 이야기의 틀에 맞춰 만들어진 영화들이었다. 〈애수〉, 〈여로〉, 〈지상에서 영원으로〉, 〈러브 스토리〉 같은 헐리우드의 흘러간 전성기의 영화들뿐만 아니라 21세기에 들어온 이후에도 〈잉글리쉬 페이션트〉, 〈브레이브하트〉, 〈타이태닉〉, 〈글래디에이터〉 등의 이른바 블록버스터로 알려진 영화들도 비극적 이야기 전통에 서 있는 작품들이다.

현대 문학비평의 토대를 닦은 19세기 영국 시인이자 비평가인 매슈 아놀드는 "문학의 임무는 우선 우리의 삶을 해석해 주고 다음으로 우리를 위로해 주며 궁극적으로는 우리를 지탱해 주어야 한다"고 말했다. 우리는 아놀드가 비극문학을 염두에 두고 이 말을 했다는 것을 그의 다른 비평 글들을 통해 알고 있다. 아놀드의 말은 비극문학이 서양인들에게 삶의 의미와 가치를 깨우쳐 주고, 삶의 슬픔과 괴로움을 견뎌내며 궁극적으로는 삶을 지속할 수 있는 힘과 용기를 북돋아 주었다는 것을 증언해 주는 것이다.

이 책은 '비극적 이야기'의 본질과 성격을 그 뿌리까지 더듬어서 자세히 고찰하고 검토하는 것이 목적이다. 그럼으로써 그것이 오늘날 세계화(혹은 지구화)의 시대를 맞이하여 서양인들뿐만 아니라 과연 우리에게도 삶의 고통과 불행의 이유를 깨닫게 해주고, 삶이 가져다주는 위협과 공포를 감당하며, 나아가서 삶의 궁극적 의미와 가치에 대한 통찰을 가져다 줄 수 있는지 여부를 알아보고자 하는 것이다. 다시 말해, 이 책은 비극적 이야기들이 담고 있는 인간관과 세계관의 본질과 속성을 검토하고 그 의미와 효과를 따져봄으로써 과연 그것이 동서양을 막론한 항구적인 보편성을 지닐 수 있는 것인지 논의해 보는 데 그 목적이 있다.

제1장
'비극'과 '비극적인 것'

독수리에게 간을 쪼이게 된 프로메테우스

'비극' 가운데서 인간은 무엇이 신성하며 무엇이 비속한가, 무엇이 위대하고 무엇이 왜소한가, 무엇이 용감하고 무엇이 비겁한가, 무엇이 고귀하고 무엇이 비천한가, 무엇이 자유인이고 무엇이 노예인가 하는 결단 앞으로 내세워진다.

　　　　　　　　　　　　　　　- 마르틴 하이데거, 《예술작품의 근원》

1. 《일리아스》: 비극적 정신의 탄생

희랍인들이 후대인들에게 물려준 유산 가운데 첫손가락에 꼽을 수 있는 것은 인본주의이고 이는 한마디로 '개인의 발견' 즉 '개인'으로서 인간의 발견이라고 말할 수 있다. 희랍적 인본주의의 특징은 다른 문명들과 그리고 서구문명 가운데에서는 기독교문명의 그것과 비교해 보았을 때 분명히 드러난다. 가령 페르시아, 인도, 중국이나 기독교문명권에서 인간은 신, 운명 혹은 우주의 어떤 질서에 종속되어 있는 존재이다. 그리하여 현세의 삶에서 인간은 타고난 신분이나 운명 혹은 신의 명령에 복종하는 것 이외에 달리 할 수 있는 것이 없다. 그러나 희랍인들은 고전기의 대표적 소피스트 철학자인 프로타고라스의 말처럼 "인간이 만물의 척도"라고 믿었으며, 인간 하나하나의 힘과 능력과 가치에 대한 신념을 갖고 있었다. 인간이 자기 운명의 완전한 주인은 아닐지 모르나 적어도 자신의 정신(영혼)의 주인이란 신념은 희랍적 인간관과 세계관의 밑바탕을 형성한다. 이런 인간의 가능성과 잠재력에 대한 희랍적 신뢰를 우리는 '고양된 개인주의'라고 부른다. 희랍인들이 서구적 인본주의의 창시자라고 할 때, 고양된 개인주의는 그 '인본주의의 꽃'이라 불릴 수 있다.

그런데 희랍적 인본주의와 개인주의는 모든 희랍적 정신과 가치의 기원인 호메로스의 서사시를 그 연원(淵源)으로 하여 흘러나온 것이다. 호메로스의 인본주의와 개인주의에 대하여 고전학자 모지스 하다스(Moses Hadas)는 로마나 기독교권의 서사시와 《일리아스》에 각기 등장하는 인물들의 대조를 통하여 설명하고 있다.[1] 가령 로마 서사시 《아이네이스》의 주인공 아이네아스는 그의 개별성(독자성)이 보다 크고 높은 차원인 신이나 국가에 복종하지만, 호메로스의 희랍적 관점에서는 주인공이 자신의 개별성과 독자성을 자신 이외의 다른 것에 복종시키거나 예속시키지 않는다는 것이다. 자신에 대한 충실성과 다른 것에 대한 충성심이 상충할 때면 그는 단연코 자신에 대한 충실성을 선택한다.[2] 그 대표적인 예가 바로 《일리아스》에서 자신의 명예를 훼손한 희랍군 총사령관 아가멤논에 대한 반발로 전투 불참을 선언하고 전장에서 퇴거하는 아킬레우스이다.

호메로스의 서사시에 나타나는 인본주의는 단호하고 확고한 인본주의 즉 '인간주의'로 특징지어진다. 그것은 무엇보다 인간에 대한 이야기이고 인간이 보여줄 수 있는 가능성과 성취에 대한 이야기이다. 그래서 어떤 평자는 《일리아스》는 "신에 대한 시가 아니라 인간 존재에 대한 시이다"라고 주장한다.[3] 《일리아스》에는 숱한 신들이 나오며 사건과 행위는 트로이아의 들판뿐만 아니라 올림포스 산정의 신의 영역에서도 벌어진다. 이른바 신과 인간의 두 차원에서 트로이아의 함락을 향한 싸움이 전개되는 것이다. 그러나 신들의 역할은 고작해야 인간 영웅들을 돋보이게 하고 위엄을 부여하기 위한

1) Moses Hadas, *The Greek Ideal and Its Survival*, New York: Harper and Row, 1963, p.21.
2) Oscar Mandel, *A Definition of Tragedy*, New York: New York UP., 1961, p.129.
3) Emily Kearns, "The Gods in Homeric Epic," Robert Fowler ed., *The Cambridge Companion to Homer*, Cambridge: Cambridge UP., 2004, p.122.

부차적인 것에 지나지 않는다. 시인이 관심을 가지는 것은 어디까지나 인간들의 행위 즉 영웅이 성취할 수 있는 업적이다.

이렇듯 《일리아스》에는 삶의 가치에 대한 확고한 긍정과 찬미가 있고 약동하는 '생의 에너지'가 충만하다. 여기에는 (후대의 기독교처럼 지옥의 위협과 저주로 이승의 삶을 짓누르거나 아니면 육체를 억압하고 희생시키는 대신 정신을 예찬함으로써) 인간성을 왜곡하거나 억압하는 일체의 불필요한 질곡과 구속이 없다. 그것은 있는 그대로의 인간성을 받아들이고 긍정하는 현세주의적 인본주의 문화이다. 가장 탁월한 영웅인 아킬레우스의 말마따나 "사람의 목숨이란 한번 이빨들의 울타리 밖으로 나가고 나면 약탈할 수도 구할 수도 없어 다시는 돌아오지 않는 법"이기에 살아 있는 한 삶을 십분 음미하고 향유해야 하는 것이기 때문이다(9. 408-9).[4] 그러나 이런 삶의 가치에 대한 확신과 더불어 그 삶의 속절없음과 덧없음에 대한 명징한 인식도 함께 있다. 작품 전편(全篇)은 끔찍한 죽음과 참혹한 파멸의 이야기로 점철되어 있다. 한마디로 호메로스의 인물들은 삶에 대한 강렬한 욕망과 애착과 함께 그 삶의 어찌해 볼 수 없는 한계와 취약성을 숙명론적으로 받아들인다. 트로이아의 영웅 사르페돈은 친구 글라우코스에게 다음과 같이 말한다.

"친구여, 만일 우리가 이 싸움을 피함으로써
영원히 늙지도 죽지도 않을 운명이라면야,
나 자신도 선두대열에서 싸우지 않을 것이며

---

[4] 《일리아스》와 《오뒷세이아》 및 희랍비극의 모든 인용은 천병희 역(숲, 2015)에 의거한다.

또 남자의 영광을 높여 주는 싸움터로 그대를 내보내지도 않을
것이오.
하나 인간으로서는 면할 수도 피할 수도 없는
무수한 죽음의 운명이 여전히 우리를 위협하고 있으니 자, 나갑
시다,
우리가 적에게 명성을 주든, 아니면 적이 우리에게 주든."
(12. 322-28)

이렇게 사르페돈이 말하듯 호메로스의 세계에는 삶에 대한 다함
없는 확신과 열망으로 특징지어지는 **낙관론적 현세주의**가 한편에
있지만, 다른 한편으로 모든 것은 헛되고 덧없으며 죽음은 필연적이
라는 **절망적 숙명론**이 함께 있다. 이 둘 사이의 괴리와 긴장에서
궁극적으로 이른바 **비극적 비전**이라고 불리는 세계관이 탄생한다.
왜냐하면 여기서 비로소 삶을 가장 값있게 만드는 것은 과연 무엇
인가 하는 근본적인 질문이 나오기 때문이다. 즉 여기서 필멸의 인
간이 불멸의 존재로 승화할 수 있는 길이 열리기 때문이다. 생명보
다 소중한 것은 없으나 이 생명이 어차피 스러질 것이라면 어떻게
사는 것이 가장 고귀하고 숭고하게 사는 것인가의 문제가 발생한다.
삶은 그 구석구석까지 쥐어짜 남김없이 즐길 일이지만, 가장 고귀하
고 숭고한 가치의 실현을 위해서는 그 삶마저 버릴 수 있을 때 인
간의 진정한 위대함이 드러나는 것이다. 그 고귀한 가치는 아킬레우
스처럼 개인적 영웅주의의 실현일 수도 있고 아니면 헥토르처럼 공
동체를 위한 희생일 수도 있다.

《일리아스》와 《오뒷세이아》의 대조적 인간관

《일리아스》에 등장하는 아킬레우스와 헥토르는 고대인들의 관점에서 인간이란 존재가 도달할 수 있는 최고의 숭고함과 장렬함의 경지를 보여주는 인물들이다. 반면에 《오뒷세이아》의 주인공 오뒷세우스는 사람들이 모델로 삼을 만한 가장 현세적이고 실용적인 미덕과 탁월성을 소유한 인물이다. 다시 말해, 양대 서사시를 대표하는 두 인물 아킬레우스와 오뒷세우스는 호메로스가 후대인들을 위한 인간적 전범(典範)으로 창조한, 두 가지 대조적인 인간관을 각기 대변하는 인물들인 것이다. 우선 아킬레우스는 신적인(*theios*) 인간이고 이상화된 영웅으로서 최고신인 '제우스로부터의 영광'을 추구하는 인물인 동시에, 그러한 영웅적 존재가 갖는 역설을 드러내는 인간이다(9. 608). 즉 그는 죽음으로써 완성되는 '불멸의 영광'(*kleos aphthiton*)을 열망하기에 죽음을 두려워하기는커녕 오히려 기꺼이 껴안는 인간인 것이다. 반면에, 오뒷세우스는 신적인 것이나 영웅적인 것에는 관심이 없고 오직 인간적인 것과 현실적인 삶을 중요시한다. 즉 그는 불멸이니 명성이니 하는 것에 대한 열망이 없는, 현세적이고 실리적인 인간으로서 현실의 삶을 승리와 성공으로 이끌 수 있는 인내와 지략을 상징하는 존재이므로, "참을성이 많은 고귀한 오뒷세우스"나 "지략이 풍부한 오뒷세우스"란 수식어구가 항상 따라붙는다. 아킬레우스가 '자기실현'을 위해 살며 전투에 탁월한 용장이고 분노에 휘둘리는 영웅이라면, 오뒷세우스는 '자기보존'에 큰 관심을 기울이고 따라서 지모와 계략에 뛰어남과 동시에 시련과 난관을 극복하기 위한 인내심의 화신으로 보여진다.

한마디로, 《일리아스》의 아킬레우스와 헥토르는 이상주의적 인간상이며 인간적 존엄과 숭고의 전형이라면, 《오뒷세이아》의 오뒷세우스는 현실주의적 인간상으로서 유능하고 실리적인 인간의 전형으로 요약된다. 이로써 호메로스의 서사시들은 아리스토텔레스가 《시학》에서 지적했듯이 후대의 비극적 서사와 희극적 서사의 가능성을 또한 모두 잉태하고 있다(제4장 1449a). 아울러 《일리아스》의 인물들이 자신의 삶을 희생하는 대신 후대인들에게 숭고함의 전형으로 찬탄의 대상이 되었다면, 오뒷세우스는 현세적 삶의 지속과 번영을 상징할망정 숭고함과 장렬함은 보여주지 못하는 것이다. 여기서 아킬레우스와 헥토르는 비극적 영웅의 전형이며, 오뒷세우스는 희극적 인물의 전형이 된다. 말하자면 아킬레우스처럼 단명하지만 살아 있는 동안 숭고한 행동을 하여 불멸의 명성을 얻을 것인가 아니면 오뒷세우스처럼 숭고함은 없더라도 삶의 시험을 성공적으로 통과하여 해피엔딩으로 끝나는 삶을 획득할 것인가의 두 가지 대안이 제시되는 것이다.

인간은 자신의 운명에 무관심하고 나아가 적대적인 힘들이 지배하는 이 세상에서 어떻게 살아가야 할 것인가를 끊임없이 물어야 하며, 이 물음은 서양문학의 시작과 더불어 부단히 거듭된다. 서양 정신이 성취한 최초의 문학인 《일리아스》의 주인공 아킬레우스와 헥토르의 삶과 죽음은 인간의 **본질과 성격**에 대한 하나의 특수한 관점을 제시하며, 이는 곧 그들이 우리에게 인간의 **가능성과 한계**에 대한 어떤 뚜렷한 신념과 이상을 제공해 준다는 것을 말해 준다. 이러한 관점과 신념을 우리는 훗날 서구적 정신의 핵심적 특징을 구성하는 **비극적 비전**이란 말로 부른다. 비극적 비전과 관련해 조지

해리스란 철학자 겸 비평가는 "《일리아스》를 그 시작으로 하는 희랍정신은 비극적 윤리를 지닌 문화이고 비극적 정신에 깊이 물들어 있는 문화이다. 그것은 비극적 정서에 의해 사고, 감정 그리고 행동이 움직이는 특유한 문화이며 이것이 후대의 서양정신의 특징을 제공하고 그것의 정체성을 형성하였다."[5]고 말한다.

희랍정신이 가장 찬란하게 꽃피었던 공동연대 이전 5세기의 아테네 고전기를 대표하는 삼대 비극 작가는 모두 호메로스의 후예이며, 호메로스의 **고양된 인본주의**와 **비극적 세계관**을 물려받았다. 이는 플라톤이 "호메로스는 모든 훌륭한 비극시인들의 최초의 스승이자 지도자"라고 말한 것으로도 뒷받침된다(《국가》, 595b9-c2). 삼대 작가들이 호메로스로부터 물려받은 비극적 인간관과 세계관은 오이디푸스, 안티고네, 아이아스 같은 비극적 주인공들이 보여주는 성격화와 삶의 패턴으로 확고하게 형상화되었다. 그들은 한결같이 하나의 독자적 개인으로서 고통스런 딜레마의 상황에 처하게 되며, 여기서 스스로의 자유로운 선택에 따른 결단을 내림으로써 자신의 '운명'과 직면하게 되고, 마지막으로 이것이 가져오는 파국적 결과에 대해 완전한 책임을 진다. 이로써 그들의 삶이 총체적으로 보여주는 것은 '파괴될 수 없는' 인간의 본질이며, 여기서 드러나는 인간의 **숭고함과 위엄**이다. 인간은 비록 제한되어 있고 신들 앞에 무력한 존재이나 스스로의 용기와 결단에 의해 고귀하고 숭고한 가치를 구현할 수 있는 존재라는 것을 확인해 주는 것이다.

이로써 비극의 핵심은 **인본주의**에 있고, 인본주의의 꽃은 인간의

---

5) George Harris, *Reason's Grief: An Essay on Tragedy and Value*, Cambridge: Cambridge UP., 2006, pp.14-15.

존엄, 고귀함, 숭고함이라는 한 종류의 덕목으로 귀결된다는 것이 드러난다. 이는 달리 말해 희랍인들이 가장 높이 평가한 **아름다움** (*to kalon*)이란 가치로 바꿔 놓아도 마찬가지이다. 이렇듯 희랍비극은 기독교보다 5백 년도 더 오래 된, 인류의 불후의 가치인 **인본주의**를 증거함으로써, 기독교나 이슬람보다 훨씬 깊고 풍요로웠던 고전기 희랍이 이룩한 가장 숭고한 성취였으며, 서구정신은 그 당시 발전과정에서 이미 하나의 정점에 도달했었다는 것을 보여준다. 서구인은 차후 16세기 르네상스 시기에 이르기까지 인간성에 대한 이런 탁월하고 지고한 신뢰와 자신감을 누려보지 못한다.

2. 비극의 세 차원

서양 고대 희랍문명의 산물인 비극 예술에는 서로 구별되는 세 가지 뚜렷한 측면이 있다. 우선 **사회 제도**로서의 **비극공연**이 있는데, 이 공연 제도는 도시국가 아테네의 시민들을 단결시키고 도시의 정체성을 부여하며, 시민들의 문화적 역량과 자부심을 북돋는 가장 중요한 근거이자 기반의 구실을 했다. 두 번째로 **예술작품**으로서 **비극**이 있으며, 이는 공연을 위해 제작된 문학의 한 장르로서의 극시를 말한다. 마지막으로 이런 비극 작품에 구현된 **인간관과 세계관**으로서의 **비극적 비전**(혹은 **감각**)의 차원이 있다. 이를 이 분야의 획기적 연구를 남긴 장 피에르 베르낭의 이름을 따서 '**베르낭의 삼각**

형'이라고도 하며, 비극에 대한 사회적, 예술(미학)적, 존재론(형이상학)적의 세 차원을 가리킨다. 그러나 이런 베르낭류의 전통적 구별법 외에도 예술(심미)적, 형이상학적, 현실(실재)적 차원의 셋으로 나누는 구별법도 있다. 베르낭의 사회적(제도적) 측면 대신에 실제 삶에서 비극적 사건을 가리키는 실제적 차원을 꼽는 것이다. 이는 대표적으로 래리 부쳐드 등의 학자들이 주장하는 것으로 오늘날 일반적으로 받아들여지는 구분법이다.6) 또 한편에선 실제적(현실적) 차원 대신에 통속적 용법 즉 언어적 관습으로서의 비극을 넣는 평자도 있다.7) 말하자면 역사적 제도나 문학 작품으로서의 비극을 떠나 일상적 용어로서의 비극이란 언어에 주목하는 것이다. 이 관점에서는 문학적, 철학(형이상학)적, '통속적' 용법의 세 가지 측면이 있게 된다.

저자가 볼 때 위의 베르낭, 부처드, 펠스키의 구분법 중에서 부처드의 예술적, 형이상학적, 현실적 차원의 구분법이 가장 균형 잡히고 설득력 있는 관점이 아닐까 생각된다. 왜냐하면 도시국가 제도로서의 비극공연은 당대적 관점에서나 해당되는 것으로 오늘날에는 그 의미를 잃은 데 반해 삶의 실제 경험 즉 현실에서의 **비극적 현상**은 언제나 먼저 우리의 관심과 주목에 값하는 것이기 때문이다. 그래서 오늘날 비극이란 말은 첫째로 – 부처드가 말하는 – 현실 경험으로서의 비극적 현상, 다음으로 – 베르낭 등의 전통적 평자들의 – **예술 작품**으로서의 **비극**, 그리고 마지막으로 앞선 둘 – 현실

---

6) Larry Bouchard, *Tragic Method and Tragic Theology*, University Park: Penn. State UP., 1989, p.3.
7) Rita Felsky, *Rethinking Tragedy*, Baltimore: Johns Hopkins UP., 2008, pp.11-12.

경험과 예술작품 −을 모두 아우를 수 있는 **형이상학적 관점**과 **사유방식**으로서의 **비극적 비전**의 세 가지 의미를 지니게 되는 것이다.[8) 이것이 '비극' 및 '비극적인 것'이란 말이 갖는 복합성의 배경이다.

3. '비극'과 '비극적인 것'의 선후 관계

예술 작품으로서의 **비극**과 삶의 현실 및 예술 작품에 나타나는 **'비극적인 것'**의 관계는 마치 닭과 달걀의 관계처럼 선후를 따지기 힘들다는 문제가 있다. 삶에서 비극적인 현상이 발견되기 때문에 비극문학이 발생한 것인지, 다시 말해 **'비극적인 것'**이 비극 문학에 선행하는 것인지, 아니면 비극문학이 먼저 있고 여기에 나타난 인간관과 세계관을 **'비극적인 것'**이라고 부르게 된 것인지가 분명치 않다는 것이다. 비극 예술이 발생하기 위해서는 비극적인 현상 즉 **'비극적인 것'**이 현실 속에 먼저 있어야 하며, 삶 가운데 있는 이 '비극적인 것'은 예술 작품으로서의 비극과는 별개의 것으로 볼 수 있다고 말하는 학자들이 있다.9)

그러나 역사적으로 볼 때 서양문학사에서 예술작품으로서의 비극

---

8) Terry Eagleton, *Sweet Violence*, Oxford: Blackwell P., 2003, p.40에서도 동일한 결론에 도달한다.
9) William Storm, *After Dionysus: A Theory of the Tragic*, Ithaca: Cornell UP., 1998, pp.30−31.

은 한때 융성하였다가 이윽고 쇠퇴하고 소멸하기를 서너 번 반복하였다. 이에 견주어 삶 가운데 있는 '비극적인 것' 즉 비극적인 현상은 갈등과 분열을 겪어야만 되고, 그 결과로 고통받고 파멸할 수밖에 없는 인간 존재에게는 영원한 진실이라고 여겨진다. 이런 측면에서 볼 때, 예술 작품으로서의 비극이 출현하기 전까지 삶에서 '비극적인 것'은 삶의 어떤 부정적이고 어두운 측면을 가리키는 것으로서 극히 막연한 것으로 남아 있을 수밖에 없었다고 생각된다.

그러나 서사시와 비극의 작가가 등장하여 언어와 장면을 통해 그것을 표현하고 **형상화**함으로써 비로소 유서 깊은 **'비극적인 것'**이라는 **이념과 세계관**이 탄생했다고 보아야 할 것이다. 이런 맥락에서 문화상징학의 대가인 폴 리쾨르도 **비극 신학**(즉 '비극적인 것')은 비극이라는 연극 형식과 뗄 수 없지만, "그것(비극)의 주제('비극적인 것')는 비극이 존재하기 전부터 있었던 것이며, 단지 비극이라는 일정한 예술 형식이 나타남으로써 그 본질의 결정적인 특징들이 최종적으로 드러나고 완성되었다"고 말하고 있다.10) 즉 '비극적인 것'은 인류의 시작과 더불어 존재해 온 것이지만, 비극적인 것이 비극 문학이 등장함으로써 비로소 하나의 체계적인 인간관 및 세계관으로서 자리 잡게 되었다는 것이 이 둘의 역사적 선후와 상호관계를 가장 잘 설명해 준다.

---

10) Paul Ricoeur, *The Symbolism of Evil*, Beacon Press, 1986, p.211.

4. '비극적인 것'의 완전한 구현으로서 희랍비극

희랍 비극은 앞서 언급했듯이 아직 철학이나 역사 같은 조직적이고 체계적인 사유의 틀(즉 학문)이 탄생하기 이전에 고대 희랍인들이 **인간의 본성**과 **우주 가운데 인간의 몫과 위상**에 대해 직관적으로 파악한 관념과 사유를 비극이라는 예술형태로 표현한 것이다. 또한 희랍 비극은 비극문학의 시작인 동시에 그것의 완성이라고 할 수 있을 만큼 '비극적인 것'이 무엇인지 처음 보여줄 뿐만 아니라 그 전체상을 가장 분명하고 확실하게 보여주는 것이었다. 희랍 비극은 "비극적인 것의 본질을 드러내고 구현한 **하나의 갑작스럽고 완전한 창조물**"이었던 것이다. 이를 발터 벤야민은 다음과 같이 표현했다. "희랍인들은 가공할 세계 질서에 결정적으로 직면했을 때 그것의 역사철학적 느낌을 처음으로 비극시라는 장르를 창조해 새겨넣었다."[11] 여기에 '비극'이 희랍 고전문명의 발명품인 것과 마찬가지로 '비극적인 것' 또한 희랍인들의 발명이라고 말해야 하는 까닭이 있다.

이는 비극이란 말의 어원을 고찰해 보면 더욱 분명해진다. 각 민족어에는 '성스러운' 혹은 '신성한'에 해당하는 - 영어의 holy, 독일어의 heilich - 말들이 있다. 또 '숭고한'의 경우에는 영어의 sublime, 독일어의 erhaben. 그러나 '**비극적**'이란 말은 다른 민족어에는 없으며 희랍어 *tragoidia*에서 나온 말이고, 이 말은 공동연대 이전 6세기에 아테네에서 처음 만들어진 말이다. 이 말을 소리나는 대로 옮긴

---

11) Brown and Silverstone, *Tragedy in Transition*, Oxford: Blackwell P., 2007, p.16.

영어의 tragic(←tragedy)은 14세기 초 제프리 초서의 《캔터베리 이야기》(*Canterbury Tales*)에 나오는 〈수도승의 이야기〉에 처음 등장한다. 이것은 프랑스어의 tragedie 또는 독일어의 tragödie의 경우도 마찬가지여서 모두 희랍어 *tragoidia*를 각기 자국어로 음역(소리 옮김)한 것이다. '비극'(*tragoidia*)에서 나온 말인 **'비극적인 것'**(*to tragikos*)은 고전기 희랍인들이 호메로스 시대인 상고(archaic)기로부터 정신적 유산으로 물려받은, 인간과 세계를 보는 특수한 관점 및 사유방식을 가리킴과 동시에 이런 관점과 사유방식에 의해 창조된 고전기 비극작품들에 드러나는 하나의 일관된 인간관과 세계관을 가리키는 말이 되었다. 우리는 오늘날 이런 관점과 사유방식을 **비극적 비전**(tragic vision) 혹은 **비극적 감각**(tragic sense)이라고 부른다.

5. 서양 비극문학의 역사적 연속성과 공통성(일관성)

비극문학은 고전기 희랍에서 탄생한 이래 서구문학사에서 역사적으로 숱한 변이를 겪었으며 풍요로운 다양성을 보여주었다. 그러나 그것은 동시에 다양성 밑에 깔려 있는 어떤 통일성과 지속성을 드러내고 있음으로써 하나의 분명한 **전통**을 형성하였다. 비록 비극적 주인공은 영웅과 왕후장상에서 한낱 직공 혹은 농부와 같은 평민으로 변하고, 영웅적 분노와 야심은 고독하고 소외된 인간의 범용한 욕망으로 바뀌었을지라도, 그들은 공통된 인간의 **본질과 속성**을 드러내고 있는 것이다. 그리하여 비극문학 및 그것이 보여주는 관점은 서구 문화와 서구적 정신이 보여주는, 고대로부터 현대에 이르는 어떤 **통일성과 지속성**의 간명하면서도 강력한 예증으로 여겨진다.12) 여기서 우리의 관심의 초점은 비극의 변화하는 형식과 외피에 대해서가 아니라 그것의 불변하는 본질과 속성에 놓여 있으며, 우리는 비극의 이런 공통된 본질과 속성을 앞서 말한 대로 **비극적 비전**이라고 부르는 것이다. 희랍 상고기(혹은 고졸古拙기)의 호메로스가 《일리아스》에서 처음 그 씨앗을 뿌린 다음 고전기의 아이스퀼로스, 소포클레스, 에우리피데스의 비극을 통해 한껏 개화한 뒤 르네상스기의 셰익스피어와 라신느를 거쳐 20세기 앙드레 말로의 《인간의 조건》과 헤밍웨이의 《노인과 바다》에 이르는 **비극적 문학**에 나타나는 관점과 시각의 일관된 **연속성**은 부인될 수 없다. 이렇게 서구문학의 시작에서부터 현대에 이르기까지 무려 2800년을 지속한 비극적 문학의 전통을 관류하는 **비극적 비전**은 서구정신의 **핵심**을 형성하고 있다.13)

6. '비극적인 것'의 탐구/ '비극의 이론'의 탄생 및 그 배경

비극은 경쟁 장르인 서사시나 희극이 감히 따라오지 못할 만큼 숱한 이론적 탐구와 관심의 초점이 되어왔으며, 이는 비극이 독자와

12) Raymond Williams, *Modern Tragedy*, Stanford: Stanford UP., 1966, p.17.
13) Oscar Mandel, *A Definition of Tragedy*, p.28.

관객들에게 미치는 압도적이고 광범한 효과와 감동을 증거한다. 그러나 그토록 많은 비극의 이론이 쓰였다는 것은 곧 비극의 일반론이 그만큼 어렵다는 것을 말해준다. 사실 비극을 정의하고자 하는 노력은 "모든 비종교적인 탐구 가운데서 가장 집요하고 광범위한 노력이었다"는 말이 나올 만큼 파란만장한 역사를 가지고 있다.[14] 그래서 "**비극**이 아니라 **비극들**이 있다"는 말이 나왔고(A. D. 너톨), 희랍비극이란 없고 희랍비극들이 있을 뿐이며(W. 코리건), 셰익스피어 비극은 없고 셰익스피어 비극들이 있을 따름이라고 주장하는 평자도 있다(K. 뮈어). 아울러 비극의 개념은 역사적으로 가장 탁월하고 심오한 정신들을 ─ 아리스토텔레스로부터 헤겔, F. 셸링, E. 버크, 쇼펜하우어, 니체, 키에르케고르, 프로이트, 야스퍼스, 벤야민, 싸르트르, 까뮈에 이르기까지 ─ 자극하였으며 그들이 도전했던 주제가 되어왔을 만큼 서구정신사에서 중심적 위치를 차지한다. 왜 비극에 대한 일반론을 쓰기가 이토록 어려운가의 이유를 밝히는 것도 이 글의 목적의 하나이다. 앞으로 좀 더 자세히 논하겠으나 결론부터 말하면 우선 가장 중심적 요소인 **고통**에 대한 해석에서부터 ─ 즉 '**비극적**' 고통이란 무엇인가의 문제로부터 ─ 첨예하게 논의가 갈리기 때문이다.

한편 역사적으로 볼 때 오늘날 이해되고 있는 비극에 대한 관념 즉 '**비극의 이론**'은 (프랑스 대혁명 이후) 지난 200년 동안 이루어진 것이며, 이는 이 이론이 19세기 초 독일 관념론과 낭만주의 철

---

14) Stephen Booth, *King Lear, Macbeth, Indefinition and Tragedy*, New Haven: Yale UP., 1983, p.29.

학의 발흥과 함께 발생했다는 것을 뜻한다. 잘 알려져 있다시피 독일 관념론 철학은 사회정치적으로 낙후해 있던 독일이 당대의 프랑스 대혁명에 반응하여 정신적으로(즉 관념론적으로) 철학의 영역에서 일으킨 혁명으로 일컬어진다. 헤겔이 《법철학》에서 말했듯이 '철학이란 사유(즉 이성)로써 포착한 시대'로 정의되기 때문이다. 비극에 대한 이론은 19세기 전까지는 아리스토텔레스의 《시학》이 유일하였을 따름이고, 비극은 그저 존경과 경배의 대상이었지 이론적 성찰의 대상이 아니었다.

오늘날 우리가 알고 있는 비극론은 두 가지가 있을 뿐이다. 앞서 말한 공동연대 이전 4세기의 아리스토텔레스의 《시학》과 19세기 초 독일관념론의 비극론이 그 둘이다. 이 둘 사이에는 무려 2200년의 공백이 있다. 이 공백에 대해 사람들은 비극을 – 역시 앞서 말했듯이 – 존경하고 경배했을지언정 그것에 관한 이론적 성찰을 할 생각을 하지 않았다고 말하는 평자도 있다. 그러나 생각해 보면 그 이유는 그렇게 멀리 있지 않다. 기독교가 들어온 후 비극적 비전은 사라졌으며, 르네상스기가 될 때까지 천 육백 년 동안 다시 부활할 수 없었기 때문이다. 르네상스기 이후에도 18세기 말 프랑스 대혁명 시기까지는 아리스토텔레스의 《시학》으로 대변되는 비극의 극작기법에 대한 찬반의 논란이 있으면 있었지 여타의 이론은 등장하지 않았다. 그토록 아리스토텔레스의 권위는 – "그 분이 그렇게 말씀했다"(*Ipse dixit*) – 강력하였다.

근대 비극론은 앞서 언급했듯이 독일의 낭만주의적 관념론이라는 용광로 속에서 빚어진 사유 형태이며, 또 독일 낭만주의 관념론은 프랑스 대혁명이라는 역사적 대격변과 떼어서 생각할 수 없다. 근대 비극론이 프랑스 대혁명의 여파로 탄생한 것이라고 할 때, 그것의 표어가 **자아, 자유, 투쟁** 등이란 것은 놀라운 일이 아니다. 작가로서는 프리드리히 쉴러, 철학자로서는 프리드리히 셸링이 **인간 존재의 근본적 성격은 비극적**이라는 관념을 처음으로 가장 설득력 있게 주장한 인물들이다. 고전기 희랍의 아리스토텔레스가 비극을 순전히 그 효과에 주목한 극작술의 관점에서 논했다면, 독일 근대 비극론은 비극이 인간의 삶, 인간과 우주(세상) 사이의 관계 즉 이 세상에서 인간의 몫과 위상에 대한 통찰과 지혜를 전해 주는 것으로 파악했다. 근대 비극론은 이렇듯 독일 관념론 철학과 온전히 한 몸을 이루게 되었고, 그것의 핵심적 특징을 오롯이 드러내게 되었다. 쉴러, 셸링, 헤겔, 슐레겔, 휠덜린, 쇼펜하우어, 키에르케고르, 니체, 쉘러, 루카치, 벤야민, 야스퍼스, 하이데거로 이어지는 근대 비극론의 핵심에는 **자유와 운명 사이의 투쟁**이 놓여 있으며, 이런 점에서 비극은 이들에게 **가장 소중하고 숭고한 예술형식**이 되었던 것이다. 결론적으로, 비극은 인간의 자유를 위한 **투쟁의 형이상학**이었고, 동시에 기독교가 쇠퇴한 자리에 대신 들어선 **세속화된 신학**이었다.[15]

7. '비극' 및 '비극적인 것'이란 용어의 특수성

'**비극**'이니 '**비극적**'이니 하는 말만큼 남용되는 말도 드물고, 이

---

15) Terry Eagleton, *Sweet Violence*, p.223.

말처럼 명확한 뜻을 매기기 어려운 말도 없을 것이다. 뉴스 보도에서이든 문학작품에서이든 가리지 않고 엄청난 고통과 상실 또는 파괴를 초래하는 사건과 현상은 모두 무차별하게 비극이며 비극적 사건으로 불린다. 왜 우리는 온갖 재난과 고통에 대해 걸핏하면 이 말을 사용하는 것일까? 그 이유는 실인즉 멀리 있지 않을 것 같다. 보통 사람들이 쓰는 어휘 중에서 이 말보다 더 심각하고 절실하게 어떤 사태가 가져다주는 부정성(否定性)과 극단성을 묘사하고 전달할 말을 달리 찾기 어렵기 때문이다.

사실 비극이니 비극적이니 하는 말들은 다른 말로 대체하기가 쉽지 않다. 이는 다음과 같은 사실을 생각해 보면 알 수 있다. 우리가 사용하는 형용어 중에는 문학 장르에서 온 말이 적지 않다. 가령 시적이니 극적이니 하는 말부터 시작해 서정적, 서사적, 낭만적, 희극적 등. 이런 형용어들은 경우에 따라 다른 말로 바꿨을 때 큰 무리가 없다. 예컨대 시적은 '은유적,' '비유적'으로, 극적은 '놀라운,' '예상치 못한,' 낭만적은 '비현실적,' '몽상적'으로 문맥에 따라 바꿔 말할 수 있다. 그러나 **비극**과 **비극적**이란 말의 경우 이 말을 쓰는 사람은 다른 말로 바꿔 말하기를 극히 꺼려할 것 같다. 물론 '괴로운,' '슬픈,' '비참한' 등의 말들이 있으나, **비극**과 **비극적**에는 이런 말들로 대신할 수 없는 의미와 뉘앙스가 깃들어 있다고 믿는 것이다. 그래서 만약 달리 말해 보라는 요구를 받으면 그는 고작해야 비극적이란 말을 반복하는 것으로 그칠지도 모른다. 이처럼 어떤 추상적인 말이 다른 말로 바꿔 부르기 쉽지 않다는 것은, 그것이 인간의 삶과 세상의 깊숙한 진실과 직접적으로 결부된 엄숙한 말이고, 따라서 "우리의 심정에 강력하고 뚜렷한 울림을 주어, 가슴 깊숙이

에서부터 호응한다"는 것을 뜻한다. 즉 함부로 내뱉을 수 없는, 의미심장한 말이란 것이다.[16]

그런데 따져보면 **비극**이니 **비극적**이니 하는 말들은 원래 예술의 한 형태인 비극문학에서 유래된 말이고, 따라서 이 말을 쓰는 사람은 **비유적으로** 언어를 사용하고 있다고 해야 할 것이다. 다시 말해, 현실 경험으로서의 **비극**이니 **비극적**이니 하는 말은 문학 작품으로서의 비극이란 말의 **은유적 파생물**인 것이다. 그러나 위에서 말했듯이, 이 말들이 온갖 인간 고통을 가리키기 위해 사용된다는 사실은 이미 이 말들이 원래의 뿌리였던 문학작품을 벗어나 거의 독립적인 자격과 의미를 갖게 되었다는 것을 뜻한다. 사실 오늘날 이 말들을 쓰는 사람들 중에 이 말 뒤에 예술작품으로서의 **비극**이 있다는 것을 기억하거나 의식하며 쓰는 사람은 거의 없다고 보아야 한다.

그럼에도 불구하고 이 말들은 그것들의 뿌리가 문학작품에 있다는 이유로 말미암아 불가피하게 다음의 세 가지 의미와 뉘앙스를 함축하게 되었다. 우선 **비극**과 **비극적**에는 '**회복 불가능한**' 고통과 불행의 의미가 있다. 어떤 사건이 만회불가능하고 돌이킬 수 없는 파국으로 끝날 때 우리는 가장 가슴 아프고 괴롭다. **비극**과 **비극적**에는 이런 **치유 불가능**의 의미가 담겨 있다. 이는 이 말들의 배경인 비극작품들이 한결같이 돌이킬 수 없는 파탄과 불행을 그리고 있기 때문이다. 이는 고전 희랍 및 로마 비극과 셰익스피어의 대표적 작품들을 잠깐 상기해 보는 것으로 충분하다. 오이디푸스와 안티고네, 햄릿과 리어의 최후의 파멸은 만회될 수 없는 것이다. 그래서

---

16) Geoffrey Brereton, *Principles of Tragedy*, Coral Gables: U. of Miami P., 1968, p.13.

우리는 현실의 불행과 파국 역시 그것이 다시 돌이킬 수 없는 것일 때 **비극적**이란 말을 쓴다. 가령 '난데없이 닥친 비극'이라거나 '희망의 비극적 좌절'이라는 말을 할 때 우리는 예상치 못했고 도저히 어떻게 추슬러볼 수 없는 재난과 불행을 가리키는 것이지, 소위 막판 뒤집기가 일어나거나 우여곡절 끝의 해피엔딩이 예상되는 사태를 지칭하는 것이 아니다. **비극**이 이렇게 회복 불가능한 파국을 가리킨다는 것은 이와 비슷한 다른 말들의 쓰임새와 비교해 보면 분명해진다. 예를 들어, '불행'이나 '재난'이란 말은 '그들은 거듭된 불행(재난)을 겪고도 결국 살아남았다'라는 표현에서 보듯이 가능하지만, '그들은 거듭된 비극을 겪고 살아남았다'라는 말은 비극의 말뜻을 조금이라도 아는 한 할 수 없는 말이다.

다음으로, 이 말들의 근거인 문학작품 즉 비극과의 관련이 더욱 분명하게 드러나는 것은 이 말들이 **심오함**이나 **장엄함**의 뉘앙스를 내포하고 있다는 점에서이다. 달리 말해, 이 말들은 **가치**를 암시하고 있으며 **가치 부여**의 기능을 한다. 예술작품을 가리키는 유사한 장르들의 명칭 가운데 '심포니'나 '풍경화' 혹은 '서사시' 같은 말들은 몰가치적인 지시어에 불과하다. 한편 '멜로드라마적,' '풍자적' 혹은 '희극적'이란 말들은 반쯤은 폄하적인 뉘앙스를 담고 있다. 반면에 비극이란 말은 가장 **높은** 가치를 암시하고 있는 것이다. 우리는 **비극적**이라고 묘사된 인물에 대해서 그를 가슴 아파하고 동정할지언정 경멸하든가 비난하지 않으며, 심지어 비판하지도 않는다는 것을 알고 있다.[17] 오히려 이 말에는 상당한 정도의 인정이나 존중의

---

17) Geoffrey Brereton, *Principles of Tragedy*, p.8.

의미가 내포되어 있다. 가령 '그의 최후는 비극적이었다'와 '그의 말로는 비참하였다'를 비교해 보라. 혹은 '장래가 촉망되던 청년의 비극적 죽음'과 '한때 전도유망해 보이던 청년의 참혹한 최후'는 어떤가? 가슴 아프고 괴로운 것은 둘 다 마찬가지라 해도 앞의 말들은 훨씬 품격을 높여주고 뭔가 엄숙하고 장중한 느낌을 주지 않는가!

그래서 비극적이란 말에 들어 있는 긍정적이고 인정적인 뉘앙스는 가령 유대인 홀로코스트 혹은 6. 25 한국전쟁이 '비극적'이었다는 평가나 묘사를 명백히 불가능하게 만든다. 왜냐하면 우리가 익히 알다시피 이런 역사적 사건에는 일체의 긍정적 의미가 깃들어 있을 수 없고 단지 참혹하거나 끔찍하다든지 아니면 파멸적 사건이라고 밖에는 달리 표현할 수 없기 때문이다. 한국전쟁은 그것에 대한 일부 진보적 입장의 논의, 즉 그 동기는 북한 지도부의 극히 민족자결주의적 결단에서 비롯되었다는 주장도 있으나, 그 동기가 어떠하든 간에 전후에 반세기 이상 남북한 국민들에게 가져온 헤아릴 수 없는 고통과 해악으로 인해 어떤 긍정적 의미도 부여하기 힘든 것이 사실이기 때문이다. 나아가서 우리는 한국사회 전반에 걸친 암흑면의 총체적 표출과 같았던 '세월호 침몰'과 같은 사건도 어떤 긍정적 의미도 찾아볼 수 없는 순수한 인재였다는 점에서 '비극적'이라고 부를 수 없다. 그 사건은 인간의 악이 빚어낸 참혹한 재난일 따름이었다.

그러나 당연한 말이지만 우리나라 역사에서 최고의 존경을 받는 충무공 이순신 장군에 대하여 말할 때 '그의 최후는 비극적이었다'는 표현은 얼마든지 가능하다. 왜냐하면 충무공의 죽음은 우리로 하여금 엄청난 슬픔과 함께 말할 수 없는 숭고함도 동시에 느끼게 만들기 때문이다. 또 비슷한 의미에서 현대사에서 고 노무현 대통령의 죽음 또한 많은 사람들에게 '비극적'인 것으로 받아들여졌을지도 모른다. 왜냐하면 그는 자신의 잘못만이 아닌 잘못을 껴안고 자살했으며, 그의 죽음으로 그가 표방하던 한국사회의 진보적 가치는 상당 부분 소생할 수 있었기 때문이다. 이상의 두 가지 경우 '비극적'이란 말에는 양가적(兩價的) 의미 - 즉 괴롭고도 숭고하다는 - 가 깃들어 있다.

그러므로 마지막으로, 비극과 비극적이란 말에는 **양가적 혹은 역설적 함의**가 담겨 있다는 사실이 드러난다. 즉 비극과 비극적이란 말에는 하나의 소중한 가치가 파괴됨과 동시에 어떤 다른 하나의 가치가 생성된다는 이중적 혹은 양가적 의미가 들어 있다는 것이다. 그래서 비극 혹은 비극적이라고 묘사된 사건이나 행위는 빛과 어둠, 긍정과 부정, 희망과 절망의 양면적 인식이나 감정을 함께 일깨우는 사건이나 행위일 가능성이 크다. 이를 우리는 '비극적 역설'이라고 부르며, 앞으로의 논의에서 더욱 분명해지겠지만, 이것이 비극 및 비극적이란 말이 담고 있는 가장 핵심적인 본질이다.

제2장
비극적 비전의 내용과 맥락

셰익스피어의 1606년작 《앤토니와 클레
오페트라》가 1951년 로렌스 올리비에와
비비안 리 주연의 연극으로 상연되었다.

"탁월한 비극은 인간이 산출한 가장 숭고한 산물이며, 우리에게 가장 즐
겁고 유익한 오락을 제공한다. 비극은 우리의 사고로부터 일체의 조야하고
사소한 것들을 내몰아버린다."

– 조지프 애디슨, 《스펙테이터지誌》, 제39호

1. 비극문학의 의의

"비극은 고대로부터 모든 시 가운데 가장 심각하고 도덕적이며 가장 유익한 시로 존중되어 왔다."

                                        – 존 밀턴,《투사 샘슨》서문

"그 효과가 크고 그 성취가 어렵다는 점에서 비극은 시문학의 최고봉이다."

                        – 아르투르 쇼펜하우어,《의지와 표상으로서의 세계》

(1) 문학예술의 근본 형식

비극적 비전은 조직적, 체계적이지 못하고 다양한 변주를 보여주며 논자마다 강조점의 차이를 지니고 있다. 그것은 어떤 특유한 통찰과 직관 및 느낌의 총합이며 **비극적 비전**이나 **비극적 의식(혹은 감각)**이라고 밖에는 달리 이름 부를 수 없는 그 무엇이다. 그것은 인간으로서 지니는 가장 뿌리 깊은 관심사인 삶의 근본적 의미, 우주 즉 이 세상에서 인간의 몫과 위상, 고통의 불가피성 그리고 그 고통의 이유와 의미 및 효과 등을 묻는 것이다. 한마디로, 비극은 삶에 대한 근원적이고 본질적인 질문, 즉 인간이 산다는 것은 어떤 것이며 삶의 의미는 무엇인가를 탐구하는 것이다. 이렇게 시간을 초월한 항구적이고 보편적인 문제를 다루기 때문에 비극은 모든 예술의 **근본적 형식**이 된다. 비극작가는 예술 창작의 근원적 충동을 구현하는 것이며, 비극은 예술 작품을 창조하려는 인간 욕망의 가장 직접적이고 원초적인 형식이 되는 것이다.[1]

비극적 의식(혹은 감각)은 인간이라면 기질에 따라 강하고 약한 차이는 있으나 잠재적으로는 누구나 지니고 있다. 그것은 삶의 경험에 따라 일깨워지고 깊어지며, 사람에 따라서는 그의 근본적인 인간관과 세계관을 형성하여 그를 지탱해 주고 삶을 버텨나가게 하는 힘이 되어줄 수도 있다. 비극적 비전은 어떤 합리적 비전과도 양립할 수 없으나, 종교적 비전과는 견주어질 수 있다. 즉 종교를 대신하는 역할을 할 수도 있다. 달리 말해, 그것은 인간과 삶에 대해 자신이 이미 확고한 관점과 견해를 지니고 있다고 생각하는 종교인(신앙인)이나 달관한 도인(현인), 또 그 반대로 삶에 대해 어떤 설득력 있는 해석과 신념도 거부하는 회의주의자나 냉소주의자들에게는 들어올 수 없는 사유방식이다.[2]

스피노자가 말했듯이 인간은 '욕망의 존재'이다. 욕망한다는 것이 인간의 존재 이유이기 때문이라고 그는 말한다(《에티카》 제3부, 〈정서의 정의〉). 한마디로, 인간은 그것이 무엇이든 자신이 결핍하고 있는 것을 충족하려는 욕구를 지니고 있고, 또 자신이 선호하고 추구하는 어떤 가치를 실현하려고 하는 존재이다. 그러나 인간은 동시에 정신적으로 근본적인 맹목성과 유한성을 벗어날 수 없으며, 심리적으로는 본유적인 불안정성 및 불완전성을 지니고 있다. 달리 말

---

1) 아르놀트 하우저/황지우 옮김, 《예술사의 철학》, 돌베개, 1983, pp.80~81.
2) Richard B. Sewall, *The Vision of Tragedy*, New Haven: Yale UP., 1990, p.5.

해, 인간의 욕망은 무한하나 그의 이성의 한계는 분명하고, 의지는 강력할 수 있지만 그의 사고와 판단은 어둡고 위태로울 수 있다.[3] 결과적으로 인간의 삶은 항상 좌절과 패배의 가능성에 봉착하며, 이것이 삶이 지니는 가장 원초적이고 근본적인 공포이다. '왜 열망과 헌신은 걸핏하면 파국을 불러오며 그것은 일견 피할 길이 없어 보이는가!'라는 것은 영원한 인간사의 진리이고 언제나 우리를 사로잡는 문제이며, 지난 2800년 동안 지속적으로 문학의 대가들이 서사시, 연극, 소설 등의 형식으로 형상화하였다. 이것의 구체적인 플롯과 성격화의 대상은 무한히 다양하며 시대와 장소에 따라 바뀔 수 있으나, 그 **시선과 초점**은 항상 동일하다. 또한 **비극적 인식**이나 **감각**은 이 문제들에 대해 본격적인 답안을 제시하는 철학과 종교의 등장 이전부터 인류가 삶의 경험을 통해 직관했던 인식이고 또 느껴왔던 감각이다. 비극은 서양에서 철학이 등장하기 백 년 전 고전기 아테네에서, 또 달리 말해서 기독교가 등장하기 오백 년 전에 활짝 개화했던 예술 형식이다. **비극적 비전**은 그리하여 인간의 실체와 인간의 삶의 진실에 대한 서구인들의 최초의 심오한 사유와 통찰의 결실이며, **비극문학**은 그것의 탁월한 형상화요 기록인 것이다.

---

3) 인간의 본유적 어리석음에 대한 논의에는 동서양의 구별이 없지만 동북아적 사고에서 가장 오래된 전거(典據)는 《서경書經》에 나오는 "깨우친 마음은 희미할 따름이고 평소의 마음은 오직 위태로우니, 마음을 항상 맑고 한결같이 하여 진실로 그 중심을 잡으라"(道心惟微 人心惟危, 惟精惟一 允執闕中)는 충고이다(《서경書經》, 대우모大禹謨편).

(2) 삶의 가능성 탐색

우리는 이 글을 시작하며, 문학의 기능은 근대비평의 초석을 놓은 매슈 아놀드가 말했듯이, 삶을 해석해 주는 데 있다고 했다. 그런데 삶의 해석에서 근본적이며 일차적인 과업은 그것의 가능성과 한계를 검토하는 일일 것이다. 이 점과 관련해 국내 영미비평계의 태두인 김우창 교수는 서양문학의 가장 뚜렷한 전범을 비극에서 찾아볼 수 있는 것은, 비극의 주된 기능이 인간 행동의 가능성의 탐구이기 때문이라고 지적한다. 김 교수에 따르면 비극 문학이 인간 가능성을 탐구하는 것은 마치 수학이 극한의 개념을 사용하여 수학적 진리를 포착하려는 것과 비슷하다는 것이다.[4] 인간의 가능성을 탐구한다는 것은 달리 말해 인간의 **자유의 가능성**을 탐색한다는 것과 같다. 또한 자유의 탐색이란 인간이 과연 자신의 자유를 통하여 스스로의 삶의 의미를 수립하고 자신이 추구하는 가치를 실현시킬 수 있는 존재이냐를 묻는 일이 되기도 한다. 희랍비극 이래로 비극이 인간의 극한적 상황을 다루는 까닭은, 그것이 인간이 우주 가운데서 차지하는 위상과 몫, 즉 그의 **운명**을 탐구하는 양식이기 때문이다. 비극은 결국 궁극적으로 인간의 삶은 의미가 있는 것인가, 달리 말해 인간은 자신이 생각하는 삶의 의미를 구현할 수 있는 존재인가를 묻는 것이다.

이런 맥락에서 20세기 미학의 중요 이론가인 제롬 스톨리츠는, 비극이 인간에게 가장 근원적이고 중요한 사건을 다룬다는 것은 그

---

4) 김우창, 〈문학의 즐거움과 쓰임〉, 《문학의 지평》(김우창·김홍규 공편), 고려대 출판부, 1984, p.11.

것이 인간이 가장 소중하게 생각하는 가치를 실현시키려 하든가 아니면 가장 절실한 욕망을 충족하려는 인간의 운명을 그리기 때문이라고 말한 바 있다.5) 비극에서 문제가 되는 것은 "사소한 것이 아니라 삶에 목표와 존엄성을 주는" 가치요 욕망이라는 것이다. 근본적으로, 인간은 자신의 운명에 대해 무관심하거나 적대적인 세계 혹은 무의미나 혼돈 그 자체인 우주에 대항해 인간적 정의를 실현하고, 인간적 질서를 수립하려는 투쟁을 벌여야 하는 존재다. 즉 비극적 인간은 "무의미와 허무를 강요하는 운명 그 자체에 대해 단호히 아니라고 선언해야 하는" 것이다.6) 그리하여 비극이론가 찰스 글릭스버그가 말하듯, 인간적 **정의**를 실현하고 **질서**를 수립하려는 것은 "비록 최후의 패배가 기다리는 헛된 정열이고 집념이며, 불공평한 싸움이고 어리석은 집착일지 모르지만 결국 그것은 인간이 지닌 유일한 정열이고 집착이며 삶의 의미"라고 할 수 밖에 없는 것이다.7) 우리는 이런 인본주의적 믿음과 확신의 가장 극명한 예증을 바로 비극문학에서 찾아보게 된다. 그래서 많은 평자들은 "소포클레스와 셰익스피어는 최악의 경우에도 인간사에는 '의미 있는 질서와 정의가 지배하고 있다'는 증거를 찾아내었고, '비극은 무의미를 초극하는 양식'이 되었다"고 말한다.8)

---

5) 제롬 스톨리츠/오병남 옮김, 《미학과 비평철학》, 이론과 실천, 1991, p.255.
6) Karl Jaspers, trans. Harald A. T. Reiche et al., *Tragedy Is Not Enough*, Boston: Beacon P., 1952, p.45.
7) C. I. 글릭스버그/이경식 옮김, 《20세기 문학에 나타난 비극적 인간상》, 종로서적, 1983, 33.
8) Henry A. Myers, *Tragedy: A View of Life*, Ithaca: Cornell UP., 1956, p.154; Adrian Poole, *Tragedy: Shakespeare and the Greek Example*, Oxford: Basil Blackwell, 1987, p.10; Timothy Reiss, *Tragedy and Truth*, New Haven: Yale UP., 1980, p.6.

우리는 비극을 보면서 인간의 맹목과 무지라는 한계와 더불어 그의 용기와 인내라는 미덕 및 이 미덕들을 통해 성취되는 사랑과 신의 및 정의와 진실을 목격하고, 인간에 대한 관점과 안목이 확대되고 고양되는 것을 느낀다. 냉정하게 말해서, 비극은 인간의 최대의 **가능성**과 그의 가장 비참한 **한계**를 동시에 보여준다.[9] 비극의 주인공은 그가 염원하고 추구하던 목적을 성취하지만 그에 대한 혹독한 대가를 지불하기 때문이다. 이런 비극을 통해 관객이나 독자가 얻게 되는 깨달음은 '사실'에 대한 지식은 아니지만, 인간이 가질 수 있는 것 가운데 **가장 중요한 종류의 지식**에 속하는 것이라고 할 수 있다. 이런 지식을 우리는 '**지혜**'라고 불러도 좋을 것이다. 우리는 비극에서 "지혜롭지 못한 행위가 가져오는 결말을 보고 비극의 '지혜'를 얻게 된다."[10] 우리는 플라톤이 《메논》에서 말했듯이 "모든 인간의 행위는 영혼에 달려 있으며, 영혼 그 자체는 그것이 선을 가져오기 위해서 지혜에 달려 있다"라는 말에 동의하게 되는 것이다(《메논》89a).[11] 비극의 주인공이 결여하고 있었던 것은 – 우리 모두가 역시 그러하듯이 – 바로 삶의 지혜였기 때문이다. 그리고 우리는 비극의 종말에 이르렀을 때 그것이 비록 괴롭고 끔찍하다고는 말할 수 있으나, 슬프거나 비참하지는 않다는 느낌을 갖는다. 왜냐하면 주인공의 종말은 완전한 패배와 파멸의 어둠에 뒤덮여 있는 것만은 아니기 때문이다. 즉 그는 비록 파멸할지라도 **용기와 인내**라는 인간적인 미덕을 통해 어떤 **의미와 가치**를 – 그것이 사랑이건

---

9) Richard B. Sewall, *The Vision of Tragedy*, p.7.
10) 제롬 스톨리츠, 《미학과 비평철학》, p.257.
11) 플라톤/천병희 옮김, 《파이드로스/ 메논》, 숲, 2013, p.186.

신의이건 정의이건 진실이건 아니면 단지 인간적 자존감이건 간에
- 성취하고 실현해 내기 때문이다. 모든 비극의 주인공이 다 지혜
를 얻는 것은 아니지만, 관객이나 독자는 주인공의 삶과 죽음을 통
해 지혜를 얻게 된다. 이렇게 비극은 그것이 불러일으키는 고통과
더불어 정신적 **깨우침**이라는 **즐거움**(*to chairein*)을 가져다줌으로써
인간이 지닌 **가장 위대한 예술작품**에 속한다고 할 수 있다.

(3) 삶의 법칙(즉 우주의 본성)의 구현

비극은 문학 가운데 가장 극명하게 **삶의 법칙**이 어떻게 작동하
는지 보여주는 장르이다. 그것은 결코 좌절과 절망과 허무의 광경이
아니며, 삶의 엄숙한 **보편적, 도덕적 법칙**을 증거하고 제시해 준다.
구체적으로 비극은 그것이 출현한 이래 우리가 살고 있는 세상은
어떤 곳이며, 우리의 행동은 어떤 결과를 가져오는 것인지, 그리고
우리의 삶을 지배하는 **원칙**(혹은 **이치**)이 있다면 그것은 무엇인지
보여준다. 다시 말해, 비극은 삶을 지배하는 **가능성과 필연성**을 우
리에게 가르쳐 주는 것이다. 이것은 종교가 등장한 이후에는 종교와
나누어 갖게 된, 문학이 할 수 있는 최고의 기능이며 효과이다. 이
런 점에서도 비극은 문학의 대표 또는 제왕으로 불릴 만하다.

인간은 자기 자신에 대해서나 이 세상의 실체에 대해서 잘 알
수가 없다. 즉 인간의 **자기인식과 현실인식**은 부정확하다. 그러나
인간은 세상을 살아가면서 끊임없이 **선택하고 결단**해야 한다. 삶은
부단한 딜레마 속에서 **갈등의 연속**이다. 그리고 이 세상은 무한한
기회와 자유의 공간이 아니라 제한된 선택안을 제시하는 폐쇄된 공

간이다. 그리고 이 선택안들은 서로 대립하고 갈등하는 관계에 있다. 좋은 것과 좋은 것이 서로 대립할 뿐만 아니라, 옳은 것과 옳은 것도 서로 대립 갈등한다. 한마디로 이 세상은 조화될 수 없는 **갈등**으로 가득 차 있다. 인간에게는 선과 악의 가능성이 고루 열려 있으되, 인간은 자신의 **사고**(*dianoia*)와 **성격**(*ethos*) 혹은 **품성**(*hexis*)에 따라 선택하고 결단한다. 그러나 인간의 선택은 본유적 무지와 맹목 및 성격적 결함으로 말미암아 얼마든지 오류의 가능성을 향해 열려 있다. 여기서 인간은 자기 딴에는 가장 훌륭한 최선의 선택이라고 생각한 것이 그를 오히려 고통과 파멸의 나락으로 떨어지게 만드는 비극의 본질을 구현하는 것이다.

결론적으로 인간은 선택의 자유를 누리지만 그 선택은 잘못된 것일 수 있으며, 이 잘못된 선택에 대해서도 책임을 져야 하는 존재다. 이것은 '선택과 결단'이라는 실존주의적 명제와도 마주 닿아 있다. 다시 말해, 인간이라면 누구에게나 적용되는 인간의 조건이며 세상의 이치, 즉 **보편적 진실**이다. 이런 점에서 비극은 인간 세상의 수많은 고뇌들이 서로 떨어져 있는 낱낱의 개별적인 것이 아니라, 하나의 거대한 패턴에 속하는 것이고, 우리 각자는 인류라는 하나의 거대한 형제단의 일원이라는 사실을 새삼스레 깨닫게 해준다. 여기서 우리는 현실세계로 돌아왔을 때 동료 인간들의 고통과 고뇌에 대해 공감과 연민을 느끼게 되며, 비극은 바로 이런 인간적 공감을 가능케 하고 북돋아 주는, 인류가 지닌 매우 중요한 도구요 매개 가운데 하나라는 것이 드러난다.

(4) 삶에 대한 균형 잡힌 관점의 제시

비극적 통찰은 – 2절의 서사문학의 세 갈래에서 자세히 논하겠지만 – 승리와 패배라는 멜로드라마적 극단들 사이의 **중용**을 제공한다. 비극적 비전은 모든 것은 결정되어 있다는 숙명론과 이 세상에서 인간의 노력 여하에 따라 지상천국이 가능하다는 유토피아주의, 즉 비관론과 낙관론, 성악설과 성선설 사이의 **균형**을 유지한다. 비극은 숙명론자와 비관론자에게 '인간은 만약 그 대가를 치를 준비가 되어 있다면, 그가 원하는 것을 얻을 수 있다'는 것을 상기시킨다. 또한 유토피아주의자나 낙관론자에게는 그가 원하는 것을 얻을 수 있으되, 그 대가가 대단히 무겁다는 것을 경고한다. 비극은 인생에는 공짜가 없으며, 경우에 따라 하나의 승리를 얻기 위해서는 그것의 열 배 혹은 그 이상에 해당하는 상실과 패배를 지불해야 하는 것이 이 **세상의 법칙**임을 환기시켜 준다. 그리고 비극은 어떤 명분에 헌신하거나 어떤 가치를 실현하려 매진하는 인간의 삶은 험난하고 짧을 수 있으나, 그는 인간이 도달할 수 있는 최고의 존엄함과 숭고함을 보여줄 수 있다는 것도 가르쳐 준다. 이렇듯 비극은 승리의 멜로드라마(혹은 서사)와 패배의 멜로드라마(혹은 서사) 또는 교훈주의와 허무주의 사이의 **중간**에 위치하여 인간의 삶에 대한 **균형 잡힌** 시각을 제공한다.

2. 비극과 멜로드라마

"비극은 성격(인물)에서 비롯하고 멜로드라마는 상황(플롯)에서 비롯한다."

　　　　　　　－ 대표적 헐리웃 영화감독 시드니 루멧(Sydney Lumet)

"비극은 인간 안의 갈등에서 비롯하고 멜로드라마는 인간과 인간 사이의 갈등에서 비롯한다."

　　　　－ 소설《움츠린 아틀러스*Atlas Shrugged*》의 작가 아인 랜드(Ayn Rand)

(1) 멜로드라마의 세계

비극적 비전의 본질을 규명하기 위해서는 그것과 짝을 이루는 서사양식인 멜로드라마적 비전을 먼저 고찰할 필요가 있다. 멜로드라마는 가장 **대중적이고 인기 있는** 서사예술의 장르이다. 현실적으로 멜로드라마가 갖는 위상과 매력으로만 보면 그것이 재현예술을 대변하는 중심적 장르임을 아무도 부정할 수 없다. 그래서 멜로드라마는 **연극적 충동의 상수(常數)이고 본질**이라고 주장하는 평자들도 있다.[12] 그러나 멜로드라마는 존중되지 못할 뿐더러 널리 경멸받고 있다는 것도 사실이다. 즉 그것은 많은 경우 '되다만' '실패한' 혹은 '타락한' 비극이라는 평을 받는다. 이렇게 경멸받으면서도 광범하고 지속적인 매력과 호소력을 지닌 장르인 멜로드라마는 현대 문화가 지니는 **모순과 위선**의 징표라고 할 수 있다.[13]

---

12) Eric Bentley, *The Life of the Drama*, New York: Atheneum, 1979, p.216.
13) Peter Brooks, *The Melodramatic Imagination*, New Haven: Yale UP., 1995, ix.

멜러드라마의 강점과 약점은 모두 그것이 갖고 있는 **도피**(escapade) **문학**이라는 본성에서 비롯된다. 승리의 멜로드라마건 패배의 그것이건 멜로드라마는 삶의 현실의 문제를 다루고 재현하지만 그 해결은 **이상적 즉 비현실적 방식**을 통해서 한다. 즉 **꿈의 세계**이다. 우리는 잠시나마 그런 꿈나라 또는 이상세계 즉 '환상'을 즐기는 것이다. 그래서 멜로드라마는 현실의 삶의 단조로움과 무미건조함 그리고 무기력을 벗어나서 어떤 강력한 **대리 고양감**을 맛볼 수 있는, 우리가 가진 거의 유일무이한 경험이라고 해도 지나치지 않다. 특히 승리의 멜로드라마는 가장 확실한 **현실도피적 대리 체험**을 제공한다. 그것은 삶을 지속하고 지탱하기 위하여 우리가 절실히 필요로 하는 용기와 자신감 그리고 희망을 불러일으키고 북돋아 주는 매체인 것이다. 우리는 현실의 삶을 버텨나가기 위해서는 그것들이 아무리 환상적이고 일시적일지라도 멜로드라마에서 볼 수 있는 것 같은 비범한 용기, 인내 및 강인함이 절대적으로 필요하다고 느끼는 것이다. 만약 인간이 깨어 있는 동안 예술을 통해 이런 승리감 넘치는 **카타르시스**를 맛보지 못한다면 그것은 우리가 잠자는 가운데 꿈속에서라도 나타나게 마련이다. 20세기 미국의 저명한 연극 평론가 에릭 벤틀리는 이런 의미에서 멜로드라마를 **"꿈과 같은 삶의 자연주의"**(Naturalism of Dream Life) 즉 '몽상의 실현'으로 정의하였다.14) 한마디로 인간은 꿈과 희망이 없이는, 보다 직접적으로는 위안과 격려가 없이는 살 수 없는 존재인 듯하다. 이런 인간의 본성을 일차적으로 충족시켜 주는 예술이 바로 멜로드라마이다. 특히

---

14) Eric Bentley, *The Life of the Drama*, p.205.

승리의 멜로드라마는 우리의 내면의 삶이 지니는 명백하고 부인할 수 없는 한 측면, 즉 나약하여 위로와 격려를 필요로 하는 인간적인 면을 반영하는 예술이다.

한편 대부분의 **대중적 예술**이 멜로드라마라고 해서, 곧 모든 멜로드라마는 쓰레기라고 싸잡아서 폄하할 수는 없다.15) 당연한 말이지만 모든 예술은 그 장르의 걸작으로 평가해야지 그것의 졸작이나 태작(馱作)으로 평가해서는 안 되기 때문이다. 멜로드라마에도 그 나름의 걸작이 있다는 것은 역사적으로 아이스퀼로스의 《페르시아인들》, 에우리피데스의 《아울리스의 이피게네이아》, 《트로이아의 여인들》, 《박코스의 여신도들》, 셰익스피어의 《로미오와 줄리엣》, 《헨리 5세》, 《리처드 3세》, 크리스토퍼 말로우의 《에드워드 2세》, 레씽의 《에밀리아 갈로티》, 입센의 《헤다 가블러》, 존 미들턴 싱의 《바다로 달려가는 사람들》, 유진 오닐의 《낮의 밤으로의 긴 여로》, 아서 밀러의 《세일즈맨의 죽음》, 베르톨트 브레히트의 《억척어멈과 그 자식들》 같은 작품들이 증거해 준다.

19세기 초 프랑스 곧이어 영국의 극장에서 본격적으로 시작한 근대 멜로드라마는 단지 **연극**뿐만 아니라 당대에 주류 오락이자 여가선용의 매체이던 **소설**에서도 마찬가지로 융성하였다.16) 프랑스의 발자크, 외젠 수, 알렉상드르 뒤마 그리고 영국의 디킨즈, 마가렛 올리펀트, 프랜시스 트롤롭뿐만 아니라 가장 진지하고 본격적인 소설을 쓴 헨리 제임스도 멜로드라마적 드라마와 소설을 썼다. 이로써 멜로드라마는 **근대적 상상력**이 낳은 가장 중심적이고 강력한 생명

---

15) James Smith, *Melodrama*, London: Methuen, 1975, p.11.
16) Peter Brooks, *The Melodramatic Imagination*, p.12.

력을 갖는 예술양식이 되었다. 19세기에 소설은 한쪽에서 **비극적 리얼리즘 소설**을 통해 최고 수준의 예술적 경지에 올랐을 뿐 아니라 다른 쪽에서는 **멜로드라마적 소설**을 통해 가장 대중적인 여가와 오락의 수단을 제공하기도 했다.

평자들에 따르면 멜로드라마에 대한 인간의 욕망에는 신을 향한 인간의 종교적 열망과 동일하거나 적어도 그것과 유사한 정도의 강렬함과 절박함이 있다고 한다. 그리고 여기엔 그럴 수밖에 없는 역사적·문화적 배경과 원인이 있다는 것이다. 멜로드라마의 본질과 그것의 역사적 뿌리에 대해 본격적인 연구를 수행한 학자들 가운데 한 사람인 피터 브룩스 교수에 따르면, 근대 서구 세계에서 멜로드라마의 탄생은 **프랑스 대혁명** – 그리고 적은 정도로 동시대의 **산업혁명** – 이후에 전개된 시대적, 정신적 상황과 밀접한 관련이 있다.[17] 즉 그것은 '이중혁명'이 가져온 **기독교의 쇠퇴와 붕괴** 및 이에 따른 일체의 **신성한 것의 소멸과 상실**이 가져온 상황인 것이다. 프랑스 혁명은 르네상스에서부터 시작된 비신성화 즉 세속화라는 오래된 과정의 마지막을 장식하는 지각변동적 사건이었다. 인간과 우주의 위상을 초자연적으로 해석함으로써 사회적 응집력과 구심점을 제공해 주던 '성스러운 신화' 즉 기독교는 해체되고 붕괴하였고, 그것들의 정치적, 사회적 대변물인 교회, 절대왕정, 계서적(階序的) 사회질서들도 그 정당성을 상실하였다. 다시 말해, 기독교가 쇠퇴함으로써 그것이 뒷받침하던 유기적이고 계층적으로 응집된 사회가 해체되기 시작했던 것이다. 멜로드라마는 이처럼 신성한 것이 사라

---

17) 위의 책, pp.15-6.

진 세상에서 근본적으로 '도덕적인 우주'를 발견하고 제시하며 입증하고 작동케 하기 위한 주된 예술양식이 되었다. 이런 당대의 정신적 상황을 잘 대변해 주는 말은 혁명가 생 쥐스트(Louis Antoine Saint-Just)의 "공화정부는 자신의 주덕(主德)을 갖던가 아니면 공포 밖에 없을 것이다"라는 선언이다.[18]

이런 맥락에 비추어 볼 때 멜로드라마의 중심적 감정이 **두려움과 공포**라는 사실은 충분히 이해될 수 있다. 즉 그것은 서구사회가 근대 세계로 들어서기 위해 겪어야 했던 **절대적 가치의 소멸**이라는 역사적 계기에 뒤따르는 가치의 혼돈과 무질서가 필연적으로 가져온 감정이기 때문이다. 멜로드라마의 경험은 한마디로 **악몽**의 경험이며, 이 악몽의 경험이 작품의 주된 액션과 사건이 된다. 이런 점에서 멜로드라마는 이 시기의 주요한 장르였던 **고딕소설**과 많은 것을 공유한다. 둘은 똑같이 악몽의 상황에 편집적(偏執的)으로 몰두한다. 그래서 멜로드라마적 비전은 **편집증적 비전**에 비견된다고 말하는 평자도 있다.[19] 즉 그것은 일종의 **신경증적 증세**라 할 만큼 심각하고 절실하다는 것이다. 말하자면 혹시나 '이 세상에서 **정의**가 사라지고 **질서**가 붕괴하면 어떻게 할 것인가' 달리 말해 '선인이 고통 받고 파멸하며 악인은 끝없이 번성하면 어떻게 할 것인가' 하는 **두려움과 공포**의 감정이며, 한마디로 이 세상이 엉망진창 뒤죽박죽이 되어버리지나 않을까 전전긍긍하는 것이다. 그래서 멜로드라마적 감정은 쫓고 쫓기는 아슬아슬하고 위태로운 감정이다. 이 불안과 두려움을 완전히 **해소**해 주면 **'승리의 멜로드라마'**가 되고, 반대로 **최**

---

18) 위와 동일, 재인용.
19) Eric Bentley, *The Life of the Drama*, p.202.

대화시키면 '패배의 멜로드라마'가 된다. 한편 비극의 경우에는 해소해 주는 면도 있고 강화시키는 면도 있다. 왜냐하면 비극의 주인공은 외면적으로는 지지만, 내면적으로는 결코 무릎 꿇지 않기 때문이다.

이른바 **매니키언적(Manichean) 관점** 즉 **선과 악의 양극화된 관점**이 멜로드라마의 세계관이다.[20] 선과 악 사이의 팽팽하고 치열한 **대립갈등**이 작품 플롯의 중심적 동력을 제공하는 것이다. 여기선 **흑백논리**에 의한 **양자택일**의 구도 즉 선과 악의 **양극화**가 필수적이다. 천사와 악마의 싸움 즉 진선진미한 주인공과 극악무도한 악당의 대결이 가장 일반적인 구도이다. 멜로드라마는 이렇게 어둠의 세력과 빛의 세력 사이의 목숨을 건 필사적인 싸움과 그 결과로서 주어지는 구원과 파멸 사이의 긴장감으로 충만하다. 그리고 바로 이런 단순하고 강렬한 대립구도가 **근대 대중미학**의 근간이고 정수를 구성하게 되었다. 멜로드라마는 승리의 멜로드라마가 가져다주는 격렬한 환희와 안도 및 만족감이건 패배의 멜로드라마가 갖게 하는 가슴메어지는 슬픔과 절망과 공포건 모두 강렬한 **단일감정**을 불러일으킨다. 이는 모두 일종의 히스테리컬하고 극단적인 감정이다. 여기서 멜로드라마는 서사문학 가운데 가장 감정에 호소하는 강렬한 센세이셔널리즘 즉 **선정주의적 장르**라는 평가가 비롯된다.[21]

---

20) Robert Heilman, *Tragedy and Melodrama : Visions of Experience*, Seattle: U. of Washington P., 1968. pp.77−9.
21) 크리스토퍼 보글러/ 함춘성 옮김, 《신화, 영웅 그리고 시나리오 쓰기》, 무우수, 2005, 242−3.

(2) 승리의 멜로드라마

승리의 멜로드라마는 궁극적인 선의 승리로서 관객/독자의 잠재적인 불안과 공포를 해소시킨다. 선의 승리는 이 세상에서 발생하는 도덕적 혼돈은 해소될 수 있다는 확신을 가져다준다. 달리 말해, 그것은 '**도덕적 우주**'의 존재를 발견하고 입증하며 명료하게 만들어주는 것이다.[22] 앞서 말했듯이, 근대 예술은 어떤 신학적 체계나 보편적으로 받아들여지는 사회적 규범과 신념체계의 뒷받침을 받지 못하기 때문에 자신이 궁극적으로 정당화될 수 있는 어떤 의미와 상징 시스템을 지니고 있지 못하다고 생각한다. 즉 언제나 허공 위에서 스스로의 세계를 세워야 하고 자신만의 가치를 수립해야 한다는 강박관념에 시달린다. 이런 가운데 멜로드라마는 가장 명쾌하고 확실한 의미체계 즉 '**가치의 왕국**'을 수립해 주는 양식인 것이다.

승리의 멜로드라마에서 선악의 대결은 반드시 극단적이고 필사적인 상황으로 스스로를 몰아가기 마련이다. 사건과 인물은 **공포나 증오** 같은 원초적 감정을 극도로 확대하도록 꾸며지고 성격화된다. 이 공포는 선인의 파멸이나 악인의 승리에 대한 우리의 **두려움**이고, 악인에 대한 **증오**와 그의 성공에 대한 **분노**는 우리의 중심적인 감정 반응을 구성한다. 악의 선에 대한 학대와 고문은 승승장구하는 악과 쫓기고 패배하여 파멸의 궁지로 몰리는 선으로 줄곧 형상화된다. 언제나 선은 무력하게 패배하여 사로잡혀서 짓밟히고 죽음의 문턱까지 몰리는 것이다. 여기서 죽음과 여러 번 입맞춤하는 주인공의 모

---

22) Peter Brooks, *The Melodramatic Imagination*, p.15.

습은 필수적이다. 즉 주인공은 죽음의 언저리로 무자비하게 던져졌다가 마지막 순간에 다시 가까스로 낚아채어져 되돌아오는 것을 반복하는 것이다. 독자/관객은 주인공이 '죽음의 신'에 무수히 농락당하는 것을 몹시 보고 싶어 한다. 그래야 최후에 그가 삶과 생명을 보전하는 데 성공했을 때 그것들의 소중함과 아름다움이 더욱 찬란하게 빛나기 때문이다. 또한 죽음에서 끝끝내 되살아오는 영웅적 주인공과 자신을 동일시하는 것이야말로 독자/관객이 맛볼 수 있는 최고의 **대리만족**이다.[23] 이렇게 승리의 멜로드라마는 극심한 공포와 가슴 졸이는 스릴과 숨막히는 긴박감(서스펜스)을 여러 번 맛보게 한 뒤 맨 마지막에 완전한 이완과 평안을 느끼게 하여, 우리의 무의식 속에 들어 있는 두려움과 불안을 말끔히 씻어 내 주는 **카타르시스**를 경험케 한다. 즉 우리의 마음은 일시적이나마 이루 말할 수 없는 위안을 얻고 **안도와 평화**를 맛보는 것이다.[24]

멜로드라마의 세계에서 악은 언제나 승승장구하고 활개치며 세상을 지배한다. 그러나 앞서 말했듯이 끝에 가서는 항상 악에 대한 선의 비할 바 없이 통쾌한 응징과 승리가 모든 것을 일거에 보상해 준다. 우리가 이런 멜로드라마를 끊임없이 즐기고 또 욕구한다는 사실은, 우리가 얼마나 그것이 제공해 주는 명료하고 통쾌한 해결을 마음속 깊이 열망하고 희구하는가를 반증해 준다. 왜냐하면 우리는 - 우리의 무의식 세계 속에서 - 현실의 삶이 이런 원초적이고 강력하며 양극화된 힘들에 의해 실제로 지배당하고 있지는 않은가 하는 두려움을 느끼고 있기 때문이다. 우리는 선의 승리와 악의 패배

---

23) 크리스토퍼 보글러/ 함춘성 옮김, 《신화, 영웅 그리고 시나리오 쓰기》, p.243.
24) 마이클 티어노/ 김윤철 옮김, 《스토리텔링의 비밀》, 아우라, 2008, p.144.

를 끊임없이 확인하고 실감하고 싶어 하며, 무슨 일이 있어도 의미의 상실 즉 허무의 나락 속으로 던져지는 일만은 일어나지 않기를 바란다. 발터 벤야민이 말하듯이 우리는 우리의 **"추위에 떠는 삶을 허구적 재현물이라는 불길로 녹이고 싶어 하며,"** 이것은 무한히 양산되는 대중적인 허구물인 소설, 영화, TV 연속극, 만화 속에서 실현되고 있는 것이다.[25] 여기서 멜로드라마의 세계에 반복적으로 **탐닉**하고 **중독**되어 있는 현대인들의 실상이 드러난다. 이것 외에 딱히 우리로 하여금 일상의 삶의 용렬함과 사소함 그리고 그 '견딜 수 없는 진부함'으로부터 벗어나서 영웅적인 **승리감과 고양감**을 만끽하게 해 주는 예술 양식은 달리 없기 때문이다.[26]

승리의 멜로드라마에 속하는 헐리웃 영화 가운데 선악의 대결 및 선의 승리와 악의 패배를 가장 대표적으로 센세이셔널하고 명쾌하게 보여주는 것은 20세기 중엽에 대량 생산되었던 **서부극** 장르이다. 주인공이 자신을 괴롭히고 박해하던 악당을 숱한 우여곡절 끝에 ― 즉 여러 번 죽음의 가장자리로 던져지고 구사일생으로 살아남기를 거듭한 뒤에 ― 통쾌한 **'최후의 일전'**(final showdown)에서 거꾸러뜨리는 장면은 그 자신에게뿐만 아니라 관객에게도 이른바 **'살해의 환희'**로 일컬어지는 기쁨을 경험하게 한다.[27] 영화 속에서 이런 '최후의 결판'은 그 자체의 오래된 규칙과 관습을 가진 확고한 극적 형식이다. 여기서는 시간이 멈춘 듯한 숨막히는 순간에 주인공이 전

---

25) Peter Brooks, *The Melodramatic Imagination*, p.205에서 재인용.
26) 여기서 '견딜 수 없는 진부함'은 밀란 쿤데라식으로 표현하면 "존재의 참을 수 없는 가벼움"이라고 할 수 있겠다.
27) 루이스 쟈네티/ 김진해 옮김, 《영화의 이해: 이론과 실제》, 현암사, 1997, p.109.

광석화와 같은 눈부신 총 솜씨로 악한(들)을 추풍낙엽처럼 쓰러뜨림으로써 결판을 내는 결투가 클라이맥스를 장식한다. 이는 존 포드의 《역마차》, 《하이눈》을 거쳐 《황야의 결투*My Darling Clementine*》 그리고 '헐리웃보다 더욱 헐리웃다운' 서부극을 찍은 세르지오 레오네의 '스파게티 웨스턴' -《황야의 무법자*A Fistful of Dollars*》, 《석양의 건맨*For a Few Dollars More*》, 《석양의 무법자*The Good, the Bad and the Ugly*》- 의 클라이맥스 장면들에서 대표적으로 나타난다.[28] 영화의 끝에서 관객은 드디어 최고의 긴장감 해소와 이완을 맛보고 유쾌한 카타르시스를 경험하게 되는 것이다.

(3) 패배의 멜로드라마

한편, 패배의 멜로드라마는 **연민극**(혹은 **수동극**)과 **징벌극**의 두 종류로 대별되며, 연민극의 경우도 다음과 같이 세 가지 종류로 나뉜다. 첫째, 우리가 단지 '우연한 때에 우연히 그곳에 있었기 때문에' 당하는 자연적 재난이나 우발적 사고(가령 지진, 화재, 교통사고, 혹은 비행기 추락 등), 또는 불운의 타격(대표적으로 치명적 질병)을 다루는 작품들이 있다. 예컨대 에우리피데스의 《박코스의 여신도들》, 셰익스피어의 《로미오와 줄리엣》, 존 미들턴 싱의 《바다로 달려가는 사람들》, 에릭 시걸의 《러브 스토리》, 볼프강 페테젠의 《퍼펙트 스톰》 등. 둘째, 거대한 사회적 재난 - 대표적으로 전쟁과 혁명 - 으로 말미암은 불행과 고통(톨스토이의 《전쟁과 평화》, 에

---

28) 크리스토퍼 보글러/ 함춘성 옮김, 《신화, 영웅 그리고 시나리오 쓰기》, p.292.

리히 마리아 레마르크의 《서부전선 이상 없다》, 헤밍웨이의 《무기여 잘 있거라》, 보리스 파스테르나크의 《의사 지바고》, 밀란 쿤데라의 《존재의 참을 수 없는 가벼움》 등), 세 번째로 인간의 무지와 순수 혹은 어리석음과 취약함 등 개인적 약점과, 개인으로서는 감당하거나 통제할 수 없는 사회제도, 관습, 통념의 전횡이라는, 인간 안팎의 두 가지 요인이 각각으로 혹은 결합함으로써 발생하는 패배와 좌절을 묘사하는 작품들이 있다(79쪽 이하 '작품 예시'를 참조). 이런 마지막 유형의 패배의 멜로드라마를 대표하는 작품들로 가장 잘 알려진 것은 19세기 말엽부터 20세기 초까지 유행한 **자연주의 소설**이다.

연민극(수동극)에 대한 학자들 사이의 일치된 개념 규정은 - 비극에 대한 규정이 그렇듯이 - 존재하지 않으며, 존재할 수도 없다. 가령 제임스 스미스는 '패배의 멜로드라마,' 로버트 하일먼은 '재난의 문학', 리처드 파머는 '연민극', 오스카 맨들은 '유사비극', 노스럽 프라이는 '하위모방의 비극', 데이빗 렌슨은 '다른 비극' 등으로 평자마다 제각기 달리 부를 뿐이다. 연민극에서 주인공은 압도적인 외부의 힘에 농락당하고 박해받는 희생양이나 속죄양의 처지에 있으므로, 그에게 도덕적 책임을 묻기는 힘든 것이 보통이다. 이른바 '무고(無辜)한 자의 파멸'이다. 이것은 아리스토텔레스가 단지 '충격적인 효과'만을 준다는 이유로 바람직한 비극의 플롯에서 제외한 종류이다("선인이 행복에서 불행으로 떨어지는 것은 단지 불쾌감만을 가져다준다."《시학》, 제13장). 이렇게 무고한 주인공이 당하는 부당한 고통을 보여주는 연민극에 대해 관객은 **연민, 동정, 비애**로부터 **공포, 경악, 절망**에 이르는 감정 가운데 한두 가지를 강렬하게 느끼게 된다. 특히 예측할 수 없고 또 통제할 수도 없는 불운의 갑작스러운 타격을 받아 고통을 겪고 파멸하는 무고한 주인공에 대해 독자/관객은 다함없는 연민과 동정, 비애의 느낌을 통한 감정의 카타르시스를 경험한다. 이는 마치 독자/관객으로 하여금 울고 싶던 차에 따귀 때려준다는 식으로 '한번 실컷 울어보게 만드는'(have a really good cry) 기회를 제공해 주는 것이다.29) 한때 장안의 화제를 모았던 '최루물'(tearjerker)들이 이런 유형이다. 이런 작품 가운데 불운한 주인공이 당할 수 있는 비교적 흔한 유형의 재난은- 에릭 시걸의 《러브 스토리》, 루이지 코지의 《라스트 콘서트》, 장예모의 《산사나무 아래서》, 조창인의 《가시고기》 등에서와 같이 - **백혈병**에 걸리는 것이다! 여기에 예로 든 영화들에서처럼 급성 백혈병이란 병은 어떤 예고도 없이 닥치며 일단 발병하면 얼마 못 살고 반드시 죽으니 작가의 입장에서는 확실한 파멸을 등장인물에게 가져다주기 위해 실로 안성맞춤이 아닐 수 없다. 예측불허의 불운의 타격을 맞고 쓰러져 가는 주인공을 보면서 관객은 자신의 두 뺨을 타고 흘러내리는 눈물을 느끼며, 선인의 무고한 고통을 동정하는 자신의 영혼의 선량함을 새삼 확인하게 된다. 즉 관객은 타인의 고통을 동정하고 공감함으로써 "자신의 심성이 메마르지 않고 생생히 살아 있다(I have my heart in its right place!)"는 것을 자각하며 자기 정당성을 십분 즐기는 측면이 있다.30)

그러나 패배의 멜로드라마가 이렇게 관객에게 자기만족의 경험을 제공하는 면이 있다고 해서 이를 백안시할 필요는 없다. 나아가 그

---

29) James Smith, *Melodrama*, p.60; Eric Bentley, *The Life of the Drama*, p.198.
30) 위와 동일.

것이 '눈물 흥건한 감상주의'에 지나지 않는 것이라고 얕볼 일도 아니다. 왜냐하면 패배의 멜로드라마가 불러일으키는 더욱 본질적인 감정인 공감(*sympatheia*)과 동정(*suggnome*)이야말로 서양문학의 시작인 《일리아스》부터 남긴, 문학의 가장 소중하고 탁월한 기능이고 효과 가운데 하나이기 때문이다. 고대 희랍의 일곱 현인 가운데 으뜸으로 꼽히는 솔론의 표현대로 "벼락처럼 떨어지는 운명" 앞에 서 있는 인간의 속절없음과 무력감에 대해 보내는 공감과 동정만큼 인본주의적이고 인류애적인 미덕은 없다. 이것이 바로 《일리아스》에서 아킬레우스가 프리아모스의 방문을 받고 보여주는 모습이다. 그는 프리아모스가 자신의 아버지 펠레우스를 부러워한다는 말을 듣고 돌이켜 생각해 본다. 왜냐하면 사실 프리아모스가 그토록 부러워하는 자신의 아버지도 얼마 있으면 – 자신에게 필연적으로 닥칠 죽음으로 말미암아 – 프리아모스와 똑같은 처지로 떨어질 것이 불을 보듯 뻔하기 때문이다. 생각이 여기에 미치자 그는 갑자기 아버지에 대한 동정과 연민의 감정을 이기지 못하고 대성통곡하게 된다. 여기서 작품의 '대단원'을 이루는 아킬레우스의 '인간화' 즉 그가 인간적으로 성숙하는 계기가 마련된다. 패배의 멜로드라마 중의 연민극은 이런 《일리아스》의 유산을 물려받았으며, 피치 못할 운명 앞에 고통받는 인간에 대한 가슴 아픈 공감과 연민을 불러일으킴으로써 가장 강력한 인본주의적 문학이 된다.[31]

---

31) 20세기 초 프랑스의 카톨릭 영성가이자 마르크시스트였던 시몬느 베이유는 그녀의 〈힘의 시 '일리아스'〉라는 유명한 글에서 "압도적인 힘의 전횡 앞에서 모든 소중한 것의 소멸에 대한 슬픔과 씁쓸함, 모든 박탈과 비참에 대한 적나라한 묘사"가 《일리아스》의 특징이며, "동료와 적을 가리지 않고 모든 패배와 파멸에 대한 진정한 공감과 동정을 바치는 그 무차별적인 사랑이 후대의 어느 작품도 감히

그러나 무고한 희생양이 등장하는 '연민극'과 반대로 주인공이 자신의 명백한 악행이나 과도한 우행(愚行)에 따른 고통과 파멸을 맞이하게 될 때는 '징벌극'이 되며 '시적 정의'(poetic justice)가 실현된다. 우선 도덕적 악의 경우, 가령 셰익스피어의 《리처드 3세》, 쇼델로 드 라끌로의 《위험한 관계》, 에밀 졸라의 《떼레즈 라껭》, 오슨 웰스의 《시민 케인》, 로버트 펜 워렌의 《모두가 왕의 부하》, 르네 클레망의 《태양은 가득히》, 피터 섀퍼의 《아마데우스》, 마르셀 파뇰의 《마농의 샘》 등을 들 수 있다. 다음으로 연민극의 일종으로도 볼 수 있지만, 도덕적 악의 요소보다는 주인공의 지나친 어리석음, 무지, 탐욕 혹은 극단적 나약함 등으로 말미암은 고통과 파멸을 다룬 작품들이 있다. 러드야드 키플링의 《왕이 되려던 사나이》, 유진 오닐의 《느릅나무 밑의 욕망》, 《낮의 밤으로의 긴 여로》, 아서 밀러의 《세일즈맨의 죽음》, 테네시 윌리엄스의 《욕망이라는 이름의 전차》, 《유리 동물원》, 윌리엄 인지의 《피크닉》, 에드워드 올비의 《누가 버지니아 울프를 두려워하랴》, 피터 섀퍼의 《에쿠우스》 등. 이런 패배의 멜로드라마에서 주인공은 영어 속담에 있듯이 '자신의 몸에서 나온 국물에 자신이 삶겨 죽는' 인물들로서 성격적 취약성 곧 '무기력함'(*akrasia*; failure of nerve)이 공통적이며, 고통과 불행에 대한 스스로의 몫이 너무도 분명하다.32) 내면화된 결함은 비극으로 향할 수도 있겠으나, 그 결함이 성격적 강인함이 아니라 그 반대인 무기

따라오지 못하는 점이고, 희랍문명의 특징을 형성하게 되며 희랍문명이 소멸하자 그 소중한 유산도 함께 소멸했다"고 주장한다(Simone Weil, George A. Panichas ed., *The Simone Weil Reader*, New York: DavidMcKay Co., 1977, pp.180–81).

32) James Smith, *Melodrama*, p.65; Robert Heilman, *Tragedy and Melodrama*: *Visions of Experience*, p.296.

력과 나약함 혹은 정신적 천박함에서 오로지 비롯된 것이기 때문에 행동으로 발현되지 못한다. 이들은 도덕적 선택의 고뇌나 고통의 양상 또한 빈약하고 스스로의 책임도 의식하거나 받아들이지 않기 때문에, 고통을 통한 각성과 배움을 보여주지 못하는 경우가 많다. 그들 가운데 자업자득의 응보적 고통의 면모가 뚜렷한 인물에 대해 관객/독자는 고작해야 연민(측은지심)을 느끼게 되며, 심할 경우에 그들은 경멸과 혐오의 대상으로 전락하고 만다.

(4) 멜로드라마와 비극의 대조

"비극적 삶에서는 **악당**이 따로 필요가 없네.
정념이 플롯을 짜고 우리는 우리 안의 잘못 때문에 무너지는 것이므로."
－조지 메러디스, 〈근대적 사랑〉

우리는 비록 단순화의 위험을 무릅써야 하겠지만 아래와 같이 멜로드라마와 비극의 차이에 대해 논의해 볼 수 있을 것이다. 우선 멜로드라마에서 인간성은 분열되지 않은 **전체적인 단일성**을 가지며, 주인공의 동기와 의도의 단순함과 강력함이 두드러진다.[33] 즉 멜로드라마는 단일하게 **통합된 성격**을 등장시키며, 비극에서와 같은 성격연구가 아니다. 다시 말해, 멜로드라마는 인간 내면에 대한 성찰과 탐구로 이어지지 않으며, 모든 상황은 흔들림 없는 **단일 충동**에 의해 추진된다. 개인적 의심이나 내면적 갈등 같은 것은 최소화되며, 주인공은 전심전력을 다해 외부의 명백한 적대자나 비우호적인

---

33) Robert Heilman, *Tragedy and Melodrama*: *Visions of Experience*, p.79.

환경에 대하여 있는 힘을 다해 싸워야 할 따름이다. 그리하여 플롯은 – 악인과 선인의 대립구도 가운데 – 오로지 주인공 외부의 적(혹은 적대 세력)에게 완전히 의존하는 가운데 구성된다. 그것은 승리의 멜로드라마나 패배의 멜로드라마의 '연민극'의 경우처럼 '선한 주인공과 악한 적대자 사이의 대립'이건, 아니면 패배의 멜로드라마 가운데 '징벌극'의 경우처럼 '악한 주인공과 선한 적대세력 사이의 대립'이건 마찬가지다. 멜로드라마는 그것이 승리로 끝나든 아니면 패배로 끝나든 **극적, 내면적 구조**는 똑같다. 차이점은 단지 표면적일 뿐이고 심층적으로는 같은 형식이라는 것이다. 한마디로 바꿔 말하면, 비극이 주인공의 **자기 인식**을 다루는 것이라면 멜로드라마는 그의 **자기 보전**이 주된 관심사라고 할 수 있다.

멜로드라마는 선악의 대립구도에 의존하기에 등장인물은 죄인이든가 아니면 선인일 수밖에 없다. 그러나 비극에선 인물 안에 죄와 순수함이 공존한다. 특히 승리의 멜로드라마의 주인공은 미덕의 화신으로 항상 옳은 일만 하지만, 비극의 주인공은 비록 선한 인물일지라도 어떤 결정적인 순간에 잘못을 저지르거나 악한 일을 한다. 즉 그는 **내면의 결함**으로 미끄러지고 쓰러지는 것이다. 같은 맥락에서, 멜로드라마에서 인물은 그가 선한 인물이건 악한 인물이건 간에 강인한(승리의 멜로드라마 및 패배의 멜로드라마의 '징벌극') 혹은 나약한(패배의 멜로드라마 중 '연민극') 모습 가운데 한 쪽으로 묘사된다. 반면 비극에선 강인함과 나약함을 동시에 지닌 인물로 나타난다. 따라서 멜로드라마에서 인물은 결국 승리하든지 아니면 패배하든지 둘 중 하나이고, 강한 인물이 전자라면 약한 인물은 후자일 따름이다. 반면에 비극에서 주인공은 양가적(兩價的)인 종말 즉 '승리 속의 패배' 혹은 '패배 속의 승리'를 경험한다. 그러나 독자/관객이 볼 때 진정으로 **영웅적인 인물**은 **비극적 주인공**이지 멜로드라마적 인물은 아니다.[34] 왜냐하면 비극은 (물리적으로) 패배하면서도 (정신적인) 위대함이 있으나 멜로드라마는 승리할지라도 (단순 소박한 성격화로 말미암아) 위대함이 없기 때문이다. 덧붙여, 멜로드라마적 상황의 병리학적 극단을 과대망상증이나 피해망상증이라 부를 수 있다면, 비극적 상황의 그것은 정신분열증이라고 말할 수 있을 것이다. 이는 마지막에 멜로드라마가 관객/독자에게 가져다주는 감정이 **단일정서**(monopathy)인 데 반해 비극은 **복합정서**(polypathy)를 불러일으킨다는 사실과 연관된다.[35]

다음으로 그 효과의 측면에서 멜로드라마가 불러일으키는 감정은 '최악은 아니지만 그렇다고 최선도 아니'라고 말할 수밖에 없다. 달리 말해 멜로드라마의 효과와 의미는 '**인간적**'이기는 하지만 성숙한 인간의 그것은 아닌 것이다. 그것은 어느 정도까지는 **순기능**을 하지만 그 이상 되면, 즉 과도한 멜로드라마에의 탐닉은 **악기능**으로 바뀐다. 어떤 평자의 말대로 그것은 우리를 어린이와 신경증환자의 수준으로 떨어뜨리든가 거기에 머무르게 만든다.[36] 어린이나 신경증환자, 야만인은 강렬하고 확대된 감정을 갖기 쉽다. 그러나 정상적 성인도 때때로 느낄 수 있는 **과장되고 확대된 감정**이 바로 멜로드라마가 기초하고 의존하는 감정이다. 그래서 그것은 상상과 환상의 세계에 속하는 것이지, 이성과 지성의 영역에 속하는 것이 아니다.

---

34) Eric Bentley, *The Life of the Drama*, 265.
35) Robert Heilman, *Tragedy and Melodrama: Visions of Experience*, pp.86-9.
36) Eric Bentley, *The Life of the Drama*, p.217.

멜로드라마는 걸핏하면 **미숙하고 천박한 환상**으로 떨어지거나 현실 세계와 유리된 마술과 꿈의 세계로 날아가기 쉽다. 이런 점에서 멜로드라마는 철저히 **쾌락원칙**에 지배되는 예술양식이다. 그러나 비극에선 끝끝내 **현실원칙**이 포기되지 않는 것을 볼 수 있다.[37]

모든 비극엔 멜로드라마적 요소가 들어 있다. 그것은 마치 모든 어른 안에 어린이의 요소가 들어 있는 것과 같다. 현실의 인간사에서 그렇듯이 예술에서도 멜로드라마와 비극의 **경계**는 마주 닿아 있으며 확연히 가를 수 없는 경우가 많다. **조야한 멜로드라마**가 한 쪽 끝이라면 **고급의 비극**이 다른 한 쪽 끝이다. 대부분의 비극과 멜로드라마는 그 사이 어딘가에 놓여 있다. 결론적으로 말해 예술에서 고급과 저급을 구별하는 척도는 **현실에 대한 존중 여부**에 달려 있다고 할 수 있다.[38] 비극에서는 **천사와 악마의 대조**가 없지만 멜로드라마에는 반드시 있는 것이다. 또 비극에는 당치 않은 **우연**이 없든지 적지만 멜로드라마에는 얼마든지 있다. 그러나 아이스퀼로스의 《오레스테이아》로부터 셰익스피어의 《리어 왕》, 《앤토니와 클레오페트라》, 톨스토이의 《전쟁과 평화》, 도스토예프스키의 《카라마조프의 형제들》 등이 보여주듯이 복잡한 작품 즉 잘 된 작품일수록 비극적인 것과 멜로드라마적 요소는 섞여 있다.[39]

앞서도 말했다시피 우리는 비극적 분열의 파괴적 고뇌보다 멜로드라마의 단순하고 강력한 감정 – 그것이 기쁨이건 슬픔이건 – 을 욕구한다는 것은 우리가 삶의 갈등과 위기를 비극적이 아니라 멜로

---

37) 위와 동일.
38) Robert Heilman, *Tragedy and Melodrama: Visions of Experience*, p.228.
39) 위의 책, p.33.

드라마적 관점에서 바라보고 해결하기를 원한다는 것을 말해 준다. 이것은 아리스토텔레스 시대의 관객도 마찬가지였다. 그는 《시학》 13장에서 관객들이 《오뒷세이아》에서와 같이 선인과 악인의 행로가 엇갈리고 악인은 응징, 선인은 보상을 받는 플롯을 선호하는 것은 그들의 "수준이 낮아서 생긴 결과"라고 말했다. 아리스토텔레스의 설명은 멜로드라마의 '사필귀정으로 끝나고 인과응보가 이루어지는,' 그래서 '고진감래가 실현되기에 권선징악적인' 세상은 언제 어디서나 인간의 꿈이고 소망이라는 것을 증거해 준다. 멜로드라마는 도덕적 문제들의 **완전한 명료화**를 추구하고 지향한다. 그러나 이는 삶의 실상을 단순화하여 흑백논리에 복종시킴으로써 현실을 왜곡하고 삶의 고통을 외면하며 무시하는 결과를 가져올 수 있다. 멜로드라마에 대한 요구는 인간의 본성 안에 깊숙이 들어 앉아 있기에 인간성이 변치 않는 한 멜로드라마는 언제나 **서사물의 대종**을 이룰 것이다. 그러나 멜로드라마는 삶과 세계에 대한 **깊은 통찰**을 가져다주지 못한다. 그것은 인간의 본성과 행위에 대한 탐구와 통찰이 있는 **비극의 높이나 깊이**에 도달하지 못하고, **통속적이고 현상 유지적인 윤리관과 교훈의 재확인**에 그친다.[40] 달리 말해 멜로드라마는 '새로운 사회의 탄생'을 예고할 수 없다. 그것은 비극 – 그리고 낮은 정도로 – 희극의 임무이며, 멜로드라마는 오직 '오래된 사회의 갱생'만을 보여준다. 여기에 멜로드라마의 본유적이고 불가피한 한계가 있다.

비극이 드물고 쓰기 힘든 이유는 **비극적 삶**이 강요하고 부과하는 **자기 통찰**이 편안하지 않을 뿐더러 심지어 괴롭기 때문이다. 비

---

40) Peter Brooks, *The Melodramatic Imagination*, p.205.

극은 결코 손쉽고 안이한 반응을 기대하지 않으며, 허술한 자기만족과 자기위안을 경계한다. 우리는 근본적으로 선택이 쉽지 않은 대안들 사이의 선택을 강요하는 '**비극적 불안**'(tragic qualm)보다는 삶의 문제를 흑백과 선악의 논리로 간단명료하게 해결해 주는 '**멜로드라마적 위안**'을 훨씬 더 선호한다. 그러나 "법의 세계는 멜로드라마이지만 현실에서는 비극이 차고 넘친다"라는 말을 기억해야 한다.[41] 세속적 법의 판단에서는 유무죄가 선명히 갈리지만 삶의 실제적 속내는 그렇게 간단치 않은 것이다. 그러므로 우리는 멜로드라마가 제시하는 해결책은 어디까지나 가공(허구)이고 비현실적이라는 기본적 속성을 잊어서는 안 된다. 멜로드라마가 주는 보상은 강렬하지만 동시에 허망하여 곧 우리를 **허탈감**에 빠지게 하며, 심지어 **농락**당했다는 뒷맛을 안긴다. 이것이 멜로드라마의 본질적 **한계**이고 **약점**이며, 끝없이 향유되면서도 늘 가볍게 취급되는 이유이다.

(5) 서사문학의 세 갈래

우리는 위에서 설명한 비극과 멜로드라마의 특징과 성격에 근거해 서사문학을 크게 세 가지로 나누어 보기로 한다. 비극이 승리와 패배의 서사 사이의 균형을 유지하는 문학 양식이란 것은 앞서 말한 바와 같지만, 이것이 곧 비극적 서사가 모든 점에서 다른 양식들에 비해 우수하고 탁월한 장르라는 결론으로 이끌어지는 것은 아니다. 한마디로, 서사양식이란 관점에서 볼 때 이 세 장르 사이에

---

41) Eric Bentley, *The Life of the Drama*, p.272.

본유적이고 근본적인 우열의 차이를 주장한다는 것은 별 의미가 없는 일이다. 왜냐하면 이 세상에서 살아가는 인간과 인간의 삶을 재현하는 데 세 서사는 각각 나름의 정당성과 존재 이유를 갖고 있으며, 따라서 인간의 삶에 대한 완전하고 통합적인 이해를 위해서는 세 장르가 다 필요하기 때문이다.

앞서 말한 대로 희랍비극에는 오늘날의 기준으로 볼 때 '승리의 서사'와 '패배의 서사' 및 '비극'들이 모두 포함되어 있으며, 고전기 아테네에서 '트라고이디아'(*tragoidia*)라고 불렸던 작품들은 다음의 서너 가지 조건들을 충족시키고 있을 따름이고, 이 조건들 이외의 공통점은 찾아볼 수 없다. 첫째, 전수된 신화와 전설에서 취재하며 (그리하여 신들이 배경에 있고), 둘째, 강력한 성격의 주인공이 있고, 셋째, 고통이 중심적 장면으로 등장하며, 마지막으로 이 고통은 해결이 힘든 어떤 딜레마의 상황을 보여준다는 것이다. 종말은 죽음을 포함하는 비참한 파국이건 아니면 해피엔딩이건 관계 없었다.[42] 희랍비극은 극히 왕성한 실험정신의 표현이었고, 당시 '비극작가'들은 이미 서사문학의 전 범주를 다양하게 시도했으며, 결과적으로 서사문학의 모든 스펙트럼을 다 포괄해 내는 성과를 산출했던 것이다.

현존하는 희랍비극 31편(위작 논란이 있는 에우리피데스의 《레수스》를 제외하고)을 분석하면 '승리의 서사(멜로드라마)'가 15편, '패배의 서사(멜로드라마)'가 10편, '비극'이 6편이다. 이 비율은 시사하는 바가 크다. 즉 사람들은 아리스토텔레스도 유감스러워 하며 인정한 바와 같이(《시학》 13장 30) 서사문학이 탄생할 때부터 승리의

---

42) Edith Hall, *Greek Tragedy: Suffering under the Sun*, Oxford: Oxford UP., 2005, pp.3-4.

서사를 가장 선호했다는 증거이며, 동시에 비극은 예나 지금이나 가장 쓰기도 어렵고 인기도 덜하다는 사실이다. 따라서 멜로드라마가 조야한 저급의 예술이라는 상당히 만연해 온 편견과 선입견을 비웃기라도 하듯 승리의 멜로드라마는 실제에서 서사예술의 가장 큰 비중을 차지하여 왔다. 왜냐하면 앞서 말했듯이 서사문학이 제공할 수 있는 감동이나 카타르시스 효과로 말하면 승리의 멜로드라마의 그것들만큼 강렬하고 확실한 것이 없기 때문이다. 역시 전술했듯이, 비극이 제공하는 **복합감정**은 멜로드라마의 **단일감정**의 강렬함을 따라올 수 없는 것이다. 그러므로 작가의 처지에서는 승리의 서사만큼 강렬하게 창작의 유혹과 욕망을 느끼는 대상도 있을 수 없다고 보아야 한다(여기서 승리의 서사는 다른 이름으로 **희극**이라고 불러도 무방하다).

결론적으로 말해, 위의 세 가지 서사들은 단지 삶을 보고 해석하는 방식의 차이로 나뉠 뿐이며, 승리의 멜로드라마와 패배의 멜로드라마는 각각 낙관과 비관의 어느 한쪽으로 너무 치우쳐 있다면, 비극적 서사는 이 양극단을 피해서 상대적으로 균형 잡힌 비전을 보여준다고 할 수 있다. 그러나 이것이 역시 앞서 말했듯이 우리로 하여금 비극이 삶의 진실에 가장 육박해 있고, 다른 멜로드라마적 서사들은 진실을 왜곡하는 것이라고 단언하게 할 수는 없다. 왜냐하면 실제 삶의 현실에서도 승리의 서사가 비극이나 패배의 서사보다 확실히 더 흔하다고 생각하는 사람도 많기 때문이다.[43] 단지 우리는 승리의 서사 못지않게 비극이나 패배의 서사도 보고 싶어 한다

---

43) 황현산, 《밤이 선생이다》, 난다, 2016, p.72.

는 사실을 지적하는 것으로 족하다. 왜냐하면 뒤에 설명하겠지만 이 것들이 우리의 안목을 넓혀주고 지혜롭게 만들며, 결과적으로 삶에 더욱 '준비된 자세'로 만들어 주는 효과가 있다고 생각하기 때문이 다. 세 가지 서사 각각의 특징을 아래에 일목요연하게 정리해 본다.

비극

1) 자유의지, 선택과 결단의 요소가 있다.
2) 행위와 사건은 성격에서 비롯된다. 우연의 요소는 결정적이지 않다. 필연성, 불가피성의 측면이 있다.
3) 불행과 파국은 최종적이고 완결된다. 해피엔딩은 없다.
4) 파국 가운데 인간적 가치(용기, 인내, 사랑, 신의)가 확인(긍정)된다. 그럼으로써 인간의 존엄과 인간의 삶의 가치 있음이 입증된다.
5) 종말에는 양가성(*zweideutig*)이 있다. 즉 상충하는 양극적(兩極的) 감정이 발생하며 따라서 '비극적 역설'이 성립한다.
6) '시적 정의'는 부정된다. 이것은 신비감과 곤혹감을 불러일으킨다.

승리의 멜로드라마(서사)

1) 자유의지와 선택, 결단의 요소는 반드시 필수적이지 않다.
2) 불가피성, 필연성의 요소가 적다. 즉 우연(우발성)의 요소가 작용할 수 있다.
3) 불행과 파국은 일시적이며, 결국 '해피엔딩'으로 끝난다.
4) 인간적 가치가 확인되며, 인간의 존엄과 인간의 삶의 가치 있음도 입증된다.
5) 종말의 감정은 단일하며 일면적이다.
6) 시적 정의가 실현된다.

패배의 멜로드라마(서사)

1) 자유와 선택의 요소는 반드시 필수적이지 않다.

2) 불가피성, 필연성의 요소가 적다. 즉 우연의 요소가 작용할 수 있다.

3) 불행과 파국은 최종적이고 완결된다.

4) 인간적 가치는 확인되지 않거나 부정된다. 인간의 존엄과 인간의 삶의 가치 있음도 입증되지 않는다.

5) 종말의 감정은 단일하며 일면적이다.

6) 시적 정의는 징벌극(punitive drama)에는 있으나 연민극(pathodrama)에는 없다.

작품 예시

비극

호메로스 《일리아스》, 아이스퀼로스 《테바이를 공격하는 일곱 장수》, 《결박된 프로메테우스》, 《제주를 바치는 여인들》, 소포클레스 《아이아스》, 《안티고네》, 《참주 오이디푸스》, 에우리피데스 《헤카베》, 《엘렉트라》, 《아울리스의 이피게네이아》, 셰익스피어 《줄리어스 시저》, 《햄릿》, 《오셀로》, 《맥베스》, 《리어 왕》,[44] 《앤토니와 클레오파트라》, 《코리올러너스》, 《아테네의 티몬》, 존 웹스터 《말피의 공작부

---

44) 작품 가운데 가령 《리어 왕》처럼 비극과 패배의 멜로드라마 양쪽에 모두 들어 있는 것은 두 가지 해석이 있을 수 있다는 것을 뜻한다. 사실 본문에서도 말했듯 이 모든 훌륭한 비극에는 패배의 서사 혹은 승리의 서사의 요소가 일부 섞여 있다. 즉 순수한 비극은 거의 없다. 거꾸로 잘 쓰인 패배나 승리의 서사에도 어느 정도 비극의 요소가 들어 있기 마련이다.

인〉, 라신느 《페드르》, 《앙드로마크》, 《베레니스》, 코르네이유 《오라
스》, 《메데》, 《르 시드》, 새뮤얼 리처드슨 《클러리써》, 하인리히 폰
클라이스트 《미하엘 콜하스》, 퍼시 B. 셸리 《첸치》, 스탕달 《적과
흑》, 에밀리 브론테 《폭풍의 언덕》, 앨프리드 테니슨 《이녹 아든》,
너새니얼 호손 《주홍 글자》, 허먼 멜빌 《모비 딕》, 헨리 제임스 《비
둘기의 날개》, 토머스 하디 《카스터브리지의 시장》, 《더버빌가의 테
스》, 조지프 콘래드 《로드 짐》, 《서구의 안목 아래》, 앙드레 말로
《인간의 조건》, 어니스트 헤밍웨이 《누구를 위해 종은 울리나》, 《노인
과 바다》, 아서 밀러 《시련》, 치누아 아체베 《모든 것은 무너진다》.

영화: Roberto Rossellini *Roma Citta Aperta*(1945), Federico Fellini
La Strada, Mervin le Roy *Waterloo Bridge*, David Lean *Brief
Encounter*, Anatole Litvak *The Journey*(1958), William Wyler *Roman
Holidays*, Fred Zinnemann *From Here to Eternity*, *A Man for All
Seasons*, Robert Wise *The Sand Pebbles*(1966), Eric Segal *Love Story*,[45)]
Luigi Cozzi *The Last Concert*(1978), Franco Zeffirelli *Champ*(1979),
Brian De Palma *Scarface*(1983), Edward Zwick *Glory*(1989), James
Cameron *Titanic*(1997), Jon Amiel *Sommersby*(1993), James Ivory *The
Remains of the Day*(1986), Ridley Scott *Thelma and Louis*,
Gladiator(2000), Anthony Minghella *English Patient*(2002), Steven
Spielberg *Saving Private Ryan*, Ken Loach *The Wind Shakes through
Barley*(2006), Mel Gibson *Braveheart*, Jonathan Demm *Philadelphia*,
Sam Mendes *The Road to Perdition*, Clint Eastwood *Million Dollar*

---

45) 《러브 스토리》 또한 위의 《리어 왕》의 경우처럼 비극과 패배의 멜로드라마가 가
진 양면을 지니고 있다.

Baby, Pedro Almodovar *Talk to Her*(2002), Robert Zemekis *Flight*, Nate Parker *The Birth of the Nation*, 쇼티아지트 레이 《아푸의 세계》, 첸 카이거 《패왕별희》, 오우삼 《영웅본색》, 향화승과 왕정 《지존무상》, 왕가위 《열혈남아》, 강우석 《실미도》, 이준익 《왕의 남자》, 장예모 《영웅》(2002), 진가신 《투명장投名狀》, 박찬욱 《공동경비구역》, 진목승 《천장지구》.46)

---

46) 현대 중국의 느와르나 무협 장르에 속하는 영화 중의 '비극적 영화'(가령 《천장지구》, 《지존무상》, 《첩혈쌍웅》, 《투명장》 등)에 관하여: 전통적으로 동북아를 포함한 동양문명권에는 '비극'이 없다는 것이 통설이다(도남 조윤제, 《국문학개설》, 탐구당, 1991, pp.488-9; 김병국, 《한국 고전문학의 비평적 이해》, 서울대학교출판부, 1999, pp.14-22; 김대행, 《시가 시학 연구》, 이화여자대학교출판부, 1991, p.103; 박이문, 《문학 속의 철학》, 일조각, 2011, 108-9; 임철규, 《눈의 역사, 눈의 미학》, 한길사, 2004, 제8장 "동양에는 왜 비극이 없는가" 등 참조). 20세기 중국의 대표적 비극이론가인 주꽝잠(朱光潛) 교수가 일찍이 지적했듯이 인도의 고대 서사시 《라마야나》나 《마하브라타》와 중국 원대와 송대 이후의 수많은 희곡과 소설들 가운데 서구적 관점과 기준으로 볼 때 '비극'이랄 수 있는 작품은 거의 없다고 해야 한다(《비극심리학》, 안휘교육출판사, 1982, pp.572-80). 한편 장파(張跛) 교수가 그의 《동양과 서양 그리고 미학》에서 중국 문학에 나타나는 "비극적 복종"도 역시 비극적이라는 주장은 건강부회의 혐의가 짙다(장파/ 유중하 외 옮김, 《동양과 서양 그리고 미학》, 푸른숲, 1999, pp.182-200). 그러나 문학작품으로서의 비극이 없을 뿐이지, 동양인들이 삶에 대한 비극적 감각이나 비극적 정신을 갖거나 느끼지 않았다는 주장은 당연히 성립될 수 없을 것이다. 대표적 비극이론가의 한 명인 Geoffrey Brereton도 말했듯이 "비극문학이 없다는 게 곧 비극적 인식이 없다는 식으로 이해되어서는 안 되기" 때문이다(*Principle of Tragedy*, p.65). 가령 쉬운 예로 도올 김용옥 선생이 그의 스승 방동미(方東美) 교수가 자주 입에 올리던 말이라고 소개한 "세상은 하나의 연극의 무대요 인생은 그 무대 위의 하나의 비극일 따름"(乾坤 一戲場 人生 一悲劇)이란 말은 중국인들의 '비극적 감각'을 예증한다. 또 그것이 유교적 사유에서 나왔건 아니면 전통적 천명론(天命論)에 뿌리를 두었건, 동북아인들의 이른바 '진인사대천명'(盡人事待天命)이란 사고도 비극적 느낌을 배후에 깔고 있다. 동양인들은 비극적 감각을 갖고 있지 않았던 것이 아니라 단지 그런 감각을 고대 희랍인들처럼 문학예술로 형상화하지는 않았다고 말할 수밖에 없다. 이는 그러나 김용옥 선생이 주장하는 대로 "동양인에게 있어서 비극은 하나의 느낌이며 정조며 색깔이며, 이 색깔 중 가장 두드러진 것이

승리의 멜로드라마

호메로스 《오뒷세이아》, 아이스퀼로스 《오레스테이아》, 소포클레스 《엘렉트라》, 《콜로노스의 오이디푸스》, 에우리피데스 《메데이아》, 《타우리스의 이피게네이아》, 《알케스티스》, 베르길리우스 《아이네이스》, 단테 《신곡》, 밀튼 《투사 샘슨》, 대니얼 디포우 《로빈슨 크루소우》, 《몰 플랜더스》, 올리버 골드스미스 《웨이크필드의 목사》, 새뮤얼 리처드슨 《패밀러》, 헨리 필딩 《톰 조운스》, 《조지프 앤드류스》, 월터 스콧 《롭 로이》, 《아이반호》, 제인 오스틴 《오만과 편견》, 《분별과 감성》, 《맨스필드 파크》, 찰스 디킨스 《어려운 시절》, 《올리버 트위스트》, 《막대한 유산》, 《리틀 도릿》, 《데이빗 커퍼필드》, 샬럿 브론테 《제인 에어》, 조지 엘리엇 《애덤 비드》, 《사일러스 마너》, 《미들마취》, 발자끄 《골짜기의 백합》, 《잃어버린 환상》, 알렉상드르 뒤마 《몽테크리스토 백작》, 빅토르 위고 《레 미제라블》, 토머스 하디 《녹음의 나무 아래》, 《광란의 무리를 멀리 떠나》, 오스카 와일드 《행복한 왕자》, 에드워드 모건 포스터 《인도로 가는 길》, 서머싯 모옴 《인간의 굴레》, 존 스타인벡 《에덴의 동쪽》.

영화: 찰리 채플린 《시티 라이트》, 존 포드 《황야의 결투》, 데이빗 린 《콰이강의 다리》, 윌리엄 와일러 《벤허》, 니콜러스 레이 《이유

'삶의 무상'이고, 동양인에게 가장 중요한 것은 우주와 삶에 대한 '전관'(全觀total vision)"이라는 논의로 이어지기 쉽다(김용옥, 《아름다움과 추함》, 통나무, 1990, p.99). 즉 비극적 인간관과 세계관은 동양인의 사고의 중심에 있지도 않았고, 그것의 특징도 아니라는 것이다. 동양문명과 비극적 세계관의 관계는 이 글의 범위를 넘어서는 보다 심도 있는 논의를 필요로 한다. 그러나 어쨌든 20세기 이후 중국이나 여타 문명권이 비극적 문학과 영화들을 산출했다는 것은 서구적 관점의 도입과 그것의 일반화를 예증하는 것이라고 보아야 할 것이다.

없는 반항》, 더글러스 서크 《삶의 모방》, 로버트 와이즈 《사운드 오브 뮤직》, 마이크 니콜스 《졸업》, 프랭클린 섀프너 《빠삐용》, 프랜시스 코폴라 《대부 1》, 딕 리처즈 《칠 일 간의 사랑》, 앨런 파커 《미시시피 버닝》, 피터 위어 《죽은 시인의 사회》, 제리 주커 《사랑과 영혼》, 짐 쉐리던 《아버지의 이름으로》, 개리 마셜 《귀여운 여인》, 클린트 이스트우드 《용서받지 못한 자》, 스티븐 스필버그 《쉰들러 리스트》, 로만 폴란스키 《피아니스트》, 롤프 쉬벨 《글루미 선데이》, 프랭크 대러본트 《쇼생크 탈출》, 피터 잭슨 《반지의 제왕》, 사울 딥 《스윗 프랑세즈》, 양우석 《변호인》, 추창민 《광해, 왕이 된 남자》, 장훈 《택시운전사》, 장준환 《1987》.

패배의 멜로드라마

아이스퀼로스 《페르시아인들》, 에우리피데스 《트로이아의 여인들》, 《헤카베》, 《박코스의 여인들》, 셰익스피어 《리어 왕》, 《리처드 2세》, 《리처드 3세》, 쇼델로 드 라끌로 《위험한 관계》, 발자끄 《고리오 영감》, 《외제니 그랑데》, 에밀 졸라 《떼레즈 라껭》, 《나나》, 《목로주점》, 귀스타프 플로베르 《보바리 부인》, 기 드 모파쌍 《여인의 일생》, 톨스토이 《안나 카레니나》, 하디 《토박이의 귀향》, 《무명의 주드》, 허먼 멜빌 《선원 빌리 버드》, 헨리 제임스 《워싱턴 스퀘어》, 《아메리칸》, 《여인의 초상》, 한스 크리스천 안데르센 《성냥팔이 소녀》, 콘래드 《승리》, 《비밀 정보원》, 에디스 워튼 《이썬 프로움》, 《연락宴樂의 집》, 스티븐 크레인 《거리의 소녀 매기》, 시어도어 드라이저 《캐리 언니》, 《아메리카의 비극》, 잭 런던 《마틴 이든》, 오귀스트 스트린베르히 《줄리 양》, 《아버지》, 유진 오닐 《느릅나무 밑의 욕망》, 《낮의 밤으로의 긴 여로》, 아서 밀러 《세일즈맨의 죽음》, 테네시 윌리엄스 《유리 동물원》, 《욕망이라는 이름의 전차》, 프리드리히 뒤렌마트 《노부인의 방문》, 에드워드 올비 《누가 버지니아 울프를 두려워하랴》, 프랑소아 모리악 《떼레즈 데께루》, 헤밍웨이 《태양은 다시 떠 오른다》, 《무기여 잘 있거라》, 윌리엄 포크너 《소리치고 울부짖고》, 《압살롬, 압살롬!》, 스콧 핏처럴드 《위대한 개츠비》, 《밤은 부드러워라》, 에리히 마리아 레마르크 《사랑할 때와 죽을 때》, 조지 오웰 《1984》, 보리스 파스테르나크 《의사 지바고》, 맬컴 로우리 《화산 아래서》.

영화: 비토리오 데 시카 《자전거 도둑》, 오슨 웰스 《시민 케인》, 조지 스티븐스 《자이언트》, 르네 끌레망 《태양은 가득히》, 아서 펜 《우리에게 내일은 없다》, 정소영 《미워도 다시 한 번》(1968), 에릭 시걸 《러브 스토리》, 데니스 호퍼 《이지 라이더》, 클로드 베리 《마농의 샘 2부》, 롤랑 조페 《미션》, 울리 에델 《브루클린으로 가는 마지막 비상구》, 볼프강 페테젠 《퍼펙트 스톰》, 황동혁 《도가니》, 조창인 《가시 고기》, 리안 《색色,계界》, 장예모 《산사나무 아래서》, 프랜시스 코폴라 《대부 2, 3》, 스티븐 스필버그 《에이. 아이》, 폴 토머스 앤더슨 《피의 복수가 있을 것이다》.

3. 비극에서 '고통'의 문제

"평안과 행복은 소극적인 것이지만, 고통과 고뇌는 적극적인 것이다."
– 쇼펜하우어, 《에세이와 잠언들》

"고통은 단지 고통일 따름이요. 거기엔 어떤 이유도, 목적도, 형식도 없소. 모든 것은 하나님의 뜻이란 말 따위는 제발 덕분에 집어치워 주시오. 고통이란 단지 빌어먹게 더럽고 끔찍한 혼돈 그 자체라는 것, 이게 고통에 대해 우리가 할 수 있는 말의 전부요."
– 리처드 애튼버러(Richard Attenborough) 감독의 영화 《섀도우랜즈》
(*Shadowlands*)에서 실존인물인 주인공 C. S. 루이스(옥스퍼드대 신학 교수, 1898–1963)가 쉰이 훨씬 넘은 나이에 처음 사랑을 느껴 결혼한 여인 그레섬 부인이 백혈병으로 갑자기 사망한 뒤 학교에서 만난 교목(校牧)이 위로의 말을 건네자 하는 말.

"사실 고통에 대해 사람이 분격하는 것은 고통 그 자체가 아니라 고통의 무의미함이다."

– 니체, 《도덕의 계보》

"인간은 삶의 의미를 찾음으로써 죽음을 극복한다. 인간이 진정 두려워하는 것은 죽음 자체가 아니라 의미 없이 죽어가는 것이다."
– 미국의 의사이자 저술가인 어니스트 벡커(Ernest Becker, 1925–75)가
위의 니체의 말을 변용하여 한 말.

비극적 고통을 정의하는 일은 비극론의 핵심이라고 해도 과언이 아닐 만큼 중요한 일이며, 19세기 이후 근대비극론이 발흥한 이래 가장 첨예한 논란의 대상이 되어왔다. 일상생활에서 비극이란 용어

는 모든 불상사와 불행을 가리키는 말이 되었지만, 비극에서의 고통 즉 비극적 고통이 곧 일반적인 모든 고통과 불행을 뜻할 수는 없다. 어떤 평자는 "우리가 살아가면서 부딪히는 모든 불행과 고통의 묘사를 다 비극적이라고 한다면 비극의 범주는 모든 글쓰기를 포함해야 할 만큼 확대되어야 할 것"이라고 말한다.[47]

여기서 우리는 잠깐 비극이니 문학이니 하는 것은 잊고 우리 삶의 현실에서 우리가 겪는 고통과 불행의 원인들에 대해 생각해 보자. 고통의 가장 일반적이고 항구적인 근거와 뿌리는 외면적인 것인가 내면적인 것인가? 즉 그 원인이 밖에 있는가 아니면 우리 자신 안에 있는가? 이는 외재적 이유로 말미암은 육체적 고통과 내재적 이유로 말미암은 정신적 고통으로 바꿔 말해도 마찬가지다. 모든 종교가 하나같이 말하고 있는 것은 차치하고라도, 20세기 심층심리학의 대가인 칼 구스타프 융은 "인간 고통의 5분의 4는 무지와 격정 같은 인간의 과오 때문"이라고 말한다. 서양문학의 시조인 호메로스도 그의 《오뒷세이아》에서 올림포스의 주신 제우스의 입을 빌려 다음과 같이 말한다. "아아 인간들은 걸핏하면 우리 신들에게 잘못을 돌리고는 한다. 그들은 재앙이 우리에게서 비롯된다고 말하지만 사실은 그들 자신의 못된 짓 때문에 **정해진 몫 이상**의 고통을 당하는 것이다."(1. 32-4) 인간은 스스로의 우행과 과실 때문에 불필요한 고통까지 당한다는 것이다. 생각해 보면 우리는 한세상 사는 동안 치명적인 병에 걸린다든가 아니면 난데없이 교통사고를 당한다든가 하는 우발적이고 외재적인 사고로 말미암아 고통당하는 것보다 살

---

47) Rita Felski, ed. *Rethinking Tragedy*, p.10.

아가면서 자신의 사고와 감정이 저지른 과오와 잘못 때문에 고통당하는 일이 더욱 많고 흔하다는 것을 부인할 수 없다.[48] 비극은 바로 이런 인간의 내재적이고 정신적인 고통을 그 대상으로 한다. 우발적이고 외부적인 고통의 돌발 앞에 인간은 속수무책일 수밖에 없고 그 고통의 완화를 위해 진력하거나 아니면 그저 받아들이고 견디는 것밖에 달리 할 수 있는 일이 없는 것이다. 그러나 인간이 스스로 빚어낸 내재적인 고통의 원인과 결과를 탐색해 보는 것은 우리를 인간과 인간의 삶의 구조 및 그 본성에 대한 통찰과 지혜로 이끌어준다.[49]

독일 관념론이 탄생시킨 근대비극론은 바로 이렇게 비극적 고통의 **내재성**을 지적하고 정의하는 것으로부터 시작하였다. 헤겔에 앞서 근대 비극론의 서막을 연 프리드리히 쉴러는 그의 〈연민론〉 (1793)에서 다음과 같이 쓰고 있다.

"단지 고통의 묘사만으로는 예술이 되지 못하며 예술의 최고 목표는 감각을 초월하는 정신적인 것을 재현하는 것이고, 비극은

---

48) 20세기의 저명한 비극론자 로버트 하일먼은 "신문에 매일 보도되는 사건과 불행 가운데 내재적인 것과 외재적인 것의 비율은 어떠한가? 대부분의 사회면의 - 정치, 경제면도 마찬가지이지만 - 사건은 인간의 어리석음, 무지, 탐욕, 오만 등에 원인을 찾을 수 있는 반면, 자연재해나 예측불허의 사건은 - 비록 더 많은 사람들이 일시에 죽는다 하더라도 - 오히려 소수가 아닐까."하고 묻는다(Robert Heilman, *Tragedy and Melodrama*: *Visions of Experience*, pp.34-5).
49) 우리의 동북아적 사고에서 가령 《맹자孟子》의 '인즉영장(仁則榮章)'에 나오는 "하늘이 내리는 재앙은 오히려 피할 수 있으나, 스스로 지은 재앙은 어찌해 볼 도리가 없다"(天作之孽 猶可偉, 自作之孽 不可活)라는 말이 가리키듯, 인간이 스스로 불러들인 고통은 외부에서 닥친 고통에 견주어 더 인간을 괴롭힌다는 통찰은 동서가 같은 듯하다.

감각적 묘사를 통해서 도덕적 인간을 재현한다… 자유의 원칙은 격정에 대항하는 정신의 저항을 통해 나타난다. 따라서 고통 그 자체가 아니라 고통에 대항하는 정신의 힘만이 감동적이고 재현할 가치가 있다."50)

쉴러는 비극에서의 고통은 자유로운 인간의 의식적인 결단을 통한 투쟁이며 정신적인 힘의 표현이라고 말하고 있다. 이로써 그는 비극에서의 고통은 어디까지나 인간의 선택과 행위로 말미암은 **인위적(혹은 내재적) 고통**이며, 그 이유가 오직 외부에 있는 **수동적인 고통**은 비극적 고통이 아니라는 근대 비극론의 핵심적 전제를 수립하였다. 이 논의를 더욱 설득력 있게 전개하여 탄탄한 반석 위에 올려놓은 이론가는 근대비극론의 완성자인 헤겔이다. 헤겔은 "**가엾은 일들**은 단순히 외적인 우연성과 상대적인 상황의 국면, 질병, 파산, 죽음 따위에 의해 일어날 수 있으므로 우리로 하여금 달려가 돕고자 하는 충동을 일으키고 그렇게 하지 못할 경우 가슴을 찢는 듯한 한탄과 동정의 감정을 갖게 만든다. 진정으로 **비극적인 고통**은 능동적으로 행위하는 인간에게서만 발생하며, 그 스스로 전적으로 그 행위에 대한 책임을 져야만 한다."라고 말했다.51) 이로써 헤겔은 비극적인 것은 책임을 수반한 능동적 행위에 따른 고통이고, 가엾은(가련한) 것은 외부에서 주어진 수동적인 고통이며, **비극**은 **재난**(횡액, 재앙, 혹은 춘사椿事)과 명백히 구분된다는 **근대비극론의 이분법**을 확고히 하였다.

---

50) Friedrich Schiller, "On the Pathetic," *Literary Criticism: Pope to Croce*, Gay Wilson Allen and Harry Hayden Clark ed., Detroit: Wayne State UP., 1972, pp.154–5.
51) 두행숙, 《헤겔의 미학강의 3》, 은행나무, 2010, p.907.

헤겔로 대변되는 독일 관념론 미학의 이런 이분법은 근대 이후 거의 대부분의 평론가들뿐만 아니라 작가들 자신들도 자연스럽게 받아들였다. 사실 많은 서구작가들 자신이 **비극과 재난**(횡액)을 첨예하게 구별하고 있다는 것은 아래에 예시하는 여러 예들이 증거해 준다. 가령 대표적으로 제임스 조이스가 《젊은 예술가의 초상》에서 작가 지망생인 주인공을 통해 든 예화가 유명하다.

어떤 처녀가 며칠 전 마차를 타고 런던 시내로 들어갔다. 그녀는 몇 년 동안 만나지 못했던 어머니를 보러 가는 길이었다. 길 모퉁이에서 갑자기 나타난 대형마차의 축이 그녀의 마차 창문에 부딪혀 깨진 유리창의 파편이 날았고 그중에 긴 바늘 모양의 조각이 그녀의 가슴을 찔렀다. 그녀는 현장에서 즉사하고 말았다. 기자는 이것을 비극적 죽음이라고 불렀지만 나는 그렇게 생각하지 않는다.

조이스는 여기서 주인공을 통해 비극과 재난을 명확히 구분하고 있는 것이다. 조이스와 동시대의 D. H. 로렌스는 조이스가 그랬듯이 비극적 소설을 쓰지 않았으나 역시 조이스처럼 비극적 감각에 대해서는 잘 알고 있었다. 그는 〈일촉즉발〉(Touch and Go)이라는 시론(時論)에서 이렇게 말한다.

비극의 주인공은 죽음을 당할지 모르지만 그 안에 있는 저항하는 깨어 있는 영혼은 파괴되지 않는다. 죽음이 그를 집어삼키지만 그는 자신의 운명을 완성시킨다. 바로 이런 운명과의 직면 그리고 그것을 완수하는 데 비극은 있다. 비극은 재난이 아니다.

짐수레의 바퀴가 개구리를 짓밟으면 재난이지 비극이 아니다. 비극에는 반드시 지고(至高)의 투쟁이 있어야 한다.

맬콤 로우리는 《화산 아래서》에서 주인공의 입을 빌려 "네 고통도 넓게 보면 부질없는 것이야. 그 고통에는 비극성에 필요한 요건이 빠져 있으니까."라고 말하며, '비극성'이란 인간의 의도적 선택과 결단에서 비롯되어야 한다는 설명을 덧붙인다(7장). 밀란 쿤데라도 그의 《불멸》에서 죽음이 곧 비극인 것은 아니라고 작가의 분신을 통해 말하고 있다.

"자네도 죽음을 비극으로 보는 그 흔한 오류를 범하고 있군."
"시인하네만 난 언제나 죽음에서 비극을 보았어."
"바로 그게 오류야. 철도사고는 그 기차에 타고 여행하는 사람이나, 자기 아들이 거기에 타고 있다는 것을 아는 사람에겐 끔찍한 일이겠지."

철도 사고와 같은 재난은 끔찍할 수는 있어도 비극은 아니라는 것이다.

한편, 조지 오웰의 《1984년》에서 주인공 윈스턴 스미스는 전체주의 사회에 반기를 든 결과 자신에게 닥친 파멸 앞에서 불현듯 오래 전에 돌아간 자신의 어머니의 죽음을 회고한다.

윈스턴에게 갑자기 드는 생각은 근 30년 전의 그의 어머니의 죽음이었다. 그 사건은 지금으로서는 생각도 할 수 없는 방식으로 **비극적**이고 슬픈 일로 기억되었다. 그가 믿기에 비극이란 것은 인간의 개인적 삶이 있고, 사랑과 우정이 가능하며, 가족의 일원은 그 까닭을 물을 필요 없이 곁을 지켜주는 것이 당연시되던 아득한 과거에 속하는 일처럼 여겨지는 것이었다.

여기서 주인공 윈스턴은 비록 같은 죽음일지라도 그 죽음이 어떤 문화적 맥락에서 발생했고, 또 어떤 정신적 의미를 띠느냐에 따라 비극적이냐의 여부가 판가름된다는 것을 말하고 있다. 즉 비극이란 개인으로서 인간의 독자성과 존엄성이 인정될 때 비로소 가능한 것이며, 인간의 존엄은 그가 선택과 행동의 주체일 때에만 실현될 수 있다는 것을 지적하는 것이다. 그래서 플라톤이《국가》에서 자신의 운명에 대한 자결권을 지니지 못하는 노예에게는 비극성이 없고 오직 자유인에게만 그것이 가능하다고 한 말은 비극론의 해묵은 격언이 되어 왔다. 결론적으로 **비극적 고통**이 되기 위해서는 자유로운 행위의 주체로서 인간이 내린 선택과 결단이 있고 그에 따른 책임을 물을 수 있어야 한다는 것이 전제되어야 한다. 즉 비극은 인간의 기품과 권위가 인정되고 그의 독자적 개별성이 존중되며, 사랑과 신의 그리고 정의와 진실이 숭배될 때만 비로소 가능한 것이다.

그러나 비극적 고통에 대한 이런 전통적 구분법은 20세기 중엽에 들어와 비극론이 왕성하게 부흥할 때 등장한 마르크스주의적 비극론자들의 중대한 반론에 직면하였다. 영국의 대표적인 마르크시스트 평론가인 레이먼드 윌리엄스는 내재적 원인이 있는 것만이 비극적 고통이라는 전통적 구분은 엘리트주의적이고 귀족주의적인 편견이며, 인간 고통의 많은 부분을 소외시키고 배제하는 결과를 가져온다고 주장한다.[52] 인간의 고통을 의미심장한 고통과 무의미한 고통으로 나누고, 오직 인간의 능동적 참여가 개입한 것만이 의미심장한 고통이며, 우발적이고 외부적 원인에 의한 고통은 무의미한 것이라고 간주한다는 것은 도덕적 파산선고와 다름없다는 것이다. 그는 무릇 "고통이 명백히 현존하는 곳이면 곧 비극이 있다"고 선언한다. 고통에는 유의미와 무의미의 구별이 있을 수 없다는 것이다. 윌리엄스가 한 말 중에 가장 인상 깊은 것은 "의미를 발견한다는 것은 곧 비극을 발견한다는 것"이라는 말이다.53) 즉 이 세상의 많은 고통을 비극에서 제외한다는 것은 달리 말해 그것들이 무의미하다는 것을 뜻하는 것이므로, 인간의 삶에 대한 도덕적 검토와 탐구를 주된 임무로 하고 있는 문학으로서는 심각한 자기모순을 저지르는 일이 된다는 것이다. 아울러, 전통적 인본주의를 대표하는 월터 카우프먼도 비극에서 수동적 고통과 능동적 고통을 차별하는 평자는 "자신이 삼대 희랍비극작가들보다 비극을 더 잘 알고 있다"라고 말하는 셈이 된다고 정문(頂門)의 일침(一針)을 놓는다. 이들이 입을 모아 주장하는 것은 비극에 하나의 명백한 기준이 있다면 그것은 "고통의 확실함과 엄청남"뿐이라는 것이다.54)

자유인과 노예의 구별을 당연시하는 플라톤과 아리스토텔레스의 고전적 인본주의가 아니라, 모든 인간의 근본적이고 무차별한 평등성을 강조하는 근대 인본주의의 관점에서 볼 때 마르크스적 평자들

---

52) Raymond Williams, *Modern Tragedy*, p.48.
53) 위의 책, p.51.
54) Walter Kaufmann, *Tragedy and Philosophy*, Princeton: Princeton UP., 1992, p.77; Dorothea Krook, *Elements of Tragedy*, New Haven: Yale UP., 1969, p.26.
　　우리는 이들도 서사문학 가운데 '비극'을 최고로 자리매김하고 있는 것은 마찬가지라는 것을 알 수 있다. 다시 말해, 비극이란 용어에 대한 예사롭지 않은 고려와 존중은 마르크시스트나 전통적 인문주의자나 차이가 없는 것이다.

의 주장은 당연히 지지되어야 한다. 그러나 윌리엄스와 카우프먼이 고려하지 않은 것이 하나 있다. 즉 비극의 원조이자 모든 비극론의 전거인 희랍비극의 가장 탁월한 특징은 그것이 비록 가장 비참하고 무력한 수동적인 희생양을 그릴 때에도 인간을 자유의지의 주체로 보며, 비록 자신이 파멸할 운명에 처할지라도 그 운명을 당당하게 받아들이는 모습을 보여줌으로써 인간을 존엄하고 숭고하게 그린다는 점이다.55) 이는 아리스토텔레스가 희랍비극 중에 가장 '비극적'인 작품을 쓴 작가라고 불렀고, 삼대 작가 중에서 가장 희생양 주인공을 많이 등장시킨 에우리피데스의 경우에도 마찬가지다. 예컨대 《헤카베》에서 트로이아의 함락 전에 사망한 아킬레우스의 영혼을 달래기 위해 승리한 희랍군에 의해 산채로 희생당하는 프리아모스왕의 마지막 남은 딸 폴뤽세네의 모습을 묘사하는 장면을 보자.

"내 도시를 함락한 아르고스인들이여, 나는 자진하여 죽겠어요. 아무도 내 몸에 손대지 마세요. 나는 용감하게 내 목을 내놓겠어

---

55) 이런 점에서 희랍비극이 "모든 위대한 문학이 그렇듯이 애도의 표현"이고 "인간과 역사에 바치는 애도의 노래"라는 국내의 임철규 교수의 방대한 해설서의 주제 – 그리고 부제(副題) – 는 다시 살펴볼 여지가 있다. 새삼스러운 일도 아니지만 서양의 모든 고전학자들이 예외 없이 입을 모아 말하듯 희랍비극이 불멸의 최고 고전으로 추앙되는 것은, 그것이 오늘날 인류의 보편적 이념이 된 인본주의적인 개인의 존엄과 숭고를 그리고 있는 서구세계의 첫 선언문의 역할을 하기 때문이다. 임 교수의 저서가 치밀하고 자세한 자료의 수집과 제시에도 불구하고 비극의 한 측면 즉 애도적 기능만을 대서특필한 것은 이런 점에서 못내 아쉽다고 할 것이다. "인간이 신이 되지 않는 한, 인간에게 고통과 절망은 그치지 않으며 이것이 인간의 조건"이라는 책의 마지막 결론은 비록 인간의 고통과 절망은 그치지 않겠지만, 인간은 이것들을 껴안고 감내할 수 있는 존재라는 것이 대표적인 희랍비극 – 소포클레스의 비극 – 의 결론이라는 필자의 핵심적 주장과 배치된다(임철규, 《그리스 비극: 인간과 역사에 바치는 애도의 노래》, 한길사, 2007, pp.15-6, 608).

요. 제발 나를 자유롭게 놓아주고 죽이세요. 내가 자유민으로 죽도록 말예요. 죽은 자들 사이에서 노예라고 불리는 것은 공주인 나로서는 부끄러운 일이니까요." 사람들은 우레와 같은 박수를 쳤고, 그러자 아가멤논왕이 처녀를 놓아주라고 젊은이들에게 명령했소. … 처녀는 왕에게서 그런 말을 듣자 입고 있던 옷을 잡고 어깨에서 허리 한복판까지 찢으며 신상(神像)의 젖가슴만큼이나 아름다운 젖가슴을 내보였소. 그리고 그녀는 땅에 무릎을 꿇고는 가장 영웅적인 말을 하는 것이었소. "이것 보세요, 젊은이, 그대가 내 젖가슴을 치기 원한다면 여기를 치세요. 원하는 것이 내 목이라면, 그대가 치도록 여기 내 목이 드러나 있어요. …" 피가 샘물처럼 솟아나오는 가운데 그녀는 죽으면서도 품위 있게 쓰러지려고 몹시 조심했고, 남자들이 보는 앞에서 감춰야 할 것은 감추려 했소. … 그리고 그녀가 치명타를 맞고 숨이 끊어지자 아르고스인들은 저마다 다른 일을 했는데 그들 가운데 더러는 그녀의 시신 위에 나뭇잎을 뿌렸고, 더러는 그녀를 위해 화장용 장작더미를 가져왔소. … 아무 것도 가져오지 않은 자는 가져온 자들에게 야단을 맞았소. "이 고약한 사람아. 그대는 처녀를 위해 손에 옷도 장신구도 들지 않고 우두커니 서 있구려. 그대는 더없이 용감하고 마음씨가 고결한 처녀에게 아무 것도 바치지 않겠다는 것인가?"(548-54, 562-65, 568-81)

폴뤽세네의 최후의 모습을 모친 헤카베에게 보고하는 전령 탈튀비오스의 위의 대사에 암시되어 있는 것은, 희랍의 병사들은 젊은 여인의 벌거벗은 육체를 보고 본능적인 흥분을 느꼈지만 곧 이를 부끄러이 여기고 그녀의 위대하고 강력한 영혼 앞에 깊은 감동을 받았다는 사실이다. 다시 말해 그들은 성적 자극과 숭고한 감동이라는 두 가지 상충하는 감정 사이에서 짧지만 강렬한 갈등을 경험했으나 곧 자신들의 저열한 충동에 대해 깊은 수치심을 느꼈다는 것이다. 희랍군의 수뇌부는 희생자가 보여주는 숭고한 정신적 승리의 모습 - "최고의 용기와 비할 바 없는 고귀함"(579-800) - 을 자국의 군사들에게 보여주기 위해 젊고 아리따운 폴뤽세네를 의도적으로 반쯤 벗긴 채 죽음을 당하도록 했다는 것이다.[56] 비록 적장의 딸이지만 위대하고 강력한 영혼을 지닌 자가 어떻게 죽음을 맞이하는가를 그들의 병사들이 목격하도록 말이다. 그래서 전령은 헤카베에게 당신은 "가장 불행한 여인이면서도 자식으로서는 모든 여인 가운데 가장 축복받은 여인"이라고 위로한다(581-2). 이 전령의 말을 전해 들은 헤카베는 다음과 같이 말한다.

"이상하지 않은가. 나쁜 토양도 신의 도움으로 시운을 타면 좋은 열매를 맺고, 좋은 토양도 필요한 것이 모자라면 나쁜 열매를 맺는 데 반해, 인간들의 경우 사악한 자는 언제 어디서나 사악할 뿐이고, 고귀한 자는 고귀한 자로 남아 어떤 불행으로도 본성이 파괴되지 않고 항상 선하다는 것은 말이다."(591-98)

이렇게 자신의 딸이지만 고귀한 인간의 최후란 어떤 것인가를 당당하게 설파한 헤카베는 자신도 《트로이아의 여인들》에서는 비록 정복자들에게 노획물로 끌려갈 처지이지만, 이 전쟁을 일으킨 장본인인 헬레네를 만났을 때 그녀의 악행을 통렬하게 고발하고 성토하

---

56) Brown and Silverstone, *Tragedy in Transition*, p.19; Edith Hall, *Greek Tragedy: Suffering under the Sun*, p.5.

는 모습을 보여준다(《트로이아의 여인들》, 969-1032). 그녀는 그저 무력하고 무능한 패자나 희생양으로 그려지는 것이 아니라 오히려 자신이 할 수 있는 한 최대한의 분투를 보여주는 인간으로 등장하는 것이다. 또 《아울리스의 이피게네이아》에서 트로이아 원정 초기 아르테미스 여신의 분노를 달래기 위해 희생당하는 주인공 이피게네이아 역시 자신의 피할 수 없는 최후를 스스로 '의욕하는' 모습을 보여줌으로써 관객에게 **숭고함**의 감정을 불러일으킨다(《아울리스의 이피게네이아》, 1367-1401).

희랍비극의 주인공이 보여주는 **비장미**는 그가 '지닌 것을 최대한 발휘하여'(*to paron eu poiein*) 인간의 가능성과 잠재력의 극한을 보여주는 데서 나온다.[57] 그들은 '당하는'(*pathein*) 것뿐만 아니라 '행하는'(*poiein*) 것을 통해서 자신의 운명을 결정하는 것이다. 즉 강력한 영혼(*megalopsychia*)을 지닌 인물이 보여주는 장렬함 혹은 '**장엄함**'(*habrosyne*)이 작품의 가장 뚜렷한 효과인 것이다. 저명한 고전학자 베르너 예거는 희랍비극의 주인공은 "고통받는 인간의 무력감뿐만 아니라 그의 파괴될 수 없는 위엄의 상징으로 그려지며 이는 인간이 도달할 수 있는 숭고한 지식"을 제공해 준다고 말한다.[58] 또 다른 평자도 희랍비극은 "극단적인 고통 가운데서 드러난다고 생각되는, 파괴될 수 없는 인간의 본질을 재확인하는 것이며, 이것이 인간이란 무엇인가 라는 정의에 핵심적인 것으로 이해되었고, 나아가 이것이 비극의 **인본주의**의 근거가 되었다"고 말한다.[59]

---

57) 박종현, 《헬라스 사상의 심층》, 서광사, 2001, pp.407, 423-24.
58) Werner Jaeger, *Paideia: the Ideals of Greek Culture*, vol.1, New York: Oxford UP., 1965, pp.284-5.

헤겔을 대표로 하는 독일 관념론의 비극론은 희랍비극이 본질적으로 고통 그 자체의 재현보다는 고통을 대하는 인간의 자세 즉 **인간정신의 숭고함**을 재현한다는 것을 핵심적인 이념으로 삼았다. 쉴러도 앞서 얘기했듯 "고통 그 자체가 아니라 고통에 대항하는 정신의 힘만이 감동적이고 재현할 만한 가치가 있다"고 주장했던 것이다. 알려져 있다시피 희랍비극의 본질은 **인간 예찬**이며 그 시작은 영웅 숭배와 영웅 모방이었다. 그러나 진정한 영웅은 오직 고통과 시련 속에서만 나올 수 있고 최고의 고통과 시련은 죽음이므로, 이 죽음을 대하는 그의 자세에서 영웅다움이 드러난다는 것을 희랍인들이 깨달았을 때 영웅숭배는 비극으로 바뀌었다는 것이다. 고통의 크기를 통해서만 정신의 크기가 드러난다고 할 때, 인간이 자신이 추구하거나 수호하는 가치와 신념을 위해, 가장 큰 고통인 죽음마저 불사할 때 그는 **비극적 영웅**으로 다시 태어나는 것이다. 이리하여 비극은 고통 그 자체의 재현이 아니라 인간 정신의 **숭고함**의 재현이 되었다.[60) 비극이 불러일으키는 이러한 **고양감**에 대한 증언을 우리는 20세기 미국의 대표적 극작가인 유진 오닐이 만년에 문학기자와의 인터뷰에서 한 다음과 같은 말에서 찾아볼 수 있다.

"비극을 불행한 것으로 생각하는 것은 현대인들의 단순한 오해일 뿐이다. 희랍인들과 엘리자베스 시대인들이 더 잘 알았던 같다. 그들은 비극이 무섭도록 삶을 **고양**시켜 준다고 느꼈다. 그것

---

59) Charles Segal, *Oedipus Tyrannus: Tragic Heroism and the Limits of Knowledge*, NewYork: Oxford UP., 2001, pp.114-20.
60) 김상봉, 《그리스 비극에 대한 편지》, 한길사, 2003, pp.64-69.

은 그들로 하여금 정신적으로 삶을 더 깊이 인식하도록 해주었다. 즉 비극을 통해 그들은 사소한 일상의 삶의 염려로부터 벗어나고, 삶을 더 고상하게 살 수 있게 된다고 생각했던 것이다."61)

결론적으로 우리는 윌리엄스나 카우프먼이 '비극'이 마땅히 다루어야 한다고 말하는 **외재적이고 수동적인 고통**은 - 위의 "서사문학의 세 갈래"에서 언급했듯이 - 무의미한 고통이 아니라 바로 **'패배의 서사'**가 그리는 고통이라고 보아야 한다. 역시 전술했듯이, 패배의 서사는 비극 및 승리의 서사와 더불어 서로 대등한 지위를 갖는 문학의 장르이고, 그 사이에 우열의 차이가 있다는 식의 논의는 정당화될 수 없다. 왜냐하면 패배의 서사는 우리에게 충격, 공포, 절망의 감정을 불러일으킴으로써 가장 강렬한 고발과 항의의 효과를 갖는 서사이며, 문학의 사회적 기능과 역할의 관점에서는 우리가 지닌 가장 소중하고 강력한 매체이고 수단이기 때문이다.

4. 비극과 종교

"종교는 비극을 초월한다. 십자가는 비극적인 것이 아니라 바로 비극의 해소이다. 고통이 하나님과의 결합으로 바뀜으로써, 고통은 초극된다. 그것은 구원의 근거와 기초가 되는 것이다."

---

61) 멜빈 레이더·버트램 제섭/김광명 옮김, 《예술과 인간가치》, 이론과 실천, 1994, p.253에서 재인용.

                          – 라인홀드 니버, 《비극을 넘어서》

　"비극을 희극의 서곡으로 보는 것이 기독교의 필수적 도그마이다."
                          – 노스롭 프라이, 《비평의 해부》

　"보상적 천국을 주인공에게 제공하는 신학의 암시가 추호라도 있다
면 비극은 소멸한다."

                          – I. A. 리처즈, 《문학비평의 원리》

　예술과 종교는 같은 뿌리에서 나왔다. 사람이 신전(사원)에 가는
것과 극장에 가는 것이 처음에는 하나였고, 같은 충격과 감동을 얻
기 위해서였다.[62] 미학자 콜링우드에 따르면 예술의 기본원리는 아
름다움이고 종교의 그것은 성스러움이나, 양자는 모두 진리로 향한
다는 공통된 상징성을 갖고 있다고 한다.[63] 그런데 인류 역사의 과
정에서 근원적인 진리를 표현하는 언어가 분리하면서 종교와 예술
은 갈라졌지만, 어떤 하나 즉 철학적 물음 면에서 둘은 연결되어
있다는 것이다. 즉 그것은 종교에서는 **구원**이고, 예술의 경우에는
비극적인 것으로 나타난다는 것이다.[64] 종교에서 궁극적 진리가 인
간과 신의 관계에서 찾을 수 있다면, 예술 즉 비극에서는 그것이
인간의 인간에 대한 믿음 즉 **휴머니즘**에 놓여 있다는 것이다. 종교
에서의 신이 문학(즉 비극)에서는 인간으로 대치된다. 18세기의 대

---

62) Jane E. Harrison, *Ancient Art and Ritual*, Tredition, 2012, p.23, 30; 멜빈 레이
　　더·버트램 제섭/김광명 옮김, 《예술과 인간가치》, p.242.
63) R. G. Collingwood, *Speculum Mentis*, Ghose Press, 2016, p.128; 조요한, 《예술철
　　학》, 경문사, 1990, p.319.
64) Karl Jaspers, trans. Harald A. T. Reiche et al., *Tragedy is Not Enough*,
　　pp.24–7.

표적 계몽주의자였던 드니 디드로는 그가 편집한 백과전서의 서문에서 "인간이 모든 것의 출발점이며 또 귀착점"이라고 주장했다. 19세기 영국의 대표적 소설가 조지 엘리엇은 〈스페인 집시〉라는 시에서 "인류는 오직 인류 속에서만 보호처를 발견한다"고 썼다. 그러므로 종교와 비극은 궁극적 진리에 접근하는 ─신본주의와 인본주의라는─ 방식 면에서 서로 정반대이므로 둘은 상극일 수밖에 없다.

　기독교의 구원과 부활의 교리와 비극적 비전의 종말감은 상호배타적이다. 기독교는 달아날 구멍이 없이 궁지에 몰렸다는 비극의 느낌을 앗아가 버린다. 야스퍼스는 "구원의 희망이 있다는 것은 덫에 걸려 있다는 비극적 감각을 파괴한다"라고 말한다. "기독교적 관점에서는 역사적으로 어떤 인간 행위도 비극적이지 않다. 죄는 '행복한 과오'(*Felix Culpa*)가 된다. 죄가 없다면 구원도 불가능하기 때문이며, 오히려 구원을 가져오는 원인으로 여겨진다. 예수는 이 세상에서 실패의 가장 심오한 상징이다. 그러나 그는 어떤 의미에서도 비극적이지 않다. 바로 그의 실패 가운데 충족과 완성이 있음을 그가 알고 있기 때문이다."[65] 이렇듯 구원과 은총에 대한 (인간의) 믿음을 통한 (하나님의) 축복, 즉 신의 섭리 가운데서 비극은 무의미해진다. '영원의 상(像) 아래'(*sub specie aeternitatis*)에선 그 어느 것도 최종적인 것이 아니기 때문이다. 영원의 문턱 위에 서 있는 기독교 주인공은 슬퍼할 이유가 없다는 것은, 밀튼의 《투사 샘슨》의 마지막에서 샘슨의 부친 마노아가 "자, 자, 지금은 애도의 시간이 아니요"라고 말하는 것에서 드러난다(1708행). 레씽과 더불어 독일

─────────────

65) 위의 책, p. 82.

관념론적 비극론을 연 아우구스트 슐레겔도 에우리피데스의 《히폴뤼토스》와 라신느의 《페드르》를 비교하며 기독교 작가는 진정한 비극을 쓸 수 없다고 말한다. 마지막에 신들을 저주하고 죽는 에우리피데스의 히폴뤼토스와 이 세상의 고통에 대한 내세의 축복을 확신하는 가운데 죽는 라신느의 페드르 중에 누가 더 비극적인지는 분명하다.66) 또 17세기 비평가 생 테브르몽(Saint-Évremond)은 코르네이유의 순교자 주인공 폴뤼엑트에 대해 다음과 같이 말한다.

> "기독교는 비극과 정면으로 반대된다. 기독교 성인의 덕목인 온유함과 인내심은 비극의 주인공의 자만심과 반항심 같은 덕목과 정반대이기 때문이다. 기독교 신학에서 신의 정의인 '하나님의 뜻이 이루어지니이다'와 비극이 보여주는 정의의 부재는 서로 충돌한다."67)

종교의 근본 가르침은 인간의 아집 즉 자아중심주의를 벗어나고 극복하는 데 있다. 저명한 비교 종교학자인 카렌 암스트롱은 세계의 고등종교의 심층적 공통성은 한마디로 **'자기 버리기'**(kenosis)라고 말한다. 에리히 프롬도 기독교의 근본 교리는 인간의 '파괴될 수 없는 자아'라는 환상을 깨어버릴 때에만 진정한 내면의 평화가 온다는 것을 가르치는 것이라고 한다.68) 이러한 유대-기독교적 비전을 가장 잘 보여주는 하나의 전형은 《욥기》에서 욥의 개심과정이다. 욥의

---

66) August von Schlegel, "Ancient and Modern Tragedy," R. P. Draper ed., *Tragedy: Developments in Criticism*, London : Macmillan, 1980, p.107.

67) D. D. Raphael, *The Paradox of Tragedy*, Bloomington : Indiana UP., 1960, p.42에서 재인용.

68) 에리히 프롬/황문수 옮김, 《인간의 마음》, 문예출판사, 1996, 123.

4. 비극과 종교   101

부당한 고통 앞에서의 분노와 절망과 항의는 이윽고 우여곡절 끝에 완전한 자아의 거부와 폐기로 나아가며 – "나는 미천하오니 무엇이라 주께 대답하리이까. 손으로 내 입을 가릴 뿐이로소이다(40:3). 내가 스스로 한하고 티끌과 재 가운데서 회개하나이다(42:6)." – 이에 대해 하나님의 넘치는 보상이 주어지는 패턴이다. 키에르케고르가 《두려움과 떨림》에서 말하듯이 자식을 죽여 바치라는 하나님의 명령 앞에서 아브라함이 보여주는 '윤리 중단' 즉 일체의 인간적 가치 판단의 폐기도 비극적 인물이 아니라 '이상적 신앙인'의 특징이다.[69]

그러나 비극의 주인공은 신이나 운명 아니면 어떤 외부의 힘과의 싸움에서 패배하여 비록 파멸할지라도 자신이 스스로의 영혼의 주인임을 끝까지 주장함으로써 신이나 운명 또는 외부의 힘과 대등해지려 한다. 그래서 어떤 평자는 비극이 필연에 대한 인간의 저항과 투쟁을 찬미하는 것이라면, 종교는 그것에 대한 인간의 굴복과 복종을 영광시하는 것이라고 말한다.[70] 둘의 차이는 주인공의 정신이 **자기 긍지**를 보이는가 아니면 **자기 비하**(즉 억제와 겸손)를 보이는가에서 드러난다는 것이다. 한마디로, 비극은 주인공의 영혼이 필연 혹은 운명보다 더 큰 숭고함을 보여줄 때 비로소 가능하다.

여기서 논리적으로 뒤따르는 것은 '불완전한 기독교인'의 경우에는 비극적 주인공의 가능성을 보여줄 수 있다는 이론이다. 만약 그가 축복(신의 섭리)의 예견불가능성과 이에 따른 인간운명의 불확

69) Kierkegaard, Robert Bretall ed., *A Kierkegaard Anthology*, Princeton: Princeton UP., 1972, pp.132-4.
70) D. D. Raphael, *The Paradox of Tragedy*, p.51.

실성을 느낄 때, 즉 딜레마의 상황에 빠질 때 그는 비극적 상황으로 들어간다. '**기독교 비극**'이 만약 가능하다면 그것은 **의심의 영역**에서 발생하는 것이다. 그런데 여기서 중요한 것은 주인공의 종교적 확신의 부족은 어리석음이나 무지 혹은 태만과 불성실 때문이 아니며, 그가 성실하고 헌신적인 기독교도로 살려고 노력하면 할수록 신의 은총에서 멀어지는 것 같은 느낌이 들 때 비극적 상황이 조성된다는 점이다. 이런 '기독교 비극'의 탁월한 산물을 우리는 프랑스와 영국의 가톨릭 문학을 각각 대표하는 조르주 베르나노스의 《어느 시골 신부의 일기》와 그레이엄 그린의 《사건의 핵심》에서 찾아볼 수 있다. 이들 작품에서 주인공들은 신앙과 현실 사이의 괴리 가운데 몸부림치며 고뇌한다. 그들은 그러나 고뇌할수록 자신이 진정한 신앙에서 멀어지고 있다고 절망하며 결국 해결 불가능한 고통 속에서 죽음의 길을 선택한다. 《사건의 핵심》의 주인공 스코우비는 죽어가면서 이렇게 말한다.

"교회는 모든 규칙을 알지만 한 인간의 마음속에서 무슨 일이 벌어지는지는 알지 못한다."

이 좁혀질 수 없는 이상과 실제 사이의 실패는 단지 도달할 수 없는 신앙의 기준으로 보았을 때만 실패였을 따름이라는 것이 작품을 통해 분명해진다. 작가는 그들의 삶이 비참하고 고통스러웠던 것은 그들의 피눈물 나는 고뇌와 고심참담한 노력에도 불구하고 도저히 은총의 확신 즉 완전한 평화에 도달할 수 없었기 때문이라고 말하고 있기 때문이다.

한편, 역사적으로 종교적 비전이 주도하는 시기에는 비극적 비전이 사라진다는 것은 중세 천 년 동안 비극이 산출되지 않았다는 것으로 분명해진다. 그동안 인간의 창조적 정신은 '영원한 구원'이라는 열망으로 향했기 때문이다.[71] 그래서 많은 평자들은 "신이 있으면 비극은 없다"라고 말하고 있다. 중세를 대표하는 가장 표준적인 문학은 비극이 아니라 '성인전'(聖人傳)이었다.[72] 중세가 끝난 뒤 다시 등장한 르네상스 비극은 필연적으로 기독교화된 비극이었다. 그러나 르네상스의 근본적인 인본주의적 영향으로 말미암아 대표적인 영국의 르네상스 비극작가인 셰익스피어의 작품에는 기독교적 신앙의 흔적이 대단히 불명료하고 불확실하다는 것이 특기할 만하다. 20세기 미국의 저명한 철학자 조지 산타야나는 그의 〈문학과 종교〉라는 글에서 "셰익스피어는 종교적인 감각이 거의 없고, 그의 관심은 오직 이 지상의 세계에만 향하고 있었으며, 이것은 그의 건강한 본능과 건전한 양식 때문이었다"라는 찬사를 바치고 있다.[73] 또 이탈리아의 미학자 베네데토 크로체도 마찬가지 맥락에서 "셰익스피어는 모든 종교적 초월적, 신학적 관념의 바깥에 서 있다는 것을 보여주며, 그는 지상의 강렬하고 열정적인 삶밖에는 알지 못했다"고 말한다.[74] 기독교로부터의 이러한 상대적인 자유와 자율성은 셰익스피어를 고전비극과 르네상스 비극 그리고 근대비극을 잇는 맥(즉

---

71) Richard B. Sewall, *The Vision of Tragedy*, p.52.
72) Ulrich Simon, *Pity and Terror: Christianity and Tragedy*, London: Macmillan, 1989, p.56.
73) George Santayana, *Interpretations of Poetry and Religion*, Gloucester: Peter Smith, 1969, pp.154-5.
74) T. R. Henn, *The Harvest of Tragedy*, London: Methuen, 1956, p.146에서 재인용.

서구의 **비극적 전통**)의 중심에 가져다 놓으며, 이 맥은 바로 **휴머니 즘**이라는 공통의 고리를 가리킨다.⁷⁵⁾

오늘날 비극은 종교에 대한 심오한 대안의 가능성으로 등장한다. 인본주의는 기독교가 퇴장하고 난 이후에 서구인이 지향하고 의존해야 하는 유일무이한 이념이 된 듯하기 때문이다. 비극적 세계관의 바탕에는 삶의 의미가 삶 자체 속에서 발견되지 않는다면 다른 어느 곳에서도 찾을 수 없다는 인본주의, 현세주의가 있다. 즉 비극은 삶에 대한 신념의 확인이며, 비록 신은 없더라도 인간의 (인간적) 가치는 존재한다는 믿음의 증거이고, 절망에 대한 승리의 표현이다. 어떤 평자가 말했듯이 인생은 하나의 혼돈이며 결국 패배로 끝나는 싸움일 수 있지만, 비극의 세계는 의미 없는 삶에 대해서는 결단코 '아니오'라고 대답하는 세계인 것이다.⁷⁶⁾ 비극적 주인공은 항상 삶의 이름으로 투쟁하며, 어떻게 해서든지 인생에 의미를 부여하기 위해 싸운다. 따라서 삶 그 자체의 **선험적 가치**를 긍정하지 않는 한 비극은 성립하지 못한다. 바꿔 말해, 비극적 세계상은 회복할 수 없을 정도로 부조리하다고 생각되는 세계 – 가령 20세기의 새뮤얼 베케트, 유진 이오네스코, 장 쥬네 등의 부조리극 – 에서는 나타날 수 없다. 비극은 무의미라는 숙명 그 자체에 대해 항거하는 것이기 때문이다. 그러므로 철학자나 비평가 가운데는 허무주의와 상대주의가 팽배한 현대인들에게 비극적 비전보다 문학이 줄 수 있는 위안과 힘을 더 강력하고 요긴하게 제공해 주는 세계관이나 인간관도 없다고 주장하는 사람들이 있다.⁷⁷⁾ 20세기 초에 반기독교적 계몽을

75) 앨런 불록/홍동선 옮김, 《서양의 휴머니즘 전통》, 범양사 출판부, 1989, p.58.
76) Joseph W. Krutch, *The Modern Temper*, New York: Harcourt Brace, 1929, p.87.

이끌었던 버트런드 러셀은 극작가, 시인, 비평가였던 길버트 머리가 새롭게 쓴 에우리피데스 극의 번안(飜案)을 읽고 그에게 보낸 편지에서 다음과 같이 말했다.

"당신의 비극은 슬픔과 고통 가운데서 인간성의 숭고하고 아름다운 면을 드러내 준다는 비극의 목적을 완전하게 달성한 듯하다. 우리처럼 종교가 없는 사람들에게 그것은 세상 어떤 구경거리도 따라올 수 없는 **유일한 위안**이다."78)

그래서 현대 비평가 자크 데리다도 비극은 "종교 아닌 종교"라고 말하고, 미첼 리스카는 비극은 "'인간주의적 종교'의 의식(儀式)과 전례(典禮)를 제공해 준다"고 말한다.79) 비극적 세계관은 "비종교적인 것의 종교성과 비신앙인의 신앙"이라고 요약한 평자도 있다.80) 이들은 모두 비극적 인간관이 **삶의 의미와 가치**에 대한 확신에 뿌리내리고 있다는 것을 증언하고 있다.

---

77) George Harris, *Reason's Grief: An Essay on Tragedy and Value*, p.108; Terry Eagleton, *Sweet Violence*, p.86.
78) 버트런드 러셀/송은경 옮김, 《러셀 자서전》 상, 사회평론, 2007, p.276.
79) Brown and Sliverstone, *Tragedy in Transition*, p.34에서 재인용; Mitchell Leaska, *The Voice of Tragedy*, Robert Speller &son, 1963, p.63.
80) Walter Kaufmann, *Critique of Religion and Philosophy*, Princeton: Princeton UP., 1978, p.340.

5. 비극과 철학

"우리의 참견하기 좋아하는 지성은 아름다운 형태들을 흉하게 만들
어버린다:
우리는 **분석**함으로서 **살해**하는 것이다."

- 워즈워스, 〈뒤집혀진 계율〉

비극은 앞서 말했듯이 아직 신학이나 철학 같은 조직적, 추상적
독트린(교의敎義)을 만들어 내지 않았던 초기 헬라문명의 소산이다.
그것은 따라서 어떤 뚜렷한 철학적 관점과 맥락으로 제한하고 규정
하거나 체계화할 수 없다. 그러나 그것은 나름의 분명한 형이상학적
태도는 지니고 있다. 한마디로 말해, 인간 조건에 대해 비극이 제공
하는 설명은 이성적, 논리적인 것이 아니라 **직관적**인 것이지만 삶의
가장 깊숙한 진실 즉 **지혜**에 닿아 있다고 할 수 있다. 아테네 고전
기의 대표적 희극작가인 아리스토파네스가 그의 《개구리》에서 "아이
들에겐 선생이 있듯이 성인들에겐 비극시인이 있다"고 말한 것처럼
당시의 비극시인은 현인(賢人 sophos)으로 떠받들어졌고, 삶의 지혜
를 설파해 주는 현자로 여겨졌다. 그들은 어떤 고전학자가 말하듯이
철학과 문학이 분화되기 이전에 문학가뿐 아니라 철학자와 신학자
의 역할도 함께 수행하였던 것이다.81)

그러나 철학이 출현한 이래 서양정신사에서는 비극을 해명하려는
철학자들의 시도가 거듭되었다. 그런데 어찌 보면 당연한 일이지만

---

81) M. S. Silk & J. P. Stern, *Nietzsche on Tragedy*, Cambridge: Cambridge UP.,
1981, pp.156-7.

비극을 설명하려는 철학 쪽의 시도는 역사적으로 모두 실패하고 말았다. 비극을 합리적으로 해명하려는 첫 번째 시도였던 아리스토텔레스의 목적론적 이론은 비극의 효과에만 집착하였고, 그 효과도 정서적인 것에 국한하였다. 결과적으로 비극의 진정한 의의인 고통의 의미와 운명의 문제 즉 우주 가운데 인간의 몫과 위상에 대한 논의를 완전히 배제한 무색무취한 이론이 되고 말았다. 더구나 그의 정서적 효과론은 비극의 진정한 의의와 목적이 있다면 감정적인 것이라기보다는 정신적이고 지적인 것이 아닌가 하는 반론에 항상 직면해 있다. 한편 아리스토텔레스 이후의 최고의 비극이론인 헤겔의 변증법적 갈등이론은 초점을 비극의 효과가 아니라 비극의 내재적 구조에 맞춤으로써 한층 비극의 핵심에 다가선 이론이 되었다. 그러나 헤겔은 비극의 고통과 운명의 문제를 최종적인 합리적 조화와 화해에 종속시킴으로써 비극의 진정한 '비극성'이 소실(消失)된 이론으로 만들고 말았다.[82]

아리스토텔레스와 헤겔의 이론은 모두 비극의 본질인 분열성과 파괴성을 유기적 체계와 합리적 구조로 환원시킴으로써 그것의 핵심적 생명(력)을 박탈하고, 비극의 '최종적 신비와 모호함'을 제거함으로써 결국 **비극의 본질**을 파괴해 버리는 결과를 가져오고 말았다. 서양정신사에서 비극을 해명하려 한 세 명의 중요한 철학가들 가운데 막내인 니체는 비극이 삶의 고통과 혼돈을 감당하고 극복하려는 예술적 시도이자 매체라는 중요한 통찰을 남겼으나, 그것의 기원과 기능을 너무 의식적(儀式的 특히 음악적)이고 제의적(祭儀的) 측면

---

82) R. P. Draper ed., *Tragedy: Developments in Criticism*, p.30.

에 집중시키는 바람에 비극의 진화과정뿐 아니라 그것의 본질에 대해 크게 오해하였다. 결론적으로 말해, 철학은 비극을 항상 그릇되게 잘못 해석하고 그것의 핵심을 비껴나갈 운명에 처해 있다. 왜냐하면 비극이 제공하는 인간 고통에 대한 통찰은 전술했듯이 비극작가의 직관에 의한 것이기 때문에 이성적으로 서술되거나 설명될 수 없는 것이고, 비극이 가져다주는 효과는 정신과 정서의 양면에 걸쳐 있으며, 비극이 제공하는 지혜는 철학보다는 차라리 종교의 영역에 더 가까운 것이기 때문이다.[83] 그러므로 어쩌면 우리는 비극의 과정이 끝났을 때 햄릿의 말마따나 "나머지는 침묵이다"라고 말하는 게 나을지 모른다(V.ii.343). 독일 관념론의 비극론을 조감하는 《비극적인 것에 대한 에세이》란 저서를 낸 피터 스존디는 다음과 같은 결론에 도달한다.

비극론 – 즉 비극적인 것의 철학 – 의 역사도 '비극적' 운명을 면치 못하였다. 즉 철학은 비극을 포착하고 분석할 수 없다는 것을 알게 되었다. '비극적인 것'의 철학은 믿지 못할 도구라는 것이 밝혀진 것이다.[84]

그래서 월터 카우프먼이나 버나드 윌리엄스 같은 현대 철학자들은 철학보다는 오히려 비극이 삶의 진실을 더욱 효과적으로 전달할 수 있으며, 고통의 신비에 대해서는 철학자들보다 문학가들이 더 날

---

83) R. P. Draper ed., *Tragedy: Developments in Criticism*, p.34; Lucien Goldmann, Philip Thody trans., *The Hidden God*, London: Routledge & Kegan, 1964, pp.43-5.
84) Peter Szondi, *An Essay on the Tragic*, Stanford: Stanford UP., 2002, p.49.

카롭고 정확한 통찰을 제공한다고 말한다.[85] 가령 카우프먼의 다음
과 같은 말은 철학과 비극의 근본적 관계에 대해 우리에게 시사하
는 바가 크다.

> 플라톤은 비극시인은 환상을 보여줌으로 [공화국에서] 추방해
> 야 한다고 말했다. 그러나 우리는 이제 그가 꿈꿨던 철학[즉 이데
> 아]이야말로 환상이고, 오히려 비극시인들이 삶의 진실을 보여주
> 었다는 것을 알고 있다. … 철학은 비극을 대신할 수 있는 적자
> (嫡子)가 아니다. 그것의 뿌리는 비극과 같은 곳에 두고 있다. 즉
> 비극의 **정념**(*pathos*)에서 철학도 나온 것이다. 그러니 철학이 다시
> 금 비극시인의 정념으로 돌아가지 않는다면 그것은 메말라 죽어
> 버릴 것이다.

말하자면, 소크라테스의 (이성적) 정신이 대지에서 떨어져 나온
존재가 죽듯이 말라죽지 않으려면, 자신의 뿌리요 모태인 비극적 정
념으로 되돌아가야 한다는 것이다. 스코틀랜드 출신의 저명한 현대
철학자 D. D. 레이필은 그의 《비극의 패러독스》의 마지막에서 "홀
로 살아가는(즉 문학 더 나아가 삶과 관계하지 않는) 철학은 곧 버
림받고 잊혀지게 된다"고 경고한다.[86] 역사적으로 희랍의 철학시대
는 비극시대 다음에 전개된 시대였다. 카우프먼과 레이필은 비극시
인의 통찰을 철학자의 이성으로 대신하려 했던 시도가 과연 완전히
성공했는지에 대해 의문을 던진다. 삶의 진실을 포착하기 위해서는
철학적 사변 못지않게 비극적 정념도 함께 필요하다는 것은 아무리

---

85) Bernard Williams, *Shame and Necessity*, Berkeley: California UP., 1993, pp.163-4.
86) D. D. Raphael, *The Paradox of Tragedy*, p.111.

강조해도 지나치지 않다.

6. 비극의 시대와 그 기능

앞서 말했듯이 비극은 서양문화의 정체성(正體性)과 지속성을 증거하는 가장 중요한 근거의 하나이다. 그러나 역사적으로 비극의 출현은 특수하고 드문 현상이었다. 서양문학사에서 세 시기에 - 공동연대 이전 5세기 아테나이 비극, 16세기 말에서 17세기 초의 르네상스 비극, 19세기 후반의 근대 산문 비극(즉 비극적 소설) - 국한되며, 그것도 모두 매번 짧은 기간 동안 찬란하게 개화하고 사라졌다.

(1) 서양문화사에서 가장 탁월하고 중요한 시대의 산물

위에서 말한 세 시기는 지성사 혹은 문화사적으로 바로 오늘날의 서양을 만들어 낸 시기들이란 점에서 역사상 가장 핵심적인 시기들이다. 이 시기들을 통해 정신적, 문화적으로 큰 도약이 이루어졌고, 놀라운 창조성이 발휘되었으며, 결과적으로 획기적인 계몽과 발전이 이룩되었다. 공동연대 이전 5세기의 아테네는 인구 30여 만의 작은 도시국가이나 문학의 아이스킬로스, 소포클레스, 에우리피데스, 철학의 소크라테스, 아낙사고라스, 프로타고라스, 건축과 조각의 페이디아스, 프락시텔레스, 회화의 제욱시스, 파라시우스, 역사의 헤로도투스, 투키디데스 등이 나타나 이후 서구 정신을 형성하는 학문과 예술 각 분야의 초석을 놓는 기적이 발생했고, 시민공동체에 의한 급진적 민주주의가 실현되었다. 르네상스는 중세 천 년의 암흑을 걷어내고 자연과 인간의 실체를 재발견하여 희랍적 인본주의의 부활을 가져왔으며 그 결과 학문과 예술의 전 분야에서 비약적 진보를 가져왔고 근대로 이끄는 길을 닦았다. 19세기는 앞선 18세기의 영국 산업혁명과 프랑스대혁명이라는 '이중혁명'이 가져온 대격변이 인간의 삶을 근본적으로 바꾸어 놓은 시대였으며, "세 명의 위대한 폭로자들"(Three Great Debunkers) – 칼 마르크스, 찰스 다윈, 프리드리히 니체(혹은 지그문트 프로이트) – 에 의해 근대의 '정신적 대각성'이 완성되는 시기였다. 이렇듯 역사적으로 가장 중요한 시대에 가장 위대한 문학이 탄생했다는 것은 당연함을 넘어서 필연적인 사건이라고 할 수 밖에 없다.

(2) 역사적 전환기 혹은 과도기의 증거

역사적으로 '위대한 시대'라는 것은 모두 과도기 혹은 전환기를 가리킨다.[87] 삶과 사물에 대해 오랜 세월 동안 일관되고 안정된 해석과 이론을 제공해 오던 주도적인 인간관과 세계관은 언젠가는 끊임없이 변화하는 역사적 현실의 삶과 어긋나고 괴리를 보이는 때가 오기 마련이다. 그리하여 기존의 가치관은 쇠퇴와 붕괴의 단계에 접어들었으나 아직 그것을 대신할 새로운 가치관이 들어서지 못할 경우, 인간은 심각한 위기감과 허무 내지 공포감을 경험한다. 주도적

---

87) 시드니 훅/민석홍 옮김, 《역사와 인간》, 을유문화사, 1984, p.71.

가치관의 분열과 붕괴는 하나의 문화를 심대한 존재의 위기감 속으로 던져 넣으며, 인간은 존재의 심연과 나락을 들여다보고 역사적 시원기(始原期)에 느꼈던 원초적 공포감에 다시금 사로잡히게 되는 것이다. 역사적으로 이런 시점이 서양사에서 대략 세 번 나타났으며, 이 시점을 비극론자들은 '**비극적 순간**'이라 부른다.[88]

그런데 이런 역사적 과도기들이 공통으로 보여주는 것은 비극이란 문학 형식이 돌연히 출현하였다는 사실이다. 이는 비극이 의미의 부재와 결여를 포착하고 드러내는 담론 형식이며, 여기서 의미의 부재란 모든 의미 소통을 가능케 하는 **근본 의미**의 결여를 가리킨다. 이렇듯 서구 역사에서 비극은 주도적 담론이 이것에서 저것으로 넘어가는 **과도기의 공백**으로 특징지어지는 시기에 나타났다. 희랍비극은 신화적 사고에서 철학적 사고 사이의 괴리, 즉 헤시오도스와 아리스토텔레스 사이에서 나타나는 괴리를 증거하며 또한 집단적 폴리스(자치시민의 공동체)의 등장과 그 폴리스를 지배하는 담론을 가능케 하는 데 결정적으로 공헌하였다. 르네상스 비극은 중세 기독교가 프로테스탄티즘 및 신흥 과학사상의 도전을 받아 붕괴하는 시기의 산물로서 봉건적 가부장제에서 소유적(즉 자본주의적) 개인주의로 바뀌는 담론의 변화를 대변하였다. 19세기 산문 비극('비극적 소설')은 앞서 말했듯이 18세기 시민혁명과 산업혁명의 '이중혁명'을 거친 후 미증유(未曾有)의 근대시민사회로의 진입과 산업자본주의 사회로의 이전이 가져온 충격과 혼란의 시대가 낳은 산물이다.

---

88) Timothy J. Reiss, *Tragedy and Truth*, New Haven: Yale UP., 1980, pp.2-3; Richard B. Sewall, *The Vision of Tragedy*, pp.6-8.

즉 전통적 자치공동체이던 18세기까지의 계서(階序)적 농촌사회가 산업사회적 계급사회와 물질문명적 도시사회로 급변하였고, 기독교적 인간관 및 세계관은 자연과학적 합리주의 및 공리주의적 사고로 바뀌었다.

(3) 질서와 의미의 산출자이고 유지자로서의 비극

비극은 또한 이 세계의 **질서**를 창조하고 그 질서에 **의미**를 부여해 주는 담론이기도 하다. 역사적으로 인식(론)의 관점에서 볼 때, '의미의 상실'이라는 위기의 순간에 인간이 완전한 혼돈에 떨어지고 아노미 상태에 빠지지 않기 위해서는 비극을 쓰고 공연하는 것이 필수적이었다는 것이 드러났다.[89] 비극은 **질서와 의미의 산출자이고 유지자**였던 것이다. 비극은 이러한 기능이 다하면 곧 쇠퇴하였다. 그리하여 각 비극 시대 뒤에는 하나의 강력한 철학적, 정치적 담론이 형성된 안정적 세계관의 시대가 뒤따랐다.

비극의 시대가 짧은 것은 비극이 고취하고 환기하는 긴장과 위기감이 너무나 치열하고 강력하여 개인의 삶에서나 역사의 과정에서나 본질적으로 오래 지탱될 수 없는 것이기 때문이었다. 고뇌와 난제는 어느 쪽으로든 해소되든지 초월되어야만 했다. 각 비극시대는 결국 종교(혹은 유사종교 즉 철학) 또는 희극(즉 낙관)적 해결에 도달함으로써 다시금 안정을 되찾았다. 역사적으로 볼 때 비극시대 뒤에는 합리주의적 혹은 낙관주의적 철학의 시대가 뒤따르는 것

---

89) Timothy J. Reiss, *Tragedy and Truth*, pp.282-3.

이 상례이다. 고전 희랍의 비극시대 다음에는 소크라테스의 철학 시대, 르네상스 비극시대 다음에는 18세기의 낙관적 계몽주의 시대, 19세기 후반의 비극시대 다음에는 20세기의 인본주의적 혹은 세속주의적 상대주의 시대가 뒤따랐다.

마찬가지로 비극작가의 후기작은 비극적 긴장과 분열을 넘어서 화해와 조화로 나아간다. 대표적으로 소포클레스의 최후작 《콜로노스의 오이디푸스》는 오이디푸스가 임종에 즈음해 자신의 운명과 화해하는 장면을 보여주며, 셰익스피어의 경우는 비극 시기 다음에 로맨스 극 시기로 들어가는 것을 볼 수 있다. 프랑스 르네상스의 대표주자인 라신느도 그의 마지막 작품이 된 《페드르》를 쓴 후 자신의 정신적 뿌리였으나 한동안 거리를 두었던 포르 루아얄(Port-Royal)의 엄숙한 경건주의 신앙(장세니슴Jansenisme)으로 다시금 복귀하였다. 후대의 톨스토이 또한 그의 대표작 《안나 카레니나》를 쓸 무렵 느낀 내면의 갈등과 공허감을 자기 식의 기독교적 신앙고백 즉 '개심改心'(혹은 회심回心)을 통하여 해소하였다. 결국 작가가 세상이나 운명과의 싸움에서 기백이 무너지고 투지가 사라지거나 아니면 그것들과 화해해 버리면, 풍자로 떨어지든가 아니면 초월과 환상의 세계로 들어가게 되는 것이 인간 정신의 본성이 보여주는 궤적이라고 할 수 있다. 이는 서양문학의 시조로서 비극적 《일리아스》를 쓴 호메로스가 후기작으로 환상과 낭만의 세계인 《오뒷세이아》를 남긴 이래 반복적으로 나타난 패턴이다. 그리고 이는 인간과 세계가 지니는 근본적 양면성과 복합성의 문제이고 이런 본성에 따르는 자연스런 현상이지 결코 타락이나 변질의 문제는 아니다.

제3장
비극 이론의 역사

스핑크스의 수수께끼를 푸는 오이디푸스.
기원전 5세기 무렵 두리스가 아티카 킬릭
스 위에 그렸다(바티칸박물관 소장).

비극에 대해 지난 2,500년 동안 숱한 논의가 있어 왔지만 아직도 이 복
합적인 장르에 대하여 일치된 정의나 묘사가 이루어진 적은 없다.

– 노먼드 벌린, 《은밀한 원인》

1. 아리스토텔레스의 《시학》: 비극 이론의 탄생

아리스토텔레스의 학문은 백과사전적으로 모든 분야에 걸쳐 있었고, 중세 말기(15세기)에 재발굴된 이후 단테의 말대로 "모든 것을 알고 있는 자"로 통했으며 서양의 모든 근대 학문의 뿌리가 되었다. 그러나 건조무미한 학풍과 문체로 유명하며, 그래서 "섬세한 감성의 플라톤주의자와 강인한 정신의 아리스토텔레스주의자"라는 말이 생겼다.[1] 《시학》의 저술 연대는 대략 공동연대 이전 335-323년이며, 그때 비극은 이미 150년의 역사를 갖고 있었고 그것의 전성기는 벌써 한참 지나간 뒤였다. 4세기 후반에 소크라테스와 소피스트들이 등장한 이후 진리는 문학이 아니라 철학의 영역에서 찾아볼 수 있다는 사고가 팽배해졌으며, 가장 뛰어난 재능을 지닌 자는 비극작가가 아니라 철학자가 되려는 시대가 열렸다. 그러므로 아리스토텔레스의 이론에서 문학적인 감수성이 별로 발견되지 않는다는 것은 놀라운 일이 아니다. 그의 모든 저술에서 드러나듯이 그 자신이 삶에 대한 비극적 감각을 별로 느끼지 않았다. 무엇보다 당대는 시대와 인물의 주도적인 유형이 모두 다른 사고와 감각으로 바뀌어 있었던 때이다. 공동연대 이전 4세기 문화는 상고기(아르카익기)나 심지어

---

1) F. L. Lucas, *Tragedy: Serious Drama in Relation to Aristotle's Poetics*, New York: Collier, 1962, p.21.

초기 고전기(5세기)와 같은 '비극적 감각과 인식'에 의해 움직이는 문화가 아니었던 것이다.[2]

아리스토텔레스의 이론은 일종의 처방적 비평이며 따라서 규범적이고 지시적 성격이 두드러진다. 그는 비극이 철두철미하게 합리적 틀과 이론으로 분석 가능하다고 믿었고, 플롯의 전개도 우연이나 외부의 사건의 개입이 없어야 한다고 생각했다. 비극의 사건은 오직 개연성과 필연성에 입각해 일어나야 한다고 보았기에, 비극의 논의에서 고통의 의미나 운명 또는 신들의 역할 따위에는 별 관심이 없었다. 그는 따라서 비극의 내면적 구조에만 관심을 집중하였고, 비극이 갖는 신화적, 종교적 즉 외부적 배경은 무시하고 간과해 버렸다. 그런 점에서 아리스토텔레스의 논의는 예술작품으로서의 **'비극'**의 이론이지, 형이상학적인 관점으로서의 **'비극적인 것'**에 대한 이론은 아니다. 그 결과 《시학》은 실제적이고 구체적인 비극적 경험은 전혀 언급하지 않는다는 것으로 악명이 높다. 어떤 평자는 《시학》을 읽으면 저자가 불행한 일을 전혀 경험한 적이 없을 것이라는 느낌을 받는다고 한다.[3] 그러나 아리스토텔레스가 볼 때 인간의 모든 학문과 기술은 무릇 어떤 목적을 지니고 그것에 봉사해야 하는 것이며, 비극을 쓰고 공연하는 것 역시 그 예외가 아니라고 생각했다. 그리고 비극의 목적은 인간의 정신적, 심리적 건강에 도움이 되는 것이며, 이는 비극이 인간의 감정을 강렬하게 자극한 뒤 이윽고 그 감정을 해소시킴으로써 정신과 마음의 평화를 가져오게 하는 데 있다고 본 것이다.

---

2) George Harris, *Reason's Grief: An Essay on Tragedy and Value*, p.3.
3) Terry Eagleton, *Sweet Violence*, p.154.

아리스토텔레스가 말하는 비극의 제일차적 정의는 "진지하고 일정한 크기를 가진 완결된 행동의 모방이다." 우선 비극은 '진지한' 행위의 모방인데 희랍어 원어 *spoudaios*는 '범용한'(혹은 미천한)의 뜻인 *phaulos*에 대립되는 말이고, 이 말들은 좁은 의미로서는 도덕적 대립을 뜻하나, 넓은 의미에서는 정치적, 사회적, 미적 측면의 대립 즉 귀족 출신과 천민 출신의 사회적 계급의 대립을 뜻하기도 한다. 즉 '진지한' 행동은 귀족과 영웅에 어울리는 행동이며, 희극의 등장 인물인 열등한 사람들의 '천하고 우스꽝스러운'(*phaulos*) 행동에 대립되는 것이다.

또한 주인공은 "미덕이나 악덕 면에서 너무 극단적이지 않은 인간" 즉 일반적 의미의 선인이되 어떤 약점과 허점이 있어 결정적 실수('하마르티아')를 저지르고 그 결과 파국에 돌입하게 된다고 한다. 주인공의 이런 모습은 관객에게 연민과 두려움의 감정을 일으키지만 이윽고 그 감정들이 해소됨에 따라 정서적 순화 혹은 평정에 도달하게 된다는 것이다. 결론적으로 그는 비극에서 필수적인 것은 첫째로 **불행**의 장면이 반드시 있어야 한다는 것과 다음으로 **연민과 두려움**의 감정이 일어나야 한다는 것을 들었다(11장).

아리스토텔레스는 "연민과 두려움을 통해 그러한 감정들의 카타르시스를 행한다(성취한다)"라고 말했지만 문제는 그의 《시학》 어디에서도 비극의 카타르시스가 과연 무엇인지 명쾌하게 설명하지 않았다는 점이다. 그 결과 어떤 평자가 지적한 대로 카타르시스에 대한 엄청난 논쟁만큼 "인간 지성의 수치요 불모성(무익함)의 기괴한 기념비"도 드물다고 할 만큼 이 용어는 숱한 논란을 불러일으켰다.4) 가장 일반적인 설명은 극 중의 강렬하고 극단적인 사건('행동')을 목격함으로써 마치 저수지의 물처럼 가득 차오른 관객의 정서적 에너지가 '연민과 두려움'이라는 강력한 감정의 배수관을 통해 물이 빠지듯이, 한때 고조되었던 감정이 다시 정상적 수준으로 되돌아가게 된다는 것이다. 즉 연민과 두려움이라는 잉여의 감정을 배출하여 평정을 되찾는 것을 말한다. 그런데 여기서 중요한 반론이 등장한다. 즉 독자나 관객들은 감정이 씻겨나가는 것이 아니라 감정을 더욱 강하게 느끼고 싶어 하는 게 인지상정 아닌가 하는 것이다.[5] 그들은 일상의 삶과 일이 제공해 주지 못하는 감동(연민과 두려움)에 굶주려 있고, 이것을 예술이 충족시켜 주기를 기대하는 것이다. 그러므로 정화(淨化) 이론의 문제점은 비극의 독자는 감정을 해소시키는 게 아니라 그것을 더욱 강렬히 만끽하는 데서 쾌감을 느낀다는 일반적인 경험적 사실과 어긋난다는 점이다.

다음으로 아리스토텔레스는 비극은 "무엇보다도 **행동**의 모방이고 다른 어떤 것도 아니"라고 주장한다. "비극은 행동과 삶의 모방이고, 삶의 행복과 불행은 다 같이 행동에 달려 있기 때문이며, 삶의 목적은 일종의 행동이지 어떤 질적인 상태가 아니기 때문"이라는 것이다. 그리고 비극이 모방하는 행동은 곧 비극의 **플롯**으로 구현되기에 플롯은 가장 중요한 요소이며 한마디로 "비극의 **영혼**"(정수)이다. 플롯에는 그저 운수의 변화만을 보여주는 단순한 플롯과 "반전과 인식"이라는 요소를 통해 운수의 변화가 발생하는 보다 복잡한 플롯이 있는데, 아리스토텔레스가 선호하는 플롯은 물론 복잡한 플

---

4) John Morley, *Diderot and the Cyclopædists*, Vol1of2, HardPress P., 2010; F. L. Lucas, *Tragedy: Serious Drama in Relation to Aristotle's Poetics*, p.34에서 재인용.
5) F. L. Lucas, *Tragedy: Serious Drama in Relation to Aristotle's Poetics*, pp.45-6.

롯이다. 그런데 이 반전과 인식을 가져오는 계기 혹은 장치로서 아리스토텔레스는 주인공의 '**하마르티아**'라는 개념을 도입한다. 이 '하마르티아'는 정작 《시학》에서는 대수롭지 않게 지나가듯이 등장하는 개념이다. 즉 두려움과 연민의 감정을 불러일으킬 운수의 반전을 가져오기 위해 가장 적절한 인간은 어떤 부류의 인간이냐를 논하는 과정에서 언급된다. 그것은 "두 극단을 피하면서, 즉 미덕 면에서 너무 빼어나지도 않고 또 사악함 때문이지도 않은 인간 곧 오이디푸스나 튀에스테스처럼 훌륭한 평판과 번영을 누리다가 어떤 잘못 때문에 불행으로 떨어지는 인간"이어야 한다는 것이다(13장). 하마르티아는 주인공 자신에게 떨어진 불행에 어떻게든 인과적으로 책임을 져야 한다는 것, 다시 말해 아무리 충격적인 불행이 그에게 닥친다 해도 그것에는 조리 있고 합당한 **근거**가 있어야 한다는 필요성 때문에 등장한 개념이다.

그런데 아리스토텔레스는 정작 오이디푸스의 하마르티아가 과연 무엇인지는 정확히 말하지 않음으로써 후대의 평자들로 하여금 그것을 성격적(도덕적) 결함(약점)으로 보는 '**결함(flaw)파**'와 단순한 판단(사고)의 착오(과실)로 보는 '**실수(error)파**'의 두 개의 해석으로 갈리게 만들었다. 19세기까지는 새뮤얼 붓처의 비극적 결함론이 대세를 이루었으나, 현대의 대부분의 평자들은 실수론 쪽을 지지한다. 결함론은 오이디푸스의 성급함을 지적하는 것이고, 실수론은 그가 자신의 부모의 실체를 알아보지 못한 것을 가리키는 것이다. 그런데 더욱 심각한 문제는 어느 쪽을 지지하건 오이디푸스의 불행을 해명하는 데는 여전히 설득력이 없다는 점이다. 즉 결함론이건 실수론이건 모두 그의 하마르티아를 극의 밖에서 즉 극이 시작하기 전의 사건에서 찾는 것이고, 극이 시작한 이후에는 딱히 실수나 결함이라 할 만한 것을 찾을 수 없다는 것이 문제이다. 이는 그의 비극이 단점이나 실수보다는 오히려 그의 장점에서 비롯되었다는 현대의 일부 평자들의 주장이 등장함으로써 비로소 해결되었다. 한편 비극의 인물이 미덕 면에서 결코 빼어나지 못하다는 아리스토텔레스의 말에 대해 카우프먼 같은 평자는 위대한 철학자도 때로는 엄청난 실수를 할 때가 있다는 것을 보여주는 대표적 예라고 말하고 있다.6) 왜냐하면 희랍비극 특히 그가 예로 드는 소포클레스 비극의 주인공 치고 미덕이 탁월하지 않은 인물은 없기 때문이다.

마지막으로, 아리스토텔레스는 플롯 구성에서 불행한 결말을 선호한다고 앞부분에서 말해 놓고(13장 6절), 뒤에 가서는 만회할 수 없는 행위가 저질러지기 전에 진실이 드러나는 결말을 더 선호한다고(14장 9절) 말하여 중대한 자기모순을 빚어내고 말았다(사실 소포클레스의 일곱 작품 가운데 불행에서 행운으로 바뀌는 플롯이 세 개 있다). 아리스토텔레스가 볼 때 비극의 핵심은 행운과 불행의 양극단을 오가는 것이고 이를 통해 드러나는 **운수의 불안정성**이다. 여기서 중요한 것은 비극이 불운(불행)의 장면을 담고 있으면 되는 것이고, 결과의 행불행은 그 다음 문제라고 보았던 것 같다. 그러나 그는 근본적으로 탁월한 인간이 불행에 떨어지는 것을 좋아하지 않은 듯하여, 이런 것은 '혐오스럽다'(*miaron*)고 말했다. 윤리적인 고려에서 볼 때 미덕의 인물이 몰락하는 것은 피해야 한다고 생각했음에 분명하다. 그러나 이는 근본적으로 비(非)비극적 혹은 반비극

---

6) Walter Kaufmann, *Tragedy and Philosophy*, p.62.

적 사고이다. 왜냐하면 그도 반쯤은 인정하듯이 가장 훌륭한 인간의 행위도 그를 고통의 나락으로 던져 넣을 수 있다는 게 바로 비극의 정수(핵심)이기 때문이다.7)

그의 이론은 전반적으로 희랍비극 대부분에 적용되지 않으며, 후대 작가들의 작품이 그의 이론과 일치하는 유일한 것은 행운에서 불운으로의 반전이 있어야 한다는 것 정도이다. 이토록 아리스토텔레스의 이론은 심오한 통찰을 풍요롭게 간직하고 있는 것만큼 쉽게 해결될 수 없는 모순도 적잖이 내포하고 있다. 그는 비극의 핵심적인 문제들을 대거 제기하는 데는 성공했으나 그것들을 해결하는 과제들은 후대에게 남겨 놓았다고 할 수 있다.

어찌 되었든 아리스토텔레스는 우선 예술작품을 유기체라고 명명하고 파악함으로써 구조적 분석을 가능케 했을 뿐만 아니라, 다음으로 서사예술의 필수요건으로 개연성과 필연성을 지적했고, 마지막으로 비극에서 반전과 인식이 갖는 핵심적 기능을 밝혔다. 이것만으로도 그가 문학 비평의 골자를 제공하는 불멸의 공헌을 하였다는 것을 부인하는 사람은 없다.

---

7) Martha Nussbaum, *The Fragility of Goodness*, Cambridge: Cambridge UP., 1986, pp.378-91.

2. 독일 관념론의 비극론: 근대 비극론의 발흥

프리드리히 엥겔스는 "경제적으로 낙후한 나라들도 철학적으로는 제일 바이올린을 켤 수 있다는 일이 발생했다"고 독일 관념론 철학의 발흥을 묘사했다.[8] 당시 역사 상황을 고려해 볼 때 헤겔의 철학 체계는 프랑스의 정치혁명과 영국의 산업혁명에 견주어 뒤쳐진 독일이 당대 역사에 **철학적으로 응답**한 것으로 알려져 있다. 독일은 프랑스혁명의 이념을 **정신 원리**로 수용할 수밖에 없었고, 그 결과가 훗날 헤겔에서 정점에 도달한 독일 관념론으로 나타났다는 것이다.

앞서 '비극적인 것의 탄생' 항목에서 이미 언급했듯이, 독일 관념론과 희랍비극과의 관계는 긴밀하다. 관념론적 비극론의 계보는 18세기말 레씽과 셸링으로부터 시작해 19세기의 헤겔, 키에르케고르, 쇼펜하우어, 니체, 폴켈트를 거쳐 20세기 들어온 이후 셸러, 짐멜, 야스퍼스, 벤야민, 루카치, 브레히트에 이르기까지 독일 전 지성사를 관류한다. 이를 "희랍이 독일에 대해 휘두른 전횡"(tyranny)이라는 말로 표현한다.[9] 당대 독일 정신과 예술의 빈곤함에 비추어 고전기 희랍인들과 희랍적인 것들은 독일 지식인들에게 하나의 완전하고 총체적인 인간상과 이념 – 즉 **'희랍적 이상'**(Hellenic Ideal) – 으로 비춰졌다. 고전기 희랍은 그들에게 정신적 고향 같은 구실을 하였고, '헬라'와 '자유'는 거의 동의어로 여겨졌던 것이다. 이런 경향은

---

8) 아르놀트 하우저/염무웅·반성완 옮김, 《문학과 예술의 사회사》 근세편 하, 창작과 비평사, 1981, p.124.

9) M. S. Silk and J. P. Stern, *Nietzsche on Tragedy*, p.3. 이는 실크와 스턴이 지적한 대로 고전학자 버틀러(E. M. Butler)의 동명의 저서 제목이기도 하다(*The Tyranny of Greece over Germany*, Cambridge UP., 1935[2012]).

18세기 말 괴테와 쉴러의 이른바 바이마르 고전주의에서 그 절정에 다다른다. 특히 희랍비극은 그들이 볼 때 "인류(즉 서구)의 가장 중요한 문건이자 유산을 형성한다"는 신념을 갖게 하였다.[10]

그러나 비극론의 역사에서 정작 중요한 것은 18세기 말에 등장한 칸트와 쉴러의 **낭만주의적 숭고론**이며, 이는 바로 희랍비극을 그 대상 혹은 근거로 한 것이었다. **대립과 투쟁**을 핵심이론으로 하는 **비극적 숭고론**은 위대하고 강력한 영혼이 압도적인 반대 세력과 직면했을 때 보여주는 행동에 대한 이념이다. 비극이론은 이러한 칸트와 쉴러의 낭만주의적 숭고론을 그 모델로 하여 성립하였으며, 숭고의 근거는 주인공의 '도덕적 자율성'이 실현해 주는 불굴의 투쟁에 바탕하고 있는 것이다. 이 낭만주의적 숭고론이 고전기 희랍에서 태동한 '**비극적 휴머니즘**'의 전통을 이어받아 근대 관념론적 비극론의 핵심을 형성하였다.

한편 문학사에서 독일의 칸트, 헤겔의 관념론은 이어서 영국의 낭만주의 비평으로 계승되었고, 특히 셰익스피어에 대한 논의에서 A. C. 브래들리를 대표로 하는 **성격비평이론**을 성립시켰다. 브래들리의 비극론은 헤겔의 윤리적 이론을 심리적 이론으로 바꾼 것이고, 헤겔의 도덕적 갈등을 주인공 내부의 자기분열로 변경시킨 데 지나지 않는 것이라고 할 수 있다. 20세기 들어와 양차대전 후에 왕성하게 생산된 비극론은 크게 보아서 칸트와 쉴러의 **숭고론** 및 니체와 키에르케고르 등의 **실존주의 철학**의 두 사조가 결합하여 형성된 산물이다.[11]

---

10) M. S. Silk and J. P. Stern, *Nietzsche on Tragedy*, p.3.
11) Michelle Gellrich, *Tragedy and Theory: The Problem of Conflict since Aristotle*,

3. 헤겔의 비극론

비극은 헤겔 철학과 뗄 수 없는 관계에 있으며, 그의 비극이론을 이해하기 위해서는 그의 역사이론 전체를 먼저 알아야 한다. 비극은 헤겔의 《정신현상학》과 《역사철학강의》 두 권에서 중요한 역할을 하며, 《정신현상학》 제5장에서 헤겔은 소포클레스의 《안티고네》를 분석함으로써 주인공, 윤리적 행위, 죄의 문제를 부분적으로 설명하고 있다. 아울러 비극은 헤겔의 《미학강의》에서 가장 두드러진 역할을 한다. 헤겔은 《미학》을 1818년부터 1828년까지 다섯 차례 강의했고, 강의의 끝부분에서 대부분의 관심을 비극에 쏟고 있다.

헤겔의 저술에서 중심 이론으로 등장하는 **변증법**은 공동연대 이전 6세기의 헤라클레이토스의 철학적 단편들에서 고취되고 영감을 얻은 것이며, 헤겔은 변증법의 작동양상을 비극을 통해 설명하고 있다.12) 변증법이란 한마디로 하면 **세계 역사의 전개 법칙**이다. 세계 역사는 **절대정신**('윤리' 혹은 '인륜성')의 자기 실현과정이다. 이 절대정신은 스스로를 실현하는 과정에서 둘로 분열된다. 구체적으로 그것은 신적 법칙과 인간적 법칙으로 분열되며, 전자는 가족과 여성

Princeton: Princeton UP., 1988, p.255.

12) 헤라클레이토스의 철학적 단편 가운데 변증법과 관련된 것들은 다음과 같다: "올라가는 길과 내려가는 길은 같다"(F 203); "우리 안의 살아 있고, 죽어 있고, 깨어 있고, 잠들어 있고, 젊고, 늙고 하는 것들은 모두 동일한 것이다. 왜냐하면 이것들이 변화하여 저것들이 되고, 또 저것들이 변화하여 이것들이 되기 때문이다"(F 205); "싸움은 모든 것의 아비이고 왕이다. 그것은 어떤 자는 신들로 다른 자는 인간으로, 또 어떤 자는 노예로 다른 자는 자유인으로 만들기 때문이다."(F 215)(G. S. Kirk & J. E. Raven, *The Presocratic Philosophers*, Cambridge: Cambridge UP., 1966).

의 영역이고 후자는 국가와 남성의 영역이다. 이런 분열의 양상을 가장 잘 형상화한 것이 소포클레스의 《안티고네》이다. 작품 가운데 안티고네는 가족과 여성의 영역, 크레온은 국가와 남성의 영역을 대변한다. 이 둘은 치열한 대립과 갈등을 거쳐 작품의 끝에서 코러스가 둘의 주장을 부정하면서도 포용하는 승화(혹은 지양)의 단계 즉 '지혜'에 도달함으로써, 그 대립이 해소되고 안정이 회복된다. 이렇게 《정신현상학》에서 비극적 갈등은 법의 세계와 사랑의 세계 사이에서 발생한다. 뒤에 가서 변증법은 역사적 현상을 벗어나 '세계의 법칙'이 되고 '앎의 방법'이 되며, 결국에는 '세계 원칙'이 된다.[13] 결국 이 변증법의 법칙에서 제외되거나 자유로운 현상은 개인에게나 세계 역사에서나 있을 수 없다. 헤겔이 볼 때 역사상 중요하고 위대한 시기는 모두 가치의 대립충돌이 일어나는 시기였으며, 이런 사유의 패러다임의 변화를 포착하여 형상화한 것이 바로 비극인 것이다. 그가 볼 때 역사적으로 평화스럽고 안정된 시기들은 "역사의 공허한 낱장들"에 지나지 않는다.[14]

요컨대, 헤겔의 역사이론 즉 변증법이론이 가장 잘 구현된 예는 비극에서 찾아 볼 수 있는데, 그것의 기본적 작동방식은 다음과 같다. 즉 비극은 두 개의 **동등한 정당성**을 갖는 가치(이념) 사이의 대립과 충돌에서 발생한다. 하나의 가치는 자신을 주장하고 실현하기 위해서 다른 가치를 거부하고 부정해야 한다. 따라서 두 개의 가치는 결국 모두 부분적이고 일방적 가치에 불과하다는 것이 드러나며,

---

13) Peter Szondi, *An Essay on the Tragic*, p.21.
14) Mark Roche, *A Companion to Tragedy*, Rebecca Bushnell ed., Oxford: Blackwell P., 2010, p.58.

비극의 과정은 이런 일방적, 부분적 가치들이 부정되고 취소되어 새로운 제삼의 가치로 나아가는 것이다. 이 새로운 가치는 희랍비극의 경우 작품의 마지막에서 코러스가 대변하는 가치이다. 위에서 말했듯이, 이런 비극의 과정은 《안티고네》에서 가장 뛰어나게 실현되기에 고금을 막론하여 최고의 비극이 되는 것이다.

헤겔은 사실 비극에 대한 관념과 사유에서 **근본적인 변화**를 가져온 철학자이다. 헤겔에 따르면 각각의 비극은 어떤 근본적인 이념을 구현하는 것이며, 그 이념이란 역사 발전 과정에 하나의 중대한 계기를 드러내 주는 것이다. 즉 비극은 절대정신이 스스로를 구현하는 **방식**을 재현해 주는 것인데, 이는 곧 절대정신이 분열하여 대립하다가 다시 통합되는 **과정**을 형상화해 준다는 것이다. 그리하여 비극에서는 '옳은 것'과 '옳은 것' 또는 선과 선 사이의 투쟁이 나타나며, 이 투쟁의 주체는 **비극적 주인공**이다. 이로써 비극은 심미적일 뿐만 아니라 철학(형이상학)적이고 윤리적이며 나아가 역사신학적 이념의 구현체가 된다.

한편, 비극적 주인공은 하나의 선을 대변하지만 동시에 다른 선에 대항하기 때문에, 역설적 상황에 놓인 **역설적 성격**을 지닌 인물이다. 즉 그의 위대함 자체가 바로 그의 결함이 되며, 그는 무고하면서 동시에 유죄인 상황에 처한 인물인 것이다. 헤겔은 《역사철학강의》 서문에서 자신의 의도를 초월하여 당대의 역사를 형성하는 **'세계사적 개인'**은 이런 역설적 성격을 잘 드러낸다고 말한다. 헤겔은 그 대표적인 예로 소크라테스를 들며 그를 비극적 인물의 관점에서 설명한다. 이렇게 비극의 주인공은 소크라테스 같이 당대 역사가 전개되는 데에서 '이성의 간지(奸智)'를 실현하는 – 즉 절대정신

(이성)이 비극의 주인공을 그 자신도 의식하지 못하는 가운데 이용하는 - '세계사적 개인'이라는 것이다. 비극의 에너지는 역사의 동력이 그렇듯이 주인공의 **열정**이며, 이 열정은 비극의 주인공에게 도덕적 정당화를 제공함과 동시에 그를 파멸로 이끈다.

그러나 헤겔의 관점은 결국 비극적이라기보다는 **낙관적** 비전이다. 어떤 평자가 말했듯 "변증법은 비극적인 것인 동시에 비극을 초월하는 수단"이기 때문이다.15) 헤겔에게 비극은 구체적인 인간 고통과 불행에 대한 이야기라기보다 하나의 관념적인 사건이며, 여기서 비극적인 것이 있다면 가치의 대립충돌 밖에 달리 없다. 그러나 이 충돌은 지금 여기서는 비극적일지라도 이성(절대정신)의 거대한 계획 속에서는 낙관적인 것이고, 따라서 주인공의 파멸도 결국 긍정적인 사건이다. 파멸은 절대정신의 필연적인 승리를 뜻하는 것이기에, 우리는 괴로움이나 슬픔이 아니라 기쁨을 느끼게 된다는 것이다. "우리는 비극을 보면서 이 같은 초월의 장면에 입회했다는 깊은 만족감을 느낀다."16)

여기서 비극성의 핵심인 **고통**의 문제는 외면되고 오히려 정당화되며, 결국 비극의 **비인간화**가 초래되고 만다. 그래서 어떤 평자는 헤겔은 비극의 쓴 잔을 달콤한 시럽으로 바꿔 놓았다고 말한다.17) 또 다른 평자는 헤겔의 조화(화해)야말로 문제적이며, 이는 결국 강력한 종교적인 신념이 밑에 깔린 이념이라는 것을 날카롭게 지적하고 있다.18) 마치 사도 바울이 로마인들에게 "생각컨대 이 세상에서

---

15) Peter Szondi, *An Essay on the Tragic*, p.54.
16) Terry Eagleton, *Sweet Violence*, p.98에서 재인용.
17) F. L. Lucas, *Tragedy: Serious Drama in Relation to Aristotle's Poetics*, p.58.
18) Adrian Poole, *Tragedy: A Very Short Introduction*, Oxford: Oxford UP., 2005. p.59.

받는 고난은 장차 우리에게 드러날 영광에 비하면 아무 것도 아니라"(로마서 8:18)고 말하는 것과 다름이 없다는 것이다. 왜냐하면 기독교의 역사 자체가 보여주듯이 천국의 약속이 얼마나 이 세상의 고통을 외면하고 정당화해 왔으며, 때로는 바로 그 고통을 가져온 장본인은 아니었는가 하는 것을 생각해 보라는 것이다.

더구나 문제는 헤겔의 동등한 가치의 대립과 충돌이라는 이론이 그가 격찬한 《안티고네》에서도 들어맞지 않는다는 사실이다. 왜냐하면 《안티고네》는 결코 대등한 두 개의 주장 사이의 대립을 다루고 있지 않기 때문이다. 작가의 공감과 작품의 결말은 명백히 한쪽 즉 안티고네 쪽으로 치우쳐 있다. 둘이 모두 정당한 게 아니라 한쪽은 분명히 잘못되었고 다른 한쪽은 분명히 옳다. 극은 이 가운데 정당한 가치는 승리하고 부당한 가치는 몰락하는 과정을 그리고 있다. 다시 말해, 안티고네가 주장하는 '불멸의 법칙' 즉 가족적, 여성적 가치의 승리로 귀결한다. 이 작품은 소포클레스가 지지하는 보수적 전통이 승리하는 구조이다. 결론적으로 이 극은 헤겔이 주장하는 것과 같이 가족의 가치와 국가의 가치가 충돌하는 **'대립극'**이 아니라 주인공 안티고네 개인의 숭고함을 드러내는 **'성격극'**이라는 것이 근래의 통설이다.[19]

---

19) Cedric Whitman, *The Heroic Paradox,* Ithaca: Cornell UP., 1982, pp.120-30; Cedric Whitman, *Sophocles: A Study of Heroic Humanism,* Cambridge: Harvard UP., 1951, pp.84-5 및 Bernard M. W. Knox, *The Heroic Temper*, Berkeley: California UP., 1983, pp.111-16.

4. 니체의 비극론

니체는 근대 세계 이후 비극의 개념을 부활시키는 데 결정적인 역할을 하였다. 니체는 세계사와 세계관을 설명하는 데에서, 비극이란 문학 장르의 관점과 척도에 의해 그것들을 파악하고 판단하게 만든 장본인이었다. 그는 '**비극적 시대**'라는 말을 만들어 내었는바, 이 말과 더불어 **비극**은 문화, 정신상태, 역사적 상황과 조건을 정의하는 데 적용되는 강력한 명칭이 되었다. **비극적 세계관**을 갖느냐의 여부가 세계와 인간의 지속과 갱생에 **필수적인 요건**이 되었으며, 비극이 산출되지 않는 시대는 정신적인 기백과 활력이 사라진 퇴폐와 소진의 시대로 여겨지게 되었다. 니체에 앞서 키에르케고르도 이런 맥락에서 "시대가 비극적인 것을 상실하면, 절망이 대신 들어선다"라는 말을 하였다.[20] 니체는 20세기 중엽 이후 서구에서 더 이상 비극문학이 씌어지지 않자, 비극이 없는 문화는 무언가 핵심적인 게 빠진, 즉 영혼이 없는 문화가 아닌가 하는 **두려움**을 갖게 만든 철학자이다. 비록 문학작품은 아니지만 20세기 중엽 이후 쏟아져 나온 비극 이론의 풍성한 수확의 뒤에는 니체가 있다고 할 수 있다.

오늘날 니체의 영향력은 방대하고 광범위하며 지속적이다. 근대적 삶과 '근대성'이 논의될 때마다 그를 제외하고는 논의의 근거틀을 찾을 수 없을 만큼, **서구 근대세계의 본질과 성격**에 대해 탁월한 통찰을 제공하였다. 근대사회의 특유한 불행 즉 물신주의의 승

---

20) 키에르케고르/임춘갑 옮김, 《이것이냐 저것이냐》 1권, 다산글방, 2008, p.118; Brown and Silverstone, *Tragedy in Transition*, p.15.

리, 정신의 전반적 쇠퇴와 무력감 및 물질에 대한 예속으로 말미암은 문화적 위기와 소진의 느낌에 대한 철학적 이해는 모두 니체의 통찰에 힘입은 것이다. 그는 비극을 제철이 지난 과거의 문학 장르가 아니라 현재와 미래의 인간과 사회를 평가하는 시금석이요 척도로 파악했다. 그가 볼 때 비극이야말로 이제껏 제대로 실현되지 못한 **'삶의 가능성의 징후'**였던 것이다. 즉 비극적 삶이 불가능할 때 인간은 완전히 인간적으로 되는 것이 불가능하며, 그것이 없다면 인간 존재 자체가 퇴화와 몰락의 위기에 처하게 된다. 이런 **비극적 인간관**이 니체의 유산이고, 그 유산이 남긴 가장 특유한 공헌이다. 그런데 비극이 인간과 사회의 미래를 위한 모델이 되어야 한다면, 그것의 가장 순수하고 원형적인 형태를 찾기 위해서는 서구전통의 고전적 뿌리로 돌아가야 한다. 이렇게 하여 니체에게 비극은 고대뿐만 아니라 "세계사 전체가 회전하는 단 하나의 축(즉 기준과 척도)"이 되었다.[21]

《비극의 탄생》의 요지

비극을 이해하기 위해서는 그것의 바탕을 이루는 아폴론과 디오뉘소스라는 두 원칙을 알아야 한다. 아폴론은 고급 문명의 신이며 의술의 신이고, 디오뉘소스는 '자연과 생식의 신'이며 문명화되지 않은 '도취와 광란의 숭배'를 뜻하는 신이다. 전자는 건축, 후자는 음악과 관련이 있다. 전자가 개별화의 영역으로 억제, 형식, 아름다

---

21) James I. Porter, Rebecca Bushnell ed., "Nietzsche and Tragedy," *A Companion to Tragedy*, p.69.

움을 뜻한다면, 후자는 도취의 상태에서 개성의 망각과 개인의 소멸을 통한 집단과의 통합(성), 이로써 맛볼 수 있는 두려운 황홀감을 지향한다. 고통의 승화를 통해 아름다움이라는 예술의 형식을 얻는 것이 바로 비극의 탄생 비결이다. 인간의 삶의 본질은 '디오뉘소스적 진실'에 있으며, 이는 모순과 극단을 그 본성으로 한다. 이런 디오뉘소스적 삶의 본성을 '아폴론적 형식'(예술)을 통해 통제하고 승화시킨 것이 바로 비극이다. 그래서 희랍비극의 밑바탕에는 "삶은 근본에서 파괴할 수 없이 즐겁고 강력한"것이라는 느낌이 있다. 삶의 무기력과 절망을 구제하고 치유하기 위해서는 예술(즉 비극)이 반드시 필요하다. 비극이라는 매개를 통하여 존재의 공포는 극복되고 인간은 숭고해지는 것이다. 비극적 주인공은 삶의 공포스러움과 혼돈에 대한 '아폴론적인 반응', 즉 그것을 극복하고 통제하려는 욕망을 구현하는 인물이다.

니체가 볼 때 디오뉘소스적인 것이 인간과 세계의 기본 바탕이며, 모든 존재의 본질이다. 그것은 모든 현상계를 존재하게 하고 형성하는, 영원하고 근원적인 예술적 힘이다. 이에 반해 아폴론적인 것은 어디까지나 부차적인 힘에 지나지 않는다. 디오뉘소스적 경험(즉 본질)이 개인의 의식에 허용되는 것만큼, 그것은 아폴론적인 것(즉 형식)에 의해 통제되어야 한다. 바꾸어 말해, 인간은 아폴론적인 것으로 통제 가능한 만큼의 디오뉘소스적 경험을 맛볼 수 있을 따름이다. 희랍인들이 그들의 예술을 통해 보여준 아폴론적인 것의 아름다움과 완전성은 역으로 그들을 사로잡은 디오뉘소스적 힘이 얼마나 강력했는가를 보여준다. "그들이 이러한 아름다움(즉 비극예술)을 성취하기 위해서는 얼마나 큰 고통을 겪고 엄청난 고뇌를 맛보았는가를 알아보아야 한다."22) 그러나 비극시인의 마음 깊숙이 들어 앉아 있는 것은 무엇보다 "삶의 가장 크고 심각한 문제에 대해서도 과감히 '예'라고 긍정하라"라는 사고이다. 따라서 니체 자신이 바로 근대 세계에서 첫 번째 '비극적 철학자'로서 근대인의 질병인 염세비관주의의 정반대에 서 있으며, 그것의 치료자요 해독제로 존재하게 된다. 한마디로 그는 근대정신 가운데 가장 처음으로 그리고 첨예하게 희랍정신을 꿰뚫고 이해한 철학자로 자리 잡게 되었다.

《비극의 탄생》은 희랍비극의 탄생뿐 아니라, 소크라테스와 에우리피데스의 등장 이후 그것의 쇠퇴에 대해서도 말해준다. 니체는 소크라테스 이전 철학의 **'강인한' 페시미즘**이 바로 희랍문화의 근원적이고 본래적인 힘을 설명해 준다고 말한다.23) 페시미즘이 아이스퀼로스와 소포클레스 비극들의 철학적 기반이며, 이것이 소크라테스 이전의 철학자들이 공유하던 '지혜'라는 것이다. 페시미즘은 초기 이오니아 철학이 파악한 혼돈스럽고 무질서한 세계의 본질이었다. 즉 "페시미즘은 세계 질서의 절대적 비논리성에 대한 앎의 결과"이다.24) 비극의 전성시대가 지난 공동연대 이전 4세기에 등장한 소크라테스는 미덕은 행복을 낳으며, 또한 미덕은 가르칠 수 있는 것이라고 주장했다. 그는 삶에서 궁극적으로 신비하고 불합리한 것들을 모두 부정했고 고통의 필연성도 부인했다. 소크라테스야말로 이론적 낙천가의 원형으로서, 삶과 사물의 본성을 파악하기만 하면 모든 악

22) Friedrich Nietzsche, FrancisGolffing trans., *The Birth of Tragedy and The Genealogy of Morals*, New York: Doubleday Anchor, 1956, p.146.
23) M. S. Silk & J. P. Stern, *Nietzsche on Tragedy*, pp.160-1.
24) Joshua Foa Dienstag, "Tragedy, Pessimism, Nietzsche," *Rethinking Tragedy*, Felski ed., p.107.

과 고통이 소멸할 것을 믿어 의심치 않았던 것이다. 앞선 **페시미즘**이 비극의 이론적 **배경**을 설명해 주듯, 희랍적 사유과정에서 **소크라테스적 사유**로의 전향은 그것의 **죽음**을 설명해 준다. 희랍 정신이 낙관적 관점으로 전환했을 때 비극의 문화적 맥락은 사라져버린 것이다. 니체가 볼 때 희랍 정신으로 하여금 세계에 대한 정직하고 진실한 평가로부터 후퇴하고 회피하게 만든 두 철학자는 소크라테스와 플라톤이었다.

그러나 니체가 볼 때 - 두 철학자들이 외면하고 회피했던 - 세계를 근본적으로 무질서하고 동화시킬 수 없으며 파괴적인 것으로 보는 **페시미즘적 세계관**이야말로 이 세계의 부인할 수 없는 진실이고 본질이다. 따라서 그런 세계 속에서 '디오뉘소스적 페시미즘'은 인간이 삶을 버티어 살아갈 수 있는 은밀하면서도 강력한 생존의 기술이요 비결이 된다: "그것은 **어둠 속의 다짐**이었고, **무지 가운데 주어진 긍정**이었다."[25] 그것은 '있는 그대로의 세계'에 대한 긍정으로 향하는 디오뉘소스적 페시미즘을 가리키며, 그 세계의 절대적 회귀와 영원성을 바라마지 않는 페시미스트로서의 신념이다. 여기서 '디오뉘소스적'인 것은 죽음과 변화를 넘어, 삶에 대해 부르짖는 승리에 찬 '예스'를 말하는 것이다. 그래서 니체는 자신의 페시미즘을 '**힘의 페시미즘**'이라고 부른다. 그의 '**운명애**'(*amor fati*) 사상도 그 뿌리는 **희랍비극**에서 나온 것이다. 운명애란 "삶은 그 전체로서 강렬하게 살아야 한다"는 강인한 정신의 발현이다. 니체는《비극의 탄생》의 결론 부분에서 "과감히 **비극적 인간**의 삶을 살도록 하라. 그

---

25) 위의 글, p.110.

러면 너는 구원되리라."라고 말한다.26)

　오늘날 니체의 저술이 희랍비극의 기원과 본질에 대한 중요하고 획기적인 저술임을 부인하는 고전학자는 없다. 그러나 비극이 디오뉘소스 신의 숭배와 직간접으로 관계있다는 그의 지적이 비록 옳다 해도 디오뉘소스적 요소는 갈수록 희박해져서 이미 고대에도 급기야는 "비극은 디오뉘소스와 아무 관계없다"는 말이 나오게 되었다는 사실을 그는 간과했다. 비극의 기원에 대해서는 아리스토텔레스조차도 정확한 전거를 대지 못했으며, 오늘날까지 학자들 사이에 어떤 일치도 아직 없다는 것을 고려할 때 니체의 논지는 크게 훼손된다. 현대 독일의 대표적 고전학자 발터 부르케르트(Walter Burkert)의 방대한 저작은 비극의 희생제의적 요소를 부각하는 데 성공했으나, 영미 쪽의 고전학을 대변하는 제럴드 엘스(Gerald Else)가 근년에 낸 《희랍비극의 기원과 초기형태》는 비극과 디오뉘소스의 관계를 다시 부정했다.27) 비극은 서서히 진화해 왔다기보다 테스피스와 아이스퀼로스란 두 명의 창조적 예술가에 의해 갑자기 발명되었다는 이론이 근래에 힘을 얻고 있다. 한편 에우리피데스가 비극을 죽였다는 니체의 주장은 명백한 오독으로 판명된다. 에우리피데스는 당대의 합리적 즉 반비극적 사유라는 위기의 '원인'이기는커녕 오히려 그것의 '징후'를 보여주는 작가이기 때문이다. 니체에 대해서는 결국 고전학자 로이드 조운스의 다음의 평이 종합적으로 말해 주고 있다: "비록

---

26) Friedrich Nietzsche, trans. FrancisGolffing, *The Birth of Tragedy and The Genealogy of Morals*, p.124.
27) Gerald Else, *The Origin and Early Form of Greek Tragedy*, New York: W. W. Norton, 1972, pp.79–81.

치명적 결함이 있으나 천재의 작품인 것은 분명하고, 희랍적 사유를 이해하는 데 신기원을 열어준 저술로 남을 것이다."28)

---

28) Hugh Lloyd-Jones, *Studies in Nietzsche and the Classical Tradition*, J. C. O'Flaherty, T. F. Sellner and R. M. Helm eds., The Univ. of North Carolina Press, 1976, p.9.

제4장
'비극적 진실'의 실체와 내용

피에르 나르시스 게랭 남작의 1815년작 〈페드르와 이폴리트〉. 라신느의 1677년작 《페드르》에서 모티브를 삼았다.

"인간의 모든 것은 영혼에 달려 있고, 영혼의 모든 것은 지혜에 달려 있다. 지혜야말로 유일한 선이고 어리석음은 유일한 악이다."

– 소크라테스, 《메논》

서양에 비극 문학이 출현한 이래 모든 비극적 작품들을 관류하고 있고, 또 그것들이 공유하는 '비극적 진실'(실체, 실상)이 있다면 그것들은 무엇인가? 비극 문학을 깊이 숙고해 볼 때 우리는 작품에서 제시되는 '비극적 진실'은 다음의 세 가지로 구성되어 있다는 것을 알 수 있다. 우선 인간으로 하여금 "그렇게 말려들지 않을 수 없게 하는 비극적 조건들"이 있다.[1] 이는 인간의 본유적인 실존적 조건들을 말하는 것이다. 다음으로, 그런 조건들로 말미암아 인간이 불가피하게 처하게 되는 '비극적 상황'들이 존재한다. 마지막으로, 이런 비극적 상황들에 대한 인간의 자세와 반응으로 말미암아 빚어지는 '비극적 결과'가 있다. 우리는 이 세 가지를 뭉뚱그려 인간과 세계에 관한 '비극적 진실'이라고 부를 수 있다. 이 '비극적 진실'은 곧 비극문학이 '인간의 본성과 우주 내에서 인간의 위상'에 대해 탐구해 낸 통찰들을 가리키는 것이다. 이 통찰들을 우리는 다른 말로 '비극적 지혜'라고 이름 지을 수도 있을 것이다. 아래에 제시하는 것들은 비극적 진실의 실체와 내용에 대한 하나의 시론(試論)이지만, 이에 대한 모든 일반화를 시도할 때 반드시 우선적으로 검토되어야 할 논점들이다.

1. 인간은 자신과 세상을 알지 못한다

대부분의 인간은 자기 자신을 누구보다 잘 안다고 생각하지만,

---

1) 제롬 스톨리츠/오병남 옮김, 《미학과 비평철학》, p.255.

실은 무슨 구체적인 일을 겪기까지 자신이 진실로 어떤 인간인지, 즉 얼마나 현명하거나 어리석은지, 용감하거나 비겁한지, 또는 침착하거나 충동적인 인간인지 잘 알지 못하고 사는 경우가 많다. 주지하다시피, 고대 희랍의 신탁소 델파이의 신전에 새겨진 말인 동시에 희랍철학을 싹트게 한 이오니아 철학의 선도자인 탈레스가 남긴 말이고 또 후대의 현인 소크라테스의 격언은 모두 바로 "네 자신을 알라"(*Gnothi seauton*)라는 말이었다.[2] 또 기독교권 초기의 최고 성인인 아우구스티누스의 《고백록》에는 "우리는 모두 우리 자신에 대해 헤아릴 수 없는 깊은 심연이다"라는 말이 있다. 현대로 내려와서 프로이트와 함께 심층심리학을 창시한 칼 구스타프 융은 "우리가 알고 있는 나는 나의 1/4에 불과하다"라고 말했다. 이 모든 통찰은 인간은 누구나 자신에게 대해 가장 눈이 멀어 있다는 인간의 본유적 무지와 맹목을 가리키는 것이다. 이런 인간의 무지와 맹목의 중요한 이유 가운데 하나는 아마 어느 평자가 말한 대로 "모든 인간은 타인에 대해서는 엄격하지만 자신에 대해서는 관대"하기 때문인지도 모른다.[3] 사정이 이렇기 때문에 역사적으로 모든 종교와 철학 및 심리학이 가르치는 것은 **자기 인식**이야말로 구원에 이르는 첩경이고, 곧 문제 자체의 해결이라는 것이다("앎[진리]이 너를 자유케 하리라."《요한》 8:32). 또한 이것이 많은 비극적 주인공이 작품 끝에서 결국 깨닫는 것은 곧 자신에 대한 인식인 이유이기도 하다.

---

2) 이 말은 다른 출전에 따르면 탈레스가 아니라 공동연대 이전 6세기 '일곱 현인' 가운데 한 명인 아테네의 정치가 **솔론**의 말이라고도 한다. 그러나 이렇게 출전이 여럿이라는 사실은 그것이 곧 희랍인들의 '보편적 지혜'라는 것을 가리킬 따름이다.

3) 안토니오 그람시/이상훈 옮김, 《옥중 수고 II》, 거름, 2007, 226.

인간은 자신이 누구인지 확실히 알지 못할 뿐더러, 이 세상이 어떤 곳인지도 잘 알지 못한다. 그럼에도 그는 이 세상이 자신의 바람과 욕심대로 움직여 줄 것이라고 믿고 무슨 일을 꾸미거나 어떤 사람과 일정한 관계를 맺는다. 그러나 위에서 말했듯이 인간은 현실의 경험을 통해서야 비로소 분명한 자기 인식이 찾아오듯이 이 **세상의 법칙과 원리**에 대해서도 사정은 마찬가지다. 즉 그는 자신이 벌인 일이나 자신이 관계한 인간들의 실체를 잘못 알아본 결과 좌절과 실패라는 쓴 맛을 볼 수 있다. 그러므로 비극이 가르쳐 주는 가장 오래된 진리는 아이스퀼로스의 《아가멤논》의 코러스가 노래하듯이 "인간은 고통을 통해 알게 된다"(*Pathei mathos*)는 것이다. 19세기 미국사상의 형성기에 대표적 현인으로 꼽히는 랠프 월도 에머슨도 "나는 내가 살아온 것만큼 밖에 이 세상을 알지 못한다"라고 고백한다.

우리가 비극을 통해 결론적으로 깨닫게 되는 것 가운데 하나는 이 세상사가 ─ 그게 사람과 사건과의 관계건, 사람과 사람 사이의 관계건 ─ 제멋대로 돌아가는 무질서한 것이 아니라 어떤 **엄격하고 가혹한 법칙**에 지배되고 있다는 사실이다. 세상에는 물질계의 과학적 법칙이 있는 것처럼, 인간 세상의 **도덕적**(혹은 심리적) **법칙 혹은 이치**가 작용하고 있다. 이 법칙과 이치를 알고 모르는 것과 인생의 행불행은 직결된다(가령 법칙의 대표적인 것으로 이른바 '우주의 제일법칙'으로 통하는 **인과율**이 있다. 세상사는 뿌린 대로 거두게 ─ 혹은 행한 대로 당하게*Drasanta pathein*[4] ─ 되어 있다는 것이

---

4) 아이스퀼로스, 《아가멤논》, 1564행.

다). 그래서 플라톤은 소크라테스의 입을 빌려 "인간의 모든 것은 영혼에 달려 있고, 영혼의 모든 것은 지혜에 달려 있다. 지혜야말로 유일한 선이고 어리석음은 유일한 악"이라고 말했다(《메논》). 르네상스 시대의 철학자 에라스무스는 "바보도 고통을 겪으면 현명해진 다"(*Malo accepto stultus sapit*)고 했으나 사람에 따라서는 엄청난 고통을 겪고도 현명해지지 않는 경우도 허다하다. 비극은 엄청난 고통을 통해서 주인공 자신이 어떤 인식을 얻거나 설혹 그가 얻지 못하더라도 관객이나 독자는 필경 어떤 깨달음에 도달하게 되는 문학 형식이다.

2. 인간사에서 갈등과 분열은 항구적이며 선택과 결단은 불가 피하다

인간이 살아간다는 것은 끊임없는 갈등을 겪으며, 부단한 딜레마의 상황과 마주하는 것이다. 그런데 문제는 무엇을 먹고 무엇을 입을 것인가 하는 일상적 갈등이 아니라, 무슨 일을 해야 하며 누구와 더불어 할 것인가 같은 중대하고 심각한 문제가 닥쳤을 때이다. 인간의 행불행과 인생의 의미와 가치의 성취 여부는 이런 문제들에 어떻게 대응하느냐에 달려 있기 때문이다. 반대로 무슨 일을 하지 말아야 하고 또 누구와 헤어져야 하는가도 마찬가지다. 인생사는 언제나 하나의 선택으로만 구성되며, 하나를 취하면 반드시 다른 하나를 버려야 한다. 그래서 번번이 매사를 선택하고 결단해야 한다는 것 자체가 인생살이의 큰 고통이다. 딜레마는 그 상황 자체도 고통이지만, 정작 고통스러운 것은 잘못된 선택의 경우에 그 결과를 고스란히 책임져야 한다는 데 있다. 나아가 세상살이의 진정한 괴로움 가운데 또 하나는 우리가 무슨 일을 한 번 잘못해 놓으면, 그 결과와 여파는 우리의 만회나 교정의 노력에 아랑곳없이 우리를 기어코 덮치고, 엄청난 불행을 가져다주고야 만다는 점이다. 그래서 니체는 "우리가 행위 한 결과는 우리의 뒷덜미를 움켜잡는다. 그 사이에 우리가 '개선'되었다는 데 대해서는 아주 무관심한 채로"라고 말했다.5)

그러면 인간은 도대체 어찌하여 잘못된 선택을 하는 것일까? 그 답은 이미 앞선 항목에서 명백하게 주어졌다. 즉 인간은 자신과 세상을 모르기 때문이다. 선현들이 말했듯이 인간은 사물을 있는 그대로가 아니라 자신의 마음이 보게 하는 것만 보는 존재다. 15세기의 유명한 영성가 토머스 아 켐피스는 "모든 사람은 자신의 내면으로 세상을 판단한다"고 말했다. 미국의 인본주의 심리학의 대가 칼 로저스도 인간은 각자의 안경을 통해 세계를 본다고 한다. 이처럼 인간은 자기 자신에 의해, 그리고 자기 자신에 의해서만 속박되는 존재다. 왜냐하면 격언에도 있듯이 '악마도 인간이 스스로 첫 발자국을 떼어놓기 전까지는 무력하기' 때문이다.6) 그러면 인간이 자기 자신에 의해 속박된다는 것은 또 구체적으로 무엇인가?

---

5) 니체/김정현 옮김, 《선악의 저편, 도덕의 계보》, 책세상, 2005, 179번, p.132.
6) F. L. Lucas, *Tragedy: Serious Drama in Relation to Aristotle's Poetics*, p.102.

3. 인간은 자신의 성격으로부터 달아날 수 없다

중국 속담에 "강산은 바꾸기 쉬워도 타고난 본성은 바꾸기 어렵다"는 말이 있다고 한다. 이와 거의 비슷하게 서양의 속담에도 "간밤에 산이 움직였다면 믿되, 사람이 변했다면 믿지 말라"는 것이 있다. 호메로스부터 톨스토이에 이르는 서양 문학의 대가들이 증언하고 있는 것의 하나가 바로 이런 인성의 **불변성**이다. 《일리아스》의 마지막에서 아킬레우스는 자신을 찾아온 프리아모스가 아들의 시신을 돌려달라는 요청을 하자 [신들의 명령을 좇아] 이를 수락한다. 그러나 얼마 뒤 프리아모스가 확실히 하기 위해 다시금 요청의 말을 내뱉자 그는 벌컥 화를 내면서 제우스의 뜻에도 불구하고 자신이 프리아모스에게 '몹쓸 짓'을 할지도 모르니 자꾸 같은 소리하지 말 것을 엄명한다. 톨스토이의 《안나 카레니나》에서도 주인공 레빈은 평소에 자신이 성미 급한 것을 알고 반성하는 모습을 보인다. 그러나 그 역시 작품의 마지막에서 어느 날 서둘러 귀가하기 위해 마차에 탔을 때 마부가 속력을 내지 않자 벼락 같이 성을 내는 것을 보여준다. 이 예들은 인간의 천성이 얼마나 바뀌기 힘든가에 대한 작가들의 통찰 역시 얼마나 오랜 역사를 가지고 있는지를 말해준다. 우리 속담에도 "제 버릇 개 못 주고," "세 살 버릇 여든까지 가며," "될성부른 나무 떡잎부터 알아보고," 그래서 "팔자는 독에 들어가도 못 피한다"는 말도 있다. 이런 인간의 본성에 대한 니체의 통찰은 특히 정곡을 찌르는 듯하다.

"인간이 어떤 성격을 갖고 있다는 것은, 그가 어떤 경험을 반복해서 경험할 것이라는 얘기를 해 주는 것이다."

그래서 인간이 "가장 피하기 힘든 운명은 바로 자기 자신이며, 성격은 불가항력적인 필연"이라고 니체의 선배이고 독일 관념론의 창시자 가운데 한 사람인 프리드리히 셸링은 일찍이 설파했다.7) 그러나 서구에서 인간의 성격과 운명을 관류하는 **일관성**에 대한 가장 오래된 통찰은 공동 연대 이전 3세기 이오니아 철학자 크뤼시포스(Chrysippus)가 한 "미래는 온전히 [인간의] 현재 안에 들어 있고, 또 사실이지 그 과거 안에 들어 있다"라는 말이다.8)

4. 미덕은 대가 없이 인간에게 주어지지 않는다

'미덕의 저주'라는 말이 있다. 즉 미덕의 양면성을 가리키는 말이다. 이는 한 인간의 장점은 양날의 칼과 같아서 탁월한 자는 곧 비참한 자로 전락하기 쉽다는 것이다. 근대 미학의 선구자인 요한네스 폴켈트는 강력하고 위대한 인간은 너무도 쉽게 걸핏하면 비참과 파멸로 떨어진다고 말했다. 이것이 호메로스의 비극적 주인공 아킬레우스, 헥토르, 파트로클로스, 아이아스 등이 보여주는, 인간의 탁월함은 곧 동전의 양면처럼 그의 비극적 결함이 된다는 역설이다. 우

---

7) F. W. J. Schelling, *The Philosophy of Art*, Univ. of Minnesota P., 2008, p.249.
8) William Chase Green, *Moira : Fate, Good and Evil in Greek Thoughts*, Cambridge : Harvard UP., 1944, p.347.

리 속담에도 모난 돌이 정 맞고 정직한 자가 뺨 맞는다는 말이 있듯이, 용감한 자는 용감하기 때문에 똑똑한 자는 똑똑하기 때문에 정직한 자는 정직하기 때문에 오히려 손해 보거나 고통당하는 일이 있다. 희랍인들은 제우스의 벼락은 가장 높이 선 자를 먼저 친다고 믿었다(헤로도투스, 《역사》). 플라톤도 《국가》에서 "거대한 범죄와 비할 바 없는 악행은 나약한 영혼의 소유자가 저지르는가 아니면 강력한 영혼의 인간이 저지르는가" 묻고 "나약한 인간은 위대한 일이건 사악한 일이건 하지 못한다"고 답하고 있다. 사실 강력한 성격의 인간은 선을 행할 수 있는 가능성만큼 악을 행할 수 있는 가능성도 크다. 그러므로 잘난 자들이 못난 자들보다 고통받을 일이 더 많다는 게 이 세상의 역설 가운데 하나이다. 여기서 '비극적 매듭'(연계連繫)이란 개념이 생겼다. 즉 앞서도 언급했듯이 20세기 독일의 대표적 현상학자인 막스 셸러는 "한 인간의 가장 훌륭한 행위를 가능케 한 바로 그 자질이나 성격이 동시에 그의 가장 비참한 파멸을 가져올 때 우리는 비극적 매듭을 목도한다"고 말했다.9)

5. 성취와 획득은 좌절과 상실 가운데서만 가능하다

이는 비극적 갈등 및 비극적 선택과 관련이 있다. 즉 이 세상에

---

9) Laurence Michel & Richard B. Sewall, *Tragedy: Modern Essays in Criticism*, Englewood Cliffs: Prentice Hall, 1963, p.34.

서 우리는 하나를 얻으면 다른 하나를 잃어버려야 한다. 아킬레우스는 불멸의 명성을 얻기 위해서는 고향에 돌아가지 못하고 트로이아에서 죽어야 한다. 헥토르 역시 그러기 위해서는 트로이아 성문 앞에서 죽어야 한다. 그래서 프리드리히 쉴러는 그의 시 〈희랍의 신들〉에서 영웅이 "시 속에서 영원히 살기 위해서는 우선 이 세상에서는 스러져야 하느니"라고 읊었다(*Was unsterblich im Gessang soll leben/ Muss im Leben untergehn*). 오이디푸스는 테베의 역병을 치유하고 자신의 정체를 밝히기 위해서는 자신의 삶 전체를 버릴 각오를 해야 한다. 오레스테스는 아버지의 복수를 하기 위해서는 자신도 근친살인을 해야 한다. 햄릿도 부친의 복수를 위해서는 자신의 목숨을 걸어야 한다. 하인리히 폰 클라이스트의 《미하엘 콜하스》의 주인공 콜하스는 자신을 부당하게 박해하고 모욕한 지방정부에 대항해 항거한 결과 모욕은 설욕하게 되지만 대신 자신의 목숨을 내놓아야 한다는 것을 깨닫게 된다. 멜빌의 《모비 딕》의 에이헙 선장은 모비딕에게 복수하기 위해서 자신도 죽어야 한다. 하디의 테스는 에인절과의 사랑을 이루기 위해서는 알렉을 죽여야 하고 자신도 따라서 죽어야 한다. 헨리 제임스의 《비둘기의 날개》에서 머튼 덴셔는 케이트 크로이와의 사랑의 감정을 유지하기 위해서는 그녀를 떠나야만 하고, 헤밍웨이의 《노인과 바다》에서 산티아고 노인은 청새치를 상어 떼에게 모두 잃고 나서야 자신의 명예를 온전히 되찾는다. 말로의 《인간의 조건》의 주인공 첸은 완전한 '자기소유' 즉 이념이나 명분과의 완벽한 합일을 위해서는 죽음을 무릅써야 한다고 생각하며 여기에 동료 기요나 카토프도 동의한다. 치누아 아체베의 《세상이 무너진다》의 주인공 오콩구는 백인제국주의에 의해 전통적 사회는 모두 무너져 내렸지만 마지막 전사로서 자신의 명예를 지키기 위해서는 스스로의 목숨을 바칠 수밖에 없다고 생각한다. 한마디로, 이모든 비극 작품은 주인공이 가장 간절하고 소중하게 원하는 것은 그에게 거저 주어지는 법이 없다는 것을 극단적으로 드러내 준다. 즉 모든 비극적 주인공들이 보여주는 것은 인간은 **대가**를 치른다면 자신이 원하는 것을 얻을 수 있으나, 그 대가가 너무나 크다는 것이다. 그래서 그런 대가를 치루고 나면 남는 게 별로 없다는 데 삶의 비극성이 있다. 이런 맥락에서 20세기 미국의 대표적 극작가 아서 밀러는 "비극의 주인공은 행복을 추구하다가 역설적으로 삶의 가장 즐거운 부분을 놓치는 인간"으로 정의하였다.10)

6. 잘못과 과오의 대가는 불균형적이고 무차별하다

비극에서 처벌(결과)은 잘못(원인)을 크게 능가한다. 또한 행위자 자신뿐만 아니라 주변의 무고한 혹은 선의의 인물들도 함께 파멸한다. 그래서 비극이 최후에 가져다주는 인상은 **불의, 불공정, 불공평**이라는 감정이다. 현상학자 한스 가다머의 말대로 "비극적 결과의 **과도함**이 바로 비극적인 것의 본질"이다.11) 비극이론가 사단 쿠마르 고쉬도 비극의 공포는 죄와 벌 사이의 **불균형**에서 비롯한다고

---

10) Arthur Miller, "The Essence of Tragedy," *The Theater Essays*, ed. A. M. Robert Martin. New York: Viking P., 1978, p.11.
11) 한스 게오르그 가다머/이길우 외 옮김, 《진리와 방법 1》, 문학동네, 1990, p.235.

말한다. 하기는 행동의 원인과 결과의 관계가 공평하다면 희극이나 승리의 멜로드라마이지 비극이 아닐 것이다. 그러나 고통과 파멸의 불균형과 무차별성은 우리에게 엄청난 인간적 **낭비와 상실**의 느낌으로 다가오는 게 사실이다. 그리고 여기에서 비극의 가장 강렬한 **비극성**이 나온다. 세상의 불공정함과 고통의 부당성의 문제는 곧 이 세상의 궁극적 **정의와 질서**에 대한 강력한 **의문과 회의**를 발생시키는 것이다.

이는 결국 비극이 보여주는 삶에 대한 **'신비와 곤혹감'**의 문제와 연결된다고 할 수 있다. 그래서 대부분의 평자들이 일치하는 결론은 끝내 **'고통스러운 신비'**가 비극의 최후의 느낌이라는 것이다.[12] 앞서 '비극과 종교'에 관한 논의에서 얘기했듯이, 이 불공정과 불의의 문제는 이제껏 어떤 종교와 철학도 해결해 주지 못한 것이 사실이고 앞으로도 해결할 수 없을 것이다.[13] 이것은 변경될 수 없는 **우주의 속성과 신비**이기에, 우리에게 외포(畏怖) 즉 외경과 공포의 대상으로 남아 있을 수밖에 없다. 그리고 이 신비와 공포를 제시하는

12) A. C. Bradley, *Shakespearean Tragedy*, London: Macmillan, 1956, p.38; Normand Berlin, *The Secret Cause: A Discussion of Tragedy,* Amherst: U. of Massachusetts P., 1981, p.9; T. R. Henn, *The Harvest of Tragedy,* p.286; Herbert Muller, *The Spirit of Tragedy*, New York: Alfred Knoph, 1956, p.16; William G. McCollom, *Tragedy*, New York: Macmillan, 1957, p.14.

13) 가령 기독교 쪽의 입장은 송봉모 신부의 《고통 그 인간적인 것》, 바로오딸, 1998, pp.78-9를 참조할 것. 또 같은 기독교의 관점에 서 있는 손봉호 교수도 《악이란 무엇인가》(창, 1992)에서 고통의 신비는 해결될 수 없는 것이라고 말한다(pp.242-43). 나아가 자유주의 신학자 도로티 죌레는 세상의 불의와 악을 정당화하는 기독교의 교리 즉 신정론(神正論)은 한갓 '가학취미'로 떨어지기 십상이고 - 니체가 말하듯이 - '노예들의 종교'로 전락하고 만다고 경고한다(Dorothee Soelle, *Suffering,* Everette R. Kalin trans., Philadelphia: Fortress P., 1996, pp.29-32, 157-8).

것, 또한 그것을 수용하는 것에 바로 **비극의 지혜**가 있다. 괴테는 말년에 인간의 최후의 과제는 "탐구될 수 없는 **그것에** 대해서는 조용히 흠숭(欽崇)하는 것이 전부"라고 말했다.[14]

7. 인간은 자신의 운명을 껴안음으로써만 그 운명을 정복할 수 있다

대부분의 인간은 강렬하고 짧은 삶보다는 비록 단조롭고 무미건조할지라도 길고 무사태평한 삶을 선택한다. 중용의 길을 택하라는 아리스토텔레스의 권고는 그래서 가장 합당한 충고이다. 그는 짧고 강렬한 삶도 행복할 수는 있으나, "제비 한 마리가 여름을 만들지 않듯이" 진정한 행복은 어느 정도 지속적인 삶에 있다고 말하고 있는 것이다(《니코마코스 윤리학》). 그러나 만약 생애에 단 한 번 영웅적 자세를 취하는 것이 허용되고, 그럼으로써 역사에 영원히 남아서 사람들에게 언제나 훌륭하게 기억되는 인간으로 될 수만 있다면 얘기는 달라진다. 그 기회가 언제이며 어떤 모습으로 다가오느냐가 문제가 될 것이다. 영웅적 자질이 있는 인간이라면 그 기회를 덥석 잡아서 굽힘 없이 밀고 나갈 것이고, 어리석은 자는 시기와 기회의 본질을 잘못 알아볼 것이며, 평범한 인간은 주저 끝에 그 기회를 포기할 것이고, 소심하고 냉소적인 인간은 그것을 미련 없이 무시해

---

14) W. 바이셰델/이기상·이말숙 옮김, 《철학의 뒤안길》, 서광사, 1990, p.326에서 재인용.

버릴 것이다. 키케로는 "용감하고 위대한 정신은 대개 완전하지도 현명하지도 않은 사람에게서 더 열렬하게 나타나는 법이며, 이는 인간의 성격과 관계가 있고, 바로 선인의 속성"이라고 말한 바 있다.[15] 다시 말해, 영웅적 기질은 인간의 지성이 아니라 성격 즉 감정과 관계가 있다는 것이다(그러나 영웅적인 인간이 곧 선인이냐는 다른 문제이다).

여하간 영웅적 자세를 취한다는 것은 한 인간으로서는 죽고 사는 가장 심각한 문제이다. 그러나 그것이 곧 절망과 파멸의 순간인 것만은 아니다. 즉 우리는 모든 것을 잃는 것은 아니다. 우리가 잃는 것은 인간은 타협과 굴종에 의해서만 살 수 있다는 노예적 사고밖에 없다. 비극적 주인공이란 이런 노예적 사고에서 벗어나서, 하나의 순간에 장렬하게 모든 것을 버림으로써 모든 것을 얻는 인간이다. 소포클레스의 아이아스는 자신의 치욕을 설욕하기 위해서 "인간은 숭고하게 살든가 그렇게 살지 못할 바에야 숭고하게 죽어야 한다"고 말하며, 자신의 칼 위에 스스로 엎어짐으로 죽음을 '극복'하였다. 셰익스피어의 브루터스는 "적들이 우리를 밀어뜨리기 전에 우리가 스스로 뛰어내리는 것이 더 좋다"고 하고 자결한다. 그의 주검 앞에서 적장인 스트라토는 "브루터스만이 브루터스를 정복하였소"라고 말한다. 알렉상드르 뒤마의 《삼총사》의 총사 가운데 한 명인 마르샹은 "개처럼 사느니 총사로 죽겠다"며 죽음을 자청한다. 작중 인물은 아니지만 역사상의 비극적 인물들의 한 명인 로마의 마르쿠스 카토는 공화정을 수호하기 위하여 율리우스 카이사르와 끝까지 맞

---

15) 키케로/허승일 옮김, 《키케로의 의무론》, 서광사, 2006, p.47.

서 싸운 인물이었으나 마지막 싸움에서 패한 후 "승리는 신들의 것이고, 패배는 카토의 것이다"라고 말한 후 흔연히 자결하였다. 이렇게 인간이 자신의 삶에 대해 전체적으로 **책임**을 주장하는 것은 운명에 대해 **승리**하는 것과 다르지 않다. 이를 비극론자들은 "그는 운명을 그 자신의 것으로 만들었다"라고 표현한다.16)

달리 말해, 비극적 주인공은 자신의 운명의 '내적 진실'(즉 어떤 이념이나 원칙을 위해 고통 받고 죽는 것에 따르는 초월과 고양)을 알았기에 그 운명을 기꺼이 받아들인다고 말할 수 있다.17) 즉 주인공의 죽음은 겉으로 볼 때는 운명의 승리인 듯 보이지만, 그는 죽음이야말로 무한성 즉 불멸로 통하는 문임을 깨닫고 스스로 죽음을 선택하기 때문에 결국 운명을 극복 혹은 초월한다는 것이다. 이렇듯 비극이란 오랜 문학사를 통하여 인간은 자신의 영혼의 힘으로 패배를 승리로 바꿀 수 있다는 **역설**을 보여주는 장르이며, 이로써 우리를 일종의 **신비**의 영역에 눈뜨게 하는 문학이다.18)

이제껏 설명한 인간의 '비극적 진실의 실체와 내용'은 놀랍게도 비극의 진정한 시작이자 '비극 중의 비극'이라고 불리는 소포클레스의 《참주 오이디푸스》 한 작품 안에 벌써 다 들어 있고, 그것도 완전한 형태로 들어 있다! 이것이 바로 이 작품이 진정으로 위대한 이유인 것이다.19)

---

16) Richard B. Sewall, *The Vision of Tragedy*, p.48.
17) Henry Myers, *Tragedy: A View of Life*, p.148.
18) Robert W. Corrigan ed., *Tragedy: Vision and Form*, New York: Harper and Row, 1981, p.298.
19) Walter Kaufmann, *Critique of Religion and Philosophy*, pp.116, 133.

제5장

비극적 비전 vs. 희극적 비전

조지프 콘래드가 1900년에 쓴 소설 《로드 짐》의 1965년 영화에 출
연한 피터 오툴(왼쪽)과 1952년 영화 《라임라이트》의 찰리 채플린

"삶은 멀리서 보면 희극이고 가까이서 보면 비극이다."

― 찰리 채플린

전통적인 희극과 비극의 대조를 필자는 이 책에서 '승리의 멜로 드라마'와 '비극'의 관계로 바꿔 말했지만 그 내용은 동일하다. 이하에서는 비극적 비전의 실체를 더욱 명확히 드러내기 위해 희극적 비전 즉 '승리의 멜로드라마'의 그것과 대조해 보기로 한다.

1. 희극은 사회, 비극은 개인이 초점이다

희극은 사회, 비극은 개인에 초점을 맞춘다. 희극은 근본적으로 사회와 집단의 차원에 속하는 것이고 – 하나의 개인은 잠시 예증해 줄 뿐인 – **인류의 생명력과 지속력**을 표현하는 장르이다.[1] 즉 희극은 집단의 끈질긴 생명력과 지속력이 구현될 수 있도록 행동과 사건들을 구성하며, 얘기가 끝난 뒤에도 이어지는 삶 즉 **집단적 삶**이 있다는 것을 암시한다. 한편 비극은 한 명의 특수한 인간의 삶과 운명에 주목한다. 일반적으로 비극이 희극보다 더 기림을 받는 까닭 가운데 하나는 인간에게는 집단의 삶보다는 구체적인 하나의 개인의 삶이 훨씬 더 직접적으로 가슴에 와닿고 더 절실하고 소중하게 여겨지기 때문이다. 앞서 얘기했듯이 비극은 희랍을 제외한 인류의 다른 고급문명 – 가령 인도나 동북아문명 – 에서는 나타나지 않았다. 다시 말해 개인의 독자성 및 그의 자유와 존엄에 대한 인식과 사유가 싹튼 곳에서 비극은 발생했다(유럽의 경우에도 훗날

---

1) Robert W. Corrigan, *Comedy: Meaning and Form*, New York: Harper & Row, 1981, pp.8-9.

16세기 르네상스와 19세기에 인본주의와 민주주의에 대한 자각이 다시 일어났던 시기에 비극이 부활한 것도 같은 사정 때문이다). 그러나 희극은 인류의 모든 문명과 시대에 두루 나타난다.

2. 희극은 생명의 지속성을 표상한다

아리스토텔레스는 《시학》 제4장에서 희극은 '남근 노래(phallic songs),' 비극은 '디튀람보스 노래(*dithyrambos*)'에서 각각 유래했다고 말한 바 있다(4: 10). 희극의 기원이 남근 노래라는 것은 달리 말해 그것이 풍요제에서 비롯되었다는 말이다. 아리스토텔레스를 따라서 고전학자이자 사회인류학자인 프랜시스 M. 콘포드는 희극의 뿌리가 선사시대의 희생제의와 축제에 있다고 한다. 풍요제의 대표적 형태인 희생제의는 역사시대 이전의 인류가 수행하던 죽음과 부활의 의식(ritual) 즉 '낡은 해'(노쇠한 왕)를 죽이고 '새로운 계절'을 받아들이는 - 젊은 왕을 부활시키는 - 의식을 가리킨다.[2] 역사 시대에 들어온 이후 풍요제는 인간의 탄생, 입문식, 결혼, 봄의 축제와 같이 삶과 생명을 축하하고 찬미하기 위한 의식의 형태들로 다양하게 진화하였고 희극은 이런 의식들이 예술적으로 변형된 형식이라고 할 수 있다. 코미디의 어원인 '코모스'(*komos*)는 춤추고 노래하

---

2) Wylie Sypher, "The Meaning of Comedy," *Comedy*, Robert W. Corrigan ed., pp.20-24. 이 이론은 지난 세기 문화인류학의 획기적 기원을 연 제임스 프레이저의 《황금 가지*The Golden Bough*》(1890)에 그 바탕을 두고 있다.

는 사람들의 행렬을 가리키는 말이고 곧 축제, 풍요제의 의미이다. 여기서 '코모이디아'(komoidia) 즉 '축제의 노래'라는 말이 나왔다.3) 풍요신은 어느 문화권에서든 영원한 재탄생을 의미하는 신이다.

그리하여 희극은 이미 언급했듯이 삶을 유지하고자 하는 인간의 근원적 충동과 끈질긴 생명력을 드러내고 구현하는 장르이다. 인간은 예측할 수 없는 삶의 변수와 우여곡절 가운데 만난(萬難)을 무릅쓰고 싸우거나 버텨서 결국은 승리할 것이라는 확신, 곧 부활과 갱생의 믿음을 형상화한 것이다. 이런 점에서 비극이 죽음으로 끝날 인간의 최대의 가능성과 노력의 표현이라면, 희극은 '영원한 삶'에 대한 인류의 욕망과 희구를 표현한다. 또한 희극은 그런 면에서 근본적으로 **'행운'**의 이미지라고 한다면 비극은 **'운명'**의 이미지다.4) 아울러 비극이 행위의 완성(충족)을 재현하고 따라서 그것의 형식이 '닫혀' 있는 것이라면, 희극은 생명의 지속성을 재현하기에 그 형식은 '열려' 있다.

3. 희극의 기준은 '사회적 관점'이다

희극을 애기하지 않고서도 비극을 애기하는 것은 가능하지만 희극에 대해 애기하려면 반드시 먼저 **심각(진지)함**이라는 기준이 있어야 한다. 우스꽝스러운 것이 있기 위해선 우선 정상적이고 올바른

---

3) Walter Kerr, *Tragedy and Comedy*, New York: Simon and Schuster, 1967, p.66.
4) Susan Langer, *Feeling and Form*, New York: Scribners, 1953, p.335.

것이 있어야 된다. 또 아름답고 도덕적인 게 무엇인지 알아야 무엇이 추하고 부도덕한 것인지 알 수 있다. 여기서 기준이나 중심은 **사회적, 당대적 감각과 관점**이다.5) 희극작가가 사회적 관점을 제시한다는 것은 인간 행위를 이상적인(ideal) 것이 아니라 정상적(상식적)인 것을 기준으로 재단하고 평가한다는 것을 말한다. 희극작가가 묘사하는 것 즉 그의 주제는 '비정상'이다. 그리하여 그의 실제 임무는 인간 행동에서 정상적인 것과 비정상적인 것을 구별하고, 그럼으로써 기준으로부터 일탈을 폭로하고 조롱하는 것이 된다.

　사회가 스스로의 견해, 규범, 예절, 관습 등에 관해 '자의식'을 가질 때, 즉 비판적 자기성찰을 할 때 고급의 '풍속 희극' 내지 '관념의 희극'이 나타난다. 아리스토파네스의 희극은 자신의 관습과 사유를 검토하기 시작할 정도로 성숙하고 발전한 아테나이에서나 가능했다. 고급희극에서는 웃음에 관용이 수반되며, 비판은 지혜를 동반하는 공감과 동정으로 조율된다. 셰익스피어의 《템페스트》, 세르반테스의 《돈키호테》, 18세기 제인 오스틴의 소설, 20세기에 들어와 버나드 쇼와 루이지 피란델로의 희극들이 이에 해당한다.

4. 희극의 '웃음'은 잔인하다

　토머스 홉스는 우리는 다른 사람이 실수할 때 자신은 무사하다

---

5) L. J. Potts, "The Subject Matter of Comedy," *Comedy*, Corrigan ed., pp.120-3.

는 것을 알고 의기양양하여 우월감을 느끼는데 여기서 발생하는 것이 웃음이고, 이것의 정체는 "갑작스러운 기쁨"이라고 말한다.[6] 인간 세상을 만인 대 만인의 투쟁으로 보는 홉스다운 견해라고 치부할 수만은 없다. 웃음을 "승리의 노래"라고 하는 평자도 있으니 말이다(마르셀 파뇰Marcel Pagnol).[7] 웃음의 궁극적 원천은 생리(생물)학적 차원에 뿌리박고 있다고 하나 일반적으로 웃음은 **사회적 현상**이고 위에서 말했듯이 **정상성과의 불일치**에서 나오는 것이다. 한마디로 희극은 사회적 규범, 관습, 척도와의 불일치, 어긋남을 조롱하는 것이 목적이다. 앙리 베르그송은 웃음은 "살아 있는 것에 무언가 기계적인 것이 덧씌워질 때 발생하는 불일치"에서 발생한다고 말한다.[8] 인간의 몸의 자세나 동작, 움직임이 기계의 그것을 연상시키는 정도에 비례해 - 가령 로봇 같이 움직일 때 - 웃음이 발생한다는 것이다. 그러나 우리가 같은 동료인 인간이 보이는 약점과 실패를 보고 웃는다는 것은 웃음엔 뭔가 **잔인성의 여운**이 깔려 있다는 것을 말해준다. 왜냐하면 베르그송도 말하듯이 희극적인 것에는 "잠시 동안의 심장의 마비"가 필요하며, 심장의 마비는 곧 '심정의 마비'를 가리키기 때문이다.[9] 여기서 희극의 본질은 인간의 **비판적 오성**(悟性)과 관련되는 반면 비극은 **감성**과 관련된다는 이론이 도출되었다.[10] 이런 맥락에서 18세기 문필가 호러스 월포울(Horace

---

6) Wylie Sypher, "The Meaning of Comedy," *Comedy*, Corrigan ed., p.25.
7) Susan Langer, *Feeling and Form*, p.339에서 재인용.
8) Henri Bergson, "Laughter," *Comedy: An Essay on Comedy by George Meredith & Laughter by Henri Bergson*, Wylie Sypher ed., New York: Doubleday Anchor, 1956, p.66.
9) 위의 책, pp.66-7. "웃음에는 무감동이 수반되며, 애정도 잊고 가련한 생각도 버린다. 오불관언이 그 근본이며, 웃음에는 정서보다 더 큰 적이 없다. 감정은 침묵시키고 오직 이성만이 작용한다."

Walpole)은 "삶은 생각하는 자에겐 희극이고 느끼는 자에겐 비극"이
라고 표현했다.

5. 희극은 본질적으로 보수적이다

희극이 근본적으로 사회적 차원에 속한다는 것은 그것이 본질적
으로 강한 **현상유지의 보수성** 나아가 **보수반동성**을 갖도록 만든
다.11) 희극의 강력한 동기 혹은 충동에는 '낯선 것,' '적절치 않은
것'에 대한 우리의 혐오와 거부감을 표현하고 방출하는 것이 있다.
희극작가는 우리의 '희생양'을 지목하고 그를 동정과 공감으로부터
고립시키며 잔인하게 우리의 조롱 앞에 노출시킨다. 특히 중간계급
사회에서 희극은 중간계급적 가치가 절대적이고 난공불락이며, 일체
의 다른 기준과 가치는 비정상이고 온전치 못하다는 것을 다시금
확인시켜 주는 역할을 한다. 즉 조롱으로 의심스러운 것을 쫓아내는
것이다. 희극이 집단적 방어기제로 작동할 때 우리는 모두 위선자가
되며, 희극이 우리의 집단적 두려움의 징후를 표출하는 기능을 할
때 우리의 즐거움은 희생양을 학대하고자 하는 열망으로 나타난다.
이런 점에서 희극은 파당적이고 비인간적이며 잔인할 수 있다.12)

---

10) 그러나 뒤에서 상술하겠지만, 비극은 감정 못지않게 지성과도 관련되며, '감정 우
   위론'은 아리스토텔레스의 연민과 두려움이라는 효과이론 이래의 오해의 결과이다.
11) Wylie Sypher ed., *Comedy: An Essay on Comedy by George Meredith & Laughter
   by Henri Bergson*, pp.26-7.
12) 위의 책, pp.46-7.

6. 비극과 희극은 출현 순서 및 이로 말미암은 중요성에서 차이가 있다

"불행과 고통은 적극적인 것이고 평안과 행복은 소극적인 것"이라고 쇼펜하우어는 말했다.[13] 그래서 우리가 살아가면서 오히려 더욱 관심을 갖게 되고 알고 싶은 것은 우선 '적극적 고통'에 대한 것이지 소극적 행복에 대한 것이 아니다. 사실이지 행복과 쾌락을 통해 윤리적, 형이상학적 세계로 들어가게 되는 것보다는 고통과 불행을 통해 정신적 세계, 즉 어떤 각성과 계몽으로 들어가게 된다는 것이 더 그럴 법해 보인다. 왜냐하면 행복은 우리를 반성과 각성으로 이끌지 않을 가능성이 크지만 고통은 우리로 하여금 삶을 총체적으로 되돌아보고 검토하도록 강요하기 때문이다. 즉 비판철학자 테오도르 아도르노가 말했듯이 "고통이 논의되어야 한다는 게 모든 진리의 전제조건"이기 때문이다.[14]

인간의 이러한 본성은 예술의 역사에서 비극과 희극의 출현 순서도 결정하였다. 비극과 희극은 역사적으로 **출현 순서**가 다르며, 이는 곧 둘의 **중요성** 면에서 차이를 말해준다. 20세기 미국의 대표적 연극평론가 월터 커는 "희극은 비극의 **신음**이 **즐거움**으로 바뀐 것이며, 처음 울음이 있고 나서야 비로소 웃음이 있다"고 말한다.[15] 희극은 마음을 짓누르던 돌덩이가 들려진 뒤에 나타나며, 인간의 우선 관심사는 돌덩이 즉 고통이요 비극이라는 것이다. 비극과 희극은

---

13) 쇼펜하우어, 《쇼펜하우어 인생론》, p.334.
14) 테오도르 아도르노/홍승용 옮김, 《부정변증법》, 한길사, 1999, p.149.
15) Walter Kerr, *Tragedy and Comedy*, p.22.

전술했듯이 역사적으로 출현 순서가 다르며, 그 순서는 정해져 있다고 한다. 즉 비극 다음에 희극이 출현했으며, 아테네에서 각각 공동 연대 이전 535년(테스피스가 아테네의 '대디오뉘시아 제전'에서 처음 공연한 비극)과 425년(아리스토파네스의 《아카르나이 구민들》)의 백 년 간격이 있었다. 이 순서는 희랍 고전 시대가 쇠퇴하고 문학다운 문학이 사라진 다음 천 년 이상의 공백이 있은 뒤, 중세에 들어와 다시 연극이 등장했을 때에도 처음 '수난극'이 등장하고 난 뒤에야 희극 형식의 극이 나타나는 것으로 반복되었다. 중세 수난극은 9세기에 시작하여 12세기에 완성되었고, 희극은 백년 후인 13세기부터 시작했다.

서양의 연극사가 가르쳐 주는 것은 두 가지 종류의 극의 진화과정에서 사람들의 우선적 관심은 늘 비극을 향했고 거기에 보다 큰 중요성을 부여했다는 점이다. 희극은 비극에 뒤이어 나타났을 뿐만 아니라, 비극에서 유래했다. 비극이 처음 공연되었을 때 그 형식은 4부작 형태 즉 비극의 3부작(*trilogia*)에 마지막의 사튀로스(*satyros*) 극이 뒤따르며 이로써 전체는 4부작(*tetralogia*) 형식을 갖는다(후대에 가면서 4부작 형식은 사라지고 단일극 중심이 되었다). 즉 3부작 형식의 극이 끝난 뒤 갑자기 이전까지의 엄숙하고 진지한 것이 조롱과 놀이의 대상이 되는 극인 사튀로스극이 등장해 마지막을 장식하는 것이다. 사튀로스극은 4부작 극의 전체로 보아서 절대로 새롭거나 별도의 주제를 제시하지 않는다. 단지 앞에서 가장 심각하게 다루어지던 것을 조롱하고 가볍게 만드는 것일 뿐이다. 그래서 3부작과 사튀로스극의 관계는 마치 **태양과 그림자의 관계**와 같다. 그런데 그림자는 태양이 지자마자 그 본색(실체)을 드러낸다. 여기서 분명한 것은 그림자는 태양이 없으면 있을 수 없다는 사실이다. 즉 여기서 중요성의 순서가 나온다는 것이다. 비극은 전면에 나서는 충동이며, 희극은 뒤따르는 나머지 부분이다. 말하자면 "비극이라는 어미에서 사튀로스라는 아이가 태어났다"는 것이 희랍극의 순서이다.16) 앞서 얘기했듯이 중세에도 이 양면적 패턴의 출현은 그 순서대로 반복된다. 항상 비극이 주체이고 희극은 종속체이다. 희극은 본질적으로 우연적, 부수적이고 삽화적 – 즉 중심이 아닌 주변적 사건 – 이다.17) 고전 학자 H. D. F. 키토(Kitto)도 가벼운 연극 형태는 심각한 연극에서 빚어져 나온 것이라고 말한다.18)

7. 희극은 비극을 보완한다

인간과 인간 세상에는 엄숙하고 진지한 것만 있는 게 아니다. 엄숙하고 신성한 것 즉 비극적인 것은 "하늘로 올라가는 그 자신의 열망의 과정에서 반드시 뒤에 무언가를 남기게" 마련이다.19) 즉 뒤가 허술하고 뭔가 약점이 드러난다. 바로 이곳을 메꾸는 것이 희극이다. 성당에서 모두가 엄숙한 가운데 신부가 그만 뜨거운 향로에 손을 데었을 때 자신도 모르게 나지막하고 짧게 '젠장!'하고 욕설을

---

16) Walter Kerr, *Tragedy and Comedy*, p.27.
17) Susan Langer, *Feeling and Form*, 326.
18) H. D. F. Kitto, *Form and Meaning in Drama*, London: Methuen, 1959, p.56.
19) Walter Kerr, *Tragedy and Comedy*, pp.25–6.

내뱉거나 아니면 몹시 가려운 곳이 있을 때 축도를 위해 두 손을 올리는 도중에 그곳을 잠깐 재빨리 긁는 모습을 보인다. 희극은 바로 이 나지막한 욕설이나 가려운 데 긁기의 구실을 해 주는 것이다. 앞선 것을 뒤엎자는 의도나 그것이 거짓이라고 주장하려는 것이 아니라, 어떤 것을 덧붙여서 **완성**시키는 것이다. 이것까지 있어야 완성된다고 할 때 바로 이것에 해당하는 것이며, "혀끝에 맴돌지만 누구나 삼가던 마지막 말을 내뱉는" 것이다. 마치 오만하게 버티던 죄인이 마지막 순간에 두 손 들고 '에라 모르겠다'하며 모든 것을 고백하고 시인해 버리는 것과 같다. 이렇듯 희극은 "진실의 씁쓸한 나머지 부분"이다.[20] 이는 인간사가 모두 그렇게 진지하고 엄숙하고 무거운 것만은 아니라는 사실을 드러내는 것이다. 다시 말해 희극은 "마지막의 필요한 한 줌의 진실"을 첨가하기 위해 마음껏 욕설을 내뱉고 가려운 데를 긁게 하는 것이다. 따라서 비극과 희극 이 두 양식은 서로 떨어질 수 없으며, 하나가 없으면 다른 하나도 그 자체로는 불완전하다.

달리 말하면, 훌륭한 희극적 마스크는 씽긋 웃으면서 슬쩍 눈을 흘기는 것에 비유할 수 있다. 그런데 이는 양 입가가 축 쳐진 비극적 마스크의 양 입가를 두 손가락으로 억지로 당겨 올려 만든 표정이다.[21] 심각한 것이 먼저 오고 나서 그 다음에 경박한 것이 온다는 것은 사실 이 두 표정이 하나의 동일한 얼굴의 서로 다른 양면이란 걸 말해 준다. 삶은 야누스의 얼굴처럼 본질적으로 양면적이다. 그래서 위대한 작가란 삶의 이런 **근본적 양면성**을 모두 잘 알

---

20) Walter Kerr, *Tragedy and Comedy*, p.28.
21) 위의 책, p.31.

고 있는 작가이다. 희랍 비극작가는 비극 다음에 사튀로스극을 썼으며 후대의 셰익스피어도 양수겸장이다. 이런 맥락에서 소크라테스는 《쉼포지온》에서 위대한 비극작가는 동시에 위대한 희극작가라고 말했다.[22] 또 찰리 채플린, 로렌스 올리비에, 마르셀 마르소 같은 뛰어난 광대, 배우들은 웃는 얼굴에서 얼마나 신속하게 – 평소에 그들의 표정인 – 우수어린 비애의 표정으로 바뀌는지 모른다!

8. 비극적인 것은 완전히 비극적이지만, 희극적인 것은 완전히 희극적이지 않다

비극의 경우 희극적 요소가 그 안으로 들어올 수 있다. 그러나 항상 어느 정도까지이고 그 이상은 안 된다. 비극이 허용하는 희극적 요소는 엄격히 제한되어 있다.[23] 우리는 비극이 철저하고 순수하기를, 즉 될 수 있는 대로 '비극적'이기를 기대한다. 그것이 우리의 마음의 본성이고 구조이기 때문이다. 즉 우리는 탈이 나고 말썽이 난 삶은 그것의 끝장을 못내 보고 싶어 한다. 몸에 난 종기는 곪아서 터져야 하고 금이 간 그릇은 결국 깨져야 한다는 것을 알고 있기 때문이다. 다시 말해 삶의 진실과 인간의 본성을 그 밑바닥까지 확인하고 싶기 때문이다. 그것이 인간의 본성이며, 그 본성에 따르는 '비극적 진실'의 확인인 것이다.

---

22) 플라톤/강철웅 옮김, 《향연Symposion》, 이제이북스, 2010, 223b.
23) Walter Kerr, *Tragedy and Comedy*, p.33.

그러나 희극의 경우엔 '비극의 요소'가 끼어드는 것을 대환영한다. 희극은 불순할수록, 즉 혼돈과 불화의 요소가 클수록 좋다. 숱한 말썽과 고통 끝에 평화와 안정이 오는 것이 시시껄렁하거나 무미건조하고 사소한 사건들의 연속에 뒤이어 오는 안전과 평화보다 훨씬 즐겁고 기쁘기 때문이다. 희극은 그래서 고통과 불화의 장면이 대부분을 이룬다. 단지 그 종말은 고통과 불화의 해소라는 것뿐이다!

9. 희극의 해피엔딩은 시늉이나 겉꾸밈에 불과하다

찰리 채플린의 대표적인 무성영화 《황금광 시대*The Gold Rush*》의 끝에서 거렁뱅이 주인공은 드디어 일확천금에 성공하고, 그 결과 평소 마음에 그리던 여인과 만나 장래를 약속받으며, 그 기념으로 같이 사진을 찍는다. 그런데 사진사가 그에게 포즈를 취하기를 요청하자 그는 여자 곁에 서서 잠시 포즈를 잡더니 슬그머니 그녀에게 입맞춤한다. 그러자 다음 장면엔 갑자기 "아, 당신은 그림을 망쳤소"라는 자막이 떠오른다. 여기서 이 자막의 의미는 이중적이다.[24] 문자 그대로 주인공은 사진사가 요구하는 정지된 포즈를 잡지 않았다는 것을 말한다. 그러나 은유적으로 보면 채플린은 우리가 마음속에서 모두 알고 있는 사실을 얘기하고 있는 것이다. 즉 현실에서는 모든 게 이렇게 이상적으로 끝나지는 않는다는 것을 암시해 준다.

---

24) 위의 책, p.77.

다시 말해 성공적인 사랑의 완성인 입맞춤까지 있음으로써 이것이 환상이라는 것이 드러났다는 것이다. 한마디로, 그 자막이 뜻하는 것은 '이 모든 것은 대단히 즐겁고 흥겹지만 진실(사실)은 그렇지 않을 수 있으며, 모든 게 **환상**이요 **거짓놀음**일 수 있다'는 것을 우리에게 일깨워 주는 것이다.25) 본질적으로, 이 예화는 희극이 그 본성상 비극과 달리 필연성의 논리를 따를 필요가 없고, **우연성**에 크게 의존하며 결국 **인위성**이 지배하는 예술이라는 것을 말해 준다.

그래서 희극에서 해피엔딩은 언제나 '**타협의 소산**'이며 또 그럴 수밖에 없다. 희극의 밑바탕에는 타협, 체념, 의심과 불신, 모든 절대적이고 엄숙한 것에 대한 염증과 거부가 놓여 있다. 선인의 승리가 있으나 그것은 항상 취약하며 언제 정반대로 판세가 뒤바뀔지 모르고, 실수와 결함투성이의 인간은 이번에 그러하듯이 앞으로도 영원히 그럴 수밖에 없을 것이란 깊은 **체념과 무력감**이 배후에 깔려 있다. 희극이 걸핏하면 결혼으로 끝나는 것은 끝없이 이야기를 이어갈 수 있는 희극의 특성상 결혼은 행동과 사건을 신속하고 그럴듯하게 종말 지울 수 있는 가장 안성맞춤한 방법이기 때문이다. 희극에는 기교나 술수가 아니고서는 적당한 종말을 도무지 찾아낼 수 없다는 절망감이 언제나 따라다닌다. 그래서 셰익스피어는 《좋을 대로 하세요As You Like It》에서 한 등장인물을 시켜 "희극이 결혼으로 끝나는 것은 바로 거기서 비극이 시작되기 때문이다"라고 말하게 한다. 마찬가지로 쇼펜하우어도 희극을 "우리가 훗날의 변화를 보기 전에 환희의 순간에 서둘러서 막을 내리는 것"이라고 정의했다.26)

---

25) Walter Kerr, *Tragedy and Comedy*, pp.77–80.
26) Eric Bentley, *The Life of the Drama*, p.334에서 재인용.

10. 인간에 대한 찬가를 부르는 것은 비극이지 희극이 아니다

인간의 온갖 약점과 결함을 들추어 보이는 것은 비극이라기보다 희극이다. 비극은 약점과 결함에도 불구하고 그 약점과 결함을 무릅쓰고 들고 일어서는 인간을 결국 찬미하지만 희극은 인간에 대한 **애석하고 동정어린 느낌**을 갖는 것이 전부이다. 희극작가의 목적은 인간 행위를 교정하려는 데 있지 않다. 그는 인간의 약점은 영원히 구제될 수 없는 약점이고, 결함은 근본적으로 치유될 수 없는 결함이란 것을 너무도 잘 알고 있기 때문이다. 희극적 비전은 그런 점에서 매우 우울한 비전이다. 그래서 **관용과 공감**이야말로 희극이 관객과 독자에게 궁극적으로 요구하는 정서이다.

역사적으로 희극은 비극에 기생하여 탄생했으나, 비극이 20세기 중엽 이후 쇠퇴한 다음에도 여전히 생명력을 잃지 않았고 앞으로도 영원히 그럴 것이다. 그러나 비극과 희극 두 개의 양식 가운데 우리가 진정 옹호하고 찬미하며, 우리의 마음 가까이에 있는 것은 비극이다.27) 비록 그것이 본성적으로 우리를 괴롭히고 끝내 우리를 곤혹스럽게 만들지라도 그렇다. 왜냐하면 그것은 우리의 정체성을 확인시켜 주고 삶의 가장 깊은 속살을 드러내 주며, 궁극적으로 삶의 의미를 깨우쳐 주기 때문이다. 즉 그것은 인간성의 가장 깊은 진실인 **인간의 크기와 높이**를 드러내 주는 문학 양식이기 때문이다.

---

27) Eric Bentley, *The Life of the Drama*, p.265.

제6장

비극적 주인공

어니스트 헤밍웨이가 1952년 발표한 《노인과 바다》
의 한 장면.

　'비극미'란 결국 **인간적 위대함**에 있다. 그것은 어떤 깊은 의미에서 인
간적 중도, 범용성, 상궤를 초극한 것을 목도할 때, 어떤 위대하고 비범한
인물이 고뇌와 고통 속에서 몰락하는 것을 목도할 때, 생기는 감정이다.
"오, 얼마나 숭고한 정신이 여기 무너지고 있는가!"(《햄릿》, III.i.158.)

　　　　　　　　　　　　　　　　　　　　　－ 요한네스 폴켈트, 《비극미의 미학》

1. 깨어 있고 자유로운 행위자

비극적 주인공은 수동적인 희생양이나 속죄양과 달리 완전히 깨어 있고 능동적이며 자유로운 행위자이다. 비극이 '재난의 문학' 혹은 '패배의 서사'와 구별되는 것은, 행동과 사건의 원인이 인간의 외부에 있어서 인간은 수동적으로 당하는 것이 아니라 반대로 오직 그의 내면에서 비롯되기에 인간 스스로에게 탓을 돌려야 한다는 점에서이다. 플라톤은 노예에게는 비극성이 없고 오직 자유인에게만 비극성이 있다고 말했다. 노예는 밖으로부터 그를 옥죄는 '필연'(*Annake*, 아낭케)에 구속되어 있는 자이고, 자유인은 그러한 필연에 단호히 저항하는 자이기 때문이라는 것이다.

일반적으로 희랍 고대 영웅의 특징은 자신에게 주어진 운명을 인정하고 **'수용한'**(*pathein*) 다음, 그 운명에 대한 스스로의 반응과 행동을 선택하고 **'결정하는'**(*poiein*) 인물이라고 한다.[1] 다시 말해, 크게 보아 신들이 주도하여 결정해 놓은 불운한 운명에 직면했을 때, 인간은 자신의 판단과 선택으로 그 운명에 대한 자신의 반응과 태도를 결정하는 모습을 보이는 것이다. 예컨대 오이디푸스는 아폴론이 예고한 비참한 운명에 직면하자 처음에는 그것을 거부하고 코

---

1) Karl Reinhardt, *Sophocles*, Hazel & David Harvey trans., New York: Barnes & Noble, 1979, xxvii.; 박종현, 《헬라스 사상의 심층》, pp.423-4.

린토스를 떠나며, 최후에 결국 그 운명이 실현되었다는 것을 깨닫자 자신의 결정으로 두 눈을 찌르고 스스로를 광야에 추방한다. 또 아이아스는 자신의 명예를 모욕한 희랍군 수뇌부를 살해하려 했던 시도가 여신 아테나의 개입으로 우스꽝스러운 촌극으로 끝나버리자 자신의 훼손된 품위를 설욕하기 위해 자결한다. 인간의 운명은 이렇게 **수동과 능동의 결합**으로 형성되는 것이다. 이를 운명의 **'중층결정'**(over-determination) 혹은 '이중결정'이라고 말한다. 이는 역사상의 실존인물인 아테네의 테미스토클레스의 최후의 모습에서도 그 실례를 찾을 수 있다. 그는 제2차 페르시아 전쟁을 희랍의 승리로 이끈 영웅이지만 전후에 벌어진 권력 투쟁에서 패배하여 결국 죽음의 문턱까지 몰렸고 최후에 자신이 패배했음을 직감하자 '운명까지 책임진다'는 헬라인들의 정신에 따라 장렬하게 죽음을 선택했던 것이다.[2]

또한 이런 희랍 비극과 희랍적 인간관이 일깨워 주는 정신에 고취된 인물로서 유명한 사례를 우리는 남아프리카 공화국 초대 원주

---

2) 유재원, 《데모크라티아》, 한겨레출판사, 2017, pp.269. 이렇게 '운명까지 책임진다'는 사고의 원형이자 그 뿌리는 역시 위에서 말한 것처럼 오이디푸스이다. 그는 자신도 모르는 사이에 저지른 '오염'(miasma)에 대해 당대의 제도와 관습이 요구하는 것 이상의 가혹하고 준열한 처벌을 스스로에게 내리는 것을 보여준다. 즉 당시 관습에 따르면 뜻하지 않은 패륜적 '오염'이 발생할 경우 일정한 정화의식을 치룬 다음 도시에서 몇 년 동안 추방되는 것으로 충분했다고 한다. 오이디푸스의 자기처벌은 그 모든 고통을 가져다준 장본인인 아폴론 신마저도 예견할 수 없을 만큼 독자적이고 엄혹한 것이다(Charles Segal, *Oedipus Tyrannus : Tragic Heroism and the limits of Knowledge*, pp.58-9). 그래서 헤겔은 그의 《법철학》에서 이렇게 고전 영웅들이 본인의 고의성 여부를 따지지 않고 자신의 죄책을 수용하는 것을 '포괄적 책임관'이라고 이름 지었고, 그것의 가장 최초의 원형적 표현은 오이디푸스에게서 나타난다고 지적하였다(Walter Kaufman, *Tragedy and Philosophy*, p.209).

민 대통령으로 선출된 넬슨 만델라의 수기에서도 찾아볼 수 있다. 그는 대서양 로빈 섬의 극형 감옥에 수용되어 있을 때 감옥 도서관에서 희랍비극을 우연히 찾아 읽은 후 받은 감동을 다음과 같은 기록으로 남겼다.

   "희랍비극은 대단히 고무적인 효과가 있었다. 내가 이해한 바에 따르면 비극작가는 등장인물을 어려운 상황에 직면케 하지만 그를 가장 고통스러운 상황 속에서도 굴복하지 않은 인물로 그렸다는 것이었다."[3]

만델라가 고무된 것은 비극적 주인공이 본질적으로 저항하고 투쟁하는 인간이지 굴복하고 예종하는 인간이 아니라는 사실이었다. 세네카가 한 말 가운데 "불운과 더불어 싸우는 인간의 위대함은 신들이 보기에 가장 합당한 광경"이라는 것은 바로 비극적 영웅을 두고 하는 말일 것이다.[4]

2. 기백(*thymos*)의 인간

   "제우스의 번갯불의 빛을 쬐고 그슬림당하는 것은 높이 서 있는 탁

---

3) Nancy Sorkin Rabinowitz, *Greek Tragedy*, Oxford: Blackwell P., 1990, p.191에서 재인용.
4) August von Schlegel, "Ancient and Modern Tragedy," *Tragedy: Developments in Criticism*, R. P. Draper ed., p.103에서 재인용.

월한 인간들뿐이다."

— 휠덜린, 《휘페리온》

비극적 주인공은 그 계보를 따져 올라가면 호메로스의 영웅 아킬레우스, 헥토르, 아이아스, 디오메데스 그리고 파트로클로스 등의 후예이다. 이들은 '노블레스 오블리주'(*nobles oblige*)의 원조이며 **귀족적 전사계급**을 상징하는 존재이다. 비극적 주인공은 이렇게 서사시 전승에 등장하는, 숭고하고 위엄 있는 언행을 보여주는 귀족적 전사로서의 **기백**(*thymos* 튀모스)으로 충만하다. 칸트도 호메로스의 인물들은 "처절하도록 숭고하다"고 말했다.5) 헤겔은 자진하여 생명을 위험에 내맡기는 '귀족적 전사의 긍지' 속에서 도덕적 숭고함을 발견했고, 자기 보존을 위해서는 무슨 짓이든 하는 인간의 '노예적 사고' 가운데 도덕적 비루함을 보았다. 플라톤에 따르면 '튀모스'는 인간이 태어날 때부터 갖고 있는 **정의감** 같은 것이라서, 불의를 보면 견디지 못하는 도덕적 **숭고함**을 구현할 수 있는 자질이라고 했다. 달리 말해, 튀모스는 **고상함/고귀함**(*agathos*) 그리고 **아름다움**(*kalos*)을 지향하는 인간 영혼의 부분이다.

비극적 인간은 근본적으로 튀모스의 인간인 전사계급의 후손이기 때문에 훗날 니체가 말한 '금발의 야수'의 본성을 동시에 지녔다. 즉 그들에게는 강력한 '영혼의 활기'와 '생의 에너지'(*elan vital*)가 있다. 그는 튀모스 즉 강력한 정념의 소유자답게 **자긍심**(*philotimia*)의 화신이며, 만약 자존감이 상처 입으면 무섭게 격분하는 **분노**

---

5) 이마누엘 칸트/이재준 옮김, 《아름다움과 숭고함의 감정에 관한 고찰》, 책세상, 2005, p.23.

(*menis, cholos*)의 – 아킬레우스나 메데이아처럼 – 인간이 되기 쉽다. 다시 말해 그는 격정에 사로잡히면 '광기의 끝자락'을 맴돌기 때문에 '파멸에 열렬한'(doom-eager) 자가 된다.[6] 튀모스의 인간은 이처럼 자기 파멸적 경향을 지니고 있다. 더구나 튀모스의 인간은 보편적으로 인정받고 싶은 욕망 때문에 패권적 지배와 정복을 추구하는 인물이 되기 십상이다. 여기에 튀모스의 **도덕적 모호함과 양면성**이 있으며, 비극적 주인공은 일반적으로는 선하나 때로는 메데이아, 맥베스 또는 에이헙 선장, 히스클리프같이 악한 측면을 지닐 수 있다는 결론이 나온다. 그렇지만 어느 경우건 선악을 초월하는 강렬함이 있으며, 주변의 보다 운이 좋거나 사려 깊고 점잖은 사람들을 압도하는 '그랑되르 담'(*grandeur d'ame* 영혼의 장대함) 혹은 '어두운 광휘'를 지니고 있다.[7]

저명한 미국의 연극평론가 에릭 벤틀리는 비극이나 희극의 주인공은 모두 정상이나 보편이 아닌 **예외와 극단**의 인물을 다룬다고 한다. 그것은 가령 톨스토이의《전쟁과 평화》의 주인공 피에르 베주호프 및 안드레이 볼꼰스키와《안나 카레니나》의 주인공 안나 카레니나 및 알렉세이 브론스키의 관계만큼 대조적이라는 것이다. 앞의 둘이 인간적 약점과 이상주의적 기질을 겸하고 있는 보통 사람들이라면, 뒤의 둘은 인간의 본능과 정념의 화신 같은 극단적 인물들이기 때문이다. 그러므로 튀모스의 인간과 보통의 인간의 차이는 결국 정도의 문제일 뿐이다. 프로이트도 어디에선가 무대 위의 인간은 극

---

6) Herbert Muller, *The Spirit of Tragedy*, p.188; Robert E. Jones. *The Dramatic Imagination*, New York: Theater Arts Books, 1969, p.42.
7) Herbert Muller, *The Spirit of Tragedy*, p.22.

단적이고 과격해야 우리에게 호소력을 갖는다고 말했다. 그것은 비극적 주인공이 저지르는 잘못은 바로 우리의 잠재된 욕망 탓이며, 그들은 곧 우리가 사회생활을 영위하기 위해 억압한 모든 욕망을 대변하여 행동하고 그 대가를 치루는 인간들이기 때문이다. 프로이트는 덧붙여 삶이라는 게임(혹은 도박판)에서 최고 액수 즉 삶 자체를 거는 일이 더 이상 가능하지 않은 순간부터 삶은 빈약해지고 더 이상 비상한 흥미를 불러일으키지 못한다고 말했다. "삶의 모든 것을 거는 투쟁이 아닌 바에야 인간의 삶에서 결국 모든 것은 왜소하고 빈약해지기 마련이다."[8] 비극적 인간은 강박적으로 무언가에 사로잡혀 있는 자이며, 그가 강력하게 사로잡혀 있을수록 그는 관객과 독자의 호감을 얻는다고 할 수 있다. 왜냐하면 그는 앞서 말했듯이 바로 관객과 독자가 하지 못할 일을 '대리 체험'하게 해 주는 인물이기 때문인 것이다.

한편, 정작 비극론의 시작인 아리스토텔레스의 《시학》에는 비극적 주인공에 대해서 별로 언급이 없다. 그의 관심은 인간이 아니라 사건(행동)에 있으며, 그가 주인공에 대해 요구하는 것은 심각한 사건에 걸맞게 심각한 인물이어야 한다는 것과 보통보다는 잘나되 지나치게 선한 인간은 아니어야 한다는 것 정도이다. 즉 비극의 핵심은 플롯에 있고, 플롯 가운데 가장 잘 된 플롯이 지니는 '반전과 인식'이 있기 위해서는 주인공은 반드시 '과실'(하마르티아)을 저질러야 한다는 것이 가장 중요한 요구사항이었다. 사실 아리스토텔레스는 더 이상 비극적 인물이 동경과 수범의 대상이 되지 않는 '철학

8) Sigmund Freud, *Character and Culture*, New York: Collier Books, 1968, p.123.

의 시대'를 살았고, 그래서 그가 당대인들에게 요구하는 덕목은 비극적 극단성이나 과격함이 아니라 **중용과 절제**(*sophrosyne* 소프로쉬네)였던 것이다. 철학 시대 이후 비극의 주인공은 이성으로 감정을 억제함으로써 보통 사람보다 뛰어난 존재라는 것을 입증하는 플라톤과 아리스토텔레스적인 '탁월한 인간'과는 거의 정반대의 극에 서 있는 인물이 되고 말았다.[9]

3. 인간의 가능성의 대변자

"나는 인간이 무엇을 할 수 있고 무엇을 견딜 수 있는지 보여주겠다. 인간이란 패배하도록 만들어진 게 아니다. 인간은 파괴될지언정 패배하지는 않는다."

– 어니스트 헤밍웨이, 《노인과 바다》

기왕의 논의로 짐작되듯이, 비극적 주인공이 대변적 인물이라면, 그는 일반적인 의미가 아니라 특별한 의미에서 대변적이다. 즉 그는 인간이 지닌 어떤 **근본적이고 영속적인 면**을 구현한다는 의미에서 대변적인 것이다. 소설가 버지니아 울프는 안티고네나 엘렉트라 같은 인물들은 "영웅적 기질과 충직함과 흔들림 없는 확신의 화신들"이며, 따라서 이들은 인간성의 "고유하고 본래적이며 영구한 본성"

---

9) Reinhold Niebuhr, *Beyond Tragedy*, New York: Scribners, 1965, pp.161-7.

을 보여준다고 했다.10) 울프가 말하는 대변성은 결코 평범한 인간
이 아니라, 인간의 **가능성과 잠재력**의 극한을 대변하는 인간을 가리
킨다는 것을 알 수 있다. 즉 비극적 주인공은 인간의 능력과 자질
의 중간치가 아니라, 그것의 **극한**을 대변하는 것이다. 그래서 어떤
평자는 주인공은 "우리와 신들(혹은 운명) 사이를 매개해 주는 존재"
라고 했고,11) 시인 예이츠는 "무대 위에 서 있는 자는 그가 인류 그
자체가 될 때까지 스스로를 확대하고 위대해진다"고 말했다.12)

그리하여 비극적 주인공은 영국의 소설가 조지프 콘래드가 《로드
짐》에서 말한 "우리 중의 하나"나 니체가 말하는 "인간적인, 너무나
인간적인" 인간이 아니라, 인간의 경험의 폭과 깊이 그리고 인식의
극한을 대변하는 인간이 된다. 이는 결국 모든 비극은 인간의 **가능
성**의 영역을 탐구하고 확장하려는 **자유**의 정신에 확고히 기반하며,
곧 그 **자유**의 표현이기 때문이다. 헤겔에 따르면 새로운 이념을 순
수하게 무조건 구현하려 했던 인간들, 즉 역사의 진보와 발전의 주
역들은 거의 예외 없이 비극적 인물들이라고 한다.13) 우리 문학 가
운데 드물게 비극적 비전이 나타나는 1970~1980년대의 '리얼리즘
소설'을 대표하는 조정래의 《태백산맥》에는 특히 비극적 인물들이
많이 등장한다. 이들은 모두 작품의 후반부에서 한국전쟁이 남한 사
회주의 세력의 패퇴로 끝나게 되자 '인간해방'이라는 역사적 이상을
위해 스스로를 헌신하는 인물들이다. 가령 유엔군의 참전과 중공군

---

10) Virginia Woolf, *The Common Reader*, New York: Harcourt Brace, 1925, p.28.
11) Northrop Frye, *Anatomy of Criticism*, New York: Atheneum, 1966, p.207.
12) W. B. Yeats, "The Tragic Theatre," *The Collected Works of W. B. Yeats: Essays*, London: Macmillan, 1934, pp.302-3.
13) Walter Kerr, *Tragedy and Comedy*, pp.134-5.

의 개입 후 퇴로가 막힘에 따라 지리산의 빨치산 부대를 이끌며 고립무원의 전투를 벌이던 염상진, 인민군 소장으로 빨치산과 협력한 김범우, 교사 출신의 인텔리 전사 손승호 등은 이름 없는 숱한 빨치산 동료들과 함께 지리산에서 장렬한 최후를 맞이한다. 이들은 자신들의 투쟁과 죽음이 역사발전의 계기임을 추호도 의심하지 않으며 토벌군의 총탄에 쓰러져 가는 것이다.

또 비록 문학작품이 아니라 현실세계의 인물들이지만 정치적, 시민적 자유의 의식 면에서 진보를 가져온 혁명과 개혁의 주인공들은 -가령 유럽의 중세 농민전쟁의 주인공들, 존 밀턴, 당통, 로베스피에르, 트로츠키, 로자 룩셈부르크, 체 게바라, 우리 역사에서 임꺽정, 장길산, 홍경래 같은 19세기 민란의 지도자들, 전봉준, 김개남, 손화중 같은 갑오농민항쟁의 주역들, 김옥균, 홍영식, 서재필 같은 개화기의 선각자들, 여운형, 조봉암, 장준하 같은 해방 후 민족주의와 민주주의의 투사들 등-모두 비극적 주인공들이다. 역사적으로 볼 때, 비단 정치적 혁명의 주역뿐만 아니라 각 분야에서 인류 가운데 가장 소중하고 고귀한 삶을 살았던 많은 사람들의 삶이 비극적이었다는 것은 놀라운 일이 아니다. 물론 소중하고 고귀한 삶이라고 반드시 비극적인 것은 아니지만, 적어도 고귀하고 숭고한 삶을 살기 위해선 비극적 삶이 되기 쉽다는 것이 역사가 보여주는 진실이다.

요약하면, 비극은 인간의 **존엄과 숭고**에 근거하며, 인간의 존엄과 숭고는 그의 - 결단하고 책임지는 - **자유의식**에서 비롯한다. 인간은 자신 운명의 주인은 아닐지 모르나 적어도 영혼의 주인임을 과감히 선언하고 행동할 때 비로소 존엄해지며, 비극적 인간으로 다시 태어나는 것이다.14) 그러므로 20세기 후반 양차대전 직후의 서구에서처럼 인간이 스스로의 자유의 의식과 그에 따른 존엄을 더 이상 믿지 않게 되었을 때, 비극도 더 이상 써지지 않게 되었다.15)

4. 인간의 약점과 결함의 대변자

비극적 주인공이 말의 본래의 의미에서 인류의 대변자가 되는 것은 그가 가진 강력한 정념이나 의지 때문이 아니라 그가 나머지 인류와 공유하고 있는 인간적 **약점과 결함** 때문이라고 지적하는 평자들도 있다.16) 그런데 여기서 말하는 약점이나 결함에는 두 가지 뜻이 있다. 첫째로, 말뜻 그대로의 약점이나 결함이 아니라, 보통 사람에게는 오히려 장점이고 탁월함으로 여겨질 수 있는 것들이 비극적 주인공에게는 약점이나 결함으로 작용하는 경우를 가리킨다. 예컨대 오이디푸스가 보여주는 굽힘 없는 정의감과 충직성은 여느 인간의 경우에는 미덕이겠지만, 오이디푸스에게는 그의 파멸을 가져

---

14) Moses Hadas, *The Greek Ideal and Its Survival*, p.54.
15) Walter Kerr, *Tragedy and Comedy*, p.274. 20세기 중엽에 비극론의 전성기를 연 조지 스타이너의 유명한 책 제목 그대로 '비극의 죽음'이란 문제에 대해서는 이설(異說)이 분분하나, 2800년 서구문학사가 증명하듯이 비극적 문학은 쇠퇴했다가 부활하기를 거듭하였으므로 죽었다는 말은 별 의미가 없는 듯하다. 비극은 죽지 않고 죽을 수도 없으며 20세기 특히 그 중엽부터는 문자예술의 쇠퇴 및 영상예술의 득세와 더불어 영화나 TV드라마 등으로 주된 매체를 옮겼다고 보아야 한다. 한편 '연극'에서는 19세기 말 체홉 이후 전통적 비극, 희극, 비희극의 삼분법이 무너졌고, 20세기 이후 순수한 비극이나 희극은 없다는 견해가 지배적이다.
16) William G. McCollom, *Tragedy*, p.69.

오는 약점이나 결함으로 작용한다. 안티고네의 충직성과 용기도 마찬가지다. 이와 같이 미덕이 약점으로 변하게 되는 것은 앞서 제4장 〈비극적 진실의 실체와 내용〉의 4절 '미덕은 대가 없이 인간에게 주어지지 않는다'에서 자세히 설명한 바와 같다. 즉 비극적 주인공은 자신의 강력한 정념과 의지로 말미암아 탁월함에서 비참함으로 전락하게 되며, 여기서 우리는 인간이면 모면할 수 없는, 보편적 **비극적 조건과 운명**을 목격하게 된다는 것이다. 한마디로, '**삶은 가장 뛰어난 자의 가장 탁월한 자질에 의해서도 결코 안정과 행복이 보장되지 못한다**'는 것이 호메로스의 《일리아스》 이래 모든 비극작품들이 보여주는 인간의 조건과 운명이다.[17)]

두 번째로, 비극적 주인공은 인간의 근본적인 **맹목성과 무지**를 드러낸다는 점에서 인간을 대표한다. 이 또한 앞서 제4장 1절 인간은 자신과 세상을 알지 못한다에서 설명한 대로다. 격언에도 있듯이 인간은 '자기 자신에게 가장 눈멀어 있는' 존재이고, 모두 다 자신의 안경을 통해 세상을 보기 마련이기 때문이다. 이는 말할 나위 없이 소포클레스의 오이디푸스와 아이아스, 셰익스피어의 햄릿과 리어 왕부터 보여주는 주인공들의 공통된 모습이다. 빅토리아조 영국의 대표적 시인인 매슈 아놀드의 〈도버 해변〉(Dover Beach)이라는 시에 나오는 "피아(彼我)를 알아보지 못하는 무지한 군대가 어지러운 돌격과 퇴각의 호각소리에 맞춰 밤마다 충돌하여 싸우는 어두운 들판"이란 구절은 대지 위에 인간이 출현한 이래 벌어지는 인간 세상의 모습에 대한 가장 유명한 메타포 가운데 하나이다. 이런 맥락

---

17) George Harris, *Reason's Grief: An Essay on Tragedy and Value*, p.3.

에서 인간은 한 치 앞을 내다보지 못하는 존재이며, 우리 속담에도 인간의 이런 본유적 어리석음을 가리키는 것들은 얼마든지 있다. 가령 '제가 판 함정에 제가 빠진다,' '제 무덤을 제가 판다,' '미련은 먼저 나고 슬기는 나중 난다,' '소경이 제 닭 잡아먹는다,' '점쟁이도 제 죽을 날 모른다' 등등. 이처럼 비극이 인간이라면 보편적으로 지니는 무지와 맹목으로 말미암은 고통과 불행을 그린다고 할 때, 비극적 주인공은 그런 인간의 **본유적 약점**을 가장 대표적으로 보여주는 인간이다. 따라서 - 뒤에서 자세히 논하겠으나 - 아리스토텔레스가 비극의 주인공이 걸핏하면 저지르는 것으로 '하마르티아'를 언급했을 때, 이는 곧 무지한 가운데 한 행동을 가리키는 것이므로 '도덕적 결함'(flaw)이 아니라 '비극적 과실'(error)로 옮겨야 한다.

5. 성격과 행위의 일관성(통합성)

"사람들은 운명의 노예가 아니라 그들의 **마음**의 노예일 따름이다."
– 프랭클린 딜라노 루즈벨트

"**갑작스럽게** 착한 사람이 되거나 악인이 되는 사람은 없다."
– 필립 시드니경

"뉴랜드 아처는 항상 사건의 원인을 제공하는 타고난 **성격**에 견주면 우연과 환경은 그 사람의 운명을 만드는 데 사소한 역할밖에는 하지 못한다고 생각해 왔다. 그는 올렌스카 부인에게서 처음부터 이런 성격을 감지했다."

- 에디스 워튼, 《순수의 시대》

'인간의 성격은 그의 운명이다'(*ethos anthropo daimon*)라는 말은 공동연대 이전 6세기의 이오니아 철학자 헤라클레이토스가 처음 한 말이다. 독일 낭만주의의 대표격인 노발리스는 이 말을 "운명(Schiksal)과 성격(Gemüt)이 이름이 다를 뿐 하나의 개념이다"라고 표현했다. 성격이 곧 운명이란 관념은 '인간은 뿌린 대로 거둔다'(또는 '행한 자는 당한다')라는 우주의 제일법칙인 **인과결정론** 다음으로 제이법칙쯤 되는 **세상의 이치**(즉 불변하는 법칙)라고 할 수 있다. 그리고 이 말은 당연하게도 비극을 설명하는 가장 간명하면서도 확실한 해석으로 통한다. 성격이 행위를 결정한다는 것은 '존재는 곧 행위'이고, '그런 인간이니 그런 행동을 한다'라는 말처럼 삶의 가장 **보편적 진실**을 드러내는 것이다. '희랍비극에서 등장인물이 도달하는 결단은 동시에 그의 성격과 일치하고 보조를 나란히 한다'고 장-피에르 베르낭은 말한다.[18] 성격의 **일관성**은 비극뿐 아니라 모든 서사 문학의 내적 논리를 제공해 주고 작품에 통일성을 부여해 준다. 아리스토텔레스는 개연성에 대해서 "**보편성**은 인물이 그의 성격상 특징적인 언행을 했을 때 성취된다"고 말했다.[19] 비극이 보편적 진리를 말하는 까닭은 성격과 행위의 일관성을 보여주기 때문이라는 것이다.

---

18) Jean-Pierre Vernant and Pierre Vidal-Naquet, *Tragedy and Myth in Ancient Greece*, Janet Lloyd trans., Sussex: Harvester P., 1981, pp.57-8.

19) 아리스토텔레스/천병희 옮김, 《시학》, 문예출판사, 2006, 제9장 1451b.

우리는 우리의 '진정한' 행동은 – 여러 평자들의 말을 좇아 – 우리의 **'자아의 핵심'**에서 나오는 행동이라고 부를 수 있다.[20] 따라서 그것은 보기에 따라서 자유로운 행동으로 볼 수도 혹은 불가피한 행동으로 볼 수도 있다. 자유와 필연은 동전의 앞뒤와 같은 것이다. 또 그렇기 때문에 '가장 피하기 힘든 운명은 바로 자기 자신'이라는 말도 나오게 되었다. 세상사는 모두 인간의 선택과 결정을 기다리고 있고, 인간의 결단에 따라서 세상일은 변한다. 그러나 이런 결단에도 스피노자가 일찍이 말했듯이 '이유'는 있다. 스피노자를 따라 저명한 윤리학자 존 호스퍼스도 "마음먹은 대로 결정할 수는 있어도, 마음대로 마음먹을 수는 없다"라고 말한다. 즉 인간의 모든 마음먹기에는 그 나름의 이유가 있다는 것이다(그러나 그것이 그가 어떤 행위를 하거나 하지 않는 데에서 부자유하다는 것을 뜻하는 것은 아니다). 또 로마의 스토아 철학자요 비극작가인 세네카는 "인간은 원하는 것을 할 수는 있지만, 원하는 것을 원치 않을 수는 없다"고 하였다. 여기서 호스퍼스가 말하는 '마음먹는' 이유와 세네카가 말하는 '원하는' 이유는 인간의 성격 혹은 본성(희랍어로 퓌지스*physis* 혹은 에토스*ethos*)에서 비롯하고 우러나오는 것이다. 불리한 상황에서 거짓말하는 것이 유리하다는 것을 알면서도 거짓말을 결코 안 하는 자가 있는가 하면 웬만큼 어려운 상황에만 부딪히면 대수롭지 않게 거짓말을 하여 빠져나오려 하는 자도 있다. 또 억울하고 부당한 일을 당하면 현장에서 분연히 항의하고 대드는 인간이 있는가 하면 아무 소리 못하고 가슴 속으로 삭이고 마는 사람도 있

---

20) 베르그송/정석해 옮김, 《시간과 자유의지》, 삼성출판사, 1982, p.134; 존 호스퍼스/최용철 옮김, 《인간행위의 탐구》, 지성의 샘, 1996, p.598.

다. 이렇듯 인간은 각자 마음속에 '어떤 완고하고 제멋대로인 힘(충동)'을 지니고 있고, 이는 그가 지닌 **성격(본성)의 중심**으로부터 나오는 힘(충동)이라고 밖에는 달리 설명할 수가 없다. 그래서 성격이란 결국 '자신으로서도 어쩔 수 없는 자기 자신'이라고 말할 수도 있다. 니체는 성격의 이런 측면에 대해 "우리의 가장 강한 충동, 우리 안에 있는 폭군에게는 우리의 이성뿐만 아니라 우리의 양심도 굴복하게 된다"고 설파했다(《선악의 피안》, 4장 잠언). 니체에 이어 독일 관념론의 비극론을 20세기에 대표하는 이론가 가운데 한 명인 게오르그 짐멜도 "우리는 대체로 어떤 존재를 파괴하는 힘이 그 존재 자신의 가장 깊은 곳에서 나올 때 그 힘을 - 단순히 슬픈 감정이나 바깥에서 오는 파괴적 힘과 구별하여 - '비극적'이라 부른다"고 말한다.[21] 그러므로 비록 심리학에서는 성격을 '환경과 상황에 대한 한 개인의 반응을 특징짓는 비교적 일관되고 독특한 행동 및 사유양식 즉 경향성'이라고 밋밋하고 무색무취하게 정의하지만,[22] 비극에서 성격이란 주인공의 삶을 일관스럽게 관류하면서 그의 특징적인 행동들을 형성하고 이윽고 그의 운명을 결정하게 하는 하나의 강력한 힘을 가리킨다.[23] 비극문학이 그 출발부터 이렇게 성격

---

21) Georg Simmel, *The Conflict in Modern Culture and Other Essays*, K. Peter Etzkorn trans., New York: Teachers College Press, 1968, p.43.

22) 이수원 외, 《심리학: 인간의 이해》, 정민사, 1987, p.235.

23) 미셸 몽테뉴가 전하는 현실의 역사 속 '비극적 영웅'들인 카이사르와 키케로에 대한 다음의 이야기는 성격의 일관성에 대한 대표적 사례들이라고 할 수 있다: "율리우스 카이사르는 파르살루스 전투 때 지휘하고 명령하는 모습에서 볼 수 있는 것과 똑같은 성격적 특징을 그가 한가롭게 지낼 때나 심지어 연애할 때도 그대로 보여주었다. 또 그는 늘 손가락으로 머리를 긁었다. 힘겨운 생각에 잠겨 있는 자의 모습이었다. 키케로는 걸핏하면 콧잔등을 찌푸리는 버릇이 있었는데, 그것은 그의 오만한 성품이 드러나는 것이었다."(미셸 몽테뉴/손우성 옮김, 《수상

을 중요시한다는 것은 그것이 인간의 운명에 대해 가장 강렬한 관심을 갖고 있는 예술양식이기 때문이다. 그러므로 비극이 행하는 최우선적 임무는 '성격 연구'일 수밖에 없다.

6. 성격과 상황의 결합으로서의 운명

   "**운명**이란 겉으로 보기에는 인간이 당하는 것을 말하는 것 같지만, 실제로는 도발하고 호소하고 유혹하는 인간의 은밀한 **욕망**을 향해 몸을 기울이는 이 세상의 움직임에 지나지 않는 것이다."

– 장 지오노, 《폴란드 풍차》

   '성격이 운명'이라는 말은 자칫하면 마치 성격이 독자적인 힘이라도 되는 듯이 객관적으로 존재하면서 인간을 좌우하는 것인 양 생각될 수 있다. 그래서 어떤 평자의 표현을 좇아 '인간의 성격은 그의 운명이 되어간다'고 말하는 것이 훨씬 더 적절하다.[24] 이는 성격은 곧 인간이 갖도록 운명 지어진 삶을 형성하는 (내면의) 힘이라는 것이다.[25] 희랍인들은 성격의 이런 힘들을 일컬어 '**다이몬**'(*daimon*)이라고 불렀다. 이 다이몬이란 원래 인간마다 자신 안에 간직한 일종의 수호천사와 같은 초자연적 존재 즉 '약화된 신'을 가리키는 말이었다. 그런데 이것이 인간의 행불행에 미치는 강력한 영

록》II, 동서문화사, 1976, p.42).
24) William G. McCollom, *Tragedy*, p.41.
25) Bernard Williams, *Shame and Necessity*, p.136.

향과 능력으로 말미암아 훗날 운명이란 뜻도 갖게 되었다고 한다.[26]

그러나 당연한 얘기지만 비극에서 주인공의 운명이 성격만으로 결정되는 것은 물론 아니다. 그것은 우리의 현실의 삶에서 그렇듯 반드시 상황과 결합해서 만들어진다. 앞서 말한 것처럼, 성격은 결정되어 있으며 따라서 필연의 느낌을 준다. 이에 반해 상황은 가변적(가령 우연의 돌발)이기에 우연의 모습을 띤다. 그러므로 결국 운명은 성격이란 '필연'과 상황이란 '우연'이 결합한 산물이다(이를 미국의 20세기 대표적 철학자 조지 산타야나는 "모든 현상은 내적 본질에 의한 필연성과 외적 상황에 따른 우연성이 결합한 결과"라고 정리했다). 반대로 우연도 그 자체만으로는 운명을 결정짓지 못하고 반드시 주인공의 성격과 결합하여 파국을 초래한다. 사실이지 모든 우연사는 그 자체로서는 기회가 될 수도, 위기가 될 수도 있다. 즉 위기를 현명한 자라면 기회로 만들 수도 있으나, 비극적 주인공은 특유의 성격으로 말미암아 파국으로 만드는 것뿐이다. 또 상황이란 것도 조금 깊이 생각해 보면 인간의 성격이 조성하고 형성하는 측면이 강하다는 것을 부정할 수 없다. 예컨대 내성적인 사람은 사람들이 모이는 곳에 나가기를 꺼리어 더욱 내성적인 성격이 굳어지게 되는 반면 외향적인 인간은 사람들 앞에 나서기를 좋아해 더욱 더 외향적인 본성이 강화되는 것과 마찬가지다. 심리학에서는 이를 성격의 '상황선택력'과 '상황조성력'이라고 부른다.[27] 그래서 19세기 영국의 외교관이자 소설가였던 에드워드 불워 리튼은 "우리가 상황

---

26) Walter Burkert, *Greek Religion*, John Raffan trans., Oxford: Blackwell P, 1985, pp.179-81.
27) 대니얼 네틀/김상우 옮김, 《성격의 탄생》, 와이즈북, 2007, pp.64-6.

의 산물이라는 것은 맞지만, 상황 자체도 생각해 보면 우리가 만들어 낸 것"이라고 말했다.

희랍비극에서 **신탁**과 인간의 운명과의 관계는 어떠한가? 우리는 작품 속에서 신탁은 인간의 미래를 예언할 뿐이지, 어떠한 경우에도 그의 행동을 미리 결정하는 것은 아니라는 것을 볼 수 있다.[28] 그러나 대부분의 주인공은 결국 자신의 행위로 그 예언을 실현시킨다. 그의 성격이 그렇게 만드는 것이다. 여기서 "인간이 자신의 파멸을 향해 나갈 때, 신들은 기꺼이 그를 도와준다"는 말이 나왔다(아이스퀼로스, 《페르시아인들》, 742). 망하도록 도와주는 – 대개의 경우 '**미망**'(迷妄 *ate*)을 불어 넣어줌으로써 – 신은 많은 경우 제우스 자신이며, 이런 신은 '협조자로서의 신'(*daimon sylleptor*)으로 불린다.[29] 이런 맥락에서 신탁은 신의 뜻을 드러낼 뿐만 아니라, 동시에 그것이 겨누고 있는 인물의 성격에 대해서도 말해 주는 것이라고 한다.[30] 대표적으로 오이디푸스의 비참한 운명은 그 자신이 주장하듯이 아폴론 신이 꾸며 놓았는지 모르지만, 그것이 실현되는 데는 노상에서 통행권 시비가 붙은 상대방이 단지 먼저 가격했다는 이유로 네 명이나 때려죽인 그 자신의 성격이 크게 일조했다는 것을 어떻게 부인할 수 있겠는가? 결론적으로 비극에서 인간의 운명은 신탁보다는 성격의 힘이 압도적으로 크다는 것을 알 수 있다.

---

28) Whitman, *Sophocles: A Study of Heroic Humanism*, p.127; Richard B. Sewall, *The Vision of Tragedy*, p.44.

29) 천병희, 《그리스 비극의 이해》, 문예출판사, 2002, pp.46-7.

30) Gordon M. Kirkwood, *Oedipus Tyrannus*, Luci Berkowitz & Theodore F. Brunner ed. & trans. W.W. Norton&Company, 1970, p.56.

7. 비극적 결함(*hamartia*: tragic flaw)

아리스토텔레스는 그의 《시학》에서 '하마르티아'라는 말을 사용함으로써 비극적 주인공에 대한 핵심적인 통찰을 제공하였으나, 동시에 후대의 비극이론가들로 하여금 그 해석을 둘러싸고 무수한 그리고 별 소득 없는 논쟁을 불러일으킨 책임도 있다. 그는 비극은 인간의 순수한 이성에 의해 합리적으로 이해 가능해야 한다고 믿었기 때문에, 주인공이 맛보는 운명의 전환 역시 우연의 개입이나 신들의 뜻에 의해서가 아니라, 주인공 스스로의 탓으로 인해 발생해야 한다고 생각했다. 여기서 주인공은 보통보다 잘난 사람이지만 그만 **부지중에** 저지른 잘못 때문에 행운에서 불운으로 떨어진다는 해석이 나왔다. 하마르티아는 '과녁을 벗어남'의 의미로서 일시적 과실이나 실수이지, 주인공이 평소에 가지고 있을 수 있는 **성격적 결함**이 아니다. 그것은 그가 알았더라면 결코 저지르지 않았을 잘못일 따름이다. 그리하여 하마르티아로 말미암은 그의 불행은 **플롯의 개연성**과 **사태의 예견 불가능성**의 두 가지 요소를 모두 충족시키게 된다. 즉 그의 삶은 자신의 과오 때문에 불행으로 떨어졌음으로 전체로서 이해 가능하다. 즉 개연성을 지니고 있다. 그러나 불행 자체는 그로서는 예측하지 못한 과오로 말미암은 것이기에 불운하다고 여겨지는 것이다. 이로써 비극은 주인공의 하마르티아로 말미암아 아리스토텔레스가 플롯의 요건으로 요구한 **반전과 인식**의 합리적 이유와 근거를 모두 갖춘 작품이 된다.[31]

---

31) 이상섭, 《아리스토텔레스의 〈시학〉 연구》, 문학과 지성사, 2002, pp.209-211.

그러나 아리스토텔레스의 하마르티아 이론은 돌이켜 볼 때 심각한 문제를 발생시킨다. 가령 그가 가장 잘된 작품으로 들고 있는 《참주 오이디푸스》에서 오이디푸스의 파멸이 오직 그가 자신의 부모의 정체를 몰랐다는 '실수' 때문에 일어난 것이라면, 이는 너무나 설득력과 신빙성이 없기 때문이다. 그는 그의 부모의 정체를 알아볼 수 없었고, 이는 그의 잘못이나 실수 때문이 아니라, 필연적이고 논리적인 이유 때문이다. 즉 그는 자신의 부모를 코린토스에 두고 왔기 때문에 그가 만난 늙은 남자가 그의 부친이며 그가 결혼하게 된 여인이 그의 모친이라고 생각할 수가 없었던 것이다! 그런데 이렇게 그의 잘못이나 실수로 벌어진 사태가 아님에도 불구하고 그토록 엄청난 처벌과 불행이 그에게 떨어졌다는 것은 **합리적으로** 납득하기 힘들다. 아리스토텔레스가 신봉하는 유일한 판단의 잣대인 **이성**으로서 이해할 수 없는 것이다. 사실 그의 하마르티아론은 아이스퀼로스와 에우리피데스의 작품을 비롯해 현존하는 희랍비극 대부분에 들어맞지 않으며, 소포클레스 극 가운데에서도 적용 가능한 것은 《아이아스》와 《트라키스의 여인들》 두 편이 전부이다.

어쨌든 아리스토텔레스가 말하는 하마르티아는 행위(즉 부지중의 실수)이지, 인간의 성격 안에 있는 그 무엇이 아니다. 하마르티아가 행위에서 성격의 영역으로 넘어간 것은 넓은 의미의 근대, 즉 르네상스 이후 인간의 **자기결정권**에 대한 강조가 서구인의 사고에서 일반화된 이후이다. 르네상스 이후 하마르티아는 **성격적** 혹은 **도덕적 결함**의 의미로 해석되었으며, 결과적으로 실수나 과오라는 아리스토텔레스의 본래적 의미는 거의 잊혀지게 되었다. 여기에는 그럴만한 이유가 있는바, 그가 가장 뛰어난 비극이라고 평가한 《참주 오이디푸스》부터 주인공의 성격적 결함의 관점에서도 그럴듯한 분석이 가능하기 때문이다. 오이디푸스는 앞에서도 설명했듯이 분명히 오만함과 과격함이라는 성격적 결함으로 말미암아 자신의 파국을 더욱 확실히 재촉하고 완성하는 면이 있다. 기독교 도입 이후 특히 르네상스 이후의 비극은 인간 욕망의 긍정과 그 욕망의 무한한 추구를 다루는 경향이 뚜렷해짐에 따라 성격적 요소는 더욱 분명해졌다. 결과적으로 르네상스 비극은 어느 평자에 따르면 인간의 '일곱 가지 대죄의 비극' 모양으로 되었고, 주인공의 결함과 죄과는 너무나 뚜렷해졌던 것이다.[32] 그러나 주인공의 성격적 및 도덕적 결함을 기어코 찾아내어 그의 파멸과 연관시키는 관습은 18세기 이른바 신고전주의 시대의 **'도덕감'**(moral sentiment)의 풍조에서부터 본격적으로 시작되었다. 당대의 신흥 부르주아 계층은 자신들의 도덕관인 인과응보와 권선징악적 세계관을 비극에서도 찾으려 했던 것이다.[33] 이제 아리스토텔레스의 하마르티아는 '시적 정의'를 만족시키기 위한 주인공의 허물과 단점으로 확고히 자리 잡았다. 더욱이 비극이 보여주는 고통과 처벌 사이의 **불균형**을 설명하기 위해 하마르티아에는 여러 가지 뜻이 새겨 넣어지게 되었다. 엄청난 고통과 파국의 합리적 근거를 찾아야겠다는 열망은 주인공의 성격적 및 도덕적 허물과 과실을 찾는 데 그야말로 엄청난 노력을 바치게 만들었던 것이다.[34] 결과적으로 평자들 중에는 안티고네의 결함이 그녀의 '고집스러움'에 있다고 고집하는 사람도 나타나고, 또 어느 평자는 《로미오

---

32) Walter Kerr, *Tragedy and Comedy*, p.99.
33) Raymond Williams, *Modern Tragedy*, p.30.
34) Geoffrey Brereton, *Principles of Tragedy*, p.41.

와 줄리엣》을 비극으로 보기 위해 주인공의 결함을 찾은 끝에 로미오의 문제는 그의 '분노'라고 주장한 사람도 있다.[35] 그러나 오늘날 대부분의 평자들은 오이디푸스, 안티고네, 아이아스 등을 포함해 희랍비극의 주인공들은 결함 즉 단점이 아니라 장점(*arete* 아레테)으로 말미암아 파멸한다는 데 동의한다.[36] 하마르티아를 아리스토텔레스식으로 실수로 새기든 근대비극론에서처럼 결함으로 새기든 간에 비극 중에는 하마르티아가 없는 비극도 얼마든지 있다.[37] 결론적으로 말해 하마르티아란 개념만큼 막연하고 모호하기 짝이 없는 개념도 드물며, 평자들의 의견이 합의보기 어려운 이론도 없을 터이나, 역시 그만큼 관객과 독자의 흥미를 끌고 관심을 불러일으키는 논제도 없다. 그 까닭은 주인공의 잘못이나 허물을 찾아내는 일이야말로, 인간이 과연 어디까지 자신의 운명에 책임을 져야 하는지를 묻는 일이 그러하듯이, 인간사의 영원한 수수께끼를 캐는 일 가운데 하나이기 때문이다.

8. 비극적 오만(*hybris*)

휘브리스라는 말은 하마르티아와 같이 비극론의 키워드가 되었지

---

35) Walter Kerr, *Tragedy and Comedy*, p.99.
36) Whitman, *Sophocles: A Study of Heroic Humanism*, p.139; Bernard Knox, *Word and Action: Essays on the Ancient Theater*, Baltimore: The Johns Hopkins UP., 1980, pp.143-45.
37) Morris Weitz, "Tragedy," *Encyclopaedia of Philosophy*, vol. 8, 1972, p.160.

만 하마르티아가 그렇듯이 역시 문제적인 술어이다. 휘브리스는 고대 문헌에 자주 등장하는 대로, 가장 일반적인 의미인 오만이니 자만심 같은 강한 자존심으로부터 시작해 방자하고 광포하며 무도한 언행까지 모두를 가리키는 말이다.[38] 그런데 비극의 주인공의 고통과 파멸을 설명하는 용어로 휘브리스라는 말을 사용하는 것은 전술한 하마르티아의 경우가 그렇듯이 기독교가 들어오고 난 뒤 발생한 오해와 왜곡의 결과이다. 왜냐하면 희랍적 사유에서 휘브리스의 근본적 의미인 강한 자신감이나 자존감은 비극적 주인공의 기본 자질이고 그의 미덕이자 장점일지언정 악덕이나 결함은 될 수 없기 때문이다. 비록 비극의 전성기는 지났지만 근본적으로 앞선 시대(상고기)의 영웅적 인간관과 세계관을 물려받은 아리스토텔레스는 '**강력한 영혼**'(*megalopsychia* 메갈로프쉬키아)을 지닌 자는 "많은 것을 요구하지만 동시에 많은 것을 받아 마땅한 자"이며, 그는 "부유하고 지체 높은 사람들 앞에서 특히 오만하다"고 말했다(《니코마코스 윤리학》). 더구나 《시학》에는 휘브리스란 말이 전혀 등장하지 않는다. 대부분의 고전 학자들은 희랍인들에게 자존감은 근본적으로 '명예를 사랑하는 마음'(필로티미아*philotimia*)에서 비롯된 것으로, 전혀 악덕이 아니라고 얘기한다.[39] 생각해 보면 비극 자체가 원래 오만한 정신의 산물이다. 왜냐하면 대표적 비극이론가 리처드 수월이 말하듯 "비극작가는 예외 없이 주인공은 그가 결국 받게 되는 운명보다 더 나은 것을 받아 마땅하다고 생각하는 것이 분명하기 때문이다."

따라서 오만이나 자만이 인간을 고통과 파멸로 이끄는 악덕으로,

---

38) J. M. Bremer, *Hamartia*, Amsterdam: Adolf Hakkert P., 1969, pp.62-4.
39) Oscar Mandel, *A Definition of Tragedy*, 124.

마치 가장 대표적인 하마르티아인 양 보는 것은 기독교 이전의 세계의 산물에 기독교적 가치관을 시대착오적으로 적용하는 셈이 된다. 그러나 모든 인간적 자질과 성격에 대한 논의는 결국 정도의 문제이다. 말하자면, 희랍인들이 볼 때도 지나친 자만은 위험하며 신들의 분노를 불러일으킬 수 있는 것이었다. 특히 재주나 능력이 뛰어난 나머지 신들과도 겨루려고 한다거나, 자신의 운명에 예정되어 있지 않을 것을 이루려고 할(즉 '운명을 넘어가려는' *hyper moron*) 때는 반드시 신들의 질투 즉 '프토노스'(*phthonos*)를 불러온다고 보았다(앞선 것의 예는 익시온*Ixion*, 페이리투스*Peirithoos*, 에뤼식톤 *Erysichthon*, 뒤의 예는 파트로클로스*Patroclos*와 헥토르*Hector* 등). 그래서 당대의 글에는 지나친 휘브리스를 경계하는 내용이 허다하다. 결국 휘브리스는 모든 미덕이 지나치면 그 대가를 치러야하듯이, 양면성을 갖는 자질이요 성격이라고 결론 내릴 수밖에 없다. 오만하지 않은 비극적 주인공이란 예나 지금이나 없으며 자기모순적인 말이 되지만, 동시에 지나치게 자기주장을 하는 주인공은 필경 자기파멸을 불러들이게 된다.

9. 성격적 행위

"잘못은, 친애하는 브루터스여, 우리의 별들 안에 있는 것이 아니라 우리 자신 안에 있는 것이네."

–《줄리어스 시저》, I. ii. 134.

"비극적 삶에서 악당은 딱히 필요가 없네. 정념이 삶의 플롯을 짜고, 우리는 우리 안의 결함으로 쓰러지는 것일 따름."

                                                    -조지 메러디스, 〈근대적 사랑〉

비극의 주인공의 고통과 파멸은 결론적으로 말해 '부지중의 실수'(하마르티아)나 '과도한 자만심'(휘브리스) 때문이 아니라 그의 성격적 **특이성, 극단성, 편파성** 때문이다. 즉 그는 자신의 성격적 특성에 따른 **성격적 행위**를 하며, 그가 작품을 통해 보여주는 거듭된 성격적 행위는 그를 결국 고통과 파멸로 이끄는 것이다. 이를 어느 고전학자는 "주인공의 성격은 그가 갖도록 운명 지어진 삶을 형성하는 힘"이라고 말한다.[40] 희랍비극에서 주인공의 성격적 행위는 그의 단점이나 허물과 관련이 있기보다는 오히려 그의 장점이나 미덕에서 우러나오는 행위이다. 프로메테우스, 오레스테스, 에테오클레스, 오이디푸스, 안티고네, 아이아스, 헤카베, 히폴뤼토스 등은 모두 선의의 정념에 추동되는 인물들이며, 그들이 하는 행위는 나름의 도덕적 정당성을 지니고 있다. 그들은 모두 딜레마의 상황에서 자신의 튀모스가 명령하는 대로 결단하고 행동한 결과 고통과 파멸의 구렁텅이로 떨어지고 만다. 그들이 보여주는 성격적 특성은 한결같이 희랍인들이 '아레테' 즉 탁월함이라고 부를 수 있는 성질의 것이다.

한편 셰익스피어와 크리스토퍼 말로우, 존 웹스터 등의 르네상스 비극의 주인공들은 모두 인간적 욕망의 화신들이며 그들의 성격화

---

40) Bernard Williams, *Shame and Necessity*, p.136.

또한 각자의 욕망과 관련하여 이루어진다. 가령 햄릿은 정의감에서 비롯된 복수욕, 말로우의 포스터스 박사는 지식욕, 같은 작가의 탬 벌레인은 정복욕, 셰익스피어의 맥베스는 권력욕, 또 같은 작가의 오셀로와 존 웹스터의 말피의 공작부인은 애욕 등. 작품의 플롯은 이런 욕망의 추구와 그것의 궁극적 성취 및 그에 따르는 몰락을 다 룬다.

19세기 비극적 소설에서 주인공들은 - 뒤에서 자세히 얘기하겠 으나 - 남자의 경우 **신분상승**에 대한 욕망, 여자의 경우 **완전한 사 랑**에 대한 열망이 작품의 중심적인 추진력을 제공한다. 그들은 그들 을 둘러싼 사회 및 제도적 관습과 혼신의 힘을 다한, 전면적이지만 극도로 불균형한 싸움에 돌입하며 이 싸움에서 자신의 욕망을 실현 하는 순간 사회적 생존의 소멸이라는 치명적 대가를 지불한다. '시 적 정의'는 공동연대 이전 5세기에나 이후 16세기에 이루어지지 않 았듯이, 19세기에도 실현될 가능성이 요원한 것이다.

10. 주인공과의 공감/동정

아리스토텔레스가 말했듯이 주인공과의 공감/동정은 비극에 필수 적인 요소이고 극의 효과와 직결되는 문제이다. 그러나 감정이입은 극히 주관적이고 상대적인 것이며 독자와 관객에 따라서 다를 수밖 에 없다. 또 어느 평자가 말하듯 범죄자나 인격자가 모두 비극적 주인공이 될 수 있으며, 주인공은 대개 극단적이고 예외적인 인물이다. 더구나 위의 제6장 〈비극적 주인공〉의 2절 '기백의 인간'을 설명하면서 말했듯이, '기백의 인간'이 갖는 본질적인 양면성/모호성으로 말미암아 비극의 주인공 중에는 근본적으로 관객/독자의 동일시나 감정이입이 불가능한 인물들이 있다. 근대 세계에 들어와 비극의 감정에 대해 처음 논의한 18세기 계몽주의 시대의 문인인 리처드 스틸은 공감의 어려움에 대해 다음과 같이 말했다. "자신보다 우월하지 않은 인간에게 공감하기가 우월한 인간에게 공감하기보다 쉽다. 인간이란 근본적으로 자기중심적인 존재이기에 자신과 비슷한 사람들이 아닌 한 아무 관심도 없다." 루소도 〈달랑베르에게 보낸 편지〉에서 "비극은 비현실적으로 거대한 인물들을 보여주기 때문에 애초부터 공감은 불가능하다"고 말했고, 《에밀》에서는 "인간은 오직 자신도 면할 수 없으리라고 생각되는 타인의 불행만을 동정한다"고 말했다.[41] 같은 맥락에서 현대의 대표적 비극론자 가운데 한 명인 도로시어 크룩은 관객이 프로메테우스나 오이디푸스 또는 리어 왕에게 동정(공감)을 느끼느냐 묻는다는 것은 생뚱맞을 정도로 부적절한 질문이라고 말한다.[42] 이런 증언들이 말해 주는 것은 독자/관객의 처지에서 주인공이 추구하는 목적이나 명분의 도덕성이 모호하거나 그들의 성품이 극단적으로 편향되어 있는 경우 – 가령 메데이아, 히폴뤼토스, 리어, 맥베스, 에이헙 선장, 히스클리프 등 – 작품의 중간이나 심지어 종말에 이르기까지 그에 대해 친근, 우호, 동

---

41) Terry Eagleton, *Sweet Violence*, p.85에서 재인용; 장 자크 루소/민희식 옮김, 《에밀》, 육문사, 2006, p.377.
42) Dorothea Krook, *Elements of Tragedy*, p.238.

정심을 느끼지 않을 수 있다는 것이다.

그러나 비극문학을 전체로 볼 때 위와 같은 경우들은 오히려 예외적이고 우리는 대부분의 비극의 주인공들이 내세우는 명분과 주장 혹은 그들이 추구하는 욕망의 정당성에 공감함과 동시에 그들의 강력하고 열정적인 성격에 호감을 갖게 된다는 것이 더 일반적이다. 그리고 공감/동정의 관점에서 보다 중요한 것은 심지어 위에 든 인물들 같이 도덕적 모호성이나 성격적 편향성을 지닌 인물들의 경우에도 작품이 진행되면서 그들이 지닌 다른 긍정적인 성격적 측면이 두드러지거나 아니면 도덕적 선악을 떠나서 주변의 다른 인물들을 압도하는 성격적 크기와 높이를 보여줌으로써 결국 우리의 인정과 호감을 이끌어 내게 된다는 점이다. 그러나 공감과 동정의 문제에서 역시 가장 중요한 것은 작품의 마지막에 주인공이 자신의 가능성과 잠재력을 모두 발휘해 인간으로서 '여한 없는' 상태에 도달하고 이것이 일종의 '자기 인식과 화해'를 가져올 때이다. 이 때 독자와 관객은 주인공의 발언이나 아니면 그의 행동을 통해 드러나는 '승화된 인식'을 목격하거나 깨닫게 됨으로써 독자/관객 자신도 어떤 **정신적 각성**을 획득함과 동시에 주인공에 대해 **자랑스러움과 긍지**를 느끼게 된다. 즉 이때 독자/관객은 주인공과 거의 완전한 공감과 동정에 도달하게 되는 것이다.

11. 성격 변화의 문제

"성격은 위기 속에서 형성되는 것이 아니라 단지 그것이 **드러날** 따름이다."

- 로버트 프리먼(영국의 저명한 사진가 1936-)

비극의 주인공에게 성격 변화가 있는가? 도대체 인간의 성격은 변화하는가? 이는 성격을 어떻게 정의하느냐에 달려 있다. 보통 인간의 성격이라 하면 앞서 말한 바 있듯이 상황에 대한 한 인간의 일관되고 특징적인 반응 양식을 말한다. 이런 의미의 성격은 성장기에 한 번 굳어버리면 좀체 변하지 않는다는 게 심리학의 일반적 결론이다. 그러나 성격을 사고방식(멘탈리티)과 태도의 관점에서 정의한다면 얘기는 달라진다. 그것은 인간의 경험의 확장과 변화에 따라 변하기 때문이다. 문학에서 성격 변화라 하면 대개 후자를 가리킨다. 예컨대 디킨스의 《막대한 유산》의 주인공 핍은 속물적 사고를 하던 초기의 모습에서 후견자 매그위치와 재회한 이후 겪게 되는 격렬하고 파국적인 경험을 계기로 하여 관대함과 배려심의 인물로 변한다. 이는 그의 **사고와 판단**의 변화를 통한 **태도** 및 **반응양식**의 변화를 말해 주는 것이지, 그의 본성이 원래 어떠한가와는 별로 관련이 없다(그러나 사고가 성격의 일부이거나 아니면 아예 성격 그 자체라고 - 즉 사고의 변화가 성격의 변화를 가져온다고 - 주장한다면 다른 얘기가 되며, 이런 논의를 자세히 하는 것은 이 글의 범위를 넘어간다). 또 하디의 《귀향》의 주인공 클림 요브라이트는 아내 유스태시어 바이의 죽음에 이르는 불행한 결혼 생활을 통해 크게 낙담한 실의의 인간이 된다. 이 또한 그의 사고와 태도의 변화이지 그의 본성과는 관계가 없다. 톨스토이의《전쟁과 평화》의 등장인물들은 나폴레옹 전쟁이라는 대격변을 치루면서 커다란 심경의변화를 경험한다. 특히 공동 주인공 격인 베주호프와 볼꼰스키는 서로 반대 방향으로 극단적인 사유의 변화를 보인다. 작품을 통해서그들의 성격이 아니라 정신(사유) 면에서 보여주는 변화가 곧 작가가 독자에게 전하고자 하는 전언 즉 주제이다.

　결론부터 말하면, 비극 나아가서 문학에서 인간의 성격(본성)은변하지 않는다. 앞서 제4장 〈비극적 진실의 실체와 내용〉의 2절 '인간은 자신의 성격에서 달아나지 못한다'에서 말했듯이, 오랜 문학사를 통해 걸작들이 보여주는 것은 - 사고와 견해는 차치하고 볼 때 - 인간의 본성은 좀처럼 변하지 않는다는 사실이다. 많은 경우 비극의 주인공은 변화하지 않으며, 사실 변화에 대한 **단호한 거부**가오히려 그들의 특징이다. 그리하여 셰익스피어의 코리올러너스는 목숨을 구하기 위해선 자신의 오만하고 단호한 성격을 억누르라는 어머니의 요구에 "어머니께선 왜 저에게 더 온순하라고 말씀하십니까? 제 **본성**을 어기는 거짓된 인간이 되라는 말씀이십니까? 차라리저답고 사내답게 살라고 말해주십시오."(3장 2막 10-12행)라고 대꾸하며, 소포클레스의 아이아스도 같은 맥락에서 "제발 좀 부드러워지라"는 아내의 요구에 "지금 와서 내 **본성**을 개조할 요량이라면당신은 어리석은 생각을 하고 있는 것이오"(594-5)라고 말한다. 비극의 주인공은 그의 특징적 용기와 인내심이 꺾이는 순간 비극이아니라 패배의 서사의 주인공으로 전락하게 된다. 그래서 아이아스와 코리올러너스뿐만 아니라 오이디푸스고 햄릿이고 쥘리앵 소렐이고 마이클 헨처드고 튜안 짐이고 할 것 없이 비극의 주인공들은 하나같이 처음 등장할 때 강력하고 자존심 강한 성격 그대로 끝까지 동일한 모습을 견지한다.

그러나 그들의 사고와 견해는 타고난 성격과는 별개로 작중의 사건을 겪으면서 경험을 통하여 바뀌며 그들의 최후의 인식은 이런 변화의 가장 최종적이고 긍정적인 모습을 증거해 준다. 이런 인식 가운데 공통된 것을 우리는 앞서 주인공과의 공감/동정을 논의하면서 언급했던 것처럼 어떤 **'여한 없는'** 상태라고 정의했다. 이는 주인공이 자신의 가능성과 잠재력을 최대한 발휘하여 − 비록 고통과 파멸을 대가로 치렀으나 − 자신의 목적을 성취했다는 사실에서 나온다. 또한 이는 그가 이 세상에서의 그의 몫과 위상을 확인하고 입증한 것이라고 바꿔 말할 수도 있다. 이로써 그는 세상이나 운명과 화해하는 것이 아니라 자기 자신과 화해한다. 이 자신과의 화해는 다른 말로 **자기 인식**이라고 부를 수 있다.[43] 자신의 한계와 아울러 가능성을 처음으로 확연히 깨닫고 느꼈기 때문이다. 이런 사고의 변화는 우리로 하여금 주인공의 최후를 **'무르익은 모습'** 혹은 성격(본성)의 **'완전한 개화'**로 볼 수 있게 만든다. 가령 《리어 왕》에서 에드거가 말하는 "성숙함이 가장 중요하다"라는 말이 바로 이것을 예증한다(5막 2장 10행). 다시 말해, 주인공은 자신의 비극적 행동을 통해서 자신과 세상에 대한 성숙하고 완전한 인식을 얻으며, 이는 그의 본성이 드디어 남김없이 완전히 드러나고 실현되는 것과 동전의 앞뒤 관계를 이룬다. 결론적으로 비극에서 주인공의 삶은 성

---

43) William G. McCollom, *Tragedy*, p.203.

격의 변화가 아니라, 그것의 **무르익음과 완성**을 향해 나아간다고 말해야 한다.[44)

12. 주인공의 역사적 변모

"거지가 죽을 때는 혜성이 보이지 않으나 왕자가 죽으면 하늘이 알아서 불꽃을 뿜는다."

-《줄리어스 시저》, II. ii. 30-31.

"가장 평범한 사람도 이 세상에서 그의 온당한 몫을 쟁취하기 위한 싸움과 투쟁에 그가 가진 모든 것을 던져 넣는 기백의 정도만큼 **비극적 위상**을 지닌 인간이 된다."

– 아서 밀러, 《연극론》.

고대사회의 지배계층은 전사귀족이며 당대 문화의 창조와 향유 또한 오직 지배계층인 전사귀족의 전유물이었다. 고대사는 평민들과 그들의 삶에 대해서는 거의 한마디도 전해 주지 않는다. 앞서 말했듯이, 이 전사귀족은 서사시와 비극의 주인공으로 등장하며, 그들의 시조는 호메로스의 《일리아스》의 아킬레우스와 헥토르를 비롯한 영

---

44) Max Scheler, *Tragedy: Modern Essays in Criticism*, Laurence Michel and Richard B. Sewall, eds., p.23; Dorothea Krook, *Elements of Tragedy*, p.232; Richard B. Sewall, *The Vision of Tragedy*, p.188; Susan Langer, *Feeling and Form*, p.358.

웅들이다. 따라서 비극의 주인공의 성격과 기질은 그들의 모델인 전사귀족들의 기질과 성격을 반영하며, 이는 역시 전술했듯이 그들이 '튀모스'(기백, 용기)와 '파토스'(인내)의 인간이라는 것을 뜻한다. 인물의 성품은 그의 신분을 반영하고 그것과 일치한다고 여겨졌으며, 이는 인간에 대한 전통시대의 일반적이고 전형적인 관점이다.

아리스토텔레스가 《시학》 제2장에서 말하듯이 비극은 보통보다 '잘난'(*spoudaios*) 희극은 보통보다 '못난'(*phaulos*) 인물을 모방한다는 논리도 이런 당대의 사고를 반영한다. 전사사회를 계승한 희랍로마 시대의 '잘나거나 못난' 인간의 이분법적 구별은 기독교 도래 이후의 윤리적 선악의 개념과는 관계가 없고, 오히려 그것과는 전혀 성질을 달리한다. 그것은 희랍어 '스푸다이오스'와 '파울로스'란 말이 각각 가리키듯이 '심각하고 중대하며 숭고한' 또는 그 반대로 '일상적이고 사소하며 천박한'을 뜻한다. 비극은 심각하고 중대한 사건의 모방이며, 주인공은 이런 사건에 걸맞게 심각하고 중대한 인물이어야 한다는 것이다. 심각하고 숭고한 행위를 하기 위해서는 주인공이 심각하고 숭고한 성품을 지녀야 하는 것이 당연하다고 생각되었다.

따라서 심각한 행위를 할 수 있는 성품인 '튀모스'와 그런 행위가 가져오는 결과를 받아들이고 견딜 수 있는 '파토스'가 비극적 주인공의 근본적 자질과 성격이며, 이는 후에 르네상스(엘리자베스조) 비극에서도 계승되어 햄릿, 오셀로, 맥베스, 브루터스, 코리올러너스, 포스터스 박사, 탬벌레인, 말피의 공작부인 등의 영웅적 기질의 소유자들로 이어졌다. 이들 영국 엘리자베스조 비극의 주인공들은, 뒤에 좀 더 자세히 얘기하겠지만, 세네카와 마키아벨리의 영향으로 말미암아 선량함과는 거리가 멀고 차라리 악당 같은 혹은 선악을 초월한 슈퍼맨형의 인물들이다. 한편 르네상스 시대는 전통적인 영웅적 주인공과 더불어 역사상 최초로 신흥 중간계층 출신의 인물도 주인공으로 등장하기 시작하였다. 말로우의 《몰타의 유태인》의 주인공 바라바와 작자미상의 비극 《페이버샴의 아든》(*Arden of Faversham*)의 주인공은 중간계급 출신의 상인이며, 희극이지만 벤 존슨의 《볼포네》의 주인공 또한 같은 계층 출신이다(이는 당시에 이미 상인계급이 전성기를 누리고 있었고, 영국의 초기 자본주의의 발흥을 증거하는 것이라고 말하는 평자가 있다).[45] 고전(희랍) 비극의 주인공이 다루는 심각하고 중대한 사건이란 어떤 도덕적 원칙이나 명분 사이의 충돌과 대립인 경우가 대부분이다 – 예컨대 오이디푸스의 국가적 재난의 퇴치와 개인의 안위 사이의 대립, 안티고네의 신들의 불멸의 원칙과 국가의 법률의 대립, 히폴뤼토스의 사랑과 정절의 대립 등. 그러나 르네상스 비극에선 도덕적 명분들 사이의 대립의 측면은 약화되고, 주인공 내면의 성격적 편향성이나 극단성의 측면이 더욱 돋보이는 개인적 욕망의 추구가 작품의 중심적 추진력을 제공한다.

한편 비극에서 **악인**이 등장하는 것은 기독교의 영향력이 서구인의 사고에 들어오고 난 이후이나, 의도적이고 타산적인 악인('마키아벨리적 인간') 즉 극악무도한 냉혈적 인간이 처음으로 등장하는 것 또한 르네상스 비극에서부터이다. 가령 《햄릿》의 클로디어스, 《오셀로》의 이아고, 《리어 왕》의 에드먼드, 리건, 고너릴, 콘월 공작, 말로우의 《포스터스 박사》의 메피스토펠레스, 웹스터의 《말피의 공

---

45) Terry Eagleton, *Sweet Violence*, p.181.

작부인》의 페르디난드와 추기경 등이다. 여기에는 앞서 말한 것처럼 동시대인인 마키아벨리의 저작의 영향이 크다. 그러나 비극에서 악인은 대개의 경우 주인공이 아니고 오히려 주인공의 가장 큰 적대자나 파괴자 역할을 수행하며, 근본적으로는 주인공의 투쟁과 파멸을 가져오는 매개자의 기능을 하였다. 아울러 이미 말했듯이 르네상스 시대까지는 - 신분적 사회에서는 당연한 일이지만 - 일반적으로 영웅적 인간과 범용한 인간의 차이가 선인과 악인의 구별보다 더욱 중요한 것이었다.

18세기(또는 프랑스 대혁명) 이후 전개된 **근대 시민사회**는 시민혁명과 산업혁명이라는 '이중혁명'이 낳은 세계이다.[46] 특히 19세기 빅토리아조 사회는 **계급적 질서**와 **가부장적 체제**라는 이중의 구조와 속박에 지배되는 사회였다. 시민혁명의 주체였던 시민계급(중간계급)은 선거권 획득이라는 정치적 권리의 신장과 경제적 부의 축적과 팽창이라는, 이중혁명이 가져다준 과실의 주요 수혜자였으나 곧 기득권층으로 돌변하였다. 그들은 아래 노동계급에 대해서는 비인간적 무관심과 적대감으로 대했고, 같은 중간계급 여성에 대해서는 가부장적 권위를 유지하고 누리려 하였다. 여기에 노동계급 남성들의 **신분상승**에 대한 욕망과 중간계급 여성들의 **진정한**(혹은 완전한) **사랑**에 대한 동경이 19세기 비극문학의 주요한 소재로 등장하게 된 역사적 배경이 있다. 남녀 공히 타율적이고 도구적 존재로 전락하여 부분적이고 왜곡된 삶을 사는 것이 아니라, 존재의 완전성과 통합성을 열망하는 것이 시대적 징후가 되었다. 이는 달리 말해

---

46) 에릭 홉스봄/박현채·차명수 옮김, 《혁명의 시대》, 한길사, 1985, p.12.

자기실현을 추구하는 것 혹은 객체가 아니라 하나의 주체로서 인간의 자기결정권을 추구하는 것이 **근대 비극소설**의 주제가 되었다는 것을 뜻한다.[47]

그리하여 근대 시민사회의 발흥과 더불어 등장한 근대 소설의 발전과정 가운데 가장 의미심장한 사건은 비극적 소설, 즉 근대 비극소설의 출현이다.[48] 산업혁명의 결과로 나타난 계급사회의 모순과 자본주의의 심화와 더불어 더욱 견고해진 가부장제 사회에서는 사건과 행동이 외면화된 비극 양식보다는 인물의 내면을 비추고 탐색하는 소설의 형식이 더욱 당대 현실과 인간 경험을 핍진하게 재현할 수 있다는 것이 입증되었다. 사실 많은 평자들이 말하듯 19세기에 일어난 가장 중요한 문학사적 사건은 비극과 소설이 만난 것이었고, 근대 문학에서 인간의 비극적 경험을 내면화하는 데 가장 크게 성공한 장르는 드라마가 아니라 소설이었다.[49] 그래서 "비극이 무대에서 사라지기 시작했을 때 비극적 소설이 그 자리를 대신했다"라든가, "백 년 동안 오직 두세 명 정도의 극작가만이 그 위상 면에서 이삼십 명의 탁월한 소설가들과 겨루고 비견할 만했다"는 평가가 나오게 되었다.[50]

고전 비극에서 **운명**은 근대 비극 소설에서는 **사회와 제도**의 모습으로 나타난다. 프랑스의 정치가요 저술가로서 대혁명의 열렬한

47) Raymond Williams, *Modern Tragedy*, p.96.
48) John Orr, *Tragic Realism and Modern Society*, London: Macmillan, 1989, p.11;
  에리히 아우어바흐/김우창, 유종호 옮김, 《미메시스》, 민음사, 2012, p.206, 235.
49) R. P. Draper ed., *Tragedy: Developments in Criticism*, p.15.
50) Richard H. Palmer, *Tragedy and Tragic Theory: An Analytical Guide*, Westport:
  Greenwood P., 1992, p.161; Herbert Muller, *The Spirit of Tragedy*, p.250.

지지자였던 벵자맹 콩스탕(Benjamin Constant)이 이미 두 세기 전에 말했듯이, 사회야말로 고대인들의 운명 혹은 숙명과 동등한 효과와 힘을 지닌 것이었다.[51] 그것은 나폴레옹이 괴테를 만났을 때 "과거에 운명은 신들의 작품이었다면 현대에 그것은 정치의 결과"라고 말한 것과 크게 다르지 않다(헤겔, 《역사철학강의》).[52] 계급과 가부장제는 자본주의가 발전하면서 산출되거나 더욱 강화된 제도이며, 이것들은 인간의 의지와 통제를 넘어 작동하는 거대한 하나의 **비인격적 과정**이고 **기계**와 같은 것이었다. 그것들은 고전비극에서 신들의 뜻이 주인공의 의지와 관계없이 사건과 행동의 배후에서 움직이는 것에 비견할 수 있다. 그러나 근대 비극소설에는 이런 강력한 사회적 제도와 관습에 항거하고 투쟁하는 인물들이 등장하며, 이들은 고전비극의 주인공의 성격과 자질을 물려받은 정신적 후예들이다. 즉 비록 주인공의 출신성분은 평민이나 노동계급에 속할지라도 ─《적과 흑》의 쥘리앵 소렐, 《모비 딕》의 에이헙 선장, 《폭풍의 언덕》의 히스클리프 언쇼, 《카스터브리지의 시장》의 마이클 헨처드, 콘래드의 《로드 짐》의 튜안 짐, 아체베의 《세상이 무너진다》의 오콩구 등 ─ 그의 기질과 성품은 고전비극적 인물의 영웅적 튀모스와 파토스를 계승하였다.

한편, 고전비극의 주인공이 공동체의 안녕과 집단적 운명을 좌지우지하는 선택과 결단을 하는 영웅적 인간임에 반하여 근대비극에서는 개인의 독자적 삶과 정체성을 확인하고 획득하려는 '소시민적 열망'을 지닌 인물로 축소되었다. 그러나 앞서 말했듯이 "영웅과 거

---

51) Rita Felski ed., *Rethinking Tragedy*, p.10.
52) Bernard Williams, *Shame and Necessity*, p.164에서 재인용.

물이 비록 서기와 직공으로 변했다"고 해서 그들의 성격과 정념도 그에 맞추어 위축된 것이 아니다.[53] 19세기 미국에서 대표적인 비극문학을 쓴 허먼 멜빌이 《모비 딕》에서 노동계급 출신의 등장인물들을 옹호하며 한 다음과 같은 말을 들어보라. "이들의 범접할 수 없는 **존엄성**은 왕족의 옷에 감싸인 그런 것이 아니라, 세상의 도처에 있는 거친 옷을 걸친 인간들의 존엄성이다. 여러분은 곡괭이를 휘둘러 못을 박는 사람들의 팔에서 그것이 빛나고 있음을 볼 것이다. 사방에서 비쳐오는 이 민주적 존엄성의 빛은 하나님 자신으로부터 오는 것이다."(26장) 또 19세기 말 영국의 대표적 비극문학 작가인 토머스 하디도 그의 《웨섹스판 전집》에 붙인 서문에서 다음과 같이 말한다. "희랍의 비극문학이란 위대한 유산은 웨섹스란 오래된 이름 아래 여기 모아 놓은 영국 남부의 예닐곱 개의 군(郡)보다도 더 넓지 않은 공간에서도 그 극적 사건과 행동이 벌어졌다는 것을 생각할 때, 나는 이 웨섹스의 골짜기에서도 여느 유럽의 궁전 못지않은 인간 감정의 **강렬함**이 메아리치고 있다고 믿는다."

이처럼 인간성의 어떤 부분들은 시대와 무관하게 불변하며 고정되어 있다는 믿음은 저명한 신화학자 조지프 캠벨로 하여금 "고대의 영웅은 사라진 게 아니라 오늘날에도 대도시의 건널목에서 신호등이 바뀌기를 기다리며 서 있다"고 말하게 했다.[54] 인류사에 대한 기념비적인 방대한 저서 《문명의 역사》를 쓴 윌 듀런트도 자신의 만년작 《역사의 교훈》에서 다음과 같이 말한다.

---

53) A. C. Bradley, *Oxford Lectures on Poetry*, London: Macmillan, 1961, p.191.
54) 조지프 캠벨/이윤기 옮김, 《천의 얼굴을 가진 영웅》, 민음사, 2018, p.15.

"역사를 통해 인간성은 변하지 않았다는 것이 드러난다. 플라톤 시대의 희랍인들은 금세기 프랑스인과 별반 다르지 않았다. 로마인들은 오늘날 영국인들처럼 행동했다. 수단과 도구(즉 제도와 관행)는 변했으나 동기와 목적은 동일하다. 계층들 사이에서도 인간성은 변하지 않는다. 가난한 자도 부유한 자와 동일한 충동과 성향을 지니고 있다. 단지 그 충동을 실현할 기회나 능력이 덜할 뿐이다."55)

그러나 우리는 듀런트식의, 인간의 출신성분과 그의 성격적 특징은 무관하다는 믿음은 서구사회에서 역사상 처음 일어난 시민혁명과 산업혁명이 가져다준 소중한 각성과 '사고의 전환'의 결과라는 것을 부인할 수 없다. 결론적으로 말해 19세기의 '비극적 소설'의 주인공은 소설이란 장르가 요구하는 현실 재현적 사실주의의 **대변적 요소**와 고전비극에서 물려받은 영웅적 인간형의 **특징적 요소**를 결합하고 있는 인물이다.56)

---

55) Will and Ariel Durant, *The Lessons of History*, Simon & Schuster, 1968. p.34.
56) '비극적 소설'은 서구문학사에서 세 개의 비극문학 시대 가운데 마지막을 장식하며, 19세기 중엽에 번성하였으나 20세기에 들어와 민주주의와 복지사회의 발전 및 양성평등에 입각한 여권주의의 등장과 더불어 종언을 고한다. 비극적 비전은 20세기 후반 이후 앞서 말했듯이 영화가 이어받았다. 많은 걸작 영화가 비극적 비전의 전통에 속하고 있다는 것은 앞의 제2장 2절의 서사문학의 세 갈래에서 '비극' 항목의 예시에서 보여준 바와 같다.

제7장

비극과 도덕적 질서

자신의 왕국에서 쫓겨나 광대와 함께 황야를
헤메는 리어 왕

"하늘의 위대한 지배자여 당신은 지상의 범죄를 다스리는 데 그렇게 등
한하십니까?"

― 셰익스피어, 《타이터스 앤드로니커스》

1. 정의와 질서가 없는 세상

"신들이 이 세상을 어떻게 만들었는지 알겠다. 비루한 자는 흥하고 위대한 자는 망하게 만드는구나."

- 에우리피데스, 《트로이아의 여인들》

"악한 것은 쉽게 망하지 않는 법이오. 신들은 악한 것을 잘 보살펴 주시니까요."

- 소포클레스, 《필록테테스》

"나는 죄 있는 자는 무사하고 죄 없는 자는 고통에 신음하는 것을 무수히 보아왔소. 이 세상에는 그 어떤 알 수 없는 부당한 힘이 있는 것을 느꼈소."

- 라신느, 《앙드로마크》

비극 문학의 본격적인 시작인 희랍 고전기의 첫 번째 비극작가 아이스퀼로스의 《프로메테우스》는 프로메테우스의 선행에 대한 주신(主神) 제우스의 가혹한 박해를 다룸으로써 '제우스의 정의' 자체를 근본적으로 묻고 회의하는 작품이다. 생전에 경건한 성품으로 유명했던 소포클레스도 그의 대표작 《참주 오이디푸스》에서 신들의 질서의 전횡성과 부당성을 보여줌으로써 이 세상의 정의에 대한 근본적인 의문을 제기한다. 사실이지 **신의 정의**에 대한 근본적 물음은 세 희랍 비극작가가 다 공유하고 있고 이는 후대의 셰익스피어도 마찬가지다. 《리어 왕》에서 딸들에 의해 쫓겨난 리어를 섬기는 충신 글로스터는 둘째 딸 리건의 남편 콘월 공작에 의해 산 채로 두 눈이 뽑히는 고문을 당한다. 그러나 이 잔인한 고문을 차마 바라보지 못하던 콘월의 하인은 주인을 만류하다가 서로 칼을 뽑아 싸우다가 둘 다 죽음을 당한다. 이 사건을 전해 듣고 첫째 딸 고너릴의 선량한 남편 올버니 공작은 "이는 하늘의 심판이 신속하게 지상의 악행을 응징한 것이다"라고 말한다(IV.ii.78-80). 그러나 한편 《맥베스》에서 맥더프는 자신이 맥베스의 휘하를 떠나 저항군에 합류한 것에 대한 보복으로 맥베스에 의해 아내와 자식이 잔인하게 살육당했다는 소식을 듣고 "하늘이 내려다보고도 도움의 손길을 주지 않았단 말인가"하며 하늘을 원망한다(IV.iii.223). 그러나 원망하거나 아니면 고마워할 하늘이란 게 애초부터 있었는지 의심스럽다. '하늘의 정의'는 그저 인간의 소망일 뿐이다.

비극에 **정의와 질서**가 없다는 것은 두 가지 측면에서 논의될 수 있다. 우선 비극은 시작 장면에서 정의와 질서가 없는 세상을 보여준다. 비극적 주인공이 처음 마주하는 세계는 뒤죽박죽의, 불의(不義)하고 혼돈된 세계이다. 오이디푸스와 햄릿이 대면하게 된 세상은 범죄가 처벌되지 않은, 즉 악행의 결과로 질서가 무너지고 뒤집힌 세상이고, 안티고네가 처한 세상도 법도가 사라진 세상이다. 아이아스가 맞이하는 세상도 공평함 즉 정의가 사라진 세상이며, 쥘리앵 소렐이 대면한 세상도 온갖 위선과 악행이 범람하는 세상이다. 더 흔하게는 주인공 자신의 악행(《맥베스》의 맥베스, 《카스터브리지의 시장》의 마이클 헨처드, 《로드 짐》의 튜안 짐)이나 우행(《리어 왕》의 리어, 《아테네의 티몬》의 티몬)으로 세상의 질서와 규범은 깨져

버린다. 비극은 주인공 혹은 적대자의 행위에 의해 정의와 질서가 무너지고 깨진 세상을 재현하는 것으로부터 시작한다.

마찬가지로, 작품의 끝에서도 정의와 질서는 완전히 복귀하거나 회복되지 않는다. 이른바 '시적 정의'는 성립하지 않는다. **잘못과 고통 사이의 균형**은 깨어진다. 비극이 보여주는 이런 현상에 대해 18세기 프랑스 문단에서 천재적 촌철살인의 통찰을 쏟아낸 바 있는 스탈 부인(Madame de Stael)은 "존재의 신비는 우리의 잘못과 우리의 불행 사이의 관계"라고 요약하였다. 이렇게 **비극과 정의**는 양립할 수 없다는 것이 문제의 근본적 핵심이며, 이로 말미암아 비극의 종말에서 관객이나 독자가 가장 뚜렷하게 느끼는 감정은 압도적인 **인간적 낭비와 상실감**이다. 구체적으로 말해 이 인간적 낭비와 상실의 느낌은 전술했듯이 처벌과 고통의 **불균형성과 무차별성**에서 비롯한다. 20세기의 어떤 평자는 비극에서 회복이나 구원의 측면보다는 인간적 낭비와 소모의 차원에 더 강조점이 놓여 있는 것이 마치 비극은 '수혈로 소생하는 것보다는 출혈로 죽음에 이르는' 것을 더 강조하는 것 같다고 표현하였다.[1]

(1) 불균형성

비극에서 **도덕적 질서**가 문제되는 것은 주인공이 최후에 당하는 고통과 파멸이 그의 죄과를 훨씬 상회하기 때문이다. 오이디푸스는 《콜로노스의 오이디푸스》에서 "나는 행한 것보다 더 많은 것을 당

---

1) Walter Stein, *Criticism as Dialogue*, Cambridge: Cambridge UP., 1969, p.235.

했소"(206)라고 말하며, 《리어 왕》의 리어도 "나는 내가 죄를 지은 것보다도 더 많은 죄지음을 당한 인간"(III. ii. 54-5)이라고 말한다. 이는 대부분의 비극의 주인공이 마지막에 품었음직한 생각이다. 처벌이 주인공의 잘못을 압도한다는 생각은 주인공이 한 번의 과오 때문에 그의 삶 전부 – 그의 모든 잠재력과 가능성 – 를 없애버린 다는 인간적 낭비와 손실의 느낌 때문이다. 아이아스가 '아테'(미망) 에 빠져 저지른 한 번의 우행(愚行)은 그를 죽음으로 몰고 가며, 햄릿의 지나친 신중함은 그에게서 행동의 결정적 기회를 빼앗고 결국 최후의 파국으로 이끌어 가며, 브루터스의 고결한 이상주의에서 비롯한 판단의 실수(시저 추도 연설에서 앤토니에게 마지막 차례를 허용한 것)는 결국 그를 쫓기는 처지로 만들고, 재판정에서 쥘리앵 소렐의 최후의 격정적 발언은 그가 여태껏 쌓아온 자신의 성공 전부를 한꺼번에 무너뜨린다. 헨리 제임스의 《여인의 초상》의 주인공 이저벨 아처의 잘못된 판단으로 말미암은 결혼, 《로드 짐》에서 짐의 최후의 판단 실수도 모두 그들의 삶 전부를 망가뜨리거나 끝장내 버린다.

(2) 무차별성

비극에서 파멸은 당사자뿐 아니라 그의 주변 인물들에게까지 파급된다. 주인공 한 명의 행위 때문에 적게는 여러 명, 많게는 수십 명이 파멸의 소용돌이에 휩쓸리게 된다. 《안티고네》에서 안티고네의 비극적 행위는 그녀 자신을 포함해 애인 하이몬과 하이몬의 어머니 에우뤼디케의 죽음을 가져온다. 또 《트라키스의 여인들》에서 데이아네이라는 질투심 때문에 자신은 물론 헤라클레스와 그의 연인과 그녀의 아버지까지도 파멸시킨다. 에우리피데스의 《헤카베》에서도 헤카베의 딸과 아들의 죽음은 물론이고 그녀 자신도 파멸한다. 라신느의 《페드르》에서 주인공 페드르는 자신의 욕정으로 말미암아 자신과 함께 상대방 이폴리트 및 유모 에농까지 목숨을 잃게 만든다. 《햄릿》과 《리어 왕》에서는 각각 주인공 자신을 포함해 열 명 가까운 등장인물이 죽음의 제단에 바쳐지고, 《폭풍의 언덕》에서 히스클리프의 복수의 정념은 워더링 하이츠와 스러쉬크러스 그레인지 양쪽 가문의 대부분 인물들의 삶을 파멸로 몰고 가며, 멜빌의 《모비 딕》에서는 말향고래잡이 배 피쿼드호에 탔던 서른 명 가량의 선원 전부가(단 한 명 곧 화자 이슈미얼을 제외하고) 수장(水葬)된다. 《로드 짐》에서 짐의 마지막 치명적 실수는 원주민 마을 주민 상당 수의 죽음으로 이어진다.

이렇게 비극의 종말이 보여주는 것은 마치 벽돌 한 장만 뽑아내도 굉음을 내며 무너져 내리는 건축물 같은 광포하고 무차별한 파괴력의 모습이다. 이를 어느 평자는 알프스 산정을 오르는 등반가가 대수롭지 않게 부르짖은 외침소리가 만년적설의 미묘한 균형을 깨뜨려서 눈사태를 불러일으키고, 그것은 마침내 산 아래 마을 전체를 뒤덮어 버리는 결과를 가져오는 것에 비유하고 있다.[2] 셰익스피어 비극의 배경을 이루는 중세 이래의 "존재의 대연쇄"(The Great Chain of Being)라는 관념도 이와 같은 대단히 민감한 구조를 지니고 있는 '섬세한 그물망의 이미지'로 되어 있고, 한 부분이 교란되

---

2) Northrop Frye, *Anatomy of Criticism*, p.40.

면 전체의 질서가 흔들리고 무너진다는 사고가 만들어 낸 것이다.

　비극은 우주적, 초월적 질서의 복귀를 재현한다는 전통적, 보수적 이론가들 ― 브래들리, 키토, 스타이너, 크룩, 브레리턴, 수월 등 ― 의 말과는 달리, 대부분의 비극들은 우주(세계)에 크게 정의가 결여되어 있는 것을 보여준다. 대표적인 셰익스피어 비극론자인 브래들리는 "정의가 무섭도록 가혹하나 우리는 그 가혹함이 정의에 대한 우리의 관념을 만족시키므로 받아들인다"고 말했지만 결국은 "비극은 **고통스러운 불가사의**이며 그렇지 않으면 비극일 수 없다"는 결론에 도달한다. 그래서 어떤 평자는 비극이 전통 신학이 그랬듯이 악의 존재를 날카롭게 인식하고 그것의 본성을 규명하고 해석하려 했지만, 신학자들처럼 비극작가들도 그리 성공적이지 못했고 이를 하나의 '**아포리아**'(*aporia* 당혹스러운 의문)로 남겨 놓았다고 말한다.3) 현대의 대표적 비극론자인 T. R. 헨(Henn)은 더 나아가 문학뿐 아니라 이제껏 어떠한 종교나 철학도 잘못에 대한 처벌의 불균형의 문제는 해결해 내지 못했고 앞으로도 해결할 수 없을 것이라고 말한 바 있다.4) 하기는 우리 동북아적 전통에서도 세상의 정의에 대한 낙관과 비관, 이상과 현실 사이의 괴리는 늘 생각하는 이들을 괴롭혀 온 문제였다. 가령 사마천은 《사기》의 〈백이숙제열전〉에서 말하기를, 사필귀정(事必歸正)이라고 하지만 실제로 역사를 보면 "이 세상에 사악하고 잔인한 인간(가령 당대의 대표적 도적인 도척盜跖)들은 끝까지 살아남아 부귀영화를 누리고 진실과 정의를

---

3) Terry Eagleton, *Sweet Violence*, pp.78, 245; Normand Berlin, *The Secret Cause: A Discussion of Tragedy*, x, 7-9.
4) T. R. Henn, *The Harvest of Tragedy*, p.71.

추구한 선의의 인간(가령 공자가 가장 사랑한 제자 안회顔回)들은 고생만 하다 죽는 일이 비일비재하니 과연 천도(天道)는 옳은가"라고 한탄했다.5)

2. 우주적(도덕적) 질서의 완전성(평형성) 이론

이 불균형의 문제에 대한 설명으로는 장 아누이의 "태엽의 긴장" 이론과 A. C. 브래들리의 "우주적 진통" 이론이 있다. 아누이의 이론은 비극의 주인공이 행하는 '비극적 행위'가 주인공과 주변의 인물들에게 가져다주는 파괴와 상실이 왜 그토록 압도적이고 광범한가에 대해 꽤 설득력 있는 설명을 해 준다. 한편 브래들리는 **우주적(도덕적) 질서**는 **완전성** 혹은 **평형성**을 유지하려는 본성을 지니고 있으며, 비극에서 주인공이나 적대자의 행위는 필연적으로 **우주의 도덕적 질서**를 교란시켜 놓는다고 말한다. 이 교란된 질서는 그 자체의 본성에 의하여 원래의 완전한(혹은 평형의) 상태로 되돌아가려는 움직임을 시작하며, 질서의 완전한 회복이 이루어질 때까지는 결코 그 움직임을 멈추지 않는다는 것이다. 이때 교란된 우주가 자기 회복을 위해 방출하는(혹은 소모하는) 에너지는 가공할 정도

5) 사마천/이상옥 역주, 《사기열전》, 명문당, 2009, p.23. 그러므로, 참고로 부연하자면, 철학 시대 - 공동연대 이전 4세기 - 에 들어온 이후에 등장한 플라톤과 훨씬 후대의 칸트는 이 불공정의 문제를 해결하기 위하여 영혼불멸과 내세의 존재를 상정하거나 요청하였다. 그러나 이는 어디까지나 종교적(즉 초자연적) 해결에 지나지 않으며, 한마디로 '소망충족'이다.

로 파괴적이라고 한다. 우선 아누이의 이론부터 소개한다.

(1) 장 아누이의 '태엽의 긴장'

20세기의 프랑스 극작가 장 아누이(Jean Anouilh)는 우주의 도덕적 질서에 내재된 힘을 더 이상 감길 수 없을 만큼 팽팽하게 감긴 '태엽의 긴장'(tension of the coiled spring)에 비유한다. 그 안에 내장된 에너지는 누구든 한 번 건드리면 무서운 파괴력으로 폭발하게 된다. 주인공의 비극적 행위는 이 용수철을 건드리는 것으로서 그는 그것이 방출하는 무서운 파괴력에 희생되는 것이고, 그 힘은 그뿐만 아니라 그의 주변 인물들까지 휩쓸어 버린다는 것이다. 그러나 아누이는 그 힘이 왜 그렇게 광포한지는 알 수 없다고 말한다[6](그러나 아래 '악의 신비'에서 언급하겠지만 그 까닭이 전혀 설명될 수 없는 것은 아니다).

비극에서 하나의 비극적 행위는 그것이 주인공에 의한 것이든 아니면 적대자에 의한 것이든 간에 강렬한 악의 힘의 방출을 가져온다. 그런데 이 악의 힘은 비극이 시작하기 전에 이미 극도의 긴장상태로 준비되어 있는 듯하다. 이는 악의 에너지와 선의 힘 사이의 위태로운 균형 상태가 문학뿐 아니라 우리의 실제의 삶에서도 일반적이고 항구적인 진실이라는 사정에서 비롯한다. 가령 아이스퀼로스의 《아가멤논》에서 아가멤논의 트로이아 전쟁 원정 중 그의 처 클뤼템네스트라와 아가멤논의 사촌 아이기스투스와의 불륜관계와

---

6) T. R. Henn, *The Harvest of Tragedy*, p.62에서 재인용.

아가멤논의 딸 이피게네이아의 희생, 셰익스피어의 《로미오와 줄리엣》에서 두 연인이 속한 캐풀릿 및 몬터규 가문 사이의 오래된 증오심, 《맥베스》의 첫 장면에서 마녀들이 들추어내는 맥베스 내면의 진실 즉 "충천하는 야심", 《리어 왕》에서 두 딸 고너릴과 리건의 아버지에 대한 불만과 권력에 대한 야심 및 둘 사이의 질투심, 《햄릿》에서 현왕 클로디어스의 전왕 살해에 대한 숨겨진 비밀, 하디의 《카스터브리지의 시장》에서 주인공 헨처드의 경제적 궁핍으로 말미암은 불만과 신분상승에 대한 야망, 《적과 흑》에서 대혁명 후 왕정복고 사회의 질식할 듯한 기만과 위선의 풍조 아래 억압된 쥘리앵의 욕망과 공명심, 《서구의 안목으로》에서 짜르 치하 러시아의 폭압적 공포정치와 지식인들의 반체제적 움직임 사이에 끼어 있는 주인공 라주모프 등등의 예들이 있다.

따라서 비극의 도입부에서 독자나 관객은 작중의 현실에는 거죽만의 평화와 안정이 지배할 뿐이라는 것을 눈치채게 된다. 여기서 악의 힘의 방출이란 가까스로 억압되고 눌려 있던 본능(욕망)이 폭발하고 표출하는 것을 가리킨다. 모든 것은 이미 준비되어 있다. 마치 때가 오기만을 기다리고 있었다는 듯이 말이다. 그러나 작품의 중심적 액션인 치열한 '비극적 갈등과 투쟁'이 끝난 뒤 작품의 종말 부분에서 평화와 안정이 주인공의 파멸을 통해 다시 복귀한다. 즉 다시 일시적인 균형 상태로 들어가게 되는 것이다.

(2) A. C. 브래들리의 '우주적 진통'

19세기 이후 셰익스피어 비극론의 최고봉을 수립했다고 알려진 브래들리는 그의 명저 《셰익스피어 비극론》에서 **'우주의 완전성에 대한 열망'**이라는 개념을 제시했다. 그는 우리가 우주적(도덕적) 질서는 '완전에 대한 열망'이라는 본성(기본원칙)에 의해 움직인다고 생각하지 않는 한 우주의 파괴적 힘을 이해할 수 없다고 말한다. 우주는 하나의 전체로서 스스로 그 내부에서 선한 존재뿐 아니라 악한 존재도 만들어 낸다. 그러나 이 "악은 '죽음의 원칙'에 의해 움직이는 것으로, 자신의 반대인 선뿐만 아니라 자신조차도 고립시키고 해체하며 궁극적으로는 파괴하는" 본성을 갖고 있다. 또한 우주적 질서는 "선에 대해서는 친근감을 갖지만 악에 대해서는 거부감을 갖고 있는" 것 같아 보인다. 왜냐하면 비록 우주는 스스로 악을 산출해 내지만, 이 악을 어떤 일이 있더라도 자신으로부터 몰아내고 제거하기 위하여 "발작적 반응"과 "고통스러운 진통"을 겪는 것처럼 보이기 때문이다. 그 악을 몰아내기 위해 우주가 겪는 **진통**(cosmic travail)은 너무나 강렬하고 격심하여 악뿐 아니라 선의 일부마저도 함께 제거하고 만다는 것이다. 여기서 가장 강렬한 **비극성**은 악의 제거가 아니라 그 과정에서 함께 제거되는 **선의 소모**에서 나온다는 것이 드러난다. 소모되는 선 중에는 가장 소중하고 고귀한 선도 포함되어 있기에 비극은 고통스러운 것이다. 그러나 이런 '우주적(도덕적) 질서'는 "변덕스럽게 혹은 인간처럼 행동하는 게 아니라 예외를 모르는 **필연성** 혹은 **냉혹한 법칙**처럼 움직이기 때문에 우리는 이 법칙에 대해 일종의 **묵종**(acquiescence)의 감정을 갖게 된다"는 것이다.[7]

---

7) Bradley, *Shakespearean Tragedy*, pp.35-8.

(3) 악의 신비

"뭣 때문에 저 악마 같은 자가 내 육체와 영혼을 그토록 덫에 빠뜨렸는지 좀 물어봐 주시오."

"묻지 마세요. 당신이 아는 그대로예요. 지금부터 나는 일절 입을 열지 않겠어요."

-《오셀로》, 5막 2장 315-7.

"그럼 그 사람들에게 리건을 해부하도록 해서 그년의 심장 근처에는 무엇이 자라 있나 보자. 과연 그런 냉혹한 마음을 만들어내는 까닭이 자연(본성) 안에 있다는 것이냐?"

-《리어 왕》, 3막 6장 72-3.

왜 악은 자신보다 훨씬 많은 선을 파괴하지 않으면 만족치 못하는가 하는 것은 이른바 '악의 신비'로 알려져 있으며 역사적으로 여러 가지 설명이 있었다. 가장 대표적인 것은 플라톤이 《국가》에서 말한 "훌륭함(미덕)의 종류는 한 가지이나 나쁨(악)의 종류는 수없이 많다"(4권)라는 것과 아리스토텔레스가 《니코마코스 윤리학》에서 "고귀한 사람은 한 가지 방식으로 고귀하지만 나쁜 사람은 여러 가지 방식으로 나쁜 법이다"(2권 6장)라고 한 말이다. 플라톤과 아리스토텔레스는 사태의 핵심을 곧장 지적하였다. 즉 왜 선은 악과 싸우면 도무지 상대가 되지 못하고 번번이 백전백패하고 마는가의 의문에 대한 대답을 제시해 준 것이다. 곧 선은 악과 싸울 때 쓸 수 있는 카드가 몇 장 안 되지만 악은 무수히 많기 때문이라는 것이다. 그러므로 악인의 정의(定義)는 목적을 이루기 위해 못할 짓이 아무 것도 없는 인간이라고 할 수 있다. 역사상의 한 예로 로마의 네로 황제의 모친 아그리피나는 아들을 제위(帝位)에 앉히기 위해 남편을 포함해 평생 네 명의 남자를 독살했다. 그녀는 당대인들에게 이 세상에서 못할 짓이 없는 여자로 알려졌다. 알렉산드로스 대왕의 모친 올림피아스에게도 역시 유사한 혐의가 씌워져 있었다. 그것이 현실에서건 아니면 문학에서건 악인에 대해 내릴 수 있는 가장 간명한 정의는 자신의 이익을 위해선 수단방법을 가리지 않는 인간이라고 할 수 있다.

프로이트와 더불어 20세기 정신분석학의 대모(代母) 격인 멜라니 클라인(Melanie Klein)의 시기(猜忌)에 대한 논의도 중요하다. 클라인에 따르면 시기는 가장 원초적이고 순수한 악의 감정으로서 자신이 갖지 못한 것을 남도 갖지 못하도록 상대를 파괴하고자 하는 욕망, 즉 악인이 자신이 갖지 못한 선을 가진 인간을 증오하고 파괴하려는 감정이다.8) 이런 악인이 선인에 대해 품고 있는 증오와 질시는 상상을 초월한다는 것을 우리는 《리어 왕》의 리건, 고너릴, 콘월이 코델리어, 에드거, 글로스터 같은 선인들에 대해 품은 악의를 보면 알 수 있다. 또 《오셀로》에서 이아고가 오셀로에 대해, 《햄릿》에서 클로디어스가 햄릿에 대해 갖는 감정도 마찬가지이다. 또 근대 소설 가운데는 허먼 멜빌의 《선원 빌리 버드》에서 흉중을 도무지 알 수 없는 사관(士官) 클래가트가 아름다운 용모에 천진난만한 성품을 지닌 하급 선원 빌리 버드에 대해, 헨리 제임스의 《여인의 초상》에서 불로소득의 일확천금을 노리는 길버트 오즈먼드가 선의와

---

8) 찰스 프레드 앨퍼드/이만우 옮김, 《인간은 왜 악에 굴복 하는가》, 황금가지, 2004, pp.314-15.

박애의 감정의 화신인 랠프 터칫에 대해 갖는 감정도 마찬가지다. 멜빌의 《선원 빌리 버드》에서 화자는 선인이 악인을 이해하려면 "둘 사이의 치명적 거리"(deadly space between)를 건너가야 하는 것인바, 악인은 자신의 광포한 탐욕을 충족하기 위해 냉철한 정신을 사용하기 때문에 겉으로 보아 멀쩡해 보이며, 이런 악인의 실체를 파악한다는 것은 선인의 이해의 폭을 훌쩍 넘어가는 일이라고 말하고 있다.9)

아리스토텔레스와 멜라니 클라인의 이론은 악의 힘이 보이는 강렬함과 광포함 그리고 집요함과 영민함이 왜 선의 힘에 견주어 압도적인 불균형 관계에 있는지 설명해 준다. 우리가 사는 이 세상을 둘러보아도 악은 선보다 민감하고 역동적이며 항상 정신 차리고 예의주시하고 있으며, 가차 없이 혹독하며 냉철하다는 느낌을 부인할 수 없다. 이런 악인들은 이 세상을 자신들의 성정(性情)과 같은 지옥으로 만들지 않고서는 견디지 못하는 것 같으며, 어찌 보면 모든 선을 다 말살하고 모든 악이 다 창궐하기 전까지 그들은 결코 만족을 모르는 것 같다. 이런 악의 본성에 대해 르네 바자벨(Rene Barjavel)이란 현대 프랑스 작가는 다음과 같이 말한다.

"독사에게서 독이 나오듯 악인에게선 악이 생겨난다. 독사는 아무리 독이 없고자 해도 그렇게 될 수 없다. 그리고 독사가 된 것이 그의 잘못도 아니다."10)

---

9) Herman Melville, *Billy Budd, Sailor,* Harrison Hayford & Merton M. Sealts, Jr. eds., Chicago: Chicago UP. 1962, p.74.
10) 르네 바르자벨/장석훈 옮김, 《야수의 허기》, 문학동네, 2004, p.135.

악의 본성에 대해서는 역사적으로 수많은 논의가 있어 왔지만 어느 것도 그 본질을 완전히 해결하지는 못했으며 앞으로도 해결할 수 없을 것이다. 역시 현대의 프랑스 철학자 장 발(Jean Wahl)도 악의 문제에 대한 이론적 해결은 없으며, 실용주의 철학자 윌리엄 제임스의 말을 따라 "그것은 우리가 끝까지 맞서서 싸워야 할 대상"일 뿐이라고 말한다(《형이상학 개론》).11) 즉 악은 이론(관념)의 문제가 아니라 실천(현실)의 문제일 따름이라는 것이다. 이런 가늠할 수 없는 악의 힘을 고려할 때, 단순하며 관대한 선이 악과 맞붙는다는 것은 곧 백전백패일 수밖에 없다는 것이 비극의 **과오와 처벌의 불일치**(혹은 불균형)의 이유를 부분적으로 설명해 준다. 그러나 여기에 덧붙여져야 할 단서는, 선악의 불균형에 대한 이런 논의는 적극적이고 노골적인 악인이 등장하는 르네상스 비극 이후에서나 적용될 수 있는 것이고, 근본적으로 윤리적 악이 아니라 도덕적 명분을 대변하는 인물들이 등장하는 희랍비극의 경우에는 별로 설득력이 없다는 점이다.

3. 도덕적 질서의 확인

"비극은 우리에게 인간의 삶의 **도덕적 의미**를 확인시켜 준다. 즉 비극은 인간의 가장 깊은 도덕적 믿음들은 인간의 삶에 필수불가결하다

---

11) 미셸 라크르와/김장호 옮김, 《악惡》, 영림카디널, 2000, p.73에서 재인용.

는 것을 인식하게 해 주는 도구이다."

- 존 바버, 《미덕의 비평으로서의 비극》

앞서 말했듯이 우리는 비극의 종말에서 정의와 질서가 완전히 회복하거나 수립되는 것을 발견할 수 없다. 그러나 정의와 질서가 완전히 사라지는 것도 결코 아니라는 것 또한 사실이다. 즉 주인공의 '중심적 행위'를 통하여 정의와 질서가 일부 회복되고 수립된다. 주인공의 행위는 암흑 가운데 빛나는 한줄기 빛처럼 어둠을 일부 거두어 내는 것이다. 아무리 세상이 불의하고 부당할지라도 여전히 희망은 있으며, 이 희망은 **인간**으로부터 나온다. 정의를 수립하는 데에 인간 자신 외에 어떤 다른 외부의 힘은 없는 것이다. 셰익스피어의 《리어 왕》과 《햄릿》에서 죽어나가는 악인과 선인의 비율은 모두 5 대 3이다. 악인이 더 많이 파괴된다는 것은 전체적인 섭리 즉 정의와 질서는 존재한다는 것을 말하는 것 아닐까? 그러나 앞서 말한 바 있듯이, 비극의 **비극성**은 악인 다섯이 파멸했다는 데 있지 않고 선인 셋이 소모되었다는 데 있다. 우리가 사무치게 가슴 아파하는 것은 선의 소멸이지 악의 소멸이 아니기 때문이다. 그리고 선인이 더 빨리 파멸하는 것도 사실이다. 그러나 악은 결코 최종적 승리를 거머쥐지 못하며 – 비록 선인의 소멸을 동반하지만 – 결국은 반드시 파멸하고 만다. 이것이 이 세상에서 정의와 질서는 결코 완전히 소멸하지 않는다는 셰익스피어의 증언이다.

그러면 비극에서 마지막에 확인되는 **질서**란 무엇인가? 그것은 어떤 **도덕적 질서**를 가리키며, 이는 가장 보편적이고 항구적인 타당성을 지닌 **인간적 가치**들로 구성된다. 이 가치들은 그 자체로서 영원한 것이라고 믿어지기 때문이 **객관적, 초월적** 또는 **절대적 가치**라고 불려지기도 한다. 비극에서 주인공이나 그의 적대자가 위반하거나 짓밟은 것은 바로 이 인간적 가치들이고, 그럼으로써 그가 파괴한 것은 도덕적 질서이다. 이 가치들은 무슨 종교적 계율이나 형이상학적 이념처럼 작품 바깥에 객관적으로 존재하고 있는 것이 아니라, 작품 안에서 주인공에 의해 새로이 창조되고 실현되어야 하는 가치들이다.[12] 주인공에 의해 실현된 가치는 결국 관객과 독자가 공감하고 공유하는 가치가 된다. 이 가치는 그것이 인간에게서 비롯하고 결국 인간으로 귀결하는 것이기 때문에 **인본주의적 가치**로 불릴 수 있다. 즉 계몽주의 시대를 연《백과전서》의 집필자 드니 디드로가 그 서문에서 "인간이야말로 그로부터 출발하고 그에게 모든 것을 귀속시켜야 할 유일한 기준"이라고 했을 때와 같은 인간적 가치를 가리킨다.

이 인간적 혹은 인본주의적 가치에는 **용기, 인내, 헌신, 정직** 같은 개인적(혹은 본질적) 가치도 있고 이런 개인적 가치를 실행했을 때 나타나는 **사랑, 신의, 정의, 진실** 같은 사회적(혹은 관계적) 가치도 있다(시대와 장소를 초월해 인류에게 가장 기본적인 가치들은 - 플라톤의 용기, 절제, 지혜 및 정의의 사주덕四主德으로부터 알래스데어 맥킨타이어의 정직, 용기, 정의에 이르기까지 - 대부분의 철학자들의 견해가 일치하는 것 같다). 세 비극시대의 대표적 작가들

---

12) 도덕은 '거기에' 있는 것이 (재)발견되는 것이 아니라, 번번이 '이곳에서' 인간에 의해 수립되고 형성되는 것이라는 게 근래의 모든 도덕이론가들의 주장이다. Jesse J. Prinz. *The Emotional Construction of Morals*, Oxford: Oxford UP., 2009, p.76 및 pp.167-8; 김태길, 《윤리학》, 박영사, 2006, p.361; 박이문, 《철학이란 무엇인가》, 일조각, 1977, pp.156-7.

인 소포클레스, 셰익스피어, 스탕달을 이어주는 것은 바로 이 인본주의적 가치에 대한 신념이다. 이 인본주의적 가치들이 파괴되었을 때 그것은 반드시 인간에 의해 회복되고 복귀한다. 왜냐하면 개인으로건 집단으로건 인간의 삶이 유지되고 지속하기 위해서는 반드시 이런 인간적 가치가 실현되고 구체화되지 않으면 안 되기 때문이다. 이 인본적, 도덕적 가치와 질서의 복귀를 위하여 그 가치의 파괴와 질서의 교란에 직접 간접으로 책임이 있다든지 관련되는 모든 인물들의 희생이 필요하다는 것이 비극이 보여주는 과정이다. 작품의 끝에서 긍정(혹은 재긍정)되고 확인(혹은 재확인)되는 것은 용기, 인내, 헌신, 사랑, 신의, 정의, 진실 등과 같은 가장 **기본적인 인본주의적 가치**들이다.13)

이로써 비극은 인간이 그 자체로서 영원히 소중하다고 믿는 가치들을 확인시키고 향유하게 하는 가장 중요한 매체이고 수단이 된다. 그래서 어떤 평자는 《리어 왕》의 종말이 비록 아무리 어둡고 또 그리하여 우리를 의심의 세계 속으로 아무리 깊이 집어던진다 해도 거기엔 비록 미약하나마 '희미한 긍정'의 요소가 있으며, 이 긍정의 요소로 말미암아 이 세상은 유지될 수 있다고 말한다.14) 한마디로 비극은 인간의 삶에서 어떤 구체적인 도덕적 가치들은 절대적으로 필수불가결하다는 것을 확인시켜 준다. 즉 인간의 삶에서 도덕적 가치들이 사라질 경우 인간 자체가 사라진다는 것을 보여주는 것이

---

13) 피터 왓슨/정지인 옮김, 《무신론자의 시대》, 책과 함께, 2016, p.695; John D. Barbour, *Tragedy as a Critique of Virtue*, Chico., Ca.: Scholars P., 1984, p.43.

14) Louis Martz, "The World of Tragedy," *Tragic Themes in Western Literature*, Cleanth Brooks ed., New Haven: Yale UP., 1955, p.152.

다.[15] 비극적 비전을 '내포'하고 있는 19세기 영국 최고의 소설들인 《플로스강의 물방앗간》과 《미들마취》의 저자 조지 엘리엇은 말년에 지인과의 대화에서 다음과 같이 말했다고 한다.

"신은 얼마나 상상키 어려우며, 영혼불멸이란 얼마나 믿을 수 없는 것입니까? 그러나 정의니 의무니 도리니 하는 것들은 얼마나 단호하고 절대적인 것인지요!"[16]

인간적 미덕의 소중함과 필요성에 대한 엘리엇의 확신에는 다분히 '비극적 엄숙함' 즉 비장함의 기분이 풍긴다. "이성으로서는 절망할지라도 의지로는 낙관한다"는 마르크스 이론가 안토니오 그람시의 말처럼 비극작가는 세상에 대해서 비관할지라도 인간에 대해서는 낙관을 버리지 못하는 것이다.

---

15) 이는 동북아적 사고에서도 가령 《노자老子》 73장에 나오는 "비록 하늘의 그물이 성기다 해도 절대로 새는 법이 없다"(天網恢恢 疏而不淚)라는 구절이 말해주듯 도덕법칙의 엄격함과 가혹함에 대한 믿음에는 동서의 차이가 없다는 것을 보여준다.
16) Gordon S. Haight, *George Eliot: A Biography*, Oxford: Oxford UP., 1968, p.464.

제8장

비극의 구조

프랑스 대혁명 이후 신분상승을 노린 평민계급이 겪는 비극을 그린 《적과 흑》의 한 장면. 스탕달의 1830년작.

"비극은 형식적 엄격성을 통해서 운명의 불가피성을 실현한다. 따라서 비극의 결말은 아무리 광포하고 끔찍하다 해도 예측 가능하다."

-테리 이글턴, 〈감미로운 폭력〉

1. 비극의 플롯

이미 얘기했듯이 비극의 형식적인 측면에 주목하여 최초의 비극 이론을 제시한 아리스토텔레스는 그의 《시학》에서 비극은 첫째 고통의 장면, 둘째 반전과 인식, 셋째 두려움과 연민이란 감정의 카타르시스 등 크게 세 가지 요소를 충족하는 작품을 가리키는 것이라고 말한다. 플롯과 관련하여 아리스토텔레스는 비극은 사건(행동)이 얽혀가다가(*desis*) 이윽고 어떤 계기를 통해 풀리게(*lysis*) 되는 구조를 갖고 있다고 한다. 이때 극의 계기 즉 전환점 구실을 하는 것이 바로 **반전**(*peripeteia*: reversal)이며, 이 반전을 통해 주인공이 깨닫게 되는 것이 **인식**(*anagnorisis*: recognition)이다. 그는 이 반전과 인식이 있는 플롯이 이것들이 없는 단순한 플롯보다 훨씬 잘 되었다고 본다. 극의 효과에 치중한 아리스토텔레스의 극작술은 15세기 르네상스 시대에 재발굴된 이후 가히 적수가 없는 절대 권위를 누렸으며, 이는 크게 보아 오늘날까지도 그렇다고 할 수 있다. 현대 비극 이론도 대개는 아리스토텔레스가 《시학》에서 언급한 내용을 기본 골자로 하고 헤겔의 갈등이론을 첨가하여 좀 더 정교하게 발전시킨 것에 지나지 않는다. 현대 플롯 이론 가운데 가장 일반적이고 단순한 것은 프랜시스 퍼거슨과 케네스 버크의 이른바 '**의도→고통→인식**'의 '**비극적 패턴**'(혹은 '**비극의 리듬**') 이론(**3P's**: *Poiema*[Purpose]→*Pathema*[Passion]→*Mathema*[Perception])이다.[1] 이 이론은 물론 대부분의 비극에 적용될 수 있는 것이지만, 과연 모든 비극에 '인식'의 부분이 분명한가의 논란이 있을 수 있고, 무엇보다 너무 단순소박하여 실제 비극의 논의에서 별로 소득이 없다는 단점이 있다. 이하에서는 오늘날 가장 대표적인 비극론자들의 플롯의 구성 요소에 대한 이론들을 소개한 다음, 이를 종합한 일반적 이론을 제시한다.

i) 오스카 맨들(Oscar Mandel):

(1) 긍정적(호의를 얻어낼 수 있는) 주인공이 어떤 **목적**을 추구하며 (2) 따라서 **행위**에 돌입하고 (3) 그 과정에서 심대한 심리적, 정신적 **고통**을 겪는다.

ii) 새뮤얼 붓처(Samuel Butcher):

(1) 인간이 운명 - 이 운명이 그의 마음속에 있는 힘들이건 바깥에 있는 힘들이건 - 과 불균형한 **투쟁**의 관계에 들어가며, (2) 이 투쟁은 그 인간이 파멸함으로써 **비극적 결말**에 도달한다. (3) 그러나 그의 파멸을 통해서, 세상의 **질서**는 회복되며 **도덕적 힘**들이 다시 지배하게 된다.

iii) 리처드 수월(Richard Sewall):

(1) 주인공은 **악의 문제**, 즉 정의와 질서가 없는 세계와 부딪친다. 악이란 인간을 괴롭히고 짓누르며 파괴하는 모든 것을 말한다. 악은 인간의 내면과 외면에 모두 있을 수 있다. (2) 그는 궁

---

1) Kenneth Burke, *A Grammar of Motives*, Berkeley: U. of California P., 1969, pp.39-41.

극적 위기의 순간을 맞이하며, 이 상황은 선택과 결단을 내려야 하는 **딜레마**의 상황이다. 여기서 선택은 분명한 선악 사이의 선택이 아니라 선악이 혼합되고 양면성을 지닌 선택이다. 그는 자신의 최대한의 가능성을 보여주는 극한의 **선택이나 행동**을 하여야 한다. (3) 그러나 그는 자신의 선택과 행위에 의해 돌이킬 수 없는 **상실**(혹은 **죽음**)을 겪는다. 그러나 주인공이 겪는 고통은 그를 존재의 보다 높은 차원으로 이끄는 고통, 즉 '**가치**를 향한 **움직임**'이라는 **구조**를 갖는 고통이었음이 밝혀진다.

iv) 제프리 브레리튼(Geoffrey Brereton):

(1) **호의**(동정, 존경)의 대상이 될 만한 인물이 (2) 예상치 못한 (혹은 부지중의) **실수**나 **과오**로 (3) 강력하고 최종적인 **재난**에 돌입하여, 운명의 **전환**(반전)을 가져오고 (4) **낭비**(소모, 상실)의 느낌을 관객(독자)에게 가져다주는 것.

v) 도로시어 크룩(Dorothea Krook):

(1) 작품의 중심적 고통의 장면을 가져오게 하는 **수치** 혹은 **공포**의 행위가 있고, (2) 이러한 행위가 가져오는 **고통**이 있으며, (3) 이 고통은 인간의 본성 또는 인간의 근본적 조건에 대한 **인식** 혹은 **통찰**을 가져온다. (3) 이러한 인식이나 통찰은 인간 정신의 **품격과 권위** 및 삶의 가치의 **긍정과 확인**(혹은 재긍정과 재확인)으로 나아간다. 인간 정신과 삶의 가치의 긍정(확인)이 비극의 **최종적 요소**이다. 크룩은 위의 것들 가운데 (1)번 수치와 공포의 행위가 반드시 주인공에 의해 저질러질 필요는 없으며, 가장 대표

적인 수치와 공포의 행위는 **배반**이나 **거부(축출)**의 행위라고 말한다.

플롯에 대한 종합적 결론

(1) 주인공은 선택을 강요하는 **딜레마**의 상황에 처한다. (2) 주인공의 의도적 **선택과 결단**을 통한 행위가 가져오는 강렬한 **고통**이 있다. (3) 이것은 돌이킬 수 없는 **파국**으로 이어진다(육체적 죽음이든 죽음과 같은 느낌을 주는 상태이든 간에 확실한 **종말감**이 있어야 하며, 아리스토텔레스가 말한 **완결된** 행위여야 한다. '패자부활전'이나 '막판 뒤집기' 따위는 없다). (4) 이 파국을 통한 돌이킬 수 없는 **낭비, 소모, 상실**의 느낌을 관객이나 독자에게 갖게 한다. (5) 그러나 이 낭비와 상실이란 부정적 느낌은 반대되는 **성취와 획득**(혹은 생성과 창조)의 긍정적 느낌을 동시에 수반한다. 다시 말해 **비극적 역설**(tragic paradox)이 성립한다. 즉 빛(생성)과 어둠(파괴)의 쌍곡선 혹은 **양가적**(*zweideutig*) 감정이 있다. 빛만 있고 어둠이 전혀 없으면 '**승리의 멜로드라마**'(Melodrama of Triumph)가 되고 반대로 어둠만 있고 빛이 전혀 없으면 '**패배의 멜로드라마**'(Melodrama of Defeat) 혹은 '재난의 문학'(Literature of Disaster)이 된다. 비극은 이 **중간**에 놓여 있다.

2. 결정론과 자유론

"나는 무사이(*Mousai*) 여신 사이를 거닐기도 하고 공중으로 날아오르기도 하고 수많은 이론을 들어보기도 했으나, 필연보다 강력한 것은 아무 것도 발견하지 못했나니."

－《알케스티스》 961-66. 에우리피데스

"신들이 조정하고 통제하는 것처럼 보여도, 주인공들이 행위하고 고통받는 것과는 무관하다. 그것은 그들 자신의 몫이다."

－《그리스 비극》, H. D. F. 키토

비극의 세계는 앞서 말했듯이 **인과적 결정론**의 세계이다. 아이스퀼러스의 《코에포로이》(제주祭酒를 바치는 여인들)에서 코러스는 "행한 자는 당해야 한다"(*Drasanta pathein*)고 노래하는데, 이것이 비극의 인과론을 한마디로 요약해 준다. 비극에서 주인공이 한 하나의 행위는 그 행위 자체의 논리/필연에 의해 곧 다른 행위와 사건들을 불러일으키며, 이런 일련의 사태들은 그의 예측과 통제를 벗어나게 된다. 그는 자신이 통제하거나 예측할 수 없는 사건들과 맞서 싸우지만, 이윽고 사건들의 인과적 고리에 사로잡힌 바 되어 최종적 파국을 맞이한다. 결국 그가 한 행위들은 재난으로 향하는 행위였다는 것이 밝혀진다. 따라서 비극에서 인간은 **자유의지**를 지니지만, 그것의 행사는 오직 그로 하여금 자신의 파멸을 향해 나아가게 만들 따름이다. 이런 점에서 비극의 주인공은 마치 덫이나 함정에 빠진 뒤, 거기서 헤어나오기 위해 필사적으로 몸부림치는 맹수의 모습과 흡사하다. 그러나 그가 몸부림치면 칠수록 그는 더욱더 덫에 꼼짝없이 읽아매어질 따름이다.

T. R. 헨(Henn)의 '예망의 이미지'(the seine-net image)

평론가 T. R. 헨은 주인공에게 닥치는 외부의 압력을 '예망(曳網)의 이미지'에 비유하고 있다. 주인공의 선택과 자유의 가능성이 점차 줄어드는 것은 마치 말굽형의 그물이 그의 양쪽에서 점점 그를 향해 좁혀 들어오는 것과 같다. 주인공은 그물눈 사이의 공간들을 통해 자유에의 환상을 품지만 결국 그물망은 완전히 좁혀지고 뭍으로 끌어올려짐으로써 그의 파멸은 완성되는 것이다. 이런 결정론이 지배하는 비극의 세계에는 처음부터 죽음과 재앙의 그림자가 깃들어 있고, 비극의 분위기는 시작부터 파멸의 그것이라고 할 수 있다. 그리고 이 필연성의 세계에서 가장 끔찍한 것은 바이런의 극시 《맨프레드*Manfred*》에서 주인공 맨프레드가 마지막에 "내가 바로 나의 파괴자였네"(3막 4장)라고 말하듯, 바로 우리는 우리 스스로의 행위를 통해 결국 그 필연성의 실현에 **협조**했다는 사실이다.

3. 비극의 주인공은 자유와 필연을 동시에 구현한다

그러나 비극은 정반대로 **자유론**의 관점에서도 읽을 수 있다. 모든 주인공은 **자유**를 누리는 자유로운 행위자(free agent)이며, 운명의 요소가 뚜렷한 희랍비극에서조차도 주인공은 "운명 지워졌으나 자유로운 존재(fated but free)"라고 평자들은 말한다. 저명한 고전학자 버나드 녹스는 "희랍비극의 주인공들은 전율을 불러일으키는 진공 속에서 홀로 행동해야 하는 존재"라고 표현했다.2) 그러나 주인공이 하는 행동은 모두 자신이 모르는 가운데 그의 운명에 도전하고 그것을 도발하는 결과를 가져온다. 그래서 작품은 주인공 외부의 **필연**(죽음 혹은 운명)과 그의 내면의 **자유**(영혼의 힘) 사이의 **긴장과 대립**의 관계를 형상화한다. 《안티고네》에서 안티고네의 자유의 실현 즉 오빠 폴뤼네이케스의 시신의 매장은 그녀의 죽음을 가져오지만, 극의 기본적 긴장은 그녀의 자기주장(즉 자유)과 크레온의 칙령(즉 필연) 사이의 싸움에서 발생한다. 《참주 오이디푸스》에서 외부의 **필연**(혹은 운명)은 오이디푸스가 차례로 상대하는 인물들 즉 테이레시아스, 이오카스테, 코린토스로부터 온 사자(使者)의 형태로 나타난다. 이들은 모두 오이디푸스의 비밀을 알고 있으나, 이것의 폭로는 바로 그의 파멸을 뜻하는 것이기에 어떻게 해서든 비밀의 폭로를 막으려 애쓴다. 그러나 오이디푸스는 신변에 닥쳐오는 알지 못할 위협에 두려움을 느끼면서도, 스스로의 자유의지가 명령하는 대로 숨겨진 비밀의 폭로를 향하여 굽힘없이 나아간다. 결국 그는 자신이 스스로 폭로시킨 비밀로 말미암아 파멸한다. 여기서 그의 내면의 **자유**와 외부의 **운명**의 힘 사이의 싸움은 극의 핵심적 **긴장**을 제공한다. 《햄릿》에서도 부왕의 살해자 클로디어스의 비밀을 파헤치려는 햄릿의 의도와 그것을 끝끝내 숨겨야 하는 클로디어스 사이의 대립이 작품의 중심적 긴장을 이룬다. 햄릿의 의도를 눈치챈 클로디

---

2) Bernard Knox, *The Heroic Temper*, Berkely: California UP., 1983, pp.5-6.

어스의 점점 좁혀오는 위협에 맞서 싸우던 햄릿은 결국 클로디어스의 최후의 필사적 계략이 탄로 나고 이를 통해 그의 모든 죄상이 폭로되자 지체 없이 그를 처단함으로써 부친의 복수를 이행한다. 여기서도 햄릿의 자유와 외부의 필연(즉 다가오는 죽음) 사이의 갈등이 극의 중심축이다. 이렇듯 비극에서는, 비록 가장 운명의 요소가 강력한 희랍 비극에서도, 주인공의 **절대적 자유**와 **엄격한 필연**(혹은 운명)은 **양립**한다. 이런 의미에서 비극은 **자유와 운명의 변증법**이다.3)

4. 자유와 운명의 변증법

"투키디데스는 그의 《펠로폰네소스 전쟁사》에서 '우리의 함대는 파멸할 것을 예감하면서 시켈리아로 향한다'고 말하고, 아이스퀼로스의 《테바이를 공격하는 일곱 영웅》에서 주인공 에테오클레스는 자신이 제7관문을 지키면 거기서 죽을 것이라는 걸 알면서 그리로 간다고 말한다."
　　　　　　　　　　　　　　　- 조지 스타이너, 《비극의 죽음》

서양 문명은 인간이 **운명과 자유**라는 두 개의 관념 사이에 끼어 있을 때 비극을 만들어 냈다고 평자들은 말한다.4) 현대 프랑스의

---

3) Peter Szondi, *An Essay on the Tragic,* pp.8–10.
4) Jean-Pierre Vernant and Vidal-Naquet, *Tragedy and Myth in Ancient Greece,* Janet Lloyd trans., p.54; Terry Eagleton, *Sweet Violence,* p.205.

대표적 고전학자들인 베르낭과 비달-나케도 "**비극적 책임**이란 관념은 인간의 행위가 성찰과 논의의 대상이 되었으나, 완전히 자족적일 만큼 자율성을 확보하지 못했을 때 출현했다"고 지적한다. 고전시대 희랍인들은 인간의 행위가 인간의 주관적 동기만이 아니라 알 수 없는 신들의 개입에 의해서 이루어지며, 따라서 인간의 행위에는 인간적인 것과 신적인 요인이 함께 작용한다고 믿었다. 즉 인간의 행위는 인간적 차원과 신적 차원이 결합한 '**중층결정**'(over-determination)의 결과라고 보았던 것이다. 그러므로 희랍 비극의 세계에서 인간의 영역과 신의 영역은 분리되어 있으면서도 서로 밀접한 관련이 있고, 서로 대립관계인 동시에 공모관계에 있다고 할 수 있다. 그래서 오이디푸스에게 '운명의 지배를 받는다'는 말과 '내 운명은 스스로 결정한다'라는 말은 결국 같은 뜻이다. 그에게 **운명과 자유**는 **불가분의 관계**에 있는 것이다. 그에게 내려진 신탁은 '예정'된 것이 아니라 '예언'된 것에 지나지 않으며, 그의 행동은 예측되긴 했지만 모두 **자유롭게** 이루어진 것이기 때문이다. 고전 시대 희랍인들은 인간과 인간의 행동에 관해 고도의 철학적 깊이를 지닌 사고를 했으며, 인간의 행동에 결정론과 자유의지가 미묘하게 서로 섞여 있다고 파악했던 것이다. 바로 이 점이 희랍비극이 인간의 행동과 삶에 대해 가장 심오하면서도 예리한 통찰을 제공하고 있다는 형이상학적 근거이다.

5. 비극의 갈등

"**죽음**을 피하는 것이 어려운 것이 아니라 **비천함**(*poneria*)을 피하는 게 훨씬 더 어렵습니다. 이것이 죽음보다도 더 빨리 내닫기 때문입니다."
— 소크라테스, 《변론》

인간의 삶에 '의미'를 제공해 그가 삶을 계속할 이유를 갖게 하는 것은 바로 그가 신봉하고 추구하는 '**가치**'이다. 인간은 어떤 가치를 추구하고 그것을 실현할 때만이 삶이 **의미** 있다고 생각하기 때문이다. 그런데 우리의 **이성**은 가치에 관해서는 침묵하고 있다는 것이 문제이다! 즉 경쟁적 가치들 사이의 갈등은 이성적으로(즉 합리적으로) 해결될 수 있는 것이 아니라는 사실이 못내 우리를 괴롭힌다. 우리는 살아가면서 우리가 원하는 가치를 그저 **선택**할 뿐이며, 그 선택의 **전제**를 입증할 수는 없는 것이다. 우리는 사실 각자 어떤 가치를 모종의 권위, 전통, 신앙, 양심, 상식, 취향, 성향 등의 이름으로(즉 전제로 하여) 선택한다. 철학자들은 "가치는 인간의 결정에 의해 **창조**된다"고 말한다. 그래서 "모든 사람들의 양심은 반박될 수 없다"는 말이 나왔다. 모든 가치는 결국 주관적이며, 모든 신념과 평가는 똑같이 비합리적이기 때문이다. 왜냐하면 그것들은 모두 **감정의 주관성**에 지배되며, 감정이란 우리의 각자의 **욕망**에 근거하는 것이고, 욕망은 또 인간마다 모두 다르기 때문이다. 그러므로 우리의 욕망을 실현해 주는 것은 모두 **가치** 있는 것이라고 말할 수 있다. 그런데 욕망은 앞서 말했듯이 인간마다 모두 다르기 때문에 가치도 각자 다르기 마련인 것이다. 버트런드 러셀은 "인간의 욕망들 '외부에' 자리하고 있는 도덕적 기준은 없다"고 주장한다.[5] 결론적으로 말해, 가치의 선택에 대해서는 이성적 설명과 해결이 **불가능**하다!

인간 조건의 근본적 비극성은 인간이 소중히 여기는 가치는 여타의 다른 가치에 의해 파괴되거나 상실될 수 있다는 사실에서 비롯한다. 왜냐하면 가치는 단일한 게 아니라 복수이며, 절대적인 게 아니라 상대적인 것이기 때문이다. 이 세상에 절대적이고 무조건적인 가치란 없으며, 또 어떤 가치들은 서로 **양립 불가능**한 관계에 있다. 그래서 하나의 가치를 선택하면 필연적으로 다른 가치를(들을) 부정하거나 파괴해야 하는 일이 생긴다. 이렇듯 가치의 비극적 상실과 단절은 인간의 **필연적이고 항구적인 조건**이다.[6] 그리고 위에서 얘기했듯이, 이런 상실에 대해선 합리적이고 이성적인 설명이나 위로가 불가능하고 **이성의 한계**가 드러날 따름이다. 이를 '이성의 비애'(reason's grief)라고 표현한 학자가 있다.[7] 비극적 상실에 대해 항의한다는 것은 동그라미와 네모를 화해시킬 수 없음에 대해 울부짖는 것처럼 허망하다고 말하는 평자도 있다.[8]

우리 속담에 '누이 좋고 매부 좋고,' '님도 보고 뽕도 따고,' '마당 쓸고 돈 줍고,' '도랑치고 가재 잡고'라고 하는 것은 일상사의 사소하고 하찮은 일에서나 가능한 것이지, 인생사의 중차대한 고비에

---

5) Bertrand Russell, *Why I am Not a Christian and Other Essays on Religion and Related Subjects*, London: George Allen & Unwin, 1954, pp.43-4.
6) 알래스데어 매킨타이어/이진우 옮김, 《덕의 상실》, 문예출판사, 1997, p.52.
7) George Harris, *Reason's Grief: An Essay on Tragedy and Value*, pp.39-41.
8) George Boas, "The Evolution of the Tragic Hero", *Tragedy: Vision and Form*, Corrigan ed., pp.149-50.

서는 좀처럼 일어나지 않는다. 이성 친구를 사귀어 영화를 구경하고 식사도 같이하는 것은 가능하지만, 그 애인이 인물도 잘나고 돈도 많으면서 인품도 훌륭하기는 쉽지 않다. 물 좋고 정자 좋기는 바랄 수 없는 것이다. 학교를 졸업했으나 공부를 더 하고 싶은데 돈이 없다면 직장을 구하여 돈을 모은 후에 학업을 계속하든가 아니면 공부의 꿈을 접고 직장생활을 하는 데서 삶의 보람을 찾아야 한다. 일이 크거나 작거나 세상사는 언제나 모름지기 '하나만의 선택'으로 구성되어 있다. 《참주 오이디푸스》에서 오이디푸스는 전왕의 살해자를 추적하든지 안 하든지 둘 중에 선택해야 하며, 《안티고네》에서 안티고네는 죽은 오빠의 시신을 매장하든지 안 하든지 하나를 선택해야 한다. 《햄릿》에서 햄릿은 부왕의 복수를 하든지 안 하든지 하나를 택해야 한다. 역시 《줄리어스 시저》에서 브루터스는 시저의 암살에 동참하든가 안 하든가 둘 중 하나를 해야 한다. 그리고 이 선택에는 모두 죽느냐 사느냐 하는 문제가 달려 있다. 근대 시민사회가 발흥함과 더불어 등장한 '근대 비극소설'에서 주인공(특히 여성)은 대부분의 경우 제도(관습)와 사랑 중에 하나를 선택해야 한다. 개항 이후의 우리 '신소설'에서 주인공이 사랑이냐 돈이냐를 놓고 갈등을 벌이는 것도 마찬가지다.

가치의 **양립 불가능성**으로 말미암아 인간이 가장 인간적인 가치와 미덕 – 사랑, 신의, 진실, 정의 등 – 에 모범적으로 헌신할 경우에도 죄로부터 자유롭지 못하게 될(즉 그런 헌신이 필경 죄의 허물을 뒤집어쓰게 만들) 때 강렬한 비극이 발생한다. 죄를 짓지 않고서는 행동할 수 없다는 게 바로 안티고네, 엘렉트라, 오레스테스, 햄릿, 브루터스, 코리올러너스와 같은 대표적 비극적 주인공들이 처한 상황이다. 그래서 "위대함과 죄는 나란히 간다"는 말이 생겼다.[9] 한편 주인공은 자신이 추구하는 가치에 헌신하는 것 이외에 현실적으로 다른 대안이 없기 때문에, 그는 마치 필연이나 운명에 대항해 싸우는 것 같다는 인상을 보여준다. 그래서 앞서 말했듯이 비극은 **불가항력적인 필연**과 인간의 **의식적인 노력** 사이의 갈등을 다루게 되는 것이다. 갈등의 이런 영원한 **해결 불가능성**이 바로 인간의 비극적 조건이다.

모든 비극은 결국 필연의 승리와 주인공의 패배로 끝난다. 이로써 가장 훌륭한 행위를 한 인간이 가장 커다란 고통의 나락으로 떨어진다는 강렬한 비극성이 발생한다. 그리고 여기에서 이른바 '**비극적 매듭**' 혹은 '**미덕의 저주**'란 개념이 나온다. 즉 한 인간으로 하여금 숭고하고 가치 있는 행위를 하게 한 바로 그 능력과 자질이 그 자신의 파괴를 가져올 때 가장 심오한 의미의 비극이 발생한다는 것이다.[10] 《프로메테우스》, 《제주를 바치는 여인들》, 《참주 오이디푸스》, 《안티고네》를 비롯한 많은 희랍비극들과 《햄릿》, 《줄리어스 시저》, 《코리올러너스》 등의 셰익스피어 비극 등 서양문학사의 위대한 비극들이 대부분 이 범주에 속한다.[11]

9) Kaufmann, *Tragedy and Philosophy*, p.238.
10) Scheler, "On the Tragic", *Tragedy : Modern Essays in Criticism*, Michel & Sewall eds., pp.34–40.
11) Aristotle, *The Poetics of Aristotle*. Stephen Halliwell trans. & com., Chapel Hill : U. of North Carolina P., 1987, p.92 ; Martha C. Nussbaum, *The Fragility of Goodness*, pp.378–9.

6. 성취의 문제

비극의 종말에서 주인공은 비록 값비싼 대가를 치루지만 결국 목적하는 것을 얻거나 이룬다. 이를 어떤 평자는 "**정신의 삶**에서(즉 삶을 정신적인 측면에서 보았을 때) 인간은 그들이 지불한 것에 대한 대가를 얻고, 그들이 얻은 것에 대한 대가를 지불한다"고 표현한다.[12] 이 성취의 유무가 비극을 '패배의 멜로드라마'(혹은 '연민극'pathodrama이나 '재난의 문학')로부터 구별하게 하는 것이다. 비극에 전혀 성취의 흔적이 없다면 패배의 멜로드라마로 전락한다. 오이디푸스는 진실을 확인하며, 안티고네는 오빠의 매장의식을 치러내고, 히폴뤼토스는 자신의 결백을 입증 받으며, 메데이아는 복수를 이행하고, 아이아스는 사후에라도 자신의 명예가 회복되며, 햄릿은 부친의 복수를 이행하고, 맥베스는 자신의 삶에 대한 명료하고 정확한 인식에 도달하며, 리어는 코델리어와의 부녀 간의 사랑을 확인하고, 오셀로는 데스디모나의 결백을 확인한다.

근대 비극소설에서도 토머스 하디의 《더버빌가의 테스》의 테스는 에인절과, 조지 엘리엇의 《플로스강의 물방앗간》의 매기 털리버는 오빠 톰과, 스탕달의 《적과 흑》에 나오는 쥘리앵 소렐은 레날 부인과, 하디의 《카스터브리지의 시장》에 나오는 마이클 헨처드는 비록 사후이지만 딸 엘리자베스-제인과의 사랑이 확인된다. 따져 올라가면 근대 비극적 소설의 효시인 새뮤얼 리처드슨의 《클러리서》의 주인공 클러리서는 청교도(Puritan)다운 순결한 여인답게 자신을 농락

---

12) Henry Myers, *Tragedy : A View of Life*, p.138.

한 탕아 러블레이스에 대해 통렬한 정신적 승리를 쟁취하고, 에밀리 브론테의 《폭풍의 언덕》의 주인공 히스클리프는 자신을 능멸한 언쇼 가에 대한 복수에 성공하고 캐서린과의 사랑을 확인하며, 20세기 영국의 최고의 비극적 소설가인 조지프 콘래드의 짐(《로드 짐》)과 라주모프(《서구의 안목으로》)는 한때의 치명적 실수로 더럽혀진 명예를 설욕하고, 프랑스의 앙드레 말로의 첸(《인간의 조건》)은 자신이 희구하던 자신의 '완전한 소유' 즉 혁명가적 이상을 실현하며, 19세기 미국문학을 대표하는 허먼 멜빌의 에이헙 선장은 천추에 사무치도록 증오하던 고래 모비-딕의 등에 작살을 꽂고, 20세기 미국의 최고 작가 헤밍웨이의 《누구를 위해 종은 울리나》의 주인공 로버트 조던은 사랑하는 마리아를 구원한 후 몰려오는 파시스트 군대에게 마지막 치명타를 가하며, 같은 작가의 《노인과 바다》의 주인공 산티아고 노인은 그토록 힘겹게 잡은 거대한 청새치를 - 뼈만 남았을망정 - 뭍으로 끌고 온다.

그러나 그들은 하나의 성취를 위해 나머지 모든 것을 잃거나 한 번의 잘못에 대한 대가로 파격적 처벌을 받는다. 그리하여 성취와 획득의 기쁨은 고통과 파멸의 엄청남 앞에 빛을 잃어서, 그들의 파멸이 우리의 가슴을 칠지언정 그들의 승리가 우리를 크게 위로하지 않는 것이다. 어디까지나 작품의 초점은 **투쟁의 강렬함, 파멸의 불가피함과 광범함, 인간적 낭비와 손실**의 느낌에 놓여 있다.

제9장
비극의 효과

토마스 하디의 1886년작 《카스터브리지의 시
장》의 한 장면.

"카인과 같이 나는 버림받은 방랑자의 신세로 떠난다. 그러나 나의 처
벌은 내가 감당할 수 있는 것보다 더 크지 않다."

– 토머스 하디, 《카스터브리지의 시장》

1. 최후의 수용과 화해

"인간은 다른 사람들의 경험을 통해선 거의 배우지 못한다. 그들에게 배움이 있다면 오직 스스로의 고통스런 방식을 통해서이다."
— 로버트 하인라인(20세기 미국의 대표적 SF 작가)

"이 세상은 살 만한 곳이며, 따라서 싸워서 지킬 만한 곳이다."
— 헤밍웨이, 《누구를 위해 종은 울리나》

앞에서 얘기한 것으로 이미 분명해졌겠지만, 비극에서 갈등의 해소는 없다. 갈등이 해결될 수 있는 것이라면 애초부터 비극은 없었을 터이니 말이다. 주인공의 파멸이야말로 비극의 해결 불가능성의 증거이다. 그래서 괴테도 일찍이 모든 비극적인 것은 화해될 수 없는 대립(모순)에서 나온다고 말했고, 키에르케고르도 비극적 관점이란 모순대립을 목격하고 출구(해결책)가 없는 것에 대해 절망하는 관점이라고 말했다.[1] 이 해소될 수 없다는 것이 비극의 영원한 호소력이고, 비극의 바탕인 인간의 삶이 빚어내는 영원한 고뇌이다. 우리는 비극을 보면서 인간 고통의 **불가피성과 영속성**이라는 진실을 목격한다. 또한 뒤에서 자세히 설명하겠지만, 비극은 갈등하는 감정의 해소로 나아가는 다른 모든 문학 장르와 결정적으로 다르다

---

1) Peter Szondi, *An Essay on the Tragic*, pp.25, 34에서 재인용.

는 것이 바로 이 점에서 드러난다. 즉 안도와 환희로 끝나는 '승리의 서사'나 절망과 공포로 끝나는 '패배의 서사'와 달리 비극은 찬탄과 외포의 혼합 감정을 그 최종적인 효과로 한다.

물음을 달리 해서, 비극에 **화해**는 있는가? 우리는 비극의 종말에서 주인공이 극중의 다른 인물(들)과 화해하는 경우는 더러 발견할 수 있지만 - 가령 오이디푸스와 크레온, 히폴뤼토스와 테세우스, 리어와 코델리어, 햄릿과 레어티즈 - 자신이 맞붙잡고 싸우던 운명이나 외계와 화해하는 것은 발견하지 못한다.2) 주인공의 최후에 만약 "모든 열정이 소진되고 난 후의 마음의 평정"(존 밀턴의 《투사 샘슨》의 마지막 행)과 같은 것이 있다면, 그것은 오직 자기 **자신과의 화해**라고 할 수 있는 그 무엇에서 나오는 감정이다. 이는 《참주 오이디푸스》나 《햄릿》 같은 고전 및 르네상스 비극에서도 발견할 수 있지만, 특히 근대 비극소설의 주인공의 최후에서 더 빈번하게 볼 수 있다. 이것은 근대 비극소설에서 주인공의 최후의 **자기 인식**이 고전이나 르네상스 극에서의 그것보다 더 뚜렷하게 나타나기 때문이다.

그러므로 비극에서 가장 중요한 화해는 주인공의 자기 자신과의 화해이며, 이것은 주인공의 자신에 대한 **인식**이 완성될 때 일종의 화해가 이루어진다는 것을 말해 준다.3) 그리고 자기 인식은 다른 게 아니라 인간이 자신이 지닌 가능성과 잠재력을 모두 발휘하고 소진했을 때, 스스로에 대해 갖게 되는 감정과 인식 즉 일종의 **자족감**과 **인정감**이라는 것이 드러난다. 다시 말해, 주인공은 종교적인

---

2) Adrian Poole, *Tragedy: Shakespeare and the Greek Example*, pp.10-11.
3) Richard B. Sewall, *The Vision of Tragedy*, p.203; Oscar Mandel, *A Definition of Tragedy*, p.147.

구원이나 지혜 따위는 얻지 못하지만 그가 결국 깨닫는 것은 이 **세상과 자신과의 관계**라는 것이다. 즉 이 세상에 대해 자신을 주장하고 그것과 투쟁한 결과 자신의 **몫**(*moira* 모이라)을 획득하고 쟁취함으로써 자신의 **위상**을 정립했다는 것이다. 그래서 프로메테우스, 오이디푸스, 엘렉트라와 같은 고전 비극의 주인공뿐만 아니라 클러리서 할로우, 쥘리앵 소렐, 히스클리프 언쇼, 이녹 아든, 캡틴 에이헙, 테스 더버빌, 튜안 짐, 로버트 조던과 같은 근대비극의 주인공의 최후에서도 우리는 할 수 있는 것을 다한 인간들이 보여주는 여한이나 미련이 없는 느낌, 일종의 **자족과 자기 인정**의 모습을 발견할 수 있다. 이들은 자신의 '한명'(限命 즉 운명의 한계)을 의식하고 있지만 동시에 자신의 가능성과 능력도 확신하고 있는 자로서 자신이 할 수 있는 것을 다함으로써 **운명**을 **완성**시킨 자들이다. 그래서 이들은 최후에 이르러 죽음을 두려워하지 않을 뿐더러, 나아가 스스로 파멸을 끌어안는 모습을 보여준다. 동북아에서의 전통적 운명론이나 명리학(命理學)에서뿐만 아니라 현대 '죽음학'의 대모인 엘리자베스 퀴블러-로스 및 많은 호스피스 전문가들의 공통된 의견도 "인간은 태어날 때 가져온 에너지를 다 쓰고 죽으면 아무 미련 없이 이승을 하직한다"는 것이다.[4] 이런 인간은 능동적으로 흔쾌히 스스로를 운명과 일치시킴으로써 **운명**과 **대등**해지는 것이다. 즉 자신이 운명에 끌려다니는 노예가 아니라, 그것의 주인임을 선언하는 것이

---

4) 엘리자베스 퀴블러 로스·데이빗 케슬러/류시화 옮김, 《인생수업》, 이레, 2001, p.26; 김민조, 《팔자 정말 있을까》, 소래출판사, 2008, pp.179-80; 오츠 슈이치/황소연 옮김, 《죽을 때 후회하는 스물다섯 가지》, 아르테, 2015, p.229; 능행, 《섭섭하게, 그러나 아주 이별이지는 않게》, 아띠울, 2017, pp.269-74.

다. 그리고 그것만이 인간이 운명을 정복할 수 있는 유일한 길이다.

다시 말하거니와, 비극은 철학자 엠마뉘엘 레비나스가 주장하듯이, 결코 자유에 대한 운명의 승리를 보여주는 게 아니다: "왜냐하면 비극에서 운명이 이긴 것처럼 보이는 순간, 주인공은 스스로 받아들인 죽음을 통해 운명을 벗어나 버리기 때문이다. 죽음을 받아들일 가능성, 즉 존재의 노예 상태로부터 최고의 지배권을 탈취해 낼 수 있는 가능성은 언제나 인간에게 맡겨져 있다. 죽음은 자살(혹은 자살과 유사한 형식)이라는 능동성을 통해 인간을 노예에서 자유인으로 탈바꿈하게 만든다."[5] 여기서 우리는 비극이 **'숭고'**(*hypsous*)와 만나는 것을 볼 수 있다. 비극적 주인공이 도달할 수 있는 극한은 숭고의 영역이다. 비극과 숭고는 둘 다 인간의 육체적 유한성이란 한계를 드러냄과 동시에 정신의 무한성을 증거해 준다. 숭고한 인간이 모두 비극적 주인공인 것은 아니지만, 비극적 주인공은 모두 - 정도의 차이는 있을지언정 - 숭고하기 마련이다.

문학작품은 아니지만 20세기 초 미국기자로서 중국혁명과 내전을 취재했던 님 웨일즈(Nym Wales)가 쓴 전기 《아리랑*Song of Ariran*》에서 주인공 김산(金山 본명 장지락張志樂)은 "내 전 생애는 실패의 연속이었다. 그것은 나의 조국의 경우도 마찬가지였다. 단지 나는 나와의 싸움에서만은 승리했다."고 웨일즈에게 말하고 얼마 되지 않아 중국 공산당에게 스파이로 부당하게 몰려 죽음을 당했다.[6] 또 20세기에 벌어진 첫 번째 '인류의 양심의 전쟁'이라고 불렸던 1930년대 말의 스페인 내전이 끝난 뒤, 패전한 공화주의자들은 집

---

5) 엠마누엘 레비나스/ 강영안 옮김, 《시간과 타자》, 문예출판사, 1998, p.82.
6) 김산님 웨일즈/송영인 옮김, 《아리랑》, 동녘, 2005, p.295.

권한 프랑코의 파시스트 정부의 보복을 피해서 피레네산맥을 넘어 프랑스로 망명하였고, 망명지에서 그들은 자신들의 신문을 펴냈다. 세월이 오래 흐름에 따라 참전 동지들이 하나둘씩 세상을 떠나게 되자, 이 신문에는 다음과 같은 글이 실렸다고 한다: "우리의 인생은 실패였는지 모른다. 그러나 우리는 젊었을 때 이 세상에서 가장 아름다운 노래를 불렀다. 그 기억만으로도 우리는 평온하게 눈감을 수 있다."(《한겨레신문》, "홍세화 칼럼") 김산과 스페인 내전의 패배자들의 고백에는 **비극적 인정감**이 있으며 따라서 이들은 **비극적 주인공**들에 값한다고 할 수 있다.

2. 비극의 효과: '준비된 마음'

"비극의 주인공은 죽을지 모르나 우리에게는 삶을 가져다준다."
- 에드워드 모건 포스터, 《내세와 다른 이야기들*The Life to Come & Other Stories*》

"잘 만든 비극은 언제나 우리에게 훌륭한 위안을 가져다준다."
- 헨리 A. 켈리, 《비극의 이념과 형식》

이와 같은 맥락에서 볼 때, 위에서 예로 든 비극적 주인공들의 죽음에는 공통적으로 어떤 **'준비된 마음'**(sense of readiness; Jaspers's *Tragische Haltung*[7]) 즉 일종의 초연하고 거리낌없는 모습이 드러난다고 할 수 있다: 햄릿의 "준비된 마음이 전부이다"(V.ii.214), 《리어 왕》에서 에드거의 "성숙함이 전부이다"(V.ii.9), 퍼시 바이쉬 셸리의 《첸치》에서 첸치의 "우리는 준비됐어요. 좋아요. 모든 게 좋아요," 하인리히 폰 클라이스트의 《미하엘 콜하스》에서 콜하스의 "나는 준비됐소," 하디의 《더버빌가의 테스》에서 테스의 "저는 준비됐어요," 콘래드의 《로드 짐》에서 튜안 짐의 "나는 기꺼이 각오하고 왔습니다." 최근의 헐리웃 영화 중에서, 유능한 변호사이지만 에이즈 환자라는 이유로 직장에서 쫓겨난 뒤 질병으로 말미암아 사경을 헤매는 가운데 그것의 부당성에 저항해 회사와 싸운 결과 법원의 승소를 얻어내는 인물을 그린 《필라델피아》와 흑인 노예 출신으로 목사가 된 뒤 백인 농장주들의 잔혹한 처사와 학대에 대항해 최초의 노예반란을 일으킨 역사적 인물 냇 터너(Nat Turner)의 생애를 재현한 《국가의 탄생》의 주인공의 최후의 말에서도 위의 대사가 똑같이 반복되는 것을 볼 수 있다. 현실의 삶에서도 가령 비극적으로 파란만장한 삶을 살았던 우리 개화기의 선각자 송재(松齋) 서재필(徐載弼) 박사의 임종 시의 말도 "난 준비가 됐소"였다고 한다.8) 이렇게 비극적 주인공은 모두 죽음을 앞두고 최후를 맞이할 '준비'가 되었음을 토로한다.

어찌 보면 이는 동북아시아적 관점에서 볼 때 일종의 불교의 핵심 이론인 '평상심(平常心),' 즉 '깨달은 마음'과 – 동일하지는 않을지언정 – 퍽 유사하다고 할 수 있다. 불교에서 말하는 평상심이란

---

7) Karl Jaspers, Harald A. T. Reiche et al. trans., *Tragedy Is Not Enough*, p.41. 비극적 자세로서의 '자약'(自若) 혹은 '흔들리지 않음.'
8) Channing Liem, *Philip Jaisohn: the First Korean-American – A Forgotten Hero*, The Philip Jaisohn Memorial Foundation, Seoul: Kyujang Publishing, 1984; 임창영, 《서재필전》, 미국내 출간, p.331.

우리가 평소에 별 뜻 없이 말하는 평상심을 가리키는 것이 아니다. 그것은 오직 깨우친 자가 보여주는 마음의 경지로서, 차별심이 사라지고 모든 것을 자유자재와 무장무애의 자세로서 대하는 것이다. 그것은 "집착이 없고 시비가 없어서 취하고 버림이 없는, 만법의 근원으로서의 본래의 마음자리로 돌아간"것이다(마조선사馬祖禪師의 법어 "平常心是道"가 가장 대표적이며, 이에 대한 원효元曉식의 풀이는 "나의 한 생각이 생겨날 때 모든 게 생겨나며, 나의 한 생각이 없어질 때 모든 게 없어진다心生卽種種法生, 心滅卽種種法滅"이다. 이는 주지하듯이 다른 말로 '자성'自性 혹은 '진여'眞如의 순간이라고도 한다). 이런 경지에 도달한 자는 우주의 이법과 일체가 되어 삶이 있으면 죽음이 있기 마련이라는 것을, 즉 "한 번 태어나면 한 번 죽는다는 것"을 담담하게 받아들인다.9)

다시 말해, 우리는 위에서 예로 든 비극들 주인공의 최후에 이기적, 유아적(唯我的) 자폐성에서 벗어난 자의 "인간성의 **확대와 심화**의 모습"이 일반적으로 나타나는 것을 보게 된다.10) 즉 주인공은 어떤 정신분석론적 평자가 말하듯이 "마치 자신이 갖고자 하는 것을 방해하는 대상에 대해 온몸으로 저항하는 어린이를 연상시키는 모습"을 더 이상 보이지 않으며, 흔쾌하게 '**여한 없음**'을 선언하는 것이다.11) 이런 주인공의 모습이 패배주의나 체념과 거리가 먼 것은 말할 나위도 없을 뿐만 아니라 일종의 동북아적 사유에 있는 해

---

9) 조지 베일런트/이덕남 옮김, 《행복의 조건》, 프런티어, 2013, p.94. 이 말은 원래 에릭 에릭슨(Erik Erikson)이 《유년기와 사회》(*Childhood and Society*, New York: W. W. Norton, 1950, p.232)에서 한 말이다.
10) Richard B. Sewall, *The Vision of Tragedy*, p.188.
11) Simon Lesser, *Fiction and the Unconscious*, Boston: Beacon P., 1957, p.272.

탈의 경지에 가깝다고 말해 크게 잘못되지 않을 듯하다.

　그러나 이런 '준비된 마음'은 오직 르네상스 이후의 비극에서만 뚜렷이 나타난다. 달리 말해, 희랍비극의 주인공은 전술했듯이 그들의 고통과 불행이 인간의 약점과 결함에서 비롯되기보다는 대부분 미덕 즉 고귀함이나 숭고함에서 기인하는 것이기에 '자기인식'의 요소가 희박할 수밖에 없다. 한편 르네상스 이후의 근대비극에서 볼 수 있는 '준비된 마음'의 배후에는 희랍 고전기 말기에 시작하여 로마문명에 들어와 한껏 개화한 스토이시즘, 고대 북유럽인들의 일반적 숙명론, 후대에 도입된 기독교의 섭리론 등 여러 전통적 사유가 결합되어 있다고 생각된다.

　앞에서 종교가 우리에게 해줄 수 있는 공헌으로서 **'구원'**을 들 수 있다면, 예술(즉 문학)은 우리에게 **'비극적인 것'**을 제시해 줌으로써 우리를 고양한다고 말한 바 있다. 이런 맥락에서 볼 때, 비극적 주인공은 - 비록 모든 주인공이 다 그런 것은 아니지만 - 그 나름대로 인간이 획득할 수 있는 어떤 중요한 깨달음에 도달한다고 볼 수 있다. 그리고 그것은 인간의 운명에 대한 통찰에서 나타난다고 해야 할 것이다. 그러면 비극이 보여주는 인간의 운명에 대한 통찰이란 무엇인가? 그것은 인간이 비록 아무리 무력하고 제한된 존재일지라도 자신의 운명을 감당하고 끝내 정복할 수 있는 **영혼의 힘**이 있다는 것이 아니라면 달리 무엇이겠는가? 비록 세상은 무질서하고 정의가 없을지라도 인간은 스스로의 투쟁을 통해서 자신의 삶 가운데 어떤 질서와 정의를 회복하고 수립할 수 있는 존재라는 것이 아니겠는가? 비극론자들이 합의하는 것은 비극은 곧 **도덕적 질서**의 추구이며, 그 질서는 결국 **개인** 안에서만 발견될 수 있다는 것이다.[12] 즉 인간이 보여줄 수 있는 **미덕**만이 유일한 보장이고, 그런 미덕을 지닌 인간만이 희망이다. 비극이 제시하는 것은 인간은 자신이 불러일으킨 문제를 해결하기 위해서 오직 자신의 **성격(정신)의 힘** 밖에는 가진 것이 없으나, 이 힘을 통해 자신의 운명과 대등해지는 **숭고함**을 보일 수 있다는 것이다. 한마디로, 비극의 **인본주의**는 인간의 가능성과 능력에 대한 믿음을 말하는 것이고, 결국 이런 가능성과 능력을 가진 인간에 대한 **찬미**이다.

아울러, 주인공의 최후의 모습은 우리로 하여금 인생이 아무리 고통스러운 것일지라도 더불어 싸워서 살아갈 만한 가치가 있는 것이라는 확신을 갖게 해 준다. "그(주인공)의 경험은 삶에 대한 인간의 능력을 증가"시켜 주었기 때문이다.[13] 또 어느 평자가 말하듯 "주인공의 죽음과 함께 우리의 마음도 따라 죽지만 결국 우리는 그의 죽음은 문제가 아니라고 생각하며 심지어 **고양감**을 느끼게" 된다.[14] 왜냐하면 우리는 그가 인간으로서 자신의 역량과 가능성을 그 한계까지 다 소진한 것에 대해 **자부심**을 느끼기 때문이다. 그러므로 비극의 최후의 효과는 관객/독자가 현실의 삶으로 돌아왔을 때, 자신의 가능성과 잠재력에 대한 새로운 각성을 통해서, 현실의 고통을 더욱 잘 견디고 감당하며 궁극적으로 그것을 극복할 수 있는 정신적, 심리적 힘을 증가시켜 주는 데 있다고 해도 지나치지 않다.

---

12) William Van O'Connor, *The Climate of Tragedy*, Baton Rouge: Louisiana State UP., 1943, p.47.
13) Roy Morrell, "The Psychology of Tragic Pleasure," *Tragedy*, Corrigan ed., pp.181-85.
14) A. C. Bradley, *Oxford Lectures on Poetry*, p.91.

3. 비극과 정신분석

비극의 주인공이 마지막에 보여주는 것이 '준비된 마음'이라면 비극의 독자 역시 그런 효과를 갖게 된다고 정신분석적 평자들은 말한다. 독자 또한 주인공을 통해 비극적 행동과 경험을 대리 체험하게 되며 그 결과로 삶 및 삶이 제공할 수 있는 고통과 공포에 대해 더욱 **'준비되게'** 만들어 준다는 것이다. 20세기 영미비평계의 태두 라이오넬 트릴링 교수는 비극이 이른바 '미트리다테스(Mithridates)적 기능'이라고 알려져 있는 역할을 수행한다고 말한 바 있다.15) 미트리다테스는 공동연대 이전 1세기경에 흑해 아래 폰투스 지방의 왕으로서 오랜 기간 동안 로마에 대항해 집요하게 싸운 강력한 군주였다. 그는 평소에 암살에 대비하여 소량의 독을 섭취하는 습관이 있었는데 그 때문에 자신에 대한 반란이 일어나 사로잡혔을 때 정작 독을 먹고 자살하려 해도 목숨이 끊어지지 않아 노예를 시켜 자신을 찌르게 하여 비로소 죽었다는 인물이다. 트릴링은 비극을 보거나 읽는 것은 마치 미량의 독극물을 평소에 자주 먹는 것처럼 인간의 극한 상황을 반복적으로 **대리 체험**해 보는 것과 비슷하다는 얘기를 하고 있다. 옥스퍼드 대학의 고전학 교수인 A. D. 너톨(Nutall)도 비극은 '죽음 놀이'를 상상적으로 체험해 봄으로써 – 현실이 아닌 가운데 – 최악의 상태에 직면해 보고 연민과 공포라는 영혼의 반응을 십분 발휘하는 경험을 하게 한다고 한다.16) 아울러

---

15) Lionel Trilling, *The Liberal Imagination*, New York: Doubleday Anchor, 1957, pp.52–3.

16) A. D. Nuttall, *Why Does Tragedy Give Pleasure?*, Oxford: Clarendon P., 1996,

비극은 작품의 종말에 가장 무거운 강조점이 놓인 예술형식인바, 이 종말은 곧 죽음의 상상적 재현이다. 그래서 주인공에 대한 우리의 동정과 동일시가 강렬하게 활성화되는 한 우리는 가상대리인(주인공)의 죽음을 통해 죽음을 대리 체험하게 된다. 이런 일종의 예행연습은 우리의 정신적 에너지를 강렬하게 활성화함으로써 우리의 자아를 강화시켜 결과적으로 우리로 하여금 더욱 '준비되게' 만든다는 것이다.

평론가 로이 모렐은 트릴링과 너톨의 논의를 더욱 자세히 부연하여 설명한다.[17] 그에 따르면 비극은 삶의 가장 혼돈스럽고 고통스러운 면을 통제하게 하는 기능을 갖는다고 한다. 비극은 우리가 회피하고 싶으나 회피해서는 안 되는 고통을 거듭 재현함으로써 그것과 반복 강박적으로 직면하게 한다. 그럼으로써 우리는 고통에 점차 익숙해지고 결국 그것을 스스로 통제하고 극복할 수 있다는 인식을 갖게 한다는 것이다. 그러므로 비극은 본성상 초연이 아니라 리허설 즉 예행연습의 성격을 갖는다. 비극은 본질적으로 **'대리 시련'**이며, 그 과정 또는 메커니즘은 다음과 같다. 관객은 주인공과의 감정이입, 전이, 동일시를 통하여 (주인공과의) 고착과 환상이 발생하나 이윽고 그의 죽음으로 고착과 환상에서 벗어나며, 그(주인공)가 보여준 감수성과 안목(이해력)의 확대, 심화, 성장, 발전을 확인함으로써, 현실의 삶과 더욱 잘 대면할 수 있도록 '준비되며' 자신감을 갖게 된다. 즉 주인공의 파멸에도 불구하고 관객은 '삶의 새로

---

pp.76-8.

17) Roy Morrell, "The Psychology of Tragic Pleasure," *Tragedy*, Corrigan ed., pp.177-82.

운 가능성'을 인식하고 획득한다. 다시 말해 그는 삶에 대해 더욱 넓어진 안목과 보다 큰 용기를 갖게 된다. 그런데 만약 주인공이 파멸하지 않고 해피엔딩으로 끝난다면 관객과 주인공 사이의 감정이입과 동일시는 단절되지 않고 지속될 것이므로 '비극의 효과'는 발생하지 않게 된다. 관객은 주인공과 함께 고통과 시련을 겪고 마지막에는 그와 함께 파멸함으로써만이 '비극의 경험'은 완성되는 것이기 때문이다. 그러므로 비극은 반드시 중심적 사건의 파국 즉 주인공의 파멸로 끝나야 하며, 작품의 끝에서 희미한 암시 이상의 재생이나 재활의 기미가 보이면 안 된다. 극의 초점은 어디까지나 주인공의 육체적 죽음 혹은 근대비극에서처럼 '유효한' 삶의 파멸과 같은 완전한 **종말감**에 맞춰져야 한다는 것이다.

한편 정신분석적 비평가 가운데 사이먼 레서는 비극이 우리의 내면의 가장 절박하고 강렬한 욕구를 주인공을 통해 대리 충족시켜 줌으로써 우리의 자아를 만족시킨다는 것을 가장 설득력 있고 분명하게 설명해 준다.[18] 우리의 에고(자아)는 자신의 비합리적이고 제멋대로인 파트너들 — 즉 본능(이드)과 초자아(슈퍼에고) — 의 터무니없는 요구와 타협하고 그것을 조율하려는 끝없는 노력으로 말미암아 기진맥진하고 짜증이 날 때면 이렇게 외칠 수 있다. "좋다! 정해진 비극의 틀 안에서 너희들이 하지 못해 그토록 몸달아 하던 싸움을 한번 신나고 멋들어지게 붙어 보아라. [혹은] 우리의 가장 어둡고 깊이 감춘 욕구들을 한번 실컷 드러내 보자. 자, 이제 그것들이 우리로 하여금 무슨 일을 저지르게 하는지 두고 보자. 단지

18) Simon Lesser, *Fiction and the Unconscious*, p.273.

그 **대가**는 반드시 **지불**해야 한다." 비극의 사건과 행동들은 바로 이런 우리들의 자기고백적이고 카타르시스적인 제안과 기획에 부응하도록 조직된 사건과 행동들이라고 볼 수 있다. 자아는 내면의 억눌린 본능적 충동을 마음껏 드러내고 표출하되 반드시 그 대가를 지불하는 과정을 스스로 목도하게 만드는 것이다. 그런데 우리의 (대리 자아인) 비극의 주인공은 최후에 자신의 심각한 과오에 대한 끔찍한 처벌을 '승리에 찬 모습'으로 대면하는 모습을 보인다. 이로서 비극은 희극보다도 "찬란하게 에고(자아)의 승리를 축하한다."[19] 그 (주인공)는 단호함과 정직성을 가지고 자신을 '직면'하며, 조지 산타야나가 말하듯 "그는 '이것이 나였고 이것이 내가 한 것이다'라고 자신을 요약"하는 것이다.[20] 이렇게 그가 자신의 운명을 향해 '올라서는' 모습을 목격할 때 우리의 에고(자아)는 더없이 충족감을 느끼고 한껏 고양된다. 이런 비극의 인식 장면은 '**용기와 위엄의 이미지**'를 제공함으로써 우리에게 가장 감동적인 심미적 경험을 제공하는 것이다.[21] 이렇게 비극은 우리의 본성적 욕구를 풍요하게 충족시키고 조화시킴으로써 심미적 경험 가운데 최고의 **만족감**을 가져다준다는 것이다.

이상의 여러 정신분석적 비평이 상당한 설득력을 지닌다는 것은 의심의 여지가 없으나, 필자가 보기에 비극이 가져다주는 효과 혹은 지혜는 한마디로 어떤 평자의 말마따나 "(주인공은) 최악의 것을 경험했기에 더 이상 두려워할 게 없다"라는 데서 나오는 것 같

---

19) Simon Lesser, *Fiction and the Unconscious*, p.275.
20) George Santayana, *The Sense of Beauty*, New York: Random House. 1955, p.234.
21) 위의 책, p.277.

다.[22] 즉 독자와 관객 또한 '최악을 보고 들었으니 더 이상 두려워할 게 없다'고 스스로에게 다짐하는 것이며, 이로써 삶의 공포와 고통에 대해 자신을 '**준비시키는**' 것이다. 왜냐하면 세네카가 말했듯이 이 세상에서 누구에겐가 일어난 일은 곧 누구에게든 일어날 수 있는 일이기 때문이다.[23] 그러므로 비극의 경험은 우리의 영혼의 훌륭한 '강장제의 효과'를 발휘해 줄 수 있다고 말해도 좋을 것이다.

---

22) Jonathan Lear, "Katharsis," *Essays on Aristotle's Poetics*, Amelie Oksenberg Rorty ed., Princeton: Princeton UP., 1992, p.335.
23) 세네카/천병희 옮김, 《인생이 왜 짧은가: 세네카 행복론》, 숲, 2005, 11장 8절, p.109.

제10장
비극의 감정

렘브란트의 1653년작 〈호메로스의 흉상을 어루
만지는 아리스토텔레스〉. 아리스토텔레스는 비
극의 감정이 '연민과 공포'라고 역사상 처음 정
의했다.

"그러나 나는 이상한 감정을 느꼈다. 그분이 곧 돌아가실 거라는 것을
생각할 때 기쁨과 고통이 이상하게 혼합된 느낌이 들었던 것이다. 그때 우
리 모두는 다 비슷한 느낌이 들었고, 그래서 어떤 때는 웃고 어떤 때는 슬
피 울었던 것이다."

―플라톤, 《파이돈》, e59.

1. 비극의 혼합감정

아리스토텔레스는 비극은 행위의 모방을 통해 관객에게 연민과 두려움을 느끼게 하며, 이는 쾌감(*hedone*)을 가져다준다고 말함으로써(《시학》 제14장) 비극이 고통과 불행을 묘사함에도 불구하고 어찌하여 쾌감과 즐거움을 동반하는가 하는, 비극론 가운데 가장 흥미로우면서도 해결하기 힘든 난제를 제기하였다. 그런데 이는 사실 그의 스승이었던 플라톤이 처음 《필레부스》에서 언급한 문제로서, 플라톤은 거기서 또 자신의 스승 소크라테스를 통하여 다음과 같이 말하게 한다.

"슬픔과 우수(동경)는 그 안에 비애의 감정과 함께 즐거움의 요소도 갖고 있다. 그리고 비극의 관객은 그들의 슬픔을 사실은 즐기고 있다."(《필레부스》, 48a, 50b)

플라톤은 또 《국가》에서도 "비극뿐 아니라 희극과 만가에서도, 나아가 무대 위뿐만 아니라 삶의 전반적 희비극에서도, 슬픔과 즐거움은 서로 섞여 있다"(50a)고 말한다. 즉 플라톤은 비극이나 희극에 대한 반응은 고통과 쾌의 혼합이라는 **양면적 감정**이며, 이런 감정의 혼합은 인간 본성에서 우러나온다는 것을 암시하는 것이다. 다시 말해 인간은 타인의 고통을 보며 일말의 쾌를 느끼는 것이 악한 것이라는 것을 알면서도, 비극을 볼 때 인간성 안에 뿌리 박은 본성과 심리적 구조로 말미암아 쾌와 고통이 뒤섞인 **양가적 감정**을 느낀다는 것이 플라톤의 요지이다. 플라톤은 이렇게 비극에 즐거움의 요소가 있다는 것을 인정함으로써 후대의 비극론을 위하여 하나의 중심적 논거를 제공해 놓았다. 가령 계몽주의 시대 대표적 경험론자인 데이빗 흄은 〈비극에 관하여〉라는 글에서 "잘 쓴 비극을 보는 관객은 그 자체로는 불쾌하고 불편한 감정들인 슬픔, 두려움, 불안으로부터 느끼는 설명할 수 없는 즐거움을 맛보는 것 같다"라고 말했다.[1] 또 동시대의 사상가이자 문인인 에드먼드 버크도 다음과 같이 말했다. "비범하고 고통스런 재난의 이야기나 광경만큼 우리가 열렬히 추구하는 것도 없다. 왜냐하면 그것이 실제로 일어나는 사건이건 아니면 역사에서 찾아볼 수 있는 일이건 그것은 항상 일말의 즐거움을 가져다주기 때문이다."[2] 사실 기쁨과 슬픔, 쾌와 고통이 뗄 수 없이 연관된 감정이란 것은 인간성 즉 인간의 감성구조에 대한 가장 오랜 통찰 가운데 하나이다.[3] 이 장의 끝에서 우리는 비극이 주는 '즐거움'(*to chairein*)에 대해 좀 자세히 알아볼 것이다. 그러나 그전에 우리는 우선 비극이 제공하는 일차적 감정이라고 아리스토텔레스가 말한 연민과 두려움에 대해 곰곰이 생각해 보도록 한다.

---

1) David Hume, "Of Tragedy," *Tragedy: Developments in Criticism*, R. P. Draper ed., p.94.
2) Edmund Burke, "Tragedy and Sympathy," *Tragedy: Developments in Criticism*, R. P. Draper ed., p.90.
3) 동북아적 사유에서도 가령 한무제(漢武帝)의 《추풍사秋風辭》에서 "기쁨을 가장 크게 느낄 때에 슬픔의 감정 또한 크게 뒤따르리니歡樂極兮哀情多" 같은 구절이 예증하고 있다.

2. 연민(*eleos*: pity, sympathy, compassion, ruth)

아리스토텔레스는 비극은 연민과 두려움의 감정을 일으키고 이어서 이 감정들의 '카타르시스'를 행한다고 하였다(6장). 여기서 연민은 "부당하게 고통을 당한 사람에 대해 느끼는 감정이고, 두려움은 그 사람이 우리와 유사한 사람이란 데서 느끼는" 감정이다(13장). 그런데 아리스토텔레스가 볼 때 연민과 두려움은 서로 긴밀히 연관되어 있는 감정이다. 왜냐하면 그는 《수사학》에서 다음과 같은 논조의 말을 하고 있기 때문이다. 즉 우리가 스스로도 두려움을 느낄 만한 상황에 처해 있는 타인에 대해서 우리는 연민을 느끼며, 그 타인이 우리와 가깝게 관련되어 있어서 그의 고통이 우리의 것처럼 여겨질 때, 연민은 두려움으로 바뀐다는 것이다(《수사학》, 2장 8절). 다시 말해 우리가 두려움을 느낄 수 없는 곳에서는 연민도 느낄 수 없다는 것이다. 연민과 두려움은 모두 **부당한 고통**에 대한 반응에 뿌리박고 있으며 어떤 고전학자는 이를 "인류 중의 훌륭한 부류의 인간들이 경험하는 악한 일에 대한 우리의 동정과 공감"이라고 표현한다.4) 다시 말해, 연민은 "정의의 정서적 측면이라고 할 수 있는 것으로서 인류애와 박애심의 발현"이라는 것이다.

그런데 여기서 우리는 비극의 감정으로서의 연민은 비록 부적절하지는 않다고 하더라도 가장 대표적인 감정은 될 수 없다는 일부의 평자들의 주장에 직면한다.5) 아리스토텔레스를 떠나 일반적인

---

4) Humphry House, *Aristotle's Poetics*, Rupert Hart-Davis, 1966, pp.100-103.
5) 근본적으로 연민이 긍정적 감정이냐 부정적 감정이냐 하는 문제도 이설이 분분하다. 희랍과 로마의 스토아 학파로부터 스피노자, 칸트, 니체로 이어지는 대륙의

관점에서 볼 때, 연민(측은지심)이란 우리가 동정이나 애정을 느낄 만한 상대가 뭔가 나약하고 무력한 처지에 놓여 있을 때, 그에 대해 느끼는 안됐고 딱하다는 감정을 가리킨다. 따라서 연민을 느끼는 자에게는 일말의 우월감도 수반된다.[6] 그리고 연민에는 아리스토텔레스 자신도 비쳤듯이 어느 정도의 **고통** 또한 곁들여진다.[7] 왜냐하면 우리는 그를 동정할지언정 실질적 도움을 줄 수 없다는 것을 알고 있기 때문이다. 이런 맥락에서 연민을 '**측은함**'(ruth)으로 옮겨야 한다고 주장하는 평자도 있다.[8]

관념론의 전통에서는 대체로 부정적으로 보며, 현대 철학자 중에서도 제임스 메이어펠드는 연민에는 고통이 수반된다고 말한다(Jamie Mayerfeld, *Suffering and Moral Responsibility*, New York: Oxford UP., 1999, p.105). 반면 18세기 계몽주의 이후 즉 루소, 아담 스미스, 섀프트베리 등의 스코틀랜드 상식학파와 영국 경험주의에서는 긍정적으로 본다. 19세기의 대표적 긍정론자는 쇼펜하우어이며 그는 《의지와 표상으로서의 세계》에서 "세상에서 변치 않는 기본 속성은 의지와 고난이며, 이런 세상에서 '연민'(Mitleid)은 비록 영구하지는 못할망정 삶의 고난을 지양해 주는 역할을 한다"고 말했다. 그러나 이 모든 연민의 속성에 대한 논의는 '비극'의 감정은 '현실'의 그것과는 다른, 어디까지나 예술의 '비현실적 재현'이라는 제약 아래에 있으며, 막스 셸러가 《동감의 본질과 그 형태들》에서 자세히 논했듯이 "현실 경험에서의 '감정 합일' 대신에 단순한 '미적인 감정 합일'과 '뒤따라 느낌'만을 느낄 수 있다"는 것을 우리는 기억해야 한다(막스 셸러/ 조정옥 옮김, 《동감의 본질과 그 형태들》, p.218). 비극이론가 수전 피건도 비극의 감정은 감정에 대한 반응인 '메타반응'이라고, 즉 직접반응에 대한 간접반응이라고 지적하고 있다(Susan Feagan, "The Pleasure of Tragedy," *Philosophy of Literature*, Eileen John & Dominic Lopes eds., Wiley-Blackwell, 2008, p.188).

6) 주광잠(朱光潛), 《비극심리학》, pp.424-30; Martha Nussbaum, *The Fragility of Goodness*, p.152.

7) Jamie Mayerfeld, *Suffering and Moral Responsibility*, p.105. 아리스토텔레스는 비극적 연민을 오직 선한 자에 대해서만 느낄 수 있다고 했다. 우리가 증오하는 자에 대해서 연민을 느끼지 못한다는 것이다.

8) Kaufmann, *Tragedy and Philosophy*, p.46. 그러나 누스바움을 비롯한 일부 평자들은 '공감'(compassion)을 더 좋은 역어로 선호한다(누스바움/조형준 옮김, 《감정의 격동2》, 새물결, 2015, p.561).

그러나 정작 문제는 우리가 비극의 주인공에 대해서는 그가 기본적으로 지니고 있는 '튀모스'로 말미암아 말의 진정한(즉 본래의) 의미로서의 연민이나 측은지심을 느끼기 힘들다는 점이다. 왜냐하면 어느 평자도 말하듯이 우리는 "우리보다 높고 숭고한 자들에게 연민을 느낄 수 없으며, 인간과 동물에 대해서는 연민을 느끼지만 신에 대해서는 느낄 수 없기"때문이다.9) 비록 신은 아니지만 오이디푸스, 오레스테스, 프로메테우스, 안티고네, 아이아스, 햄릿, 맥베스, 브루터스, 앤토니와 같이 강력한 영혼을 지니고 강렬한 투쟁을 벌인 후 당당하게 자신의 운명을 받아들이는 인물들에 대해 우리가 과연 연민의 감정을 느끼는지 차분히 물어볼 필요가 있다. 비극적 주인공의 고통과 불행은 외부에서 주어진 것 못지않게 그의 내부에 탓을 돌릴 수 있는 것이고, 그는 그가 직면한 고통과 불행을 온몸으로 붙잡고 싸우는 인간이지 결코 수동적 희생양이 아니다. 그러므로 오늘날 대표적 비극론자 가운데 하나인 도로시어 크룩은 관객이나 독자에게 프로메테우스, 오이디푸스, 안티고네 혹은 햄릿, 맥베스, 리어 왕에 대해 연민과 동정을 느끼느냐고 묻는 것은 **생뚱맞은** 일이라고 말한다.10) 또 다른 저명한 평자 에릭 벤틀리도 희랍비극에서 연민은 아리스토텔레스가 말한 것만큼 많지는 않다고 지적한다.11) 왜냐하면 희랍비극에서는 오이디푸스와 안티고네, 아이아스 같은 영웅적 인물들은 물론이려니와 아이스퀼로스의 《아가멤논》의 카싼드라, 소포클레스의 《트라키스의 여인들》의 데이아네이라, 혹은 에우

---

9) Allardyce Nicoll, *The Theory of Drama*, G.G. Harrap & company, 1937, p.244.
10) Dorothea Krook, *Elements of Tragedy*, p.238.
11) Eric Bentley, *The Life of the Drama*, pp.284-5.

리피데스의 《히폴뤼토스》의 파이드라와 같은 작품의 부차적인 인물들, 나아가 심지어 에우리피데스의 헤카베, 안드로마케, 폴뤽세네, 이피게네이아와 같은 트로이아 전쟁의 '희생양 주인공'들조차도 고귀하고 강력한 성품과 자질을 지니고 있기 때문에 우리는 그들에 대해 상당한 **인정감과 존중감**을 느끼게 되기 때문이다. 그들이 놓인 패배자라는 처지는 우리의 연민과 동정을 불러일으키지만 그들이 보여주는 용기와 투지는 연민과 동정의 감정을 압도하고 희석하며, 그들이 최후에 자신의 운명을 의연하고 당당하게 수용하는 모습은 오히려 **찬탄과 존경**의 감정을 갖게 만든다.12)

따라서 적어도 **연민**은 우리가 비극의 주인공에 대해 느끼는 주된 혹은 적절한 감정은 될 수 없다고 해야 한다. 이는 또한 우리가 경험적으로 비극을 보거나 읽고서 '슬픔'을 느끼는 일이 별로 없고 더구나 '눈물'이 나는 일 따위는 거의 없다는 사실과도 관계가 있다. 왜냐하면 비애나 연민의 감정은 비극이 아니라 앞서 제2장 비극적 비전의 내용과 맥락의 제2절 비극과 멜로드라마에서 논의했듯이 바로 '**패배의 멜로드라마**'나 '재난의 문학'이 우리에게 가져다주는 대표적 감정이기 때문이다. 비극의 감정이 연민이라는 유서 깊고

---

12) 여기서 반드시 짚고 넘어가야 될 것은 W.B. Stanford나 C. Segal이 전하는 고전기 희랍의 관중이 비극을 보고 느꼈다는 '격렬한 감정'은 오늘날 우리가 느끼는 감정과는 사뭇 다를 수 있다는 점이다(Stanford, *Greek Tragedy and the Emotions*, pp.21-5 및 C. Segal, *Tragedy and the Tragic*, p.164). 말하자면 아리스토텔레스의 '연민과 공포'는 F. L. Lucas교수도 지적했듯이 "다혈질의 흥분 잘하는 지중해 연안 민족에게나 더 맞는" 감정이라는 것이다(Lucas, *Tragedy: Serious Drama in Relation to Aristotle's Poetics*, pp.45-6). 고전기 희랍과 현대인 사이에는 민족성과 시대의 현저한 차이로 말미암아 필연적으로 감성구조에 있어서도 심대한 차이가 발생할 수밖에 없다. 이 글에서 우리는 비극의 감정에 관한 한, 어디까지나 오늘날 우리가 경험하는 감성과 반응에 비추어 논의하고자 한다.

2. 연민(*eleos*: pity, sympathy, compassion, ruth)　　269

줄기찬 오해는 아리스토텔레스가 '희랍비극'으로 알려진 작품들 가운데 오늘날에는 '패배의 멜로드라마'로 분류되는 작품들에 대해 내린 판단을 모든 '비극'에 대한 감정으로 오해했기 때문에 생긴 결과이다. 앞서 보았듯이, 희랍비극은 그 형식과 기법의 측면에서 다양한 실험정신의 산물이며 결과적으로 폭넓은 감정의 범주들을 망라하게 되었다. 따라서 고전기(공동연대 6세기 이후) 아테네에서는 오늘날의 분류법에 따르면 패배의 멜로드라마, 비극, 승리의 멜로드라마에 두루 걸쳐 있는 작품들이 산출되었다. 고전기 삼대 작가 가운데 패배의 멜로드라마를 가장 많이 쓴 작가는 에우리피데스이며 바로 이런 이유로 아리스토텔레스는 에우리피데스의 작품이 가장 '비극적인'(*tragikos*), 즉 가장 연민과 두려움을 크게 불러일으키는 작품이라고 불렀던 것이다.

한편 우리나라에서 비극이 곧 '슬픈 이야기'라는 일반적 오해의 배경에는 19세기 말에서 20세기 초에 서양 학술어가 일본인이나 중국인에 의해 옮겨질 때 '트래지디'를 '비극(悲劇)'으로 옮긴 데 그 근본적인 뿌리가 놓여 있다.13) 앞서 서론 부분에서 설명했듯이 희랍어 '트라고이디아'뿐만 아니라 이를 훗날 음역한 서양어 '트래지디'(혹은 '트라제디'나 '트라괴디')라는 말에는 슬프거나 괴롭다는

---

13) 가령 19세기 후반 '필로소피'를 일본 학자 니시 아마네(西周 1829-1897)는 처음 (앎을 희구한다는 의미로) '희철학(希哲學)'으로 옮겼으나 후에 그냥 '철학'으로 바꿨고, 중국의 이관용(李寬容)는 '원학(原學)'으로 옮겼으나 결국 아마네의 '철학'이 채택되었다. 비극은 중국학자 장관운(張觀雲 1866-1929)이 처음 옮겼다고 한다(이창숙, 〈중국 고전극의 '비극' 연구 – 현황과 전망〉, 《동서문화》 제43호, 2005, pp.97-8 참조). 이런 예들로서 저간의 사정을 알 수 있듯이, 원래 동북아에 없던 개념의 번역에는 적으나마 오해가 따를 수밖에 없었다.

감정은 들어 있지 않다.14) '트라고이디아'는 희랍 고전기에 아티카 지방의 '대(또는 도시)디오뉘시아 제전'(Great or City Dionysia)에서 공연된 드라마들을 일괄해 부르는 말에 지나지 않았으며, 그 어원에 관해서는 단지 '염소'들과 어떤 관계가 있는 말 – *tragos*염소 + *oide* 노래 – 이라는 것밖에 밝혀진 게 없다.15) 그러나 서세동점기(西勢東漸期)에 한자문화권 언어로 옮겨지면서 그 내용을 잘못 취하여 – 즉 슬픔이 주된 감정이 아님에도 불구하고 – '비극'으로 옮긴 것이 모든 문제의 발단이 되었다.

3. 두려움(*phobos*: fear, terror, horror)

아리스토텔레스에 의해 비극의 주된 감정 가운데 하나로 거명된 두려움(*phobos*)도 연민 못지않게 비극의 감정으로서 타당성이 심각하게 문제적이다. 아리스토텔레스는 두려움은 주인공이 당하는 부당한 고통이 우리들에게도 떨어질 것을 상상하고 느끼는 감정이라고 한다. 그러나 우리는 구체적인 비극 작품을 읽거나 볼 때 – 연민의

---

14) 그러나 일부 고전학자들에 따르면 공동연대 이전 4세기 아리스토텔레스 시대에 벌써 '트라고이디아'가 오늘날 '트래지디'가 갖고 있는 '슬프고 괴로운 극'이란 뜻을 갖게 되었다는 주장도 있다(Kaufmann, *Tragedy and Philosophy*, p.44).

15) 염소와 비극과의 관계는 대개 다음 세 가지 가운데 하나(혹은 둘)로 추측된다. 첫째, 코러스는 염소 가죽의 옷을 입고 – 즉 '사튀로스'의 모습으로 – 춤추고 노래했다. 둘째, 염소를 희생시키는 제의를 비극 공연에 앞서 행했다. 마지막으로, 염소를 상으로 내건 경연이었다(M. C. Howatson ed., *The Oxford Companion to Classical Literature*, Oxford: Oxford UP., 1989, p.575).

경우가 그렇듯이 – 과연 '두려움'을 느끼는지 새삼스레 자문해 볼 필요가 있다. 근대 이후의 평자들 가운데 적지 않은 사람들이 두려움을 느끼지 않는다고 고백한다.16) 그래서 연민과 마찬가지로, 두려움도 비극의 감정으로 정의하는 것은 적절치 못하다는 지적이 나오게 되었다. 예컨대 월터 카우프먼이나 데이빗 로스는 두려움이 관객의 처지에서 자신에게도 비슷한 운명이 떨어질까 보아 느끼게 되는 감정이라면, 과연 어떤 관객이 자신에게 오이디푸스의 운명이 떨어질 것이라고 느끼고 두려워하겠는가라고 묻고 있다. 또 사실이지 어떤 현대의 관객이 근친을 살해하든가 아니면 근친에 의해 살해당하게 되는 아가멤논, 헤라클레스, 오레스테스, 엘렉트라, 히폴뤼토스 혹은 펜세우스의 처지에 자신을 가져다 놓고 감정이입과 동일시를 경험할 수 있겠는가 하고 우리는 자문해 볼 수 있다. 희랍비극은 인간의 욕망이나 신념의 극단적 추구와 실현을 보여주려 하기 때문에 소재와 내용 면에서 일체의 금기와 제한이 없다. 결과적으로 오늘날 관객과 등장인물의 동일시는 일반적으로 쉽지 않다고 보아야 한다.

돌이켜 볼 때, 희랍비극뿐만 아니라 모든 비극에서 관객이나 독자가 느끼는 감정 가운데 설혹 두려움이 있다 해도 이는 우리가 일반적으로 느끼거나 생각하는 두려움은 아닌 듯하다. 브레리튼은 영어의 유사한 말들의 뉘앙스를 설명하며, 가령 fear는 강한 두려움, terror는 (패닉 효과를 수반할 수 있는) 극도의 두려움, horror는 강렬한(몸서리쳐지는) 혐오감 즉 경악의 느낌들을 가리킨다고 각각

16) F. L. Lucas, *Tragedy: Serious Drama in Relation to Aristotle's Poetics*, pp.40, 64.

정의한 다음, '비극'은 terror의 감정을 유발하고, '패배의 서사'는 horror의 감정을 불러일으킨다고 말한다. 희랍비극의 정서에 대한 독자적 연구를 행한 윌리엄 비델 스탠퍼드 교수도 비극의 감정으로서의 희랍어 *phobos*는 영어로 fear보다는 terror로 옮겨야 한다고 주장한다.17) 월터 카우프먼도 고전학자 조지 그럽(G. Grube)을 좇아서 phobos는 fear와 terror 사이에 놓여 있는 감정이라고 말한다. 즉 이들은 phobos가 일반적 의미의 '두려움'(즉 fear)이라기보다는 존재론적이고 형이상학적 공포의 함의를 갖는 '외포'(즉 terror 혹은 awe)에 가깝다는 데 합의하고 있다.18)

이상의 논의는 비극의 감정으로서의 *phobos*는 구체적이고 개별적인 불행이나 재난 앞에서 느끼는 두려움(fear)이라기보다는 그런 개별적인 사건들을 넘어서 그 배후에서 작동하는 이 세상의 변치 않고 가공할 만한 **법칙과 원리**들을 관객과 독자가 목격하고 인식했을 때 그들이 얻게 되는 **'충격적 각성'**(terror 혹은 awe)을 가리킨다는 것을 말해 주는 것이다.19) 말하자면 오늘날 우리는 자신이 오이디푸스처럼 부친을 살해하고 모친과 동침하는 사건을 겪으리라고 상

---

17) W. B. Stanford, *Greek Tragedy and the Emotions*, p.28.
18) 한편 국내의 이상섭 교수는 phobos는 fear 즉 '두려움'이지, terror 즉 '무서움'은 아니라고 주장한다. 그러나 이런 해석은 phobos란 말이 갖는 정서적 차원만 고려하고 그 배후에 놓여 있는 형이상학적 의미를 고려하지 않은 것이다(이상섭, 《아리스토텔레스의 〈시학〉 연구》, 문학과 지성사, 2003, p.44).
19) 이를 테면 제임스 조이스가 《젊은 예술가의 초상》에서 작가 지망생 주인공을 통해 "비극의 '공포'는 무엇이든 인간 고통의 심각하고 영원한 것 앞에서 우리가 느끼는 감정으로, 우리의 마음은 '비밀한 원인'과 결합한다"고 말할 때, '비밀한 원인'이란 곧 세상의 가공할 '법칙과 원리'를 뜻하는 것이라는 것을 알 수 있다(J. Joyce, *The Portrait of a Young Man as an Artist*, The Portable Joyce, New York: Viking P., 1972, p.471).

상할 수 없으며, 안티고네 같이 동기 간의 의무를 이행하기 위하여 목숨을 걸고 국법을 어기는 상황에 처할 일도 없을 듯하고, 또 엘렉트라 같이 부친을 무도하게 살해한 모친을 응징하기 위해 자신도 살인에 동참해야 할 일도 생기지 않으리라고 생각한다. 그러나 우리는 비극적 주인공의 이러한 사건과 행동들 뒤에는 앞서 제4장에서 말한 인간의 '근본적 비극적 조건'들로 말미암아 세상사의 어떤 엄격하면서도 가차 없는 법칙과 원리가 작동하고 있다는 것을 느끼게 되며, 이 느낌과 인식은 우리에게 세상살이의 **심각성, 엄중함**과 함께 그것의 **지난함과 위태로움**도 일깨워 주는 것이다.

여기서 인간의 '근본적 비극적 조건'이란 앞서 같은 이름의 항목에서 논의했듯이, 인간의 본유적 무지와 맹목, 가치와 욕망들 사이의 대립과 갈등, 그리고 이에 따른 삶의 본질적 불안정성과 취약성, 나아가 잘못과 처벌 사이의 불균형성과 무차별성 등과 같은 조건들을 가리킨다. 비극이 일깨우는, 인간이면 누구나 공유할 수밖에 없는 이런 '근본적 비극적 조건'들에 대한 인식과 각성은 우리로 하여금 어떤 **'외경과 공포'**의 감정, 한마디로 **'외포'**(畏怖 awe)를 느끼게 한다. 다시 말해 인간이라는 공통된 유대는 곧 우리도 이런 비극적 조건들을 비극의 주인공과 **공유**하고 있다는 사실을 우리에게 상기시켜주는 것이다. 그러므로, 관객이 비극의 주인공을 통해 목격하고 깨닫게 되는, 이 세상을 지배하는 가공할 우주적 법칙과 원리들은 관객으로 하여금 그저 막연한 '두려움'이란 감정보다 외경과 공포의 결합인 **'외포'**의 감정을 갖게 한다고 말하는 것이 더욱 적절해 보인다. 이런 맥락에서 새뮤얼 붓처 같은 평자는 비극의 '두려움'은 인간의 운명 그 자체와 연관된 것이고, 낱낱의 인간의 개별성을 뛰어

넘는 '비개인적인 정서'라고 지적하고 있다.[20] 이는 곧 비극의 두려움은 비극이 최종적으로 가져다준다고 많은 평자들이 주장하는 '고통스러운 신비와 곤혹감'의 다른 이름에 지나지 않는다는 것을 말해준다. 이 신비와 곤혹감은 감정과 정서의 영역이라기보다는 사고와 정신의 영역에 속하는 것으로서, 결국 야스퍼스가 말하는 '비극의 지혜'나 '비극의 철학'으로 이어지는 것이라고 생각된다.[21]

4. 찬탄(admiration)과 외포(awe)

"에우리피데스는 감히 가르쳤네.
비록 신들이 강력하고 사악하다 할지라도
그리고 인간은 비록 약하다 하더라도,
인간은 선을 추구함으로써 신들과 대등해질 수 있다는 것을."
　　　　　　　　　　- 로버트 브라우닝, 〈아리스토파네스의 변명〉, 428-30.

우리가 만약 아리스토텔레스를 따라 비극이 제공하는 주된 감정을 연민과 두려움이라고 전제한다면, 현존하는 희랍비극 가운데서 이런 감정들이 가장 잘 드러나는 대표적 장면은 에우리피데스의 《트로이아의 여인들》에서 전령 탈튀비오스가 헥토르의 아내 안드로

---

20) *Aristotle. Aristotle's Theory of Poetry and Fine Art*, S. H. Butcher trans., New York: Dover P., 1951, p.263.
21) Karl Jaspers, *Tragedy Is Not Enough*, Harald A. T. Reiche et al. trans., pp.31-33.

마케 및 그의 어머니 헤카베와 나누는 대화 장면이라 할 수 있다. 여기서 탈튀비오스는 그들의 아들이자 손자인 아스튀아낙스가 그들이 예상한 것보다 훨씬 더 참혹한 최후를 맞이했다는 – 즉 트로이아성의 가장 높은 성루에서 떨어뜨려 죽임 당했다는 – 사실을 전해주며 그들을 깊이 동정한다. 즉 그는 그들이 희생양으로서 겪는 고통에 대해서는 '연민'을, 그들이 전쟁의 패자로서 겪어야 하는 '운명'의 비참함에 대해서는 '두려움'의 감정을 증언하고 있는 것이다. 그러나 우리는 앞서 소개한 서사문학 삼분법을 따를 경우 《트로이아의 여인들》은 비극이라기보다는 '패배의 멜로드라마'에 속한다는 것을 알 수 있고, 위의 탈튀비오스가 느끼는 연민과 두려움의 감정은 '패배의 멜로드라마'에서 '희생양 주인공'이 불러일으키는 전형적인 감정이라는 것 또한 알 수 있다. 왜냐하면 비극의 감정은 전술했다시피 등장인물의 **자기 책임**도 일부 있는 불행과 고통에 대해 관객/독자가 느끼는 것이고, 패배의 멜로드라마의 감정은 오로지 **외부로부터 주어지는 고통과 불행**을 겪는 **희생자**에 대해 관객/독자가 보이는 반응을 가리키기 때문이다.

앞서 연민의 감정을 논의할 때 언급했듯이, 에우리피데스는 삼대작가 중에서 연민과 두려움의 감정을 가장 강력하게 불러일으키는 서사양식인 '패배의 멜로드라마'를 가장 많이 썼다는 사실(4 혹은 5편)과 아리스토텔레스는 그를 《시학》 제13장에서 가장 '비극적'인 (*tragikos*) 작가라고 평했다는 두 가지 사실을 놓고 보면, 아리스토텔레스는 '패배의 멜로드라마' 형식의 작품을 가장 '비극적'인 것이라고 생각했다는 것을 알 수 있다. 이로써 아리스토텔레스가 말하는 비극의 감정으로서의 연민과 두려움은 우리가 판단하는 '비극'이 아

니라 '패배의 멜로드라마'의 감정을 가리키는 것이라는 우리의 논지
는 이제 분명해졌다.

따라서 결론적으로 말해, 우리는 아리스토텔레스가 비극에서 느
끼는 한 쌍의 감정으로 정의한 두려움과 연민이 비극이 가져다주는
가장 적절한 감정들이라는 데 동의할 수 없다(연민과 두려움이 없
다는 게 아니라 단지 대표적 감정으로 인정할 수는 없다는 것이
다)[22]. 우리는 이제껏 논의해 온 '비극적 비전'의 핵심적 구성요소
를 모두 갖추고 보여줌으로서 후대의 '비극'의 **전범**이 된 10편의 -
아이스퀼로스의 《프로메테우스》, 《제주를 바치는 여인들》, 《테바이
를 공격하는 일곱 장수》와 소포클레스의 《참주 오이디푸스》, 《안티
고네》, 《아이아스》 및 에우리피데스의 《히폴뤼토스》, 《엘렉트라》,
《헤카베》, 《아울리스의 이피게네이아》 - 희랍비극에 대해 우리가
느끼는 주된 감정은 **연민과 두려움**이라기보다는 차라리 **찬탄과 외
포(경)**라고 생각한다. 찬탄은 주인공의 성품과 자질에 대해서 우리
가 느끼는 감정이고, 외포(경)는 이 세상의 이치와 법칙의 엄격함과
가차 없음에 대해 느끼는 것이다. 다시 말해 위 작품들에 등장하는
주인공은 자신의 성품과 그를 둘러싼 환경(외부의 힘)의 결합으로
말미암아 그에게 떨어질 수 있는 가장 고통스런 상황에 직면하게
되며, 그때 그는 독자적 선택을 통한 행위를 하고, 그 결과를 온몸
으로 책임지는 모습을 보인다. 우리는 이런 주인공의 파멸을 목격했
을 때 그에 대해 애처롭고 안쓰러운 감정을 품는 것 이상으로 그를

---

22) 21세기에 들어와 가장 종합적이고 설득력 있는 '비극론'을 쓴 학자 가운데 한
   명인 Terry Eagleton도 "동정과 두려움은 확실히 비극의 감정에 들어맞지 않는다"
   고 말한다(Terry Eagleton, *Sweet Violence*, p.293).

자랑스럽게 생각하고 그의 정신에 감탄과 존경의 느낌을 갖지 않을 수 없는 것이다. 그래서 아리스토텔레스 사후 천팔백 년이 지난 뒤 르네상스 시대에 고전 비극이 다시금 발굴되었을 때 이탈리아 시인이며 비평가였던 안토니오 민투르노(Antonio Minturno)와 영국 르네상스기를 열었던 대표적 시인, 비평가인 필립 시드니는 비극의 감정에 '연민과 두려움' 외에 '찬탄과 외경'의 감정을 덧붙여야 한다고 주장했고, 17세기 프랑스 고전기의 대표적 비극작가인 코르네이유 또한 '찬탄'을 더하고자 했다.23) 현대의 평자들 가운데는 D. D. 레이필, 에릭 벤틀리, 허버트 멀러 그리고 조너던 리어 등이 대표적으로 찬탄과 외경을 비극의 주된 감정으로 주장한다.24)

아리스토텔레스는 공동연대 이전 5세기의 **비극시대**가 지나간 뒤, 전통적 신화와 서사시의 영웅설화를 비판적으로 보는 공동연대 이전 4세기 **철학시대**를 대표하는 인물이므로 영웅설화에 뿌리박고 있는 비극적 정신과 정념을 제대로 이해할 수 없었다는 것을 고려해야 한다. 앞서 말했듯이 그는 비극을 순전히 합리적이고 이성적으로 이해 가능하도록 만들려 했고 철저히 기능적으로 파악했으며, 비극작가가 삶과 세계에 대한 어떤 심오한 통찰과 지혜를 전해 줄 수

23) 《시학》의 제작 연대는 공동연대 이전 360년과 320년 사이라고 여겨지며 (Aristotle, *The Poetics of Aristotle*. Stephen Halliwell trans. & com., p.1), 길버트 하이트의 획기적 노작인 《고전적 전통》에 따르면 《안티고네》의 이탈리아어 초역은 1533년이다(Gilbert Highet, *The Classical Tradition*, p.133); A. Minturno는 Oscar Mandel, *A Definition of Tragedy*, p.90에서 재인용; 필립 시드니는 *Tragedy: Developments in Criticism*, R. P. Draper ed., p.70에서 재인용; 코르네이유는 브루노 클레망/송민숙 옮김, 《프랑스 고전비극》, 동문선, 2002, p.59.
24) D. D. Raphael, *The Paradox of Tragedy*, pp.32-6; Eric Bentley, *The Life of the Drama*, p.281; Herbert Muller, *The Spirit of Tragedy*, p.16; J. Lear, *Essays on Aristotle's Poetics*, A. O. Rorty ed., p.334; 주광잠, 《비극심리학》, pp.434-8.

있다는 생각은 하지 않았다. 인간과 세계에 대한 지혜와 통찰로 말하면 오직 자신과 같은 철학자들만이 제공해 줄 수 있다고 확신했기 때문이다. 그것이 그의 《시학》이 그 내부에 치명적인 '비평적 공백'을 갖고 있는 이유이다.[25] 그는 희랍비극에서 핵심적 개념인 운명, 신들의 역할, 가치의 갈등과 충돌, 고통의 의미, '휘브리스'와 '네메시스'의 관념 등을 논의에서 배제하였던 것이다.[26]

이렇게 그는 비극의 철학적, 형이상학적 차원을 무시했으나 스승 플라톤이 주장하고 염려했듯이 비극이 인간의 마음을 휘젓고 뒤흔들어 이성과 분별력을 흐리게 하고 약화한다는 예술 혐오론은 배격하였다. 그가 볼 때 이 세상에서 인간이 만든 것은 모두 나름의 기능과 목적을 갖고 있고, 비극의 경우 그 기능은 인간의 마음을 정화(淨化)하여 평형상태로 만들어 주는 데 있다고 보았다. 즉 비극은 연민과 두려움이란 강렬한 감정을 불러일으킨 뒤 이 감정들이 이윽고 씻겨나가게 함으로써 더욱 '훈련되고' 건강한 균형상태의 마음을 갖게 해 준다는 것이다. 이것이 그의 카타르시스 이론이다.

그러나 아래에서 자세히 설명하겠지만 카타르시스는 '비극'의 기능이라기보다는 차라리 '승리의 멜로드라마'나 '패배의 멜로드라마'의 기능이고 효과라고 해야 한다. 우리가 다함없는 안도감과 희열감 그리고 후련함을 맛보거나 아니면 그 반대로 가슴이 먹먹한 슬픔이나 하염없는 연민의 홍수에 잠기게 하는 것은 바로 성공적인 승리

---

25) D. M. Hill and F. W. Bateson, "Catharsis: An Excision from the Dictionary of Critical Terms," *Tragedy: Modern Essays in Criticism*, Michel & Sewall, eds., p.277, 295.
26) 위와 동일.

및 패배의 멜로드라마가 제공해 주는 강력한 감정적 효과이다. 이런 강렬한 감정은 한동안 극도로 우리를 사로잡고 압도한 다음 이윽고 사그라져 감에 따라 우리의 가슴에 평소에 남아 있던 앙금 즉 심정적 찌꺼기까지도 함께 씻어 내는 듯한 느낌을 가져다준다. 그러나 비극의 경우 어떤 정신적 각성과 계몽은 얻을 수 있을지언정 아리스토텔레스식으로 – 그리고 승리나 패배의 멜로드라마가 제공하는 것 같은 – 마음이 상쾌해지고 후련해진 다음 다시금 평온을 되찾는 일은 경험상 일어나지 않는 것 같다. 비극은 궁극적으로 우리의 감정이 아니라 정신(지성)에 호소하는 것이고, 그 효과는 마음의 평정이라기보다 지적 아포리아 즉 곤혹감 내지 신비감이기 때문이다. 결론적으로 말해 비극의 감정을 굳이 규정하자면 연민과 두려움이라고 하기보다는 **찬탄과 외포**라고 해야 하며, 그것의 최종적 효과와 기능은 심리적 정화라기보다는 **정신적 깨달음**이라고 말해야 한다.

5. 카타르시스(*catharsis*)

역시 영문학자로 살았으며 평생 일기를 써온 필자의 선친(채관석蔡官錫 1903-97)은 나이 여든이 넘은 80년대 어느 해 6.25 특집으로 방영된 "나비야 훨훨 날아라"라는 빨치산 투쟁을 담은 텔레비전 프로를 보고난 뒤 다음과 같은 기록을 남겼다: "사랑하는 애인이 억울하게 빨치산으로 몰려 살해당하자 주인공 처녀는 애인을 죽인 상대를 끝내 찾아냈고, 그가 자신을 향해 쏘는 총알을 여러 발 가슴에 맞고서도 비틀거

리는 몸으로 더듬더듬 걸어 기어코 그에게 다가가 그의 가슴을 두 손
으로 할퀴며 쓰러지는 것이다. 이 처녀의 비장한 최후 장면을 보고서는
울지 않을 수 없었고, 울고 나서도 기쁨을 느낀다. 무엇인지 몰라도 내
영혼이 마땅히 있어야 할 처소에 안주된 느낌이다. 이런 것이 이른바
정화(淨化)의 상태인지도 모른다."

　"카타르시스를 통해 관객들은 다시 마음이 밝아지고 상쾌해지며, 살아
가면서 **사람 노릇을 좀 더 잘할 수 있을 것** 같다는 느낌을 갖게 된다."
　　　　　　　　　　　　　 - 마이클 티어노,《스토리텔링의 비밀》

　아리스토텔레스는 앞서 말했듯이 《시학》 제6장에서 비극은 연민
과 두려움의 감정을 일으키고 이어서 이 감정들의 '카타르시스'를
행한다고 하였다. 카타르시스라는 말은 이때 단 한 번 언급되며, 다
시는 등장하지 않는다. 그는 또 제14장에서는 "비극에 고유한 '쾌
감'(hedone)은 연민과 두려움에서 오는 쾌감"이라고 설명하였다. 따
라서 이 두 개의 논의를 종합하면 아리스토텔레스는 비극의 고유한
쾌감은 바로 카타르시스를 통해 발생한다고 말하고 있는 것이다.[27]
여기에 참고로 덧붙이자면 그는 제작학에 속하는 세 권의 -《수사
학》, 상실된 《시인론》, 그리고 《시학》- 책을 썼고, 이 책들의 열쇠
말은 기술 즉 '테크네'(techne)이다. 즉 그는 비극을 포함해 모든 인
간의 산물은 나름의 목적이 있고 특정한 '기능'을 수행한다고 주장
한다. 비극의 경우 이는 특유한 쾌감 즉 카타르시스를 제공함으로써
우리의 감정을 **'순화'**(purification) 혹은 **'정화'**(purgation)하는 기능을

---

27) 즉 그가 이 '카타르시스'란 개념을 도입한 것은 비극은 나름의 특유한 기쁨을
　　주는데, 이 기쁨의 실체와 내용은 무엇인지 설명하기 위해서이다.

수행하는 것이다. 카타르시스에 대한 지난 세월 동안의 학자들 사이의 구구한 해석들을 여기서 상세히 소개하고 논의함으로써 독자들을 골치 아프게 할 필요는 없다고 생각한다. 단지 그것들은 역사적으로 크게 네 가지로 나뉘며, 의학적 배설(정화)론, 종교적(도덕적) 순화론, 구조적 이론(즉 플롯 내부의 사건들의 정화), 지적 명료화론 등이 있다는 것을 지적하는 것으로 만족하자.

한편 돌이켜 볼 때 문학의 이론의 역사에서 카타르시스론만큼 숱한 해석상의 논란을 불러일으킨 이론도 많지 않다.[28] 그리고 어찌 보면 이런 논란이 생긴 것에는 그럴 만한 까닭이 있다. 왜냐하면 이 논의는 바로 문학의 존재 이유, 즉 그 효과와 기능의 문제와 직결되기 때문이다. 문학은 우선 감정에 호소하고 감동을 불러일으키며, 이는 정신적 깨우침 및 사고와 관점의 변화로 이어진다고 생각되었기 때문이다. 아리스토텔레스의 카타르시스론은 바로 이런 문학의 핵심적 기능에 대한 가장 명쾌한 해설이라고 생각되었고, 그의 해설은 오늘날에 이르기까지 기본적으로 옳다고 여겨지는 것이다.

그러나 그의 논의는 - 그의 대부분의 논의가 그렇듯이 - 반은 맞고 반은 틀린 듯하다. 즉 희랍비극(*tragoidia*)이 카타르시스를 제공해야 한다는 그의 말은 맞지만, 이때 '희랍비극'이란 앞서 논의 했듯이 '승리의 멜로드라마'나 '패배의 멜로드라마'를 가리키는 것이지 오늘날 기준에서의 '비극'을 가리키는 것이 아니다. 일반적으로 말해, 잘 쓰인 '승리의 멜로드라마'가 제공하는 안도와 환희의 감정은

---

28) G. 엘스에 따르면 카타르시스에 관한 기존의 문헌을 조사하고 연구하는 것만으로도 한 권의 책이 필요하다고 한다(Gerald F. Else, *Aristotle's Poetics: The Argument*, Cambridge: Harvard UP., 1967, p.225).

역시 전술했듯이 강력한 카타르시스의 효과를 가져다주며, 또 '패배의 멜로드라마'에서 느끼는 연민과 슬픔도 적지 않은 카타르시스의 작용을 하기 때문이다. 성공적인 승리의 멜로드라마가 제공하는 안도와 희열 또는 감격만큼 우리를 크게 감동시키는 것도 드물며, 이 감동은 우리로 하여금 분명한 정서적 정화(혹은 순화)의 효과를 맛보게 해준다. 따라서 아리스토텔레스가 희랍비극은 카타르시스를 가져다준다고 한 것은 맞지만, 이 카타르시스가 연민과 두려움의 감정의 결과라는 《시학》 제6장의 주장은 역시 반만 수긍할 수 있다. 왜냐하면 카타르시스의 효과는 '패배의 멜로드라마'의 감정인 연민과 두려움이 가져다주는 것보다 '승리의 멜로드라마'의 감정인 안도와 희열이 제공해 주는 것이 더욱 뚜렷하고 강력하기 때문이다.

앞서 제2장 2절의 서사문학의 세 갈래에서 말했듯이 현존하는 희랍비극 31편에는 지금의 기준으로 보면 '비극' 및 '승리의 멜로드라마'와 '패배의 멜로드라마'가 두루 섞여 있지만, 전체적으로는 승리의 멜로드라마(15편)가 비극(10편)이나 패배의 멜로드라마(6편)보다 훨씬 더 많다. 그러므로 아리스토텔레스가 비극이 행하는 기능이 카타르시스라고 한 것은, '승리의 멜로드라마'가 희랍비극의 대종(大宗)을 이루고 있다는 사실 및 이 '승리의 멜로드라마'가 가져다주는 감정이 안도와 희열의 감정이라는 사실을 고려할 때 결국 옳은 지적이다. 달리 말해, 희랍비극이 제공하는 정서적 효과는 카타르시스이고, 카타르시스야말로 문학이 우리에게 줄 수 있는 가장 강력한 **정서적 효과**인 **'쾌감'**(hedone)의 근원이라는 아리스토텔레스의 논의는 타당한 것이다. 그러나 동시에 아리스토텔레스는 후대에 '비극'이 우리를 후련하고 시원하게 만드는 카타르시스의 효과를 가져다준다고 하는 심각한 오해를 낳게 했다. 왜냐하면 앞서 지적했듯이 그가 말한 카타르시스 론은 '비극'이 아니라 '승리의 멜로드라마'와 '패배의 멜로드라마'에나 알맞은 해석이기 때문이다. 다시 말해 '비극'은 승리나 패배의 멜로드라마의 주된 기능인 **정서적 카타르시스의 효과**를 가져다주기보다는 오히려 강력한 **정신적 각성과 계몽**을 제공해 주는 것을 그 본령으로 한다는 사실이 간과되거나 무시될 수 있기 때문이다. 이제껏 논의한 대로, 비극이 우리에게 소중한 것은 그것이 세상살이의 험난함과 위태로움, 그리고 이에 맞선 인간의 선택과 행동의 가능성, 여기서 드러나는 인간의 정신적 힘의 크기, 아울러 최후의 역설적 종말에서 드러나는 신비감 등을 통하여 우리의 정신을 일깨우고 확장시켜 주는 데 있다. 그것은 결코 우리의 마음을 휘젓고 뒤흔든 다음 이윽고 평안하게 만드는 '카타르시스'라는 심리적 효과만을 그 목적으로 하지 않는 것이다.

6. 비극의 즐거움

"진실은 잔인하지만 우리가 사랑할 수 있는 것이며, 그것을 사랑하는 자를 자유롭게 한다."

—조지 산타야나

"진리가 너희를 자유롭게 할 것이다."

—《요한 8:31》

우리는 위에서 승리의 멜로드라마는 안도와 희열, 패배의 멜로드라마는 연민과 두려움을 불러일으키고 각각 이러한 감정들을 통해 카타르시스를 경험케 한다고 정리했다. 이에 반해, 비극은 찬탄과 외포의 감정을 갖게 하며 이는 정신적 각성과 계몽으로 이끈다고 설명했다. 즉 승리와 패배 두 종류 멜로드라마의 효과가 카타르시스라는 '쾌'(*hedone*)의 정서라고 하면, 비극의 효과는 인식과 깨달음이라는 지적 '즐거움'(*to chairein*)을 제공한다는 것이다. 여기서는 다시 이 장의 첫머리에서 제기한 대로 플라톤이 《필레부스》에서 처음 언급하고 아리스토텔레스도 《시학》 4장에서 말한 것처럼, 고통과 불행을 묘사하는 비극이 어떤 이유로 우리에게 '즐거움'을 가져다주는지 생각보기로 한다.

이는 비극론의 가장 흥미로우면서도 해결이 쉽지 않은 난제인 만큼 역사적으로 여러 가지 답안이 제시되었다. 가장 단순한 전통적인 설명 가운데 하나는 비극의 근본적인 '비실재성'론이다. 즉 관객이 무대에서 보는 것은 사건이나 행동의 '재현'이지 사실 그 자체가 아니며, 비극은 모든 재현예술이 그렇듯이 '실재라는 강력한 환상'을 제공할 뿐이라는 것이다.[29] 루크레티우스가 말했듯이 해변에서 바라보면 바다의 무시무시한 격랑과 싸우는 뱃사공의 모습이 흥미진진하듯이 제아무리 괴롭고 슬픈 얘기도 제삼자의 관점에서 보면 즐겁다.[30] 이 논의는 다음에 말할 '악의론'(惡意論 *Schadenfreude*)과도 쉽게 연결된다. 18세기 영국 경험론 철학자들인 데이빗 흄, 에드먼

---

[29] A. D. Nuttall, *Why Does Tragedy Give Pleasure?* p.82.
[30] "거센 바람이 휘몰아치는 바닷가에 서서/ 곤경에 빠진 뱃사공을 바라보는 일은/ 얼마나 즐거운 일인가./ 남이 고생하는 것을 보고/ 즐거워하는 게 아니라,/ 그대가 화를 면한 것을 알고/ 즐거워하는 것이다."(루크레티우스/강대진 옮김, 《사물의 본성에 대하여》 II, 아카넷, 2012, p.1).

드 버크 그리고 조지프 애디슨 등은 인간의 원초적인 심리적 약점의 관점에서 비극의 즐거움을 설명하였는데, 내가 아닌 남에게 닥친 불행을 보면서 슬픈(힘든) 세상사에서 자신이 면제된 것에 안도하고 감사하는 감정이 있다는 것이다. 한마디로, 나에게 일어나면 고통이지만 타인에게 일어나면 즐거움이다.[31]

이 논의는 '나쁜 즐거움'쯤으로 번역할 수 있는 독일어 '샤덴프로이데'에 뿌리를 두고 있으며, 인간이 스스로 야기(惹起)하거나 조장하지 않은 타인의 불행을 보면서 느끼는 즐거움을 가리킨다.[32] 이 감정은 비록 인지상정일망정 인간이 지니는 보편적인 약점인 것은 분명하고, 비극의 즐거움에도 – 위의 경험주의자들처럼 – 일부 작용한다고 주장하는 평자들이 있었다. 그러나 오늘날 이 이론은 실제의 고통을 보고 느끼는 것과 연극으로 재현된 고통을 보고 느끼는 것은 전혀 다르다는 사실을 혼동하고 있다는 비판 앞에서 지지자들을 거의 잃었다.[33] 비록 인간의 본성 가운데는 샤덴프로이데적 요소가 없지 않으나 재현 예술로서의 비극의 감정으로서는 설득력이 없다는 것이다. 한마디로, 연극의 비실재성론이나 샤덴프로이데론은 비극의 감정을 설명하기에는 너무나 피상적인 접근이며, 비극의 진

---

31) 조지프 애디슨은 "우리가 자신은 안전하다고 느낄 때 끔찍한 사물을 바라보는 것은 즐겁고, 더욱 무시무시할수록 더 즐겁다"라고 했고, 프랑스 계몽주의의 선두주자 가운데 한 명인 라 로슈코프는 "가장 친한 친구의 불행을 보면서 우리는 마음 한구석에 뭔가 기분 나쁘지 않은 점이 있는 것을 느낀다"라는 말을 했다. 한편 쇼펜하우어는 이런 감정은 인간 본성의 가장 추악한 면이고 도덕적 천박함의 명확한 증거라고 비판했으나 오히려 쇼펜하우어의 말이 좀 더 위선적으로 들린다 (쇼펜하우어, 《의지와 표상으로서의 세계》, 을유문화사, 1994, 제58장).
32) 볼프 슈나이더/박종대 옮김, 《진정한 행복》, 을유문화사, 2008, pp.285-6.
33) 주광잠, 《비극심리학》, p.364.

정한 의의나 그것이 가져다주는 심오한 즐거움의 문제와는 아무런 관련도 없다는 데 오늘날 대부분의 평자들은 동의한다.

비극의 즐거움에 대한 논의는 그것을 본격적으로 처음 제기함과 동시에 그 모범 답안을 제시했던 아리스토텔레스에게로 다시 돌아가야 한다. 왜냐하면 그가 내놓은 답안만큼 설득력을 지닌 논의도 아직껏 나타나지 않은 듯하기 때문이다. 그는 《시학》 서두에서 인간은 "사물을 모방하고, 그 모방된 것을 바라보는 데서 기쁨을 느끼는" 존재라고 말한다. 그래서 심지어 실제로는 흉측한 대상도 그림으로 자세히 그려 놓은 것을 보면 즐거움을 느낀다는 것이다.

"몹시 보기 흉한 동물이나 시체도 아주 정확하게 그려 놓으면 그것을 바라보며 즐거움을 느낀다. 왜냐하면 인간은 무엇을 배우고 이해한다는 것에서 큰 즐거움을 느끼기 때문이다."(제4장)

그 즐거움의 까닭은 무엇인가? 그것은 바로 **모방**을 통해서 **배우고 알게** 된다는 것이다. 즉 비극의 즐거움은 – 정서적인 것이라기보다 – 본질적으로 **정신적이고 인지적인 즐거움**이다. 아무리 끔찍한 사물도 정확히 그려놓은 것을 보면 즐거움을 느낀다고 아리스토텔레스가 말했듯이, 비극이 아무리 고통스럽고 비참한 삶의 실상을 모방할지라도 그것을 충실히 재현할 경우에는 우리에게 기쁨을 가져다준다. 비극의 진정한 그리고 특유한 기쁨은 **진실**이 드러났을 때 우리가 느끼는 기쁨이고, 우리의 앎이 **확장**되어 가는 데서 오는 즐거움이다.[34] 비극이 수행하는 인간 행동의 모방은 가장 확대되고

---

34) T. R. Henn, *The Harvest of Tragedy*, p.292.

심화된 삶의 이미지다. 인간의 가능성과 잠재력의 극한을 보여주는 비극은 그래서 인간에 대한 가장 깊숙한 진실을 우리에게 일깨워 준다. 우리는 그 진실이 아무리 무섭고 끔찍하다 해도 그것의 실체를 목격했을 때는 일종의 정신적 **승리감과 만족감**을 느낀다는 것을 알고 있다. 가령 우리는 전시(戰時)나 국가 재난의 시기에 처할 경우 우리를 안도시키기 위한 허위보도보다는 사실 그대로의 충격적인 소식을 더 듣기 원하며, 중병에 걸린(또는 시한부의 삶을 살아야 하는) 환자는 자신의 병세를 얼버무리는 가족의 말보다는 정확한 진단의 결과를 전해 주는 의사의 말을 내심 더욱 고대하게 된다. 이처럼 우리는 진정한 앎을 제공해 주는 것이면, 그것이 무엇이든 추구하려 하며 그것을 획득했을 때 어떤 만족감과 일종의 승리감을 느끼는 존재이다. 이런 맥락에서 F. L. 루카스는 아리스토텔레스를 따라 비극은 "그게 무엇이든 간에 정신이 번쩍 들게 하는 진실의 날카롭고 씁쓸한 맛을 맛보게" 해 주기 때문에 우리에게 기쁨을 준다고 말했다.35) 또 위에 인용한 20세기 초 미국의 대표적 철학자 조지 산타야나는 "진실은 잔인하지만 우리가 사랑할 수 있는 것이며, 그것을 사랑하는 자를 자유롭게" 한다고 말했다.36) 또 현대의 대표적 비극이론가 가운데 하나인 노먼드 벌린은 "사실을 사실로 직면하고 직시한다는 것은 그 사실이 무엇이든 우리에게 쾌의 감정을 가져다준다"고 말한다.37) 한편 비극이 잔인한 진실을 직시하게 해준다는 것은, 거꾸로 비극은 이 세상이 선한 자에게는 보상을 악

35) F. L. Lucas, *Tragedy: Serious Drama in Relation to Aristotle's Poetics*, p.69.
36) George Santayana, "Ideal Immortality," *Little Essays*, New York: Scribner's, 1921.
37) Normand Berlin, *The Secret Cause: A Discussion of Tragedy*, p.176.

한 자에게는 징벌을 적절히 나누어 줌으로써 정의를 실현한다는 동화나 우화 혹은 승리의 멜로드라마의 거짓과 기만을 깨부숨으로써 우리를 기쁘게 해 준다는 뜻도 된다.

그러면 비극이 드러내 주고 깨우쳐 주는 그 진실들이란 과연 무엇인가? 비극이 보여주는 궁극적인 진실은 인간의 근본적이고 불가피한 **비극적 조건**들 및 여기서 비롯되는 이 **세상의 구조와 법칙**들을 가리킨다. 말하자면 인간의 근본적 무지와 맹목성, 성격의 불변성, 갈등의 불가피함, 오직 좌절과 패배 가운데서만 성취되는 욕망, 행위와 결과의 불균형성 및 파멸의 무차별성 등이다. 가령 셰익스피어의 《리어 왕》의 경우 작품 가운데서 리어의 특징적 결함인 무지와 맹목 및 오만은 그를 고통의 나락 속으로 던져 넣지만, 동시에 그의 성격적 장점인 강력한 성품은 그로 하여금 세상과 더불어 강렬하고 파멸적인 투쟁을 벌이게 만든다. 그러나 작품이 진행됨에 따라 그의 결함은 그의 장점을 압도하여, 그는 결국 그가 행한 과오 이상의 무자비한 보복과 응징을 당한다("내가 죄지은 것보다 사람들이 내게 더 많이 죄를 지은 것이다"-3막 2장 60행). 즉 그의 최후는 잘못과 처벌의 극단적 불균형을 보여준다. 우리는 이런 종말을 목격할 때, 이 세상의 법칙과 구조의 **엄격함과 비정함** 혹은 **가혹함**을 새삼스레 목도하고 **외포**의 감정을 갖게 된다. 그러나 이 외포의 감정은 동시에 이 세상에 대한 **앎과 통찰**이 더욱 확대되었다는 자긍심으로 말미암아 곧 일종의 **기쁨**을 수반한다. 세상의 구조와 법칙을 목격하고 깨닫는다는 것은 일종의 **고양감**(앙양감)을 가져다주기 때문이다. 우리는 우리 자신의 용렬하고 편협한 안목에서 벗어나 보다 높은 견지에서 인간의 조건과 운명을 관조하며, 인간의 가능성과 그것의 한계에 대한 새로운 통찰을 갖게 되는 것이다. 그래서 어떤 평자는 《리어 왕》을 음미한다는 것은 "세계의 실체, 우주의 조건을 목격하는 것이고, 이는 관객이나 독자의 자기 인식과 세계 인식 면에서 하나의 중요한 진보요 성장을 가져다줌으로써 그를 고양하고 강화한다"고 말한다.38)

그러나 비극이 확인해 주는 진실 가운데 가장 중요한 것은 무엇보다도 인간의 한계와 함께 그의 **가능성**에 대한 인식이다. 비극은 인간이 그것이 운명이든 신이든 간에 파괴적인 외부의 힘 앞에서 결코 만만하게 굴복하지 않으며, 자신의 힘과 가능성을 남김없이 발휘하고서야 쓰러지는 존재라는 것을 보여준다. 서양비극문학의 최고봉으로서 이런 인간의 잠재력과 가능성의 극한을 보여주는 인물은 단연 《참주 오이디푸스》의 오이디푸스이다. 아리스토텔레스가 "눈으로 보지 않고 경과를 듣기만 해도 전율을 느낄" 끔찍한 죄악과 패륜이라고 말한 범죄의 주범이 바로 자신임이 밝혀지자, 그는 주변의 코로스가 차라리 자살을 권유할 때 "내 고통을 감당할 자는 세상에 나 말고는 아무도 없다"고 말하며 스스로를 눈멀게 하고 황야로 추방한다(《시학》 14장, 《참주 오이디푸스》 1415행). 오이디푸스가 인간의 인내와 수용 능력의 화신이라는 것은 훗날 로마의 최고의 스토아 철학자였던 마르쿠스 아우렐리우스로 하여금 그의 《명상록》에서 "오 키타이론이여, 키타이론이여 하고 부르짖은 자도 자신의 몫을 견뎌냈나니"라고 추앙하며 그를 자신의 전범으로 삼게 만들었다(《명상록》 11장 6절). 이런 맥락에서 어느 평자는 오이디푸스의

---

38) Clifford Leech, *Tragedy*, London: Methuen, 1969, p.51.

최후를 보여주는 《콜로노스의 오이디푸스》에서 오이디푸스가 마지막에 들려주는 말은 '너는 견뎌야 한다. 왜냐하면 너는 엄청난 것을 견딜 수 있으므로'라고 한다.[39] 칼 야스퍼스는 비극적 주인공은 "무의미를 강요하는 운명 그 자체에 대해 단호히 아니라고 선언하고 투쟁하는 자"라고 말한다.[40] 시인 워즈워스도 그의 시 〈더든강江〉에서 "인간은 우리가 아는 것보다 더욱 위대하며, 이승에서의 삶이 가져다주는 변화와 격변을 위엄 있게 견뎌낼 능력이 있는 존재"라고 노래했듯이, 인간은 우리가 생각하는 것보다 훨씬 더 뛰어난 **용기**(*andreia*)와 **인내**(*tlemosyne*)를 보여준다는 것이 비극이 구현하는 인간상이다.[41]

비극의 주인공이 인간의 가능성에 관해 획득하는 최후의 인식은 이 세상에서 스스로의 **몫과 위상**에 대한 것이고, 이것은 곧 그의 **자기 인식**의 내용을 이루며 이윽고 자신과의 **화해**를 가져다준다. 오이디푸스, 안티고네, 아이아스로부터 시작해 20세기 비극소설의 주인공인 콘래드의 《로드 짐》의 튜안 짐, 말로의 《인간의 조건》의 첸, 헤밍웨이의 《노인과 바다》의 산티아고 노인, 치누아 아체베의 《세상이 무너진다》의 오콩구에 이르기까지 비극적 주인공은 마지막에 **자신과 세계의 관계**에 대한 어떤 **깨달음**에 도달한다. 즉 그는 자신이 원하는 것을 - 그것이 무슨 가치의 실현이든 아니면 어떤 욕망의 성취든 간에 - 기어코 획득하지만 그 대가는 가혹하고 치명적이라

39) Herbert Muller, *The Spirit of Tragedy*, p.102. 아울러 칸트의 정언명법 가운데 하나인 '너는 해야 한다. 왜냐하면 너는 해야 함으로'는 그 뿌리를 소포클레스의 비극에 두고 있다고 하는 것은 잘 알려져 있다.
40) Karl Jaspers, Harald A. T. Reiche et al. trans., *Tragedy Is Not Enough*, pp.75~7.
41) W. Wordsworth, "After-thought", *The River Duddon*, xxxiv.

는 사실을 구현하는 것이다.

따라서 비극이 제공하는 **기쁨**은 비유컨대 엄청난 적을 상대로 있는 힘껏 싸워서 패배한 경기가 주는 여한 없고 떳떳한 감정과도 흡사하다고 할 수 있다. 이런 비극적 주인공의 최후는 우리가 볼 때 괴로울 수는 있으나 결코 초라하거나 누추하지는 않다. 고귀한 것이 파멸할 때 그것은 숭고한 것으로 바뀐다고 20세기 독일의 대표적 미학자 니콜라이 하르트만은 말한다.[42] 독자와 관객은 비극의 주인공이 궁극적으로 보여주는 **숭고함**을 경험하고, 그도 자신과 똑같은 인간이라는 점에서 인간이란 존재에 대해 어느덧 일말의 자랑스러움과 긍지 및 존경심을 갖게 된다. 이것이 비극이 최후에 가져다주는 **앙양감**(昂揚感)의 근거이다.

---

42) 니콜라이 하르트만/전원배 옮김, 《미학》, 을유문화사, 1972, pp.400-1.

에필로그

"인생과 세계의 궁극적 의미나 목적에 대한 대답은 불가능하다. 다만 있다면 그것들에 대한 각자의 **신념**이 있을 뿐이다."

— 박이문, 《행복한 허무주의자의 열정》

"삶의 위대한 목적은 앎에 있지 아니하고 **행동**하는 데 있다."

— 토머스 헨리 헉슬리

"인간은 추구하고 노력하는 한 **방황**한다."(제1부, 〈천국의 서문〉)
"끊임없이 애쓰고 노력하는 자는 결국 **구원**된다."(제2부, 〈마지막〉)

— 괴테, 《파우스트》

"성공만큼 성공적인 것은 없다는 말이 있지만, 가끔은 '실패만큼 성공적인 것이 없다'라는 역설이 더 큰 울림으로 들려오는 것이 인간적 삶의 진실이다. 십자가에 못 박힌 예수는 살아 있는 어느 누구보다도 더 큰 권세와 영광을 얻었고, 전쟁에서 승리를 거둔 장군이 패장보다 더 역사의 뒷전으로 밀리는 경우가 인간사에는 허다하다. 한니발과 나폴레옹, 로버트 리 그리고 에르빈 롬멜이 바로 그런 패장들이다. 그들은 전쟁에서 졌으나 그들을 이긴 승자보다 더욱 우리의 기억 속에 오래 남아 있는 것이다."

— 20세기 영국의 전쟁역사가 배즐 리들-하트(Basil Liddell-Hart),
《역사에서 왜 배우지 못 하는가》

우리는 이 긴 논의를 마치면서 비극의 마지막 특징은 그것의 **역설적인 성격**에 있다는 것을 다시 한 번 강조해야 한다. 비극적 비전의 본질과 핵심은 '비극적 역설'(tragic paradox)이란 한마디에 담겨져 있다는 것이다. 사실, 비극은 처음부터 끝까지 역설로 가득 차 있다. 이는 인간과 인간의 삶이 본유적으로 지니고 있는 야누스적 양면성 때문이다. 즉 인간은 수동과 능동, 결정론과 자유론, 육체적 한계와 정신적 자유의 양면성을 지닌 존재이다. 그는 시간과 장소에 구속되어 있고 정신적, 심리적으로 근본적인 한계를 지니고 있으나, 여전히 자신의 행동을 선택하고 운명을 – 비록 완전히는 아니지만 상당부분 – 형성할 수 있는 자유를 누리고 있다.

소포클레스의 《참주 오이디푸스》에서 반인반수의 괴물 스핑크스가 인간 오이디푸스에게 던진 물음은 이미 이런 인간의 역설적 모습을 암시하고 있다. 인간은 발이 가장 많을(즉 어렸을) 때 가장 약하며, 그것이 가장 적을(어른일) 때 가장 강하다는 것이다. 이는 오이디푸스가 삶의 가장 큰 영화를 누리고 있을 때 그는 사실 가장 취약한 상태에 있다는 것을 보여주는 우화가 된다. 그러나 이 역설은 반대로 인간 오이디푸스는 그가 가장 비참한 처지로 떨어졌을 때 가장 강렬한 행동을 보여준다는 또 다른 역설을 낳는다. 그래서 어떤 평론가가 말하듯 비극에서는 외부의 파괴적 공포(Terror)와 이에 대응하는 인간의 내면의 용기 곧 영혼의 힘(Pride)은 **균형**을 이루게 된다.[1] 여기서 비극의 또 다른 역설 즉 외부의 위협과 주인공의 내면의 영혼의 힘 사이의 균형은 그의 최후를 현실적 패배인 동시에 정신적 승리로 만든다는 역설이 나온다. 이것이 바로 절망 가

---

1) I. A. Richards, *Principles of Literary Criticism*, 245–8; Clifford Leech, *Shakespeare's Tragedies and Other Studies in Seventeenth Century Drama*, London: Chatto & Windus, 1950, p.16.

운데 희망, 파괴 가운데 생성, 어둠 가운데 빛이라는 비극 특유의 **역설적 종말**이다. 그리하여 비극은 앞서 말한 대로 관객과 독자로 하여금 이 세상의 법칙과 이치에 대해서는 외포, 주인공이 보여주는 용기와 인내에 대해서는 **찬탄**의 감정이라는 **역설적 감정**을 맛보게 한다. 어떤 다른 예술의 형식도 이런 비극의 **신비하고 복합적인 효과**를 불러일으키지는 못한다.

희랍비극 이래 서양비극 전통은 서양인들이 인간과 세계의 본질과 구조에 대해 직관한 유구하고 근원적인 통찰과 지혜를 전수해 주고 있으며, 이는 시구에서 가장 오래되고 뿌리 깊은 인간관과 세계관을 형성하고 있다. 비극은 삶의 깊숙한 진실을 드러내 주는 것이고, 비록 그것이 삶에 대한 전체적인 진실은 아니라 해도 여전히 부인할 수 없는 핵심적인 진실인 것은 분명하다. 그런 까닭에 비극 작품은 그것이 하나의 연극 혹은 한 편의 소설에 불과함에도 불구하고 단지 하나의 연극이나 소설에 그치는 것이 아니라는 느낌을 가져다준다.[2] 사실 비극적 비전은 우리가 삶의 고통과 난국에 부딪혔을 때, 우리가 의지하고 추구할 수 있는 – 특히 종교가 없는 경우 – 유일한 이념이고 인생관이 되어 줄 수 있다. 우리는 사랑, 신의, 정의, 진실과 같은 **인간적인**(즉 인간다운) **욕망과 가치의 정당성**을 신뢰해야 하며, 이런 욕망과 가치를 실현하려는 우리의 투쟁을 긍정해야 한다. 비록 그 끝에 실패와 좌절이 우리를 기다리고 있을지라도 우리는 인간으로서의 노력과 분투를 다하는 것밖에 달리 우리에게 무엇이 남아 있는지 알 수 없기 때문이다. 사실 맥베스가

---

2) L. A. Reid, *A Study in Aesthetics*, London: Praeger, 1973, p.343.

말하듯이 "나는 인간이 할 수 있는 것은 다 하겠다" 더 나아가 헤밍웨이의 《노인과 바다》의 산티아고 노인이 말하듯 "나는 파괴될지언정 패배하지는 않겠다"라는 단호한 각오와 다짐 외에 이 세상에서 우리를 지탱해 줄 수 있는 것은 없다. 그러므로 "인간이 스스로 자신을 판단하는 대로 이 세상은 그를 판단할 것이며, 또 그리해야 마땅할 것"이라는 **인본주의적 신념**은 비극적 정신의 핵심을 이루는 것이다.[3]

이런 인본주의적 사유가 낳은 실용적인 결실 가운데 하나는 1995년에 미국 뉴욕 시립대 교수 얼 쇼리스(Earl Shorris)가 시작한 "클레멘트 프로그램"(Clemente Program)이라는 노숙자와 교도소 수용자들의 재활을 위한 교양 강좌이다. 이 획기적 시도는 바로 인간이라면 누구나 지니고 있다고 생각되는 본유적 가능성과 잠재력에 대한 믿음으로부터 출발한 것이었다. 이 강좌는 반드시 처음에 플라톤의 《소크라테스의 변명》과 소포클레스의 비극 《참주 오이디푸스》와 《안티고네》 등을 읽는 것부터 시작한다고 한다(쇼리스, 《희망의 인문학》). 국내에서 2005년부터 이 프로그램을 실행하고 있는 성공회대의 '성프란시스대학'에서 노숙인 강좌를 담당한 강사들의 증언에 따르면 수강생들은 처음에는 무관심과 냉소적 태도를 보이지만 강의가 진행됨에 따라 스스로의 자존감을 회복하고 인간으로서의 품위를 드러내려는 모습을 보인다고 한다. 즉 그들은 "어느덧 면도하고 세수하더니 옷도 빨아 입거나 새 옷을 갈아입고 나타나기 시작했으며, 점심은 되도록 무료급식을 거부하고 자신이 밥값을 지불

---

3) Joseph Wood Krutch, *Experience and Art*, New York: Collier P., 1962, p.59.

하는 식사를 선호하려 했다"고 한다.[4]

이 하나의 실례는 **비극의 지혜**라는 게 있다면 그것은 우리가 삶의 고통이나 불행과 직면했을 때 비로소 그 진가를 발휘할 수 있다는 것을 보여준다. 삶의 현실에서는 비극의 주인공의 삶이 왕왕 그렇듯이 한두 번의 심각한 결단과 선택의 결과에 행복과 불행 및 삶과 죽음이 고스란히 걸려 있는 경우란 별로 없다. 그러나 우리는 누구나 살면서 여러 번 중대한 결단을 해야 할 형편에 처하게 마련이며, 그때마다 성공적인 결단을 내리는 행운을 누리기란 여간 해서 쉽지 않다. 즉 삶에는 예상치 않은 파국과 실패가 있을 수 있는 것이다. 심지어 삶은 때로 우리에게 타격을 가하고 우리를 짓밟아 피투성이의 누더기로 만들어 길바닥에 내던질 수도 있다. 가령 우리는 다니던 직장을 잃고 생계가 막연해지거나, 사랑하는 사람에게 버림받고 생의 의욕을 상실하게 될 수도 있다. 혹은 직장에서 쫓겨나고 보니 가정마저 파괴되고 말아서 이 세상과의 유대가 단절될 수도 있다.

그러나 우리는 이런 절망과 파멸의 구렁텅이에 떨어졌을 때, 오이디푸스와 햄릿, 아니면 적어도 하디의 《카스터브리지의 시장》의 마이클 헨처드와 콘래드의 《로드 짐》의 튜안 짐, 아서 밀러의 《시련》의 존 프록터 같은 비극적 주인공들을 기억할 필요가 있다. 그들은 그들의 잘못만이 아닌 죄과로 말미암아 인간에게 닥칠 수 있는 가장 큰 고통과 불행에 '부당하게' 직면하게 되는 인물들이다. 그러나 그들은 그들이 고통의 나락으로 던져진 데는 그들 자신의 탓 또

---

4) 《한겨레신문》 사회면, 2006년 1월 25일자.

한 적지 않다는 것을 알고 있다. 그래서 그들은 자신의 운명에 대한 **통제권**(*tlemosyne*, 틀레모쉬네)을 결코 놓으려 하지 않고, 그들이 평소에 간절히 꿈꿔오던 것을 얻기 위해 끝까지 싸운다. 그들은 인간으로 할 수 있는 것을 다함으로써 인간으로서의 가능성을 소진하고 따라서 여한이 없는 상태가 된다. 그리하여 그들은 최후의 순간에 성공과 실패, 행불행의 여부를 떠나서, 하나의 인간으로서의 몫(*moira*)을 성취하고, 자신의 '위상' 곧 존엄과 품위를 입증하게 된다. 즉 그들은 운명의 희롱물이 아니라 그것의 소유자가 되는 것이다. 달리 말해, 그들은 고대 희랍인들이 말하는 바 인간으로서의 **'아름다움과 숭고함'**(*kalokagathia*)을 구현한다. 그러므로 니체가 지적했듯이 그들에게는 "고통이 삶에 대한 가장 큰 반박이 될 수 없다"는 것이 밝혀진다.[5]

이제, 우리의 결론은 이것이다. 삶에 대한 가장 큰 반박, 즉 삶의 부정은 용기와 기백을 잃어버리는 것이며, 그럼으로써 인간으로서의 존엄과 긍지를 상실하는 것이다. '비극의 지혜'가 가르치는 것은 단순하고 명백하다. 그것은 바로 시인 예이츠가 말한 대로 "우리는 삶을 비극적인 것으로 파악하기 시작할 때, 비로소 삶을 **제대로** 살기 시작한다"는 것을 인간의 삶을 꿰뚫는 항구한 진실로 받아들이는 것이다.[6] 삶을 '비극적'인 것으로 본다는 것은 곧 '비극'이 삶에 의미를 가져다준다고 생각되는 사랑, 신의, 정의, 진실과 같은 가장

5) 니체/안성찬 옮김, 《즐거운 학문》, 책세상, 2005, p.48; 니체/김태현 옮김, 《도덕의 계보》, 청하, 1982, pp.540–1.
6) W. B. Yeats, "The Tragic Theatre," *The Collected Works of W. B. Yeats: Essays*, p.302.

근본적인 가치를 실현하기 위한 인간의 투쟁을 그리기 때문이다. 그리고 이런 가치들이 실현되지 않으면 인간의 삶 자체가 소멸하고 허물어지기 때문이다. 우리는 이런 가치를 실현하기 위해 행동으로 뛰어들어야 하고, 우리의 삶을 송두리째 바칠 각오를 해야 한다. 그러면 역시 예이츠가 말했듯이 "인간은 진리가 무엇인지 알 수는 없으나, 그 진리가 무엇인지 구현할 수는 있는 존재"라는 것을 입증하게 된다. 왜냐하면 인간적 가치들이 실현된다는 것이 곧 삶의 '진리'가 구현되는 것일 테니까 말이다.

참고문헌

1. 국문

가다머, 한스 게오르그/ 이길우 외 옮김, 《진리와 방법 I》, 문학동네, 1990.

강대진, 《고전은 서사시다》, 안티쿠스, 2007.

_____, 《비극의 비밀》, 문학동네, 2013.

골드힐, 사이먼/ 김영선 옮김, 《러브, 섹스 그리고 비극》, 예경, 2006.

공자/ 주희 주석, 한상갑 옮김, 《논어 맹자 중용 대학》, 삼성출판사, 1983.

그람시, 안토니오/이상훈 옮김, 《옥중 수고 II》, 거름, 2007.

글릭스버그, C. I./ 이경식 옮김, 《20세기 문학에 나타난 비극적 인간상》, 종로
    서적, 1983.

김대행, 《시가 시학 연구》, 이화여자대학교출판부, 1991.

김민조, 《팔자 정말 있을까》, 소래출판사, 2008.

김병국, 《한국 고전문학의 비평적 이해》, 서울대학교출판부, 1999.

김산·님 웨일즈/송영인 옮김, 《아리랑》, 동녘, 2005.

김상봉, 《그리스 비극에 대한 편지》, 한길사, 2003.

김용석, 《철학 정원》, 한겨레출판, 2007.

김용옥, 《아름다움과 추함》, 통나무, 1990.

_____, 《화두: 혜능과 셰익스피어》, 통나무, 1998.

김우창·김흥규 공편, 《문학의 지평》, 고려대 출판부, 1984.

김태길, 《윤리학》, 박영사, 2006.

네틀, 대니얼/ 김상우 옮김, 《성격의 탄생》, 와이즈북, 2007.

니체, 프리드리히/김태현 옮김, 《도덕의 계보》, 청하, 1982.

니체, 프리드리히/ 김정현 옮김, 《선악의 저편/도덕의 계보》, 책세상, 2005.

니체, 프리드리히/안성찬 옮김, 《즐거운 학문》, 책세상, 2005.

누스바움, 마사/ 조형준 옮김, 《감정의 격동 2》, 새물결, 2012.

300

능행,《섭섭하게, 그러나 아주 이별이지는 않게》, 도솔, 2007.

라크르와, 미셸/ 김장호 옮김,《악(惡)》, 영림카디널, 2000.

러셀, 버트런드/ 송은경 옮김,《러셀 자서전, 상》, 사회평론, 2007.

레비나스, 엠마뉴엘/강영안 옮김,《시간과 타자》, 문예출판사, 1998.

루소, 장 자크/ 민희식 옮김,《에밀》, 육문사, 2006.

루크레티우스/강대진 옮김,《사물의 본성에 대하여》 II, 아카넷, 2012.

리꾀르, 폴/ 양명수 옮김,《악의 상징》, 문학과 지성, 1994.

멜빈 레이더·버트램 제섭/ 김광명 옮김,《예술과 인간가치》, 이론과 실천, 1994.

매킨타이어, 알래스데어/ 이진우 옮김,《덕의 상실》, 문예출판사, 1997.

모턴, 애덤/ 변진경 옮김,《잔혹함에 대하여: 악에 대한 성찰》, 돌베개, 2015.

몽테뉴, 미셸/ 손우성 옮김,《수상록 I, II》, 동서문화사, 1976.

바르자벨 르네/장석훈 옮김,《야수의 허기》, 문학동네, 2004.

바이셰델, W/ 이기상·이말숙 옮김,《철학의 뒤안길》, 서광사, 1990.

박규철 외,《명예란 무엇인가: 서양철학이 전하는 명예관》, 한국학술정보, 2012.

박이문,《문학 속의 철학》, 일조각, 1975.

_____,《행복한 허무주의자의 열정》, 미다스북스, 2005.

박종현,《헬라스 사상의 심층》, 서광사. 2001.

베르그송, 앙리/ 정석해 옮김,《시간과 자유의지》, 삼성출판사, 1982.

베르낭, 장-피에르/ 김재홍 옮김,《그리스 사유의 기원》, 길, 2006.

베일런트, 조지/ 이덕남 옮김,《행복의 조건》, 프런티어, 2013.

보글러, 크리스토퍼/ 함춘성 옮김,《신화, 영웅 그리고 시나리오 쓰기》, 무우수,
    2005.

불록, 앨런/ 홍동선 옮김,《서양의 휴머니즘 전통》, 범양사출판부, 1989.

비달-나케, 피에르/ 이세욱 옮김,《호메로스의 세계》, 솔, 2004.

사마천/이상옥 역주,《사기열전》, 명문당, 2009.

세네카/ 김천운 옮김,《세네카 인생론》 제2판, 동서문화사, 2007.

_____/ 천병희 옮김,《인생이 왜 짧은가: 세네카 행복론》, 숲, 2005.

손봉호 외,《악이란 무엇인가》, 창, 1992.

송봉모,《고통 그 인간적인 것》, 바로오딸, 1998.

쇼펜하우어, 아르투르/ 곽복록 옮김,《의지와 표상으로서의 세계》, 을유문화사,
    1994.

슈나이더, 볼프/박종대 옮김,《진정한 행복》, 을유문화사, 2008.

슈이치, 오츠/ 황소연 옮김,《죽을 때 후회하는 스물다섯 가지》, 21세기북스, 2010.

셀러, 막스/ 조정옥 옮김,《동감의 본질과 그 형태들》, 아카넷, 1998.

스넬, 브루노/ 김재홍 옮김,《정신의 발견: 서구적 사유의 그리스적 기원》, 까치, 1994.

스피노자, 바루크(베네딕투스)/ 강영계 옮김,《에티카》, 서광사, 1990.

스톨리츠, 제롬/ 오병남 옮김,《미학과 비평철학》, 이론과 실천, 1991.

아도르노, 테오도르/홍승용 옮김,《부정변증법》, 한길사, 1999.

아리스토텔레스/ 이상섭 역주,《아리스토텔레스 〈시학〉 연구》, 문학과 지성사, 2002.

_____/ 천병희 옮김,《시학》, 문예출판사, 2006.

아우어바흐, 에리히/김우창·유종호 옮김,《미메시스》, 민음사, 2012.

암스트롱, 카렌/ 정영목 옮김,《축의 시대》, 교양인, 2006.

앨퍼드, 찰스 프레드/이만우 옮김,《인간은 왜 악에 굴복하는가》, 황금가지, 2004.

양승태,《앎과 잘남》, 책세상, 2006.

왓슨, 피터/ 정지인 옮김,《무신론자의 시대》, 책과함께, 2016.

유재원,《데모크라티아》, 한겨레출판, 2017.

이상섭,《아리스토텔레스의 〈시학〉 연구》, 문학과 지성사, 2002.

이수원 외,《심리학: 인간의 이해》, 정민사, 1987.

이정우,《삶 죽음 운명》, 거름, 1999.

이창숙, 〈중국 고전극의 '비극' 연구 – 현황과 전망〉,《동서문화》 제43호, 2005.

임창영,《서재필전》, 미국내 출간.

임철규,《눈의 역사, 눈의 미학》, 한길사, 2004.

임철규,《그리스 비극: 인간과 역사에 바치는 애도의 노래》, 한길사, 2007.

임홍빈,《수치심과 죄책감: 감정론의 한 시도》, 바다출판사, 2013.

장파(張法)/ 유중하 외 옮김,《동양과 서양, 그리고 미학.》, 푸른숲, 1999.

쟈네티, 루이스/ 김진해 옮김,《영화의 이해: 이론과 실제》, 현암사, 1997.

젤리, L. A.·지글러, D. J./ 이훈구 옮김,《성격심리학》, 법문사, 1998.

조요한,《예술철학》, 경문사, 1990.

조윤제,《국문학개설》, 탐구당, 1991.

주광잠(朱光潛),《비극심리학(悲劇心理學)》, 合肥市: 安徽敎育出版社, 1982.

천병희,《그리스 비극의 이해》, 문예출판사, 2002.

칸트, 이마누엘/ 이재준 옮김,《아름다움과 숭고함의 감정에 관한 고찰》, 책세상, 2005.

캠벨, 조지프/이윤기 옮김, 《천의 얼굴을 가진 영웅》, 민음사, 2018.

퀴블러 로스, 엘리자베스·케슬러, 데이빗/ 류시화 옮김, 《인생수업》, 이레, 2001.

클레망, 브루노/ 송민숙 옮김, 《프랑스 고전비극》, 동문선, 2002.

키에르케고르/임춘갑 옮김, 《이것이냐 저것이냐》 1권, 다산글방, 2008.

키케로/ 허승일 옮김, 《키케로의 의무론》, 서광사, 2006.

티어노, 마이클/ 김윤철 옮김, 《스토리텔링의 비밀》, 아우라, 2008.

프롬, 에리히/ 황문수 옮김, 《인간의 마음》, 문예출판사, 1996.

플라톤/ 박종현 옮김, 《국가》, 서광사, 1997.

_____/ 강철웅 옮김, 《향연》, 이제이북스, 2010.

_____/ 천병희 옮김, 《파이드로스/ 메논》, 숲, 2013.

하르트만, N/ 전원배 옮김, 《미학》, 을유문화사, 1972.

하우저, A./염무웅·반성완 옮김, 《문학과 예술의 사회사》 근세편 하, 창작과 비
    평, 1981.

하우저, A./황지우 옮김, 《예술사의 철학》, 돌베개, 1983.

하이데거, 마르틴/오병남·민형원 옮김, 《예술작품의 근원》., 경문사, 1990.

해리슨, J./ 오병남, 김현희 옮김, 《고대 예술과 제의》, 예전사, 1996.

헤겔, 프리드리히/ 두행숙 옮김, 《헤겔 미학 1, 2, 3》, 나남, 1996.

_____/ 최동호 옮김, 《헤겔 시학》, 열음사, 1987.

_____/두행숙 옮김, 《헤겔의 미학강의 3》, 은행나무, 2010.

헤로도토스/ 박광순 옮김, 《역사 상, 하》, 범우사, 1996.

호스퍼스, 존/ 최용철 옮김, 《인간행위의 탐구》, 지성의 샘, 1996.

E. J. 홉스봄/ 정도영 옮김, 《자본의 시대》, 한길사, 1984.

_____/ 박현채·차명수 옮김, 《혁명의 시대》, 한길사, 1985.

황현산, 《밤이 선생이다》, 난다, 2016.

훅, 시드니/민석홍 옮김, 《역사와 인간》, 을유문화사, 1984.

2. 영문

Allen, Gay Wilson & Clark, Harry Hayden eds., *Literary Criticism: Pope to Croce,* Detroit: Wayne State UP., 1972.

Aristotle, *Aristotle's Theory of Poetry and Fine Art,* S. H. Butcher trans., New York: Dover P., 1951.

_____, *Nicomachean Ethics,* Terence Irwin trans., Indianapolis: Hackett P., 1999.

_____, *The Poetics of Aristotle,* Stephen Halliwell trans. & com., Chapel Hill: U. of North Carolina P., 1987.

Auden, Wystan H., *Lectures on Shakespeare,* Arthur Kirsch ed., Princeton: Princeton UP., 2000.

Baker, Herschel, *The Image of Man,* New York: Harper & Row, 1961.

Barbour, John D., *Tragedy as a Critique of Virtue,* Chico., Ca.: Scholars P., 1984.

Bayely, John, *Shakespeare and Tragedy,* London: Routledge & Kegan, 1981.

Beistegui, Miguel de & Sparks, Simon eds., *Philosophy and Tragedy,* London: Routledge & Kegan, 2000.

Bentley, Eric, *The Life of the Drama,* New York: Atheneum, 1979.

Berlin, Normand, *The Secret Cause: A Discussion of Tragedy,* Amherst: U. of Massachusetts P., 1981.

Berkowitz, Luci & Brunner Theodore F. ed & trans., *Oedipus Tyrannus,* W.W. Norton&Company, 1970.

Booth, Stephen, *King Lear, Macbeth, Indefinition and Tragedy,* New Haven: Yale UP., 1983.

Bouchard, Larry D., *Tragic Method and Tragic Theology,* University Park: Penn. State UP., 1989.

Bradley, A. C., *Oxford Lectures of Poetry,* London: Macmillan, 1961.

_____, *Shakespearean Tragedy,* London: Macmillan, 1956.

Bremer, J. M., *Hamartia,* Amsterdam: Adolf Hakkert P., 1969.

Brereton, Geoffrey, *Principles of Tragedy,* Coral Gables: U. of Miami P., 1968.

Brooks, Cleanth ed., *Tragic Themes in Western Literature,* New Haven: Yale UP., 1955.

Brooks, Peter, *The Melodramatic Imagination,* New Haven: Yale UP., 1995.

_____, *Reading for the Plot: Design and Intention in Narrative,* Cambridge: Harvard UP., 1984.

Brower, Reuben A., *Hero and Saint: Shakespeare and the Graeco-Roman Heroic*

Tradition, Oxford: Clarendon P, 1971.

Brown and Silverstone, *Tragedy in Transition,* Oxford: Blackwell P., 2007.

Burkert, Walter, *Greek Religion,* John Raffan trans., Oxford: Blackwell P, 1985.

Burke, Kenneth, *A Grammar of Motives,* Berkeley: U. of California P., 1969.

Bushnell, Rebecca ed., *A Companion to Tragedy,* Oxford: Blackwell P., 2010.

Campbell, Joseph, *The Hero with a Thousand Faces,* Princeton: Princeton UP., 1968.

Charlton, H. B., *Shakespearian Tragedy,* Cambridge: Cambridge UP., 1952.

Collingwood, R. G., *Speculum Mentis,* Ghose Press, 2016.

Corrigan, Robert W. ed., *Comedy: Meaning and Form,* New York: Harper & Row, 1981.

_____ ed., *Tragedy: Vision and Form,* 2nd. ed. New York: Harper and Row, 1981.

Dandelion, Pink et. al., *Towards Tragedy: Reclaiming Hope,* Hampshire: Ashgate P., 2004.

Dodds, E. R., *The Greeks and the Irrational,* Berkeley: U. of California P., 1971.

Draper, R. P. ed., *Tragedy: Developments in Criticism,* London: Macmillan, 1980.

Durant, Will and Ariel, *The Lessons of History,* Simon & Schuster, 1968.

Eagleton, Terry, *Sweet Violence,* Oxford: Blackwell P., 2003.

Easterling, P. E. ed., *The Cambridge Companion to Greek Tragedy,* Cambridge: Cambridge UP., 1997.

Else, Gerald, *The Origin and Early Form of Greek Tragedy,* New York: W. W. Norton, 1972.

_____, *Aristotle's Poetics: The Argument,* Cambridge: Harvard UP., 1967.

Erik Erikson, *Childhood and Society,* New York: W. W. Norton, 1950.

Felski, Rita ed., *Rethinking Tragedy,* Baltimore: Johns Hopkins UP., 2008.

Freud, Sigmund, *Character and Culture,* New York: Collier Books, 1968.

Frye, Northrop, *Anatomy of Criticism,* New York: Atheneum, 1966.

Gellrich, Michelle, *Tragedy and Theory: The Problem of Conflict since Aristotle,* Princeton: Princeton UP., 1988.

Goldhill, Simon, *Reading Greek Tragedy,* Cambridge: Cambridge UP., 1986.

Goldmann, Lucien, *The Hidden God,* Philip Thody trans., London: Routledge & Kegan, 1964.

Green, W. C., *Moira: Fate, Good and Evil in Greek Thoughts*, Cambridge: Harvard UP., 1944.

Hadas, Moses, *The Greek Ideal and Its Survival*, New York: Harper and Row, 1963.

_____, *A History of Greek Literature*, New York: Columbia UP., 1950.

Haight, Gordon S., *George Eliot: A Biography*, Oxford: Oxford UP., 1968.

Hall, Edith, *Greek Tragedy: Suffering under the Sun*, Oxford: Oxford UP., 2005.

Harbage, Alfred ed., *Shakespeare: The Tragedies: A Collection of Critical Essays*, Englewood Cliffs: Prentice Hall, 1964.

Harris, George W., *Reason's Grief: An Essay on Tragedy and Value*, Cambridge: Cambridge UP., 2006.

Harrison, Jane E., *Ancient Art and Ritual*, New York: Henry Holt & Co., p.23,

Heilman, Robert B., *Tragedy and Melodrama: Visions of Experience*, Seattle: U. of Washington P., 1968.

Henn, T. R., *The Harvest of Tragedy*, London: Methuen. 1956.

Highet, Gilbert, *The Classical Tradition*, New York: Oxford UP., 1981.

House, Humphry, *Aristotle's Poetics*, Rupert Hart-Davis, 1966.

Howatson, M. C. ed., *The Oxford Companion to Classical Literature*, Oxford: Oxford UP., 1989.

Jaeger, Werner, *Paideia: The Ideal of Greek Culture* vol.1, New York: Oxford UP., 1965.

Jaspers, Karl, *Tragedy Is Not Enough*, Harald A. T. Reiche et al. trans., Boston:Beacon P., 1952.

Jones, John, *On Aristotle and Greek Tragedy*, Stanford: Stanford UP., 1962.

John, Eileen & Lopes, Dominic eds., *Philosophy of Literature*, Wiley-Blackwell, 2008.

Joyce, J., *The Portrait of a Young Man as an Artist*, The Portable Joyce, New York: Viking P., 1972.

Jones, Robert E., *The Dramatic Imagination*, New York: Theater Arts Books, 1969.

Kaufmann, Walter trans. & ed., *Basic Writings of Nietzsche*, New York: Random House, 2000.

_____, *Critique of Religion and Philosophy*, Princeton: Princeton

UP., 1978.

_____, *From Shakespeare to Existentialism*, New York: Doubleday Anchor, 1960.

_____, *Tragedy and Philosophy*, Princeton: Princeton UP., 1992.

_____, *What Is Man?*, New York: McGraw–Hill, 1978.

Kearns, Emily, "The Gods in Homeric Epic," Robert Fowler ed., *The Cambridge Companion to Homer*, Cambridge: Cambridge UP., 2004.

Kelly, Henry A., *The Ideas and Forms of Tragedy: from Aristotle to the Middle Ages*, Cambridge: Cambridge UP., 1993.

Kerr, Walter. *Tragedy and Comedy*, New York: Simon and Schuster, 1967.

Kettle, Arnold. *Shakespeare in a Changing World*, London: Lawrence & Wishart, 1964.

Kierkegaard, Soeren, *A Kierkegaard Anthology*, Robert Bretall ed., Princeton: Princeton UP., 1972.

King, Jeannette, *Tragedy in the Victorian Novel*, Cambridge: Cambridge UP., 1978.

Kirk, G. S. & Raven, J. E., *The Presocratic Philosophers*, Cambridge: Cambridge UP., 1966.

Kitto, H. D. F., *Form and Meaning in Drama*, London: Methuen, 1959.

_____, *The Greeks*, Harmondsworth: Penguin Books, 1961.

Knight, G. Wilson, *The Wheel of Fire: Interpretation of Shakespearian Tragedy*, London: Methuen, 1949.

Knox, Bernard, *The Heroic Temper*, Berkeley: California UP., 1983.

_____. *Oedipus at Thebes: Sophocles' Tragic Hero and His Time*, New Haven: Yale UP., 1998.

_____, *Word and Action: Essays on the Ancient Theater*, Baltimore: The Johns Hopkins UP., 1980.

Knox, Israel, *The Aesthetic Theories of Kant, Hegel, and Schopenhauer*, New York: The Humanities P., 1958.

Krook, Dorothea, *Elements of Tragedy*, New Haven: Yale UP., 1969.

Krutch, Joseph Wood, *Experience and Art*, New York: Collier P., 1962.

_____, *The Modern Temper*, New York: Harcourt Brace, 1929.

Langer, Susan, *Feeling and Form*, New York: Scribners, 1953.

Leaska, Mitchell, *The Voice of Tragedy*, Robert Speller & son, 1963.

Leech, Clifford, *Shakespeare's Tragedies and Other Studies in Seventeenth Century Drama*, London: Chatto & Windus, 1950.

_____, *Tragedy*, London: Methuen, 1969.

Lenson, David, *Achilles' Choice: Examples of Modern Tragedy*, Princeton: Princeton UP., 1975.

Lesser, Simon, *Fiction and the Unconscious*, Boston: Beacon P., 1957.

Levy, Leo B., *Versions of Melodrama*, Berkeley: U. of California P., 1957.

Liem, Channing, *Philip Jaisohn: the First Korean-American - A Forgotten Hero*, The Philip Jaisohn Memorial Foundation, Seoul: Kyujang Publishing, 1984.

Lovejoy, Arthur, *The Great Chain of Being*, Cambridge: Harvard UP., 1936.

Lucas, D. W., *The Greek Tragic Poets*, London: Cohen and West, 1959.

Lucas, F. L., *Tragedy: Serious Drama in Relation to Aristotle's Poetics*, New York: Collier, 1962.

Mack, Maynard, *'King Lear' in Our Time*, Berkeley: California UP., 1965.

Martin, A. M. Robert, *The Theater Essays*, New York: Viking P., 1978.

McCollom, William G., *Tragedy*, New York: Macmillan, 1957.

McElroy, Bernard, *Shakespeare's Mature Tragedies*, Princeton: Princeton UP, 1973.

McGinn, Colin, *Shakespeare's Philosophy*, New York: HarperCollins, 2006.

Mandel, Oscar, *A Definition of Tragedy*, New York: New York UP., 1961.

Mayerfeld, Jamie, *Suffering and Moral Responsibility*, Oxford: Oxford UP., 1999.

Melville, Herman, *Billy Budd, Sailor*, Harrison Hayford & Merton M. Sealts, Jr. eds., Chicago: Chicago UP. 1962.

Michel, Laurence and Sewall, Richard B. eds., *Tragedy: Modern Essays in Criticism*, Englewood Cliffs: Prentice Hall, 1963.

Miller, Arthur. *The Theater Essays*, A. M. Robert Martin ed., New York: Viking P., 1978.

Morley, John, *Diderot and the Cyclopædists*, Vol. 1 of 2, HardPress P., 2010

Moss, Leonard, *The Excess of Heroism in Tragic Drama*, Gainesville: UP. of Florida, 2000.

Muir, Kenneth, *Shakespeare's Tragic Sequence*, London: Hutchinson UP., 1972.

Muller, Herbert, *The Spirit of Tragedy*, New York: Alfred Knoph, 1956.

Myers, Henry Alonzo, *Tragedy: A View of Life*, Ithaca: Cornell UP., 1956.

Niebuhr, Reinhold, *Beyond Tragedy*, New York: Scribners, 1965.

Nietzsche, Friedrich, *The Birth of Tragedy and The Genealogy of Morals*, Francis Golffing trans., New York: Doubleday Anchor, 1956.

Nicoll, Allardyce, *The Theory of Drama*, G.G. Harrap & Company, 1937.

_____, *Beyond Good and Evil*, London: Penguin Books, 1973.

Nussbaum, Martha, *The Fragility of Goodness*, Cambridge: Cambridge UP., 1986.

_____, *Upheavals of Thought*, Cambridge: Cambridge UP., 2001.

Nuttall, A. D., *Why Does Tragedy Give Pleasure?*, Oxford: Clarendon P., 1996.

O'Connor, William Van, *The Climate of Tragedy*, Baton Rouge: Louisiana State UP., 1943.

Orr, John, *Tragic Drama and Modern Society*, Totowa: Barnes and Noble, 1981.

_____, *Tragic Realism and Modern Society*, London: Macmillan, 1989.

Palmer, Richard H., *Tragedy and Tragic Theory: An Analytical Guide*, Westport: Greenwood P., 1992.

Plato, *Republic*, G. M. A. Grube trans., Indianapolis: Hackett P., 1974.

Poole, Adrian, *Tragedy: Shakespeare and the Greek Example*, Oxford: Basil Blackwell, 1987.

_____, *Tragedy: A Very Short Introduction*, Oxford: Oxford UP., 2005.

Prinz, Jesse J., *The Emotional Construction of Morals*, Oxford: Oxford UP., 2009.

Rabinowitz, Nancy Sorkin, *Greek Tragedy*, Oxford: Blackwell P., 1990.

Rabkin, Norman, *Shakespeare and the Common Understanding*, New York: Free P., 1967.

Raphael, D. D., *The Paradox of Tragedy*, Bloomington: Indiana UP., 1960.

Redfield, James M., *Nature and Culture in the Iliad: The Tragedy of Hector*, Chicago: U. of Chicago P., 1982.

Reid, L. A., *A Study in Aesthetics*, London: Praeger, 1973.

Reinhardt, Karl, *Sophocles*, Hazel & David Harvey trans., New York: Barnes & Noble, 1979.

Reiss, Timothy, *Tragedy and Truth*, New Haven: Yale UP., 1980.

Richards, I. A., *Principles of Criticism*, London: Routledge & Kegan, 1964.

Ricoeur, Paul, *The Symbolism of Evil*, Beacon Press, 1986.

Rorty, Amelie Oksenberg. ed., *Essays on Aristotle's Poetics*, Princeton: Princeton UP., 1992.

Russell, Bertrand, *Why I am Not a Christian and Other Essays on Religion and Related Subjects*, London: George Allen & Unwin, 1954.

Santayana, George, *Interpretations of Poetry and Religion*, Gloucester: Peter Smith, 1969.

_____, *The Sense of Beauty*, New York: Random House. 1955.

Schelling, F. W. J., *The Philosophy of Art*, Univ. of Minnesota P., 2008.

Schiller, Friedrich "On the Pathetic," *Literary Criticism: Pope to Croce*, Gay Wilson Allen and Harry Hayden Clark eds., Detroit: Wayne State UP., 1972.

Segal, Charles, *Oedipus Tyrannus: Tragic Heroism and the Limits of Knowledge*, New York: Oxford UP., 2001.

Segal, Eric ed., *Oxford Readings in Greek Tragedy*, Oxford: Oxford UP., 1983.

O'Flaherty, J. C., Sellner, T. F., and Helm, R. M. eds., *Studies in Nietzsche and the Classical Tradition*, The Univ. of North Carolina Press, 1976.

Sewall, Richard B., *The Vision of Tragedy*, New Haven: Yale UP., 1990.

Simmel, Georg, *The Conflict in Modern Culture and Other Essays*, K. Peter Etzkorn trans., New York: Teachers College Press. 1968.

Simon, Ulrich, *Pity and Terror: Christianity and Tragedy*, London: Palgrave Macmillan. 1989.

Silk, M. S. and Stern, J. P., *Nietzsche on Tragedy*, Cambridge: Cambridge UP., 1981.

_____. ed., *Tragedy and the Tragic: Greek Theatre and Beyond*, Oxford: Clarendon P., 1998.

Smith, James, *Melodrama*, London: Methuen, 1975.

Soelle, Dorothee, *Suffering*, Everette R. Kalin trans., Philadelphia: Fortress P., 1996.

Spivack, Bernard, *Shakespeare and the Allegory of Evil*, New York: Columbia UP., 1958.

Stanford, W. B., *Greek Tragedy and the Emotions*, London: Routledge & Kegan, 1983.

Stein, Walter, *Criticism as Dialogue*, Cambridge: Cambridge UP., 1969.

Steiner, George, *The Death of Tragedy*, New York: Alfred Knoph, 1961.

_____ and Fagles, Robert, *Homer: A Collection of Critical Essays*, Englewood Cliffs: Prentice Hall, 1962.

_____, *Language and Silence*, London: Penguin Books, 1969.

Storm, William, *After Dionysus: A Theory of the Tragic*, Ithaca: Cornell UP., 1998.

Sypher, Wylie ed., *Comedy: An Essay on Comedy by George Meredith & Laughter by Henri Bergson*, New York: Doubleday Anchor, 1956.

Szondi, Peter, *An Essay on the Tragic*, Stanford: Stanford UP., 2002.

Taplin, Oliver, *Greek Tragedy in Action*, London: Routledge & Kegan, 1985.

Tillyard, E. M. W., *The Elizabethan World Picture*, London: Chatto & Windus, 1943.

Trilling, Lionel, *The Liberal Imagination*, New York: Doubleday Anchor, 1957.

Vernant, Jean-Pierre and Vidal-Naquet, Pierre, *Tragedy and Myth in Ancient Greece*, Janet Lloyd trans., Sussex: Harvester P., 1981.

Vickers, Brian, *Towards Greek Tragedy*, London: Longman P., 1973.

Wallace, Jennifer, *The Cambridge Introduction to Tragedy*, Cambridge: Cambridge UP., 2007.

Weil, Simone, *The Simone Weil Reader*, George A. Panichas ed., New York: DavidMcKay Co., 1977.

Weitz, Morris, "Tragedy," *Encyclopaedia of Philosophy*, vol. 8, 1972.

Whitman, Cedric, *The Heroic Paradox*, Ithaca: Cornell UP., 1982.

_____, *Sophocles: A Study of Heroic Humanism*, Cambridge: Harvard UP., 1951.

Willey, Basil, *The Seventeenth Century Background*, London: Chatto & Windus, 1934.

Williams, Bernard, *Shame and Necessity*, Berkeley: California UP., 1993.

Williams, Raymond, *Modern Tragedy*, Stanford: Stanford UP., 1966.

Wilson, Harold S., *On the Design of Shakespearian Tragedy*, Toronto: Toronto UP, 1957.

Winkler, J. J. & Zeitlin, I. Froma, *Nothing To Do with Dionysos?*, Princeton: Princeton UP., 1990.

Woolf, Virginia, *The Common Reader*, New York: Harcourt Brace, 1925.

Wright, John. ed., *Essays on the Iliad: Selected Modern Criticism*, Bloomington: Indiana UP., 1978.

Yeats, W. B. *The Collected Works of W. B. Yeats: Essays*, London: Macmillan, 1934.

찾아보기

ㄱ

315